KB065900

MR.
FOX

미스터 폭스, 꼬리치고 도망친 남자

헬렌 오이예미
장편소설
최세희 옮김

다산책방

나의 미스터 폭스에게
이 책을 바칩니다.

(당신이 누구이건 간에)

* 현존하는 미국의 시인.

암흑 속에서 그들은
과연 그 일을 해낼지 알 수가 없었고,
그래도 해봐야 한다는 것을 알았다.

—메리 올리버*

며칠 전, 메리 폭스가 왔었다. 내가 직접 마주칠 확률이 세상에서 가장 적은 그녀가. 올 줄 알았다면 청소라도 했을 텐데. 머리를 빗고 면도도 했을 텐데. 그나마 수트는 입고 있었다. 내가 원래 프로페셔널리즘의 감각을 추구하는 사람이니 망정이지. 나는 서재에 앉아 단어로 페이지를 채우며 나쁜 글을 꾸역꾸역 쓰고 있었다. 언제고 좋은 글감이 나타나기를, 간직할 만한 문장이 떠오르길 기다리면서. 감이 평소보다 늦게 찾아오고 있었지만 개의치 않았다. 창문은 열려 있었다. 나는 글라주노프가 작곡한 뭔가를 얼마간 경청하던 중이었다. 글라주노프의 교향악 중엔 창문을 닫은 채론 들을 수 없는 것이 있다. 그냥 그럴 수가 없는 것이다. 물론 그게 가능한 사람도 있겠지만, 필시 음악에 선동이 된 나머지 벽을 향해 돌진하게 될 것이다. 아님 그냥 내가 문제인지도 모르고.

아내는 위층에 있었다. 잡지를 보거나 그림을 보고 있었던가, 아님 다른 걸 하고 있었나. 아무튼 대프니가 뭘 하는지 누가 알겠나. 취미생활이라고 해두자. 나는 서재에서 있는 대로 볼륨을 올리고 교향악을 듣고 있었지만, 이게 새삼스러운 일도 아니고 아내는 아무리 시끄러워도 일절 불평한 적이 없었다. 내가 뭘 하건 절대로 툴툴대는 법이 없다. 생리적으로 그럴 수가 없다. 내가 초장부터 아내를 그렇게 길들여놓은 덕이다. 절절한 말투로, 내가 그녀를 사랑하는 이유 중 하나가 불평이 없는 점이라고 일러두었다. 그래서 당연히 지금도 아내는 따질 엄두조차 내지 못한다.

각설하고. 나는 서재 문을 열어놓았고, 그래서 메리가 그 틈으로 슬그머니 들어왔다. 나는 고개도 들지 않은 채 부드럽게 미소 지으며 웅얼거렸다.

"안녕, 여보……."

대프니인 줄 알았다. 아내를 한동안 못 본 터였고, 이 집에 나 말고는 그녀뿐이었다. 내가 아는 한은 그랬다. 대답이 없기에 나는 고개를 들었다.

메리 폭스가 한 손을 불쑥 내민 채 내 책상으로 다가왔다. 그녀는 '악수를' 하고 싶어 했다. 악수라니! 내게서 그토록 오래 떠나 있었던 나의 뮤즈가 악수나 하자고 유유자적 들어오다니. 나는 그녀에게 전화기를 집어던졌다. 책상에 있던 전화기를 홱 잡아채자 벽의 콘센트에 연결된 선이 휙 뽑혀져 나왔고, 그 김에 전화기를 냅다 던졌다. 메리는 사뿐히 피했다. 전화기는 금속제 쓰레기통 옆의 바닥에 떨어졌고 몇 초 동안 따르릉거렸다. 열과 성을 다해 던진 게 아니었던 모양이다.

"성질하고는."

메리가 말했다.

"얼마나 됐지? 6년? 7년?"

내가 물었다.

메리는 방구석에 있던 의자 하나를 끌어당겼고 내 지구본을 집어 든 채 건너편에 앉더니, 무릎 위에서 대양을 돌리고 또 돌려대는 것이었다. 그녀를 주시하고 있자니 생각을 제대로 할 수가 없었다. 그녀는 그런 식으로 움직이고 그런 식으로 사람을 본다. 그녀의 영국식 억양도 한몫하는 것 같고.

"7년."

그녀는 수긍했다. 그리고 그동안 어떻게 지냈냐고 물었다. 진짜 태평하군, 내가 어떤 대답을 할지 이미 알고 있다는 투였다.

"늘 그대로였지. 당신과 사랑에 빠진 채로 말이야, 메리."

그런 말을 늘어놓는 짓거리를 관두기를 간절히 바라면서도, 나는 그렇게 대꾸했다. 게다가 진담도 아니면서. 하지만 그녀가 나타난 이상 한번은 해봐야 하는 것 아닌가 하는 심정이 된달까. 그러니까, 그녀가 내 말을 믿으면 재미있을 것 같다는 말이다.

"정말?"

그녀가 물었다.

"정말. 나에게 여자는 너뿐이야."

"당신에게 여자는 나뿐이라."

그녀는 말을 마치더니 고개를 천장을 향하며 웃는다.

"얼마든지 웃어. 내 감정을 짓밟으라고. 너야 뭔 상관있겠어?"

나는 애처롭게 말하며 내심 그 기분을 즐긴다.

"아, 당신 **감정이라**…… 저런. 자, 좀 더 깊이 따져볼까, 미스터 폭스? 만약에 내가 당신의 남편이고 당신이 내 아내라고 해도 당신은 날 사랑할까?"

"바보 같은 소릴 하네."

"그래도, 대답해봐."

"그래, 그럴 거야. 무리 없을 거라고 생각해."

"만약 우리가 둘 다…… 남자라고 해도 날 사랑할까?"

"음…… 그렇지 않을까."

"우리가 둘 다 여자라면?"

"당연하지."

"내가 마녀라면?"

"당신은 지금도 충분히 마력적이야."

"당신이 내 엄마라면?"

"그만하지."

내가 말했다.

"난 당신한테 미쳐 있다고. 됐어?"

"아, 당신은 날 사랑하는 게 아니야."

메리는 그렇게 말하더니 드레스의 옷깃 단추를 풀어 목을 드러냈다.

"이걸 사랑하는 거지."

메리는 계속 단추를 끄르더니 두 손으로 젖가슴을 모아 받쳤다.

스커트를 무릎 위로, 허벅지 위로 더 높이 들어 올렸다. 우리 둘 다 그녀의 매끈함을, 부드러움을, 그녀의 레이스 프릴을 보았다.

"당신이 사랑하는 건 이런 거라고."

그녀가 말했다.

나는 고개를 끄덕였다. 그녀는 자기 머리를 잡아당기고 제 뺨을 후려치며 말했다.

"당신이 사랑하는 건 이런 거야."

그녀의 눈빛이 고요하지 않았다면 그녀가 미친 거라고 생각했을 것이다. 나는 자리에서 일어나 그녀를 제지하려 했지만, 그러자마자 그녀가 스스로 멈췄다.

"난 당신의 그런 점이 달갑지 않아. 당신은 변해야만 해."

메리가 말했다. 교향악이 끝났다. 나는 빅트롤라 축음기로 다가가서 다시 음악을 틀었다.

"내가 변해야 한다고? '난 당신의—나는 잠시 뜸을 들이며 히죽거렸다—'영혼'을 사랑해' 같은 말을 듣고 싶은 거야?"

"그런 것하곤 아무 상관 없어. 당신은 무조건 변해야 해. 당신은 나쁜 놈이야."

나는 잠시 뜸을 들이면서 그녀가 진담으로 하는 말인지, 또, 부언할 말이 남은 건 아닌지 기다렸다. 그녀는 진담이었고, 그걸로 끝이었다. 그녀가 날 뚫어져라 보았다. 냉기가 서린 것이, 날 증오하는 게 아닐까 싶을 정도의 눈빛으로. 나는 휘파람을 불었다.

"나쁜 놈이라고 그랬나? 그런 거야? 메리, 난 일요일마다 거의 한 번도 안 빠지고 교회를 가는데. 거지를 보면 슬며시 잔돈을 주고. 납세의 의무도 다하고 있어. 크리스마스가 되면 우리 어머니가 가장 좋아하시는 자선단체에 수표를 보내. 도대체 내 어느 구석에 나쁜 놈이라고 쓰여 있는데? 아무 데도 없어. 눈 씻고 찾아봐도 없다고."

서재 문은 여전히 열려 있었고, 나는 아내가 신경 쓰여 귀를 쫑긋 세우고 있었다. 메리는 옷매무새를 다듬자 다시 점잖아 보였다. 짧지만 무거운 침묵이 뒤따랐다. 이내 메리가 침묵을 깨고 말했다.

"당신은 여자들을 죽이지. 당신은 연쇄살인마야. 그건 이해가 돼?"

하고많은 얘기 중에…….

이 얘기가 나올 줄은 몰랐다.

그녀는 책상 쪽으로 다가와서 내 메모장 중 하나를 집어 들더니 몇 줄을 읽었다.

"로버타가 굳이 톱으로 한 손과 한 발을 자르고 교회 제단 위에서 피를 흘리면서까지 죽어야 하는 이유를 말해줄 수 있어?"

그녀가 두어 페이지를 더 넘겼다.

"특히, 여기 다른 이야기의 결말이 그래. 루이즈가 총을 맞아 벌집이 되어 바닥에 쓰러지는 게, 산적들이 이 여자가 자기들을 배반한 오빠인 줄 착각했다는 거지. 그리고 맥가이어 부인이 문고리에 목을 매 **죽을 수밖에 없었던 이유**가 남편이 집에 와서 자기가 저녁밥 태운 걸 알면 어떻게 나올지가 두려워서라고? 제정신이야, 미스터 폭스?"

어느새 나는 이를 드러내며 미소를 짓고 있었다. 내 딴에 연출하고 싶었던 표정과는 정반대였다. 가소로워하면서도 준열하게, 라는 것이 내 얼굴에 내린 명이었건만. 가소로워하면서도 준열하게. 멋쩍어하는 게 아니라…….

"유머 감각이 정말 없구나, 메리."

내가 말했다.

"맞아."

메리가 말했다.

"그런 거 없어."

나는 한 번 더 승부수를 던졌다.

"픽션의 내용을 가지고 그렇게 민감하게 구니까 웃기잖아. 이게 실제 얘기야? 아니잖아, 왜 그러셔. 그래봤자 하고많은 게임일 뿐이라고."

메리는 손가락으로 머리칼을 비비 꼬았다.

"아. 그게 어떻게 풀리더라…… 우린 꿈을 꾸지, 꿈은 좋은 거야. 깨어 있을 때 우린 상처 입거든. 하지만 게임이니까, 우릴 죽이는 거지. 그리고 우린, 게임을 하는 거니까, 꽥."

"나라도 그만큼 잘 말하진 못했을 거야."

"그럼 당신은 날 위해 뭘 해줄 건데?"

그녀가 물었다.

나는 그녀를 꼼꼼히 뜯어보았고, 그녀는 더없이 진지해 보였다.

그녀는 제안을 하고 있었다.

"용을 죽일 수 있지. 열 마리라도. 뭐든 말해봐."

나는 답했다.

메리가 미소를 지었다.

"게임에 참가해주다니 고마워. 좋은 징조야."

"그래? 좋아. 그나저나, 우리가 지금 이야기하고 있는 게 정확히 뭐야?"

"그냥 융통성을 좀 가지면 돼."

그녀가 말했다. 아무래도 내가 모종의 도전에 응한 모양이었다. 그게 뭔지 감조차 못 잡는다는 게 문제지만.

"명심하지. 언제부터 시작인데?"

메리가 더 가까이 다가왔다.

"지금부터. 겁나?"

"내가? 아니."

미쳐버리겠는 건, 정말로 떨렸다는 사실이다. 어디까지나 살짝이지만. 어느덧 그녀의 손이 내 목덜미에 와 있었다. 그 손길은 부드러웠는데, 그게 누구도 아닌 그녀라는 사실 때문에 더 걱정이었다. 내 손이 그녀의 손을 감쌌다. 아무래도 벗어나려고 그랬던 것 같다.

"준비됐어?"

메리가 말했다.

"시작이야……."

닥터 러스투크루

닥터 러스투크루의 아내는 유별나게 수다스러운 것은 아니었다. 그런데도 의사는 굳이 아내의 목을 잘랐다. 딴엔 부인이 말하는 걸 보고 싶으면 언제고 머리통을 몸에 다시 붙여주면 된다고 생각하면서.

이 의사가 언제부터 실성한 걸까? 나는 모른다. 꽤 오래되긴 했을 것이다. 걱정 마시라. 그래봤자 그는 일반의일 뿐이니까.

참수는 가능한 한 깔끔하게 행해졌고, 신속하게 정리되었다. 그런 후, 닥터 러스투크루는 생전에 아내와 함께 아이들 방으로 삼으려 했던 빈 방에 아내의 머리통과 몸뚱이를 나란히 갖다 놓았다. 그리고 평소 때처럼 업무로 복귀했다.

의사의 아내는 선량한 여자였기 때문에 그녀의 몸뚱이는 변질

되지 않았고, 썩는 냄새를 풍기는 일도 없었다.

일주일 남짓 지났을 때, 늙은 러스투크루는 아내가 보고 싶다는 생각을 하기에 이르렀다. 이를테면, 그의 슬리퍼를 덥혀줄 사람이 없었던 것이다. 아이들 방에 간 의사는 아내의 머리통을 몸에 붙였다. 물론 그런다고 온전히 붙을 리가 없었다. 의사는 수술바늘 쪽으로 손을 뻗었다. 그럴 필요도 없었다. 몸에 달린 두 손이 위로 올라가 머리통을 목에 얹었기 때문이었다. 아내의 눈이 깜박였고 아내의 입이 말을 했다.

"또 한 번 전쟁이 일어날 거라고 생각하나? 대전大戰이 몰고 온 만연한 재난을 겪은 후에 설마 그럴 리 있나. 또 한 번 전쟁이 일어날 거라고 생각하나? 대전이 몰고 온 만연한 재난을 겪은 후에 설마 그럴 리 있나. 또 한 번 전쟁이……."

지껄임은 끝도 없이 이어졌다.

심난해진 의사는 아내의 머리통을 다시 떼어놓으려고 했다. 그러나 몸뚱이는 이를 거부했고, 머리통은 괴악스럽게 그대로 매달려 있었다. 이를 어쩐다. 의사는 하는 수 없이 같은 질문을 던지고 답하기를 끝도 없이 반복하는 아내를 놔둔 채, 아이들 방문을 걸어 잠갔다.

다음 날, 아내는 창문을 깨고 도망을 쳤다.

러스투크루는 그제야 자신이 아내에게 몹쓸 짓을 저질렀음을 깨달았다. 그는 아내가 돌아올 거라는 두려움에 시달리며 오랜 밤을 뜬 눈으로 지샜다. 그가 가장 두려웠던 건 아내가 순식간에 복수를 감행할 것이며 자신은 미처 깨닫기도 전에 죽을 것이라는 생각이었다. 그런 생각 때문에 그는 자기가 저지른 행위를 해명할 말을 준비할 수 없었다. 그러다 마침내 그는 그 공포를 안은 채 살아가는 경지에 이르렀다. 실상 그 공포가 그를 살게 했고, 그 자신은 있는지조차 의식하지 못했던 그의 광기를 치유해주었다. 몇 달이 지나자 그의 공포에는, 정상보다 살짝 빨리 뛰는 심장박동 말고는 어떤 증세도 남지 않게 되었다. 온 평생을 늙은 러스투크루는 다시 아내의 소식을 듣고, 아내에게 대답할 날을 기다리며 보냈다. 그런 날은 그러나 결코 오지 않았다.

"이봐, 지금 이게 다 뭐하자는 거지?"

내가 물었다.

우리는 자리를 바꿨다. 나는 넘어지기라도 했던 것처럼 의자에 대자로 퍼져 있었다. 우리 둘 다 아직도 서재에 있다고 생각했지만 장담할 수는 없었다. 메리의 두 손이 내 두 눈꺼풀을 완강히 누르고 있었으니까.

"메리?"

메리는 대답하지 않았다.

"지금 뭐가 어떻게 되고 있는 거지?"

나는 다시 물었다.

"지금 당장은 당신이 날 안 봤으면 하는데."

메리가 말했다.

"당신 괜찮은 거야?"

"당신 생각엔 어떨 것 같아? 당신이 그런 짓을 저지른 후에 말이야. 이 **빙충맞은 자식**아."

"지금 그게 우리들 얘기라고 말하는 거야? 실제 우리라고? 나랑 당신? 의사랑 부인 여자가?"

메리는 퉁명스러웠다.

"그래, 그래. 대단히 문제가 되지 않는다면 딱 몇 분만 더 기다려줘."

나는 그녀가 하는 말이 뭔 소린지 알아차릴 때까지 휘파람으로 'I Can't Get Started'*를 불었다. 그것은 나의 구원의 송가이자 아무 생각이 없는 숱한 때에 내가 몸담는 안식처였다. 나는 음표들의 길이를 달리하는 실험을 했다. 이쪽의 두어 마디는 길게 잡아 늘이고, 저쪽의 두어 마디는 휙 지나가는 식으로 빠르게, 느리게, 빠르게, 빠르게, 느리게, 느리게, 느리게 했다. 메리의 두 손이 떨리는 것을 보니 소리를 죽이고 웃고 있었다. 그래서 나는 안심했다. 세 번째 연주에서 갑자기 멈추고 나는 그녀에게 아직도 그녀를 보면 안 되느냐고 물었다.

"아니, 안 그러는 게 좋을걸."

자신의 꼴이 흉측하단 말을 그녀가 굳이 할 필요도 없었다. 이렇게 말해볼까. 그녀의 몸은 가까이, 바로 내 앞에 있었는데, 그녀의 목소리는 전혀 다른 방향인 왼쪽 멀리에서 들려왔다.

"잠깐, 어떻게 우리가, 그러니까, 어떻게 그런 일이 일어난 거지? 우리가 어떻게 그럴 수 있었지? 그게 가능하기는 한 거야? 우리가

---

* 조지 거슈윈의 작품으로 빌리 홀리데이 등이 불렀다.

함께 그런다는 게?"

"이건 좀 기술적인 문제라서. 당신은 아마 이해 못 할걸."

그녀의 말투는 건방졌다.

"그래도 설명해봐."

"미안하지만, 지금은 때가 안 좋은데."

그녀가 두 손을 떼자, 나는 그 즉시 그녀의 두 손이 그리워지고 말았다.

"쳐다보지 마. 진담이야."

그녀가 경고했다. 잠시 후, 짤깍 하는 소리와 함께 그녀가 그르렁거리는 숨을 내뱉었다. 나는 내내 눈을 감고 있었다.

"메리, 그건 그냥 스토리가 진행되는 방식에 지나지 않아. 그게 우리 이야기라는 건 난 몰랐어. 당신이 사전에 설명을 해줬더라면 혹시……."

"아, 당신은 알았어. 물론, 알았고말고."

그녀의 목소리는 가냘팠다.

"하지만 신경 꺼. 당신이 선수 치게 내버려둔 내가 잘못한 거지. 이다음부턴 내가 진행할게, 그리고 장담하는데, 당신 마음엔 들지 않을 거야."

담대하게 담대하게
하지만 너무 담대하진 않게

메리 폭스 Mary Foxe

1936년 2월 17일

세인트 존 폭스 앞

뉴욕 시 490 웨스트 58번가

미스터 폭스.

귀하의 작품 『닥터 러스투크루』를 매우 흥미 있게 읽었습니다. 정말 나쁘지 않은 작품이었습니다. 실제로, 저는 선생님의 쾌거에 축하하는 마음입니다. 답신을 해주실 거란 기대가 없음에도, 저로선 여쭤보고 싶은 마음을 금할 수 없는 게, 어찌하여 미스터 폭스가 출간하신 책 가운데 작가의 사진이 실려 있는 것이 단 한 권도 없는가 하는 것입니다. 유독 못생기신 건지요, 아니면 수줍음을 많이 타셔서인가요, 아니면 그냥 실존을 초월하신 분이라서 그런 건가요?

메리 폭스

4월 11일

뉴욕 시 85 이스트 65번가

세인트 존 폭스 St. John Fox

1936년 6월 2일

메리 폭스 앞

뉴욕 시 85 이스트 65번가

11 아파트

친애하는 메리,

(존칭을 생략하는 것을 양해해주셔야 할 것이, '미시즈'인데 '미스'라고 하거나 '미스'인데 '미시즈'를 붙이는 주제넘은 짓을 미연에 방지하고자 함입니다.) 편지 주셔서 감사합니다. 보여주신 정중한 태도에 큰 감화를 받았습니다. 이렇게 답신을 드리는 이유는 제가 놀라 까무러칠 정도로 못생겼다는 사실을 확인시켜드리기 위함입니다. 저는 이제껏 개를 몇 마리 키우면서 매번 네스터라는 이름을 지어주었으나, 다들 제 모습에 진이 빠진 나머지 도망쳐버린 후 애상에 잠긴 채 살아가는 사람입니다. 그러나 제가 예감한바 메리는 저와는 정반대의 사람이겠지요. 맞습니까? 다음번 회신에 당신의 사진을 동봉해주시기 바랍니다.

다정한 마음을 담아,

S. J. 폭스

c/o 애스터 출판사

뉴욕 시 490 웨스트 58번가

메리 폭스 Mary Foxe

S. J. 폭스 앞
c/o 애스터 출판사
뉴욕 시 490 웨스트 58번가

미스터 폭스,

제가 처음에 보낸 편지를 다시 읽어보았습니다만, 이런 모욕적인 답신을 받아도 마땅한 내용이 있다고는 생각지 않습니다. 선생님이 자신의 외모에 그토록 민감하신 분이라면, 그에 관한 문의에 대해 답을 하는 행동은 삼가셔야 하는 게 아닌지요. 그리고 지난 1월 4일 〈뉴욕 타임스〉에 실린 단신이 정확하다면, 선생님이 최근 세 번째 이혼을 하신 게 사실일진대, 당신의 외모가 키우던 개들까지 혼비백산할 정도인데도 여자들은 계속해서 매혹된다는 것이 과연 가당키나 합니까? 냉소는 가장 저급한 형태의 유머라고들 합니다. 저도 그렇게 생각합니다.

M. F.
뉴욕 시 85 이스트 65번가
11 아파트

세인트 존 폭스 St. John Fox

1936년 6월 6일

메리 폭스 앞

뉴욕 시 85 이스트 65번가 11 아파트

M. F.,

거참 유쾌하리만큼 쉽게 모욕을 느끼시는 분이군요. 더불어 참으로 기운 빠지게 잘 알아들었습니다. 당신 역시 별 수 없는 영국인이군요('기질상').

아시겠지만, 제가 이렇게 황급히 답신을 드린 건, 저에 대한 당신의 견해가 더 나빠지고 있을까 노심초사하는 마음 때문입니다. 실제로 그렇습니까?

그렇지 않다고 말씀해주시길.

세인트 존

c/o 애스터 출판사

뉴욕 시 490 웨스트 58번가

P. S. 지난 편지에 당신의 사진을 동봉하지 않은 것, 기억해두었습니다.

메리 폭스 Mary Foxe

1936년 7월 11일

S. J. 폭스 앞

c/o 애스터 출판사

뉴욕 시 490 웨스트 58번가

고약한 성격이신 것 같네요, 미스터 폭스.

다음 작품 때문에 골머리를 썩고 계시나봐요?

M. 폭스

뉴욕 시 85 이스트 65번가

11 아파트

세인트 존 폭스 St. John Fox

1936년 7월 16일

메리 폭스 앞

뉴욕 시. 85 이스트 65번가

11 아파트

친애하는 '메리 폭스' 씨,

메리 폭스가 본인의 실명인가요? 우리가 어디선가 만난 적이 있나요? 안면이 익은 사이인가요? 제가 혹여 미스 폭스에게 실례라도 저지른 적이 있나요?

제가 만회할 수 있도록

단도직입적으로 말씀해주시길,

S. J. 폭스

c/o 애스터 출판사

뉴욕 시 490 웨스트 58번가.

메리 폭스 Mary Foxe

1936년 7월 22일

S. J. 폭스 앞

c/o 애스터 출판사

뉴욕 시 490 웨스트 58번가

친애하는 미스터 폭스,

하신 질문들은 터무니없는 것 같군요.

진심을 담아,

메리 폭스

뉴욕 시 85 이스트 65번가

11 아파트

세인트 존 폭스 St. John Fox

1936년 7월 28일

메리 폭스 앞

뉴욕 시 85 이스트 65번가

11 아파트

나의 친애하는 폭스 씨,

실로 독창적인 어휘력을 구사하신 편지 잘 받았습니다.

그러나 지금 시점과 우리의 나이로 보건대,

종이, 잉크, 우표를 낭비할 때가 아닙니다.

미스 폭스는 제게 뭘 원하시는 겁니까?

S. J. F.

뉴욕 시 177 웨스트 77번가

아파트 25번지

메리 폭스 Mary Foxe

1936년 8월 2일

S. J. 폭스 앞

뉴욕 시 177 웨스트 77번가

아파트 25번지

제가 쓴 습작품 몇 개를 읽어주셨으면 합니다.

M. F.

뉴욕 시 85 이스트 65번가

11 아파트

세인트 존 폭스 St. John Fox

1936년 8월 6일

메리 폭스 앞

뉴욕 시 85 이스트 65번가

11 아파트

왜 제게 부탁하시는 거죠?

S. J. F.

뉴욕 시 177 웨스트 77번가

아파트 25번지

메리 폭스 Mary Foxe

1936년 8월 2일

S. J. 폭스 앞

뉴욕 시 177 웨스트 77번가

아파트 25번지

미스터 폭스, 지난번 편지 내용이 짧았던 것에 대해 사과드립니다. 몇 가지 이유가 있었습니다. 저는 편지를 읽고 선생님의 솔직한 면모와 선생님이 실제 사시는 곳으로 짐작되는 주소를 적어놓으신 것에 놀랐습니다. 그리고 저로선 고된 한 주를 보낸 후였지만 얼른 답장을 써야겠다는 마음에 상세하게 설명을 드릴 겨를이 없었습니다. 왜 선생님이냐고요? 신선한 답변을 드리진 못할 것 같군요. 전 오랫동안 선생님의 작품을 존경해왔고, 나름대로 습작을 하면서 선생님께서 제가 쓴 것을 읽는 상상할 때마다 마음이 정말로 든든해졌기 때문입니다. 네, 이게 전부입니다. 간단히 말해서, 선생님께서 제가 쓴 이야기들을 읽고 기탄없이 말씀해주시면 좋겠습니다. 압니다, 이런 걸 부탁드리는 것만으로도 부담이 된다는 사실을. 제가 선생님 입장이 된다면 분명 질색할 일입니다. 그런 의미에서 이후 선생님이 침묵하시는 것으로 이 서신의 왕래가 끝나버린다 해도 저는 아무런 억하심정도 느끼지 않을 것입니다.

언제까지나 선생님의
충실한 독자,
메리 폭스
뉴욕 시 85 이스트 65번가
11 아파트

세인트 존 폭스 St. John Fox

1936년 9월 10일

메리 폭스 앞

뉴욕 시, 85 이스트 65번가

11 아파트

잔망스러운 미스 폭스,

미스 폭스가 지금껏 숙제를 해온 게 정말이라면, 나 같은 사람에게 작품에 관한 조언을 구해선 절대 안 된다는 걸 알 텐데요. 당신이 나의 세 번째 이혼 소식을 알린 1월 〈뉴욕 타임스〉 기사를 언급하면서도, '아침 식탁 건너편에 있는 숨통 막히는 존재...... 여성의 창의적인 원동력을 가혹하게 파괴하는 자'라고 나를 묘사한 2월의 기사는 뺄 수 있었던 것이 나로선 놀랍군요. 그 기사를 쓴 여기자한테 편지를 써보지 그래요? 분명히 꽤 쓸 만한 조언을 해줄 겁니다.

진심을 담아,

S. J. 폭스

뉴욕 시 177 웨스트 77번가

아파트 25번지

메리 폭스 Mary Foxe

1936년 9월 13일
S. J. 폭스 앞
뉴욕 시 177 웨스트 77번가
아파트 25번지

미스터 폭스,

절 의심하시는군요. 그러지 마세요. 최근 선생님이 무방비 상태로 사생활이 파헤쳐진 것 때문에 제가 선생님을 조롱하거나 뭔가 정곡을 찌르는 말로 벼르고 있다고, 그래서 선생님에게 서른일곱 명의 전처들이 증오하고, 자기들의 잘못을 전가하는 작가를 소재로 한 풍자소설이라도 보내려 한다고 생각하시는군요. 자신의 모든 관계를 하나의 내러티브로 볼 정도로 순진한 분이라니, 실망스럽군요. 외람된 말이지만 진부합니다.

전 6월에 생일을 맞아 스물한 살이 되었습니다. 아뇨, 전 예쁘지 않아요. 예쁜 것과는 전혀 거리가 멀다고 말할 수밖에 없겠네요. 네, 전 영국인이에요. 실은 『기독교 순교사화』를 쓴 폭스의 직계후손이에요. (폭스의 『순교사화』가 16세기의 가장 훌륭한 책이라고 생각하며 자부심을 느낍니다.) 전 고구목사관에서 자랐습니다. 부친이 고구목사셨거든요. 아이 땐 아버지가 성서를 썼다고 생각했어요. 저는 선생님 댁에서 그리 멀지 않은 곳에 있는 펜트하우스 아파트의 중간 크기 침실의 독거인입니다. 이곳은 저로선 행여 깨뜨릴까봐 전전긍긍하게 되는 물건들로 가득 차 있어요. 제가 열네 살 난 여자아이의 가정교사이자 흔히 말하는 말동무—제가 하는 일은 딱히 명칭이 없습니다—로 지낸 지도 1년이 다 되어갑니다. 그 아이는 동급생 대부분이 두려워하는 탓에 학교 측의 요청으로 등교를 하지 않아요. 주말이 되면 아이의 가족은 대개 시외로 나가는데, 그때를 기회로 공책에 써둔 글을 타이핑합니다. 제가 왜 이런 이야기를 선생님에게 하는지, 행여, 이런저런 이야기들을 늘어놓는다고 선생님이 마음을 놓으실지, 심지어 관심을 가지실지 저로선 확신할 수 없습니다. 전 선생님이 생각하시는 그런 사람은 아닙니다. 어디까지나 이 점을 말씀드리고 싶을 뿐입니다.

메리 폭스

뉴욕 시 85 이스트 65번가

11 아파트

세인트 존 폭스 St. John Fox

1936년 10월 17일

메리 폭스 앞

뉴욕 시 85 이스트 65번가

11 아파트

친애하는 M,

당신의 편지만큼 흥미로운 편지를 받아본 게 언제인지 까마득하게 느껴지는군요. 여전히 제가 M의 작품을 읽기를 바란다면 기꺼이 그러겠습니다. 그렇지만 M이 직접 저에게 전해주셔야 합니다. 저는 개인적으로 알고 지내는 사람들의 작품만 읽기 때문입니다. 당신이 명쾌하게 지적하기 전에 미리 말씀드리자면, 네, 전 셰익스피어와 아는 사이입니다. 그 정도로 늙었답니다.

나는 일요일이면 언제나 머시어 호텔의 바에서 한두 시간을 보냅니다. 남 얘길 엿듣는 짓 따위는 안 해요. 요새 사람들은 하나같이 남에게 충격을 주지 못해 안달이 난 것 같더군요. 난 그냥 술만 마십니다. 다음 주 일요일에 당신이 나와 함께해준다면 기쁘겠습니다. 저녁 일곱 시. 이번엔 답장할 필요 없어요. 그냥 나와요. 우리가 서로 알아볼 수 있을지 한번 봅시다. 만약 여보란 듯 원고를 떡하니 들고 있으면 흥이 깨질 거예요.

따뜻한 마음을 담아,

S. J.

뉴욕 시 177 웨스트 77번가

아파트 25번지

이 편지를 받은 수요일 아침, 나는 아침 식탁에서 봉투를 열었다. 한편 미치 콜은 자몽 조각들을 핥았고, 캐서린 콜은 두 눈을 감고 앉아 제 딴엔 영국식 억양이라고 생각하는 말투로 "종다리를 갈라 종다리를 갈라 종다리를 갈라 종다리를 갈라"를 되풀이하고 있었다. 몇 분 후, 미치도 합류해 "종다리를 갈라 종다리를 갈라 종다리를 갈라 종다리를 갈라"라고 말했지만 빠르게 지껄이는 통에 캐서린이 숨을 쉬려고 잠시 멈춘 사이 그녀의 말이 뒤섞여버리고 말았다.

캐서린은 얼음 같은 파란 눈을 뜨고 읊조렸다.

"그러면 음악을 찾게 될지니."

미치는 들고 있던 스푼으로 내 손목을 쿡 찌르며 물었다.

"뭐 특별한 편지야?"

나는 고개를 저었다.

"아버지가 보내신 거예요."

딱히 거짓말을 한 건 아니었다. 내 접시 옆에는 아버지가 주소를 쓴 편지봉투가 뜯지 않은 채 놓여 있었다.

콜 가족의 거실엔 브래킷에 매달린 음악시계가 있었다. 랜턴 모양에 둥근 뚜껑이 달려 있는 그 시계는 아침 일곱 시부터 밤 열 시까지 정각 때마다 음악으로 시간을 알렸고, '엘리제를 위하여'한 소절을 들려주었다. 그 '엘리제를 위하여'는 언제나 등골이 오싹했다는 생각을 이제 와서 하니 웃음이 터진다. 캐서린은 그 시계가 자기의 감성을 짓밟는다는 말을 몇 번 했지만, 콜 씨가 좋아한다는 이유로 그대로 두고 있다. 런던에서 콜 가족과 면접을 했을 때, 콜 씨가 나와 악수를 한 다음에 두 번째인가 세 번째로 한 말은 자기에겐 교양이 없다고, 아예 전무하다고 한 것이었다. 앙증맞은 체구에 백금 빛 머리칼, 은은한 빛깔의 다이아몬드처럼 기분 좋게 둥글둥글한 미치가 곧바로 말참견을 했다.

"우리 아빠곰에게 은총이 있기를. 이이한테 교양 따윈 눈곱만큼도 필요하지 않아요."

시계가 아홉 시를 알리자, 캐서린은 어머니를 돌아보며 말했다.

"있지, 엄마의 과장된 어법은 진짜 끔찍해."

미치는 캐서린의 머리칼을 쓰다듬으며 말했다.

"어머, 고맙기도 하지, 내 새끼."

캐서린이 대답했다.

"엄마 손에 묻은 자몽즙이 이제 내 머리에 묻었어."

그녀는 짜증을 표하는 것 이상의 의도를 가지고 즉시 테이블을 떠났다. 미치와 나는 목욕탕 수도를 트는 소리를 듣고선 서로를 쳐다보았다.

"캐시가 내 아이라는 게 살짝 웃긴 것 같다는 생각이 들어."

미치는 그렇게 말하고는 다시 자몽을 먹기 시작했다. 그녀는 사전(이제 막 K를 들여다보기 시작한 듯 보였다)을 읽으면서 동시에 베르도프 굿먼의 카탈로그를 훑어보았고, 캐서린이 입을 옷을 고르기 시작했다.

머리칼이 젖은 캐서린이 식탁으로 돌아왔다. 미치가 카탈로그의 한 페이지를 펜으로 톡톡 두드리면서 물었다.

"내 딸, 여기 이 귀여운 스커트 정장 어떤 것 같니?"

"멋져. 살래."

캐서린은 보지도 않고 말했다.

캐서린은 미치를 축소하고, 갈색 머리를 더하고, 양심을 흔적도 없이 말끔히 지워낸 버전이었다. 이 아이는 빈틈없이 감시하지 않으면 언제고 다른 사람에게, 어쩌면 수많은 사람들에게 끔찍한 짓을 저지를 것이라는 강한 예감이 들었다. 애를 들쑤시지 않는 것이 관건이다.

미치는 펼쳐진 카탈로그 위에 큼지막한 진드기를 올려놓았다.

우리가 서로 알아볼 수 있을지 한번 봅시다…….

나는 토스트—모든 게 버터와 마멀레이드였다—를 먹으면서 벽을 보았다. 미치가 능력껏 찾아낸 금빛 목재, 노란색 조리대 상판, 노란색 테이블보, 역시 똑같은 색 리놀륨까지, 그토록 충격적인 색조에 에워싸여 있으면 이것이 실제라곤 도저히 믿기지가 않아서 한시도 바닥에 내 몸무게를 온전히 부리지 못하고 어느새 발끝으로 걷거나 앉아 있곤 했다.

캐서린이 세수를 하는 바람에 입고 있던 흰색 실크 블라우스가 젖어서 망가졌을 것 같았다. 아침 산책 전에 전문점에 가져가 드라이클리닝을 해야겠다. 솔처럼 푸른 캐서린의 스커트는 질릴 정도로 깔끔하게 재단되어 있어서 가격이 적어도 내 세 달 치 월급을 합친 것과 맞먹는다는 걸 알 수 있었다.

"블라우스 갈아입는 게 좋겠는데, 캐서린."

내가 말했다. 그 애는 내 말을 들으면 아무런 내색을 하지 않는다. 나는 미스터 폭스의 편지 ('제가 M의 작품을 읽기를 바란다면 기꺼이 그러겠습니다.' 기꺼이 그러겠다고, 그가 기꺼이 그러겠단다)와 집에서 온 편지를 꺼내어 내 방으로 가져가 캐서린 눈에 띄지 않도록 그 애가 극도로 싫어했던 책과 폭스의 『순교사화』 사본들 사이에 끼워 넣었다.

미치가 라디오의 스위치를 켰다. 한 악단이 거슈윈을 요란하게 연주해대는데, 개중 트롬본 섹션이 제일 컸다. 나는 부엌으로 돌아와 접시와 컵을 치웠다.

"메리의 시 중에 몇 편을 읽고 있었어."

캐서린이 엄마에게 말했다. 미치는 불안한 마음에 두 눈이 휘둥그레지더니 말했다.

"그런데?"

"말도 안 되는 것뿐이야."

캐서린이 말했다.

"그래서 말인데? 물어볼 게 좀 있어."

아이는 스커트 주머니에서 네모나게 접은 쪽지를 꺼내 펼쳤다. 미치는 사방을 돌아보며 구원을 요청했다. 나는 재빨리 돌아서서 접시에 대고 물을 틀었다.

"아, 백지네."

미치는 안도하며 쉰 목소리로 속닥거렸다.

"애, 그건 그냥 백지잖니. 늙은 엄마한테 이렇게 고약한 장난칠래?"

"만우절이잖아."

캐서린이 설명했다.

"11월이거든?"

미치가 딸에게 말했다.

캐서린은 한동안 입도 뻥긋하지 않았다. 생각에 골몰하고 있는 것 같았다. 다른 사람들도 아무 말하지 않았다. 라디오의 악단은 헐떡이며 두 번째 음악을 연주했고 나는 접시의 물기를 닦아내기 시작했다. 나는 미스터 폭스에겐 세 개의 작품만 보낼 것이다. 작품들은 이미 다 골라놓았다. 지난주에 나는 내가 타이핑한 작품들을 보았고, 읽고 또 읽었다. 그리고 이렇게 자문했다. 만약 미스터 폭스가 보기에 네가 전혀 가망이 없다면, 어떻게 할 거니?

접시 행주도 노란색이었다. 컵을 하나씩 말릴 때마다 내 손에 황달이 생긴 건 아닌지를 확인해야 했다. 캐서린이 내 옆에 나타났다. 어느새 회색 드레스로 갈아입고 있었다.

"메리, 산책 가자."

지난밤에 비가 내린 터라 나무들마다 여전히 빗물이 떨어지고 있었다. 65번가 거리를 따라 늘어선 모든 가로수들이 우리에게 잎들을 떨구었다. 잎들은 거무죽죽했고 물이 묻어서 소리가 났다. 언제고 이파리들에게 물릴 것만 같다는 생각이 들었다. 나뭇잎이 꼭 박쥐 같았다. 센트럴파크로 가는 산책길에서 한 블록 더 내려가면 머시어 호텔이 있었다. 문 위로 불쑥 솟아오른 흰색 포르티코* 위에서 비둘기들이 뒤뚱거렸고, 희미하게 바스락거리는 소리가 들렸으며, 뿌연 유리 너머로 움직이는 사람들이 보였다.

가는 길에 드라이클리닝 전문점에 들러 캐서린의 블라우스와 콜 씨의 정장 몇 벌을 맡겼다. 그런 후 캐서린이 해야 할 문학 숙제 얘기를 했다. 『흰 옷을 입은 여자』와 『몬테크리스토 백작』을 읽을 것. '악당이란 무엇인가?'라는 질문에 답할 것. 공원에 가서 그 애가 자리를 잡고 앉은 후에 읽을 수 있도록 그 두 권의 책을 책가방에 넣어 가지고 왔다. 그 애와 함께 읽으면서, 그 애의 생각을 내가 따라잡을 수 있을지 알아볼 셈이었다. 독서 자체는 캐서린을 이리 튀고 저리 튀게 만들진 않았다. 캐서린은 손에 잡히는 대로 읽었다. 문제는 다 읽은 후에 그 애의 반응을 끌어내는 것이었다. 줄거리를 얘기하라고 하면 그 아이는 무감정한 태도로 사소한 것 하나까지 빼놓지 않고 반복해 말했다.

* 대형 건물 입구에 기둥을 받쳐 만든 현관 지붕.

"아, 저마다 자기 의견이 있잖아. 안 그래? 누구든 말하고 싶은 게 있다고."

내가 알고 싶은 건 그 애가 그 책을 재미있게 읽었는지 아닌지인데, 정작 그 애는 그렇게 말했다.

내가 예상한대로 캐서린은 내 이야기를 듣고 있지 않았다. 아이는 검정색 베레모 위로 떨어진 나뭇잎들을 떼어내면서 말했다.

"있잖아, 엄마한테 나도 메리처럼 단발로 자른다고 하면 허락해 줄까?

신호등이 켜졌고 우리는 손을 잡고 건넜다.

"네 머린 지금 이대로가 잘 어울려."

"하지만 난 단발을 하고 싶어. 엄마는 단발이 구닥다리 스타일이라 이상해 보인대."

나는 얼굴이 새빨개졌다. 미치가 정말로 그런 말을 했는지 물어보는 건 부질없는 짓이었다.

캐서린이 곁눈으로 날 보았다.

"메리는 왜 단발을 하는 거야? 플래퍼*가 부활하길 바라는 거야?"

"내가 단발머리를 하는 건 유행을 신경 쓰지 않으니까, 그냥 나한테 어울리면 되니까 하는 거야. 물어봐줘서 눈물 나게 고맙구나."

---

* 1920년대 미국에서 유행한 이른바 신여성 문화.

나는 가차 없이 말했다.

사실 머리라면 두 손 두 발 다 들었기 때문에 단발을 고수하는 거였다. 머리색이 하도 옅어서 얼굴 뒤로 넘기면 대머리처럼 보였다. 옛날 우리 어머니는 내 뺨에 입을 맞추고 손가락으로 머리칼을 훑어 주었다. 내 머리칼을 한 움큼 잡아 불빛 쪽을 향하며 말했다.

"이 색깔 좀 봐, 금실을 짠 것 같아. 넌 크면 정말 미인이 될 거야……."

그 말을 나는 언제나 하나의 이야기, 어머니가 해준 다른 이야기들과 마찬가지로 당신이 들려준 동화라고 이해했다. 그 얘기대로 되지 않았다고 상처를 받거나 하진 않았다. 그럴 거라고 기대하지 않으니까.

일요일 아침을 미스터 폭스에게 보내기로 결정한 세 작품을 새로 타이핑하며 보냈다. 평소에는 부지기수로 오타를 쳐서 파지가 수도 없이 나왔다. 그러나 이번엔 실수가 가장 적었다. 아드레날린 덕에 정확도를 얻은 것이다. 캐서린의 축음기로 'Mama Loves Papa'를 수도 없이 들었다. 그 애는 그걸 부모와 함께 롱아일랜드로 떠나기 전에 내 방에 갖다 놓았다. 그들 셋 모두 풀 먹인 흰색 테니스 옷을 입고 떠났다. 테니스 코트에서 번갈아 더블 경기를 하는 걸로 콜 씨가 일하느라 정신없이 보냈던 한 주를 잊게 해주자는 모녀의 계획이었다. 나는 롱아일랜드엔 가본 적은 없지만 사진으로 봤으니, 콜 씨가 행여 같이 가자는 말은 입 밖에도 꺼내지 않기를 바란다. 롱아일랜드에 있는 그들의 저택 테니스 코트 옆엔 수영장과 수목 미로가 있었다. 그리고 요리사도 있었다. 그런 데서 내가 뭘 하겠는가? 죽을 것이다. 콜 일가가 앓고 있는 모종의 우울증에 걸려서.

미치가 가끔 주말을 어떻게 보내느냐고 물을 때가 있는데 그럴 때 나는 타임스 광장의 무료급식소에서 자원 봉사하는 걸로 보낸다고 말한다.

타이핑을 마친 후 원고를 검정색 폴더에 넣어 책가방에 담았다. 뱃속이 울렁거려 목구멍까지 치받쳐 올라 화장실로 가서 토하려 했지만 그런 운은 따라주지 않았다. 나는 『몬테크리스토 백작』을 들고 침대에 누워서 주인공이 샤토 디프 형무소에서 탈출하는 경이로운 대목을 다시 읽었다. '잘했어. 몬테크리스토. 당신의 탈옥담은 세계의 모든 복역수들에게 뼈아픈 좌절을 안겨줬네.' 침실 창문으로 하늘을 볼 수 있도록 침대의 위치를 맞춰 보려던 것도 포기했다. 맨해튼 이쪽에선 하늘이 단 한 뼘도 보이지 않는다. 맑은 날에도 구름이 최고층 건물들 중간 위쪽의 판유리에 반사되었지만, 여기선 거기까지가 최상이었다.

집에 아무도 없을 때조차 내 방에만 틀어박혀 있다니, 이상한 일이다. 실제로, 아무도 없을 때 더 그러는 편이니 이상하지 않은가. 나 자신도 설명할 수가 없다. 방 자체에 애착이 있어서가 아니다. 보호받는 느낌이나 소유권하고는 전혀 무관했다. 소심해서도,

방향감각을 상실해서도 아니었다. 콜 가족이 날 들인 것도 이런 이유에서가 아니었을까. 그들은 날 보며 생각했으리라. 이 계집애가 우리 가정에 해가 될 일은 없을 거야. 우리 집 크리스털 세공품, 은제 가보, 풍경화와 레이스, 아, 우리 레이스도. 앤 영국애이지만 거만하지 않아. 제 주제를 알아. 그렇고말고. 얘한텐 뭐랄까 귀신같은 데가 있어…… 특정한 시각에 특정한 곳에 나타나잖아, 다른 때엔 사심이 없는 어둠 속으로 물러나 있고 말이야. 메리 '고스트' 폭스.

그가 도착하기 전에 바에 가 있어야지, 라고 나는 결심했다. 그가 날 알아보기 전에 내가 먼저 그를 알아보고 싶었다. 문 근처 자리에 앉아서 와인 한 잔을 들고 눈을 반쯤 감고 천천히 마셔야지. 그리고 저녁 일곱 시에 고개를 들어 주변에 모여든 사람들 모두를 살펴볼 것이다. 애거사 크리스티 미스터리 소설의 마지막 장면 같겠지. 문이 잠긴 방 안에 범인일지 모르는 사람들이 모두 함께 모여 있는 것처럼.

일곱 시 삼 분이 되면 나는 눈길을 끌 만한 구석을 찾기 힘든 외모의 남자에게 다가가 말하리라.

"옆에 앉아도 될까요. 폭스 선생님."

뒤에 물음표 같은 건 빼버려야지. 우리는 한 시간 동안 이야기를 나누리라. 나는 작품을 건네주고 여덟 시 십 분에 돌아올 것이다. 늦어도 여덟 시 반을 넘기지 않을 것이다. 콜 가족이 아홉 시에 오니까.

나는 여섯 시 반에 바에 가기로 했다. 그는 내게 일곱 시 반에 오라고 했으니 여섯 시 반 전에 나타날 것 같지는 않았다. 그가 말한 일곱의 의미가 그가 바에서 보낸 '한두 시간'에서 나중의 한 시간을 의미하지만 않는다면. 아니라면 그는 이미 자리를 잡고 앉아서 얼음이 녹고 있는 위스키 잔을 들고 있을 것이다. 그의 작품에 등장하는 그 어떤 인물도 위스키를 마시지 않는다. 그들은 위스키를 제외한 태양 아래 모든 술을 마시지만, 나는 미스터 폭스가 위스키는 자신을 위해 따로 비축해두었을지도 모른다는 사실을 알아차렸다. 그는 얼음과 알코올이 완전히 섞인 뒤에야 첫 한 모금을 마실 것이다. 기다리는 동안 그는…… 뭘 할까? 그는 정말로 일요일이 되면 거의 어김없이 혼자서 머시어 호텔 바로 갔을까? 아니면 가령 샐 같은 이름의 술친구가 있을까? 얼간이에 졸음에 겨워 눈을 껌벅이는 샐, 스포츠의 역사가 태동한 이후 지금까지 프로 권투의 통계자료를 전부 꿰고 있는 백과사전적 지식도 무기력에 가려진 샐. 착한 영감, 샐. 단순한 친구. 이것도 아니라면 폭스 선생은 자기 작품의 추종자들과 마시는 것을 좋아해서 셔츠 소매를 걷어 올린 젊은 신문기자, 말쑥한 옷차림으로 여러 출판업자와 문학 에이전시를 대신해 거절 편지를 타이핑하는 여자들과 한잔했는지도 모른다. 그는 여배우를 좋아할지도 모른다. 지금껏 여배우와 결혼하거나 엮인 적은 없었고, 연애 대상은 언제나 작가들이었지만, 누가 아나, 브로드웨이의 한 신출내기와 잘돼서 불운의 늪에서 빠져 나왔을지. 만약 그가 백치처럼 웃는 여배우와 함께 바에 있는 걸 보게 되면 나는 그에게 굳이 말을 건네는 법 없이 곧바로 자리를 뜰 것이다.

여섯 시 십 분 전에 나는 캐서린의 방으로 들어가 그 아이의 옷장 문을 열었다. 어찌나 잘 정돈을 해 놓았는지 텅 비어 보였다. 나는 그 애의 푸른색 스커트를 옷걸이에서 떼어내 입었다. 잘 맞았다. 그런 다음 나는 미치의 방으로 들어갔다. 시계가 음악과 망치 소리로 '엘리제를 위하여'를 연주하며 여섯 시를 알렸다. 나는 캐서린의 스커트에 브래지어만 입은 채 화장대에 앉았고 (이십 분 남았다. 내 걸음걸이론 머시어 호텔까지 십 분이 걸릴 것이다) 눈에 보이는 것은 전부 다 사용했다. 얼굴에 파우더를 발랐고, 볼연지를 칠했고 눈썹도 칠하고 속눈썹을 빗어 올렸다. 화장을 마친 후, 나는 얼굴을 깨끗이 씻었다. 결과가 내 예상을 단 한 치도 벗어나지 않았기 때문이었다. 내 얼굴은 섬뜩해 보였다. 삼 분을 남기고 나는 캐서린의 실크 블라우스의 단추를 채우고 축음기를 끄고 집을 나섰다.

승강기 안내원이 내게 데이트가 있느냐고 물었다. 나는 그를 무시했다. 승강기에 함께 탄 사람이 하는 말은 무시하는 게 상책이라는 건 경험에서 얻은 것이다. 그 사람들은 하고 싶은 말이 단 한 마디도 없을 때만 그런다는 게 내 생각이다. 그는 모자를 홱 잡아당기더니 내가 1층에서 내릴 때 한마디했다.

"말 한 마디 하면 어디 덧나나, 안녕히 가시구려."

안에서 본 머시어 호텔은 온통 황동에 마호가니에 윤이 나게 닦은 자단목이었다. 붉은 벨벳도 물론 깔려 있었고, 담뱃진이 흠뻑 밴 향수 냄새가, 좋은 쪽에 가까운 쓰레기 냄새가 풍겼다. 나는 한 커플이 막 자리를 비운 비좁은 구석 쪽 테이블을 택했다. 그들은 함께 있어 행복해 보였고, 코트 깃을 세우고 서로 손가락이 닿을 정도의 거리를 유지하며 밖으로 걸어 나갔다. 나는 그들이 비운 잔 사이에 내 와인 잔을 놓았고, 웨이터에게 잔을 치우지 말아달라고 부탁했다. 바의 거대한 대리석 기둥부터 그 기둥을 중심으로 펼쳐진 테이블과 의자들의 제방까지 봐도 혼자 앉아 있는 사람은 거의 단 한 명도 없었다. 커플이 앉아 있는 테이블 몇 개를 빼면 대개 다섯, 여섯, 일곱 명이 무리지어 앉아 있었다. 무리의 여자들은 예쁘게 콧잔등을 찡그리고 칵테일을 홀짝이고, 남자들은 시가와 위스키텀블러를 활용해 자기들의 입에 발린 소리를 강조하고 있었다.

일곱 시 이십 분에 누군가가 말을 걸어왔다.

"안녕하세요."

고개를 들어보니 한 남자가 맥주잔을 들고 있었다. 기름을 발라 옆으로 넘긴 머리칼이 나뭇잎 그물맥처럼 한 올 한 올 빠짐없이 도드라져 보였다. 그가 싱긋 웃었다.

"고독에 빠져 있나요?"

"폭스 선생님이세요?"

그는 윙크를 하더니 내 반대편 의자를 끌어당겼다.

"그럼요, 제가 그 사람이에요. 아까부터 당신을 보고 있었는데……."

나는 그가 앉기 전에 그 의자에 내 책가방을 던졌다.

"기다리는 사람 있거든요."

그는 반박 한 번 하지 않고 자리를 떴고, 바 앞에 앉아 내 테이블과 마주 보도록 스툴을 돌리더니 내가 그쪽을 볼 때마다 미소를 던졌다. 나는 다만 비교할 셈으로 이따금씩 그쪽을 보지 않을 수 없었다. 결국엔 바에 앉은 그가 폭스가 틀림없다는 생각이 들기 시작했다. 그의 눈은 몹시 번들거렸다. 흰자위가 터무니없이 많았고, 눈 사이도 지나치게 좁았지만, 미소는 그것을 상쇄할 정도로 상큼하고 다정했다.

일곱 시 십 분이 되자 웨이트리스가 와인을 한 잔 더 가져왔다.

"바의 신사 분께서 손님에게 홀딱 반하셨대요. 이건 찬사와 함께 보내시는 거예요. 성함이 잭이라고 말씀하시고요."

나는 고개를 끄덕였고 그녀가 내 앞에 잔을 내려놓도록 허락했다. 나는 그 잔엔 입을 대지 않았다. 술잔이 놓였으니, 여기서 혼자 기다릴 시간을 번 셈이었다. 그 와인 잔을 보고 있으니 내가 거기 빠져 죽어가는 것처럼 느껴졌다. 미스터 폭스는 오지 않았다. 그는 오지 않았어. 안 왔다고.

내가 바에서 나왔을 때는 여덟 시 반이었다. 매우 황량한 밤이었다. 시내의 차들과 바둑판무늬의 택시들이 번갈아 흐름을 이루며 서로 잘났다고 요란하게 경적을 울려댔다.

여기에 찻길이 있고 또 여기에 인도가 있다. 그러나 찻길이 훨씬 더 활력이 넘쳐흐른다. 내가 찻길로 들어서면 어떻게 될까?

미쳐버린다는 것, 그래서 단 한 가지도 걱정할 게 남지 않는다는 건 엄청난 사치라는 생각을 나는 자주 한다. 그러면 다른 사람들이 날 위해, 나 때문에 걱정해야 할 것이다. 어떤 의사들은 내게 이렇게 말해줄 것이다.

"걱정하지 말아요, 메리. 어디까지나 당신이 미쳐서 그런 거니까. 자, 아무 말 말고 이 약을 먹어요."

그러면 난 생각할 것이다. '이게 다라는 거군.' 그래서 난 더없이 행복할 것이다. 그래도 큰 소리로 이렇게 말하겠지.

"뭐라고요? 난 머리부터 발끝까지 정상이야! 미친 건 **당신이야**……."

그래도 살짝 티만 내야지. 이건 어디까지나 쇼니까.

1936년 월 일

세인트 존 폭스 앞

뉴욕 시 177 웨스트 77번가 아파트 25번지

가증스러운 미스터 폭스

경멸스러운 미스터 폭스

역겨운 미스터 폭스

혐오스러운 미스터 폭스

야비한 미스터 폭스

유의어사전을 덮고 타자기에서 황급히 편지지를 빼다가 찢어졌다. 편지지 반쪽은 타자기 가로대 위 두루마리에 걸려 있었다. 두 동강 난 편지지를 서로 대봤지만 더는 맞지 않았다.

캐서린은 내 침대에 누워 내가 숙제로 내준 적이 없는 책을 읽고 있었다. 내가 미스터 폭스에게 보내는 편지를 손으로 구겨버리자 그 아이가 고개를 들었다. 캐서린은 그런 아이였다. 내가 타자기 키를 두드려대고 있는 동안은 눈 하나 꿈쩍 안 하면서, 정작 내가 조용히 손가락을 놀리다가 뭔가 사소한 행동을 하면 비상한 관심을 보였다.

나는 그 아이에게 무슨 책을 읽느냐고 물었다.

그 아이는 어깨를 으쓱했다.

"그냥 책."

"그렇다면 내가 정해준 책들은 다 읽었다는 뜻이구나, 그렇지?"

캐서린은 책장을 넘겼다.

"아직. 차차 볼 거야."

"공부 열심히 안 한다고 엄마한테 이른다."

캐서린은 사뭇 궁금해진 모양이었다. 그 애에게 엄포를 놓은 건 이번이 처음이었다.

"아무래도 그러는 게 좋겠어. 어쨌거나, 내 교육이 잘 되느냐 안 되느냐의 문제니까. 아무래도 선생을 바꿔야 할까봐? 런던이 그리운 거야?"

일부러 버릇없이 말하려는 노력까지도 귀찮다는 듯 무심하게 말하는 그 아이의 태도가 우스워서 나는 웃음을 터뜨렸다.

"캐서린, 내가 지금 이 의자에 앉은 채 처참하게 죽을 수도 있을 것 같거든. 이 방을 다 뒤덮을 만큼 피를 흩뿌리다가 네가 읽고 있는 그 멋진 책까지 피칠갑할 수도 있을 것 같거든. 그리고 난 믿는데, 정말 믿어 의심치 않는데, 넌 가장 끔찍한 것조차 말끔히 씻어내고 굳세게 전진할 거야."

캐서린이 두 다리를 뻗었다.

"메리, 그런 얘길 하다니 아주 섬뜩한데."

아이가 고개를 설레설레 저었다.

"아주 섬뜩해."

캐서린은 방을 나갔고, 난 그 애가 읽던 책을 집어 들었다. 표지에 증기선 그림이 그려져 있었다. 책의 뒷면을 보았다. 『딥 사우스의 뱀파이어들』.

캐서린이 『흰 옷을 입은 여인』을 들고 돌아와 내 타자기 앞 의자에 앉았다.

"이제 만족해?"

그 애가 물었다. 난 만족한다고 말했다. 자리에 누우려고 침대 옆으로 가 서 있던 참이었다. 며칠째 피로가 쌓여 있던 차였다. 평소 때보다도 더 잠을 많이 잤는데도 잠에서 깨어나면 벽에 내동댕이쳐지기라도 한 듯 충격이 온몸으로 전해왔다. 캐서린이 타자를 치기 시작했다. 나는 눈도 뜨지 않고 (어느새 눈을 감고 있었던가) 말했다.

"내 타자기에서 손 떼, 캐서린."

캐서린은 멈추지 않았다. 그 애가 딱히 내 말을 들을 거란 생각은 하지 않았다. 나는 타자기 키들이 전진하는 소리를 듣는 게 좋았다. 파르르 떠는 스페이스바, 한 행이 끝날 때 땡 하고 들리는 금속성 소리. 그 소리를 들으면 힘이 난다. 나와 내가 말하는 것에 관심이 있는 사람, 내가 도달하게 될 곳을 정확히 이해하고 있는 사람이 내는 소리이기 때문이다.

"음……"이라고 타자기는 말한다.

"으으으음. 아-알겠어-아-알겠어."

그리고 가끔은 키득키득 웃기도 한다.

내가 잠에서 깼을 때 침실 문은 닫혀 있었다.

"캐서린."

나는 불렀다.

"응?"

캐서린이 대답했다. 도망치진 않았네. 다소 마음이 놓였다. 콜일가가 런던으로 여행을 갔을 때처럼 자정을 십오 분 넘긴 시간에 경찰서에 가서 애를 데려오는 일은 일어나지 않을 테니까. 그때 캐서린은 대대적인 소매치기를 한 탕 할 결심으로 코번트가든에서 예전의 가정도우미였던 헤스터를 따돌렸다. 헤스터가 캐서린을 감당하지 못한다고 여긴 콜 부부는 그녀를 퇴출시킨 후, 후임을 급구하는 광고를 냈다. 영국인 가정도우미는 한 번도 들인 적이 없었던 그들은 정확한 어법을 구사하고, 범접하기 어려운 분위기를 풍기는 사람을 원했다. 그런 성향이면 딸을 단속할 수 있을 거라고 생각한 건가.

나는 타자기 안을 들여다보았다. 저 안에 도시가 있다. 검은색, 재색의 기둥들이 있고 거주민은 없는.

"기하 숙제 다 했어. 그리고 메리가 읽으라고 한 책은 이백 페이지하고, 젠장, 다섯 페이지째 읽고 있어."

캐서린이 발표했다.

"'젠장'이란 말은 쓰지 마."

나는 대답했다.

"개 산책 가자!"

캐서린은 진짜 개처럼 짖었다.

어느 날 밤 부엌에 갔다가 콜 씨와 마주친 적이 있다. 그는 토스터기에 몸을 수그리고 시가에 불을 붙이고 있었다.

"성냥을 찾을 수가 없어서."

허리를 펴면서 그가 말했다.

"아."

나는 그렇게 말하고 자리를 뜨려고 했다. 차 한 잔쯤은 나중에 마셔도 되니까. 그런데 그가 손을 뻗더니—멀리 떨어져 있지 않은 거리였다. 매우 강건하게 다져진 체격인 그의 옆에 있으면 난 꼭 인형 같다—내 손을 움켜쥐었다. 그는 날 붙잡고 방 안을 빙글빙글 돌다가 넘어지지 않도록 카운터에 등을 기대고 서게 했다. 그러고는 시가를 한 모금 빨았다. (이러는 내내 시가를 끌 필요가 없을 정도로 그는 태평했다.) 그가 어찌나 가까이 다가왔는지 용케 그의 면도기를 피한 수염의 뿌리까지 보일 정도였다. 그가 아무래도 내게 입을 맞출 것 같아서 나는 그의 입을 쳐다보았다. 그렇게 주의를 기울이고 있으면 못하지 않을까 하는 바람에서였다. 그게 내 인생의 첫 번째 키스가 되었을지도 모른다. 그리고 그 키스는 담뱃재 맛이 났을지도 모른다.

그는 키스를 하진 않았지만 한 손을 내 가슴에 얹었다. 브래지어와 드레스 너머의 내 젖을 쥐어짜면서 그는 계속해서 담배를 피웠다. 화가 나거나 더럽혀진 기분이 되었어야 한다는 걸 안다. 그러려고 애썼지만 그의 태도는 산만해서 마치 메모장에 뭔가를 끼적대면서 정작 머릿속으론 딴 생각을 하는 것만 같았다. 주로 내 쪽에서 매우 심란해하고 있었다. 그러는 동안 그는 내 이마를 바라보았지만, 세 번째로 주무를 땐 내 눈을 들여다보았다. 그리고 즉시 손을 뗐다.

"갈 데도 있고, 만날 사람들도 있어야지, 메리."

그는 뒷걸음질로 문까지 가서 입에서 시가를 빼들고는 다시 피워 물 때까지 한 손가락을 입에 대고 눈을 찡긋했다. 그런 일이 있은 후, 편지를 써 보낼 만한 사람이 없다는 것이 아쉽다. 어떤 사람이 내 몸을 만지더니 예의 바르게 응시한 후 마음을 바꾸는 것이 얼마나 모멸스러운지를 편지로 설명할 수 있었을 텐데 그럴 만한 사람이 없다는 것이 아쉽다.

캐서린과 내가 산책을 하고 집에 돌아왔을 때 콜 씨는 미치를 무릎에 앉힌 채 안락의자에 앉아 있었다. 미치가 캐서린을 향해 두 팔을 벌리며 그들이 연출한 광경에 아이를 끌어들였다. 캐서린은 얼어붙은 시선으로 부모를 응시하더니 그들을 빙 돌아서 식당으로 갔다. 식당엔 흰 캡을 쓴 흑인 하녀가 음식이 쌓인 트롤리 옆에 서서 아무도 먹지 않을 볼로방*이 담긴 쟁반들로 식탁을 채우고 있었다.

"숙녀분들이 내려오실 때까지 얼마동안 사라져 있어야 되나?"

콜이 물었다. 그게 진심으로 걱정되는 모양이었다. 미치가 그의 목을 조르면서 "성질 고약한 곰이 다 있네, 맞지? 맞지?"라며 정답게 말해주었다.

미치는 여성 클럽을 한 달에 딱 한 번만 주최했고, 그래서 참을 만했다. 콜의 동료 아내들이 콜의 아파트에 모여 사방을 담배 연기

* 크림소스에 고기 · 생선 등을 넣어 조그맣게 만든 파이.

로 가득 채웠다. 칵테일과 생야채 말고는 아무것도 먹지 않았다. 너도 나도 살을 빼려고 안간힘이었다. 그들, 이 여자들은 원을 돌 듯 돌아다니면서 최근에 이런 책을 읽고 있다느니, 극장에서, 아니면 사진에서 뭘 봤느니, 어느 예술 전시회가 과연 훌륭하다느니 수다를 떨었다. 캐서린과 나는 각자의 방 중 한 곳에 들어가 의자로 문을 가로막아놓았다. 미치가 거나하게 취해 있다가 느닷없이 제 자식을 전시하겠다는 욕구에 사로잡힐 때를 대비해서였다. 우리는 서로 무릎과 다리를 뻗어 둥지를 만들고선 책을 읽었고 동물크래커를 아작아작 깨물어 먹었다. 캐서린은 자기가 크면 염병할 여성 클럽 같은 덴 일절 몸담지 않겠다고 맹세했다. 나는 "염병할 같은 말은 쓰지 마"라는 대답을 하는데 그쳤다. 조만간 그 애는 어머니 모임에 참여하게 될 것이고, 일단 한번 참아 넘기기만 하면 그 이후론 더 수월해질 것이고, 그렇게 계속 가다 마침내 나와 이견 없이 마음이 꼭 들어맞았던 이 짧은 순간은 사라질 것이고, 서로가 언제나 잘 통했던 사이였음을 떠올리면 도리어 어색해질 것이다. 캐서린은 나와는 전혀 다른 세계에 있었다. 이 말은 단순히 그 애 아버지가 가진 돈이 그 애를 좀먹어갈 것이고, 그러다가 결국 자기가 속한 사회의 눈엣가시이던 시절을 졸업하고 매우 흡족해하며 그곳 사람들과 어울리고, 그중 하나와 결혼을 하게 되리라는 것 이상을 의미했다. 이는 또 그 아이가 벌써부터 매우 예쁘다는 것 이상을 의미했다. 코가 살짝 길긴 하지만 캐서린은 전반적으로 매우 예뻤다. 얼마 안 있어 사람들은 이 아이가 이렇게 예쁜데도 그걸 이용할 생각조차 없는 것을 참 이상하게 여길 것이다. 왜 저 애는 미소를 짓고 눈썹을 깜박이지 않는 걸까? 저 애 어머니는 숫제 태어난 순간부터 그랬을 것이 분명한데? 난 캐서린에게 말하고 싶었다. 저 사람들을 뚫어져라 쳐다보지 마, 캐서린 콜. 눈을 조금만 내리깔아. 그렇게 딱 부러지게 말하지 마, 더듬거려, 아예 혀짤배기처럼 말해. 네가 그렇게 못 하기 때문에 난 우리가 같은 부류라고 착각했어.

"캐서린의 문학 실력이 좋아지고 있어요."

나는 캐서린 부모에게 뭐든 말해야 한다는 생각에서 그렇게 말하고 황급히 내 방으로 왔다. 시계가 일곱 시를 알리자 캐서린도 왔다. 그렇게 우리는 그곳에 있으면서 유리잔들이 내는 쨍그렁거리는 소리와 듣기 좋은 교양 있는 대화로부터 우리 자신을 지켰다. 캐서린은 전부터 혼자서 타로 카드 읽는 법을 깨우치는 중이었고, 카드를 한 장 한 장 내려놓으면서 각 카드에 담긴 예언을 말하는 것으로 내 운세를 점쳤다. 운세가 나쁜 카드만 나왔다. 여러 개의 칼이 박힌 심장, 번개 맞은 탑, 두 남녀를 한 사슬로 묶어 든 악마, 땅바닥에 놓인 빈 컵들에서 물러나 걷고 있는 두건을 쓴 형체. 캐서린은 식겁하더니 카드를 다시 뒤섞으며 말했다.

"다시 해보자."

"관두자."

나는 말했다.

"이거 다 속임수야."

우리는 신발을 신고 코트를 걸치고 라운지를 슥 빠져나가 정문 밖으로 나섰다. 건물 옆 정원에 가서 못가에 무릎을 꿇고 코이*들에게 먹이를 주었다. 그날 저녁 일찍 비가 더 많이 내린 덕에 별로 힘들이지 않고도 물고기들이 제일 좋아하는 먹이를 잔뜩 구할 수 있었다. 물고기들이 수면으로 떠올라 우리 손가락 사이에서 떨어진 살아 있는 지렁이를 먹었다. 램프들이 대낮처럼 환한 불빛으로 장미덤불을 비추었고 사이렌 소리가 울리고 또 울렸다. 사이렌의 비명은 기괴하리만큼 순수해서, 합창 같았다. 나는 이 도시의 모든 곳을 혼자서 다녔고, 가장 높은 곳에서 내려다본 적도 있었고, 사람들로 붐비는 인도에서 올려다본 적도 있었다. 그러면서 누구에게도 말을 건 적이 없었다. 모두가 단번에 날 스쳐갔다. 불행하다는 생각이 들었다. 사무치게 무서운 느낌은 아니었다. 다급해할 건 없었다, 아무것도. 이 느린 물결 위를 떠다니다 내 삶에서 미끄러져 멀어질 수도 있을 것이다. 행복해지지 않아도 된다. 내가 할 일은 뭔가에 매달려서 기다리는 것뿐이다.

캐서린이 잠들자, 영국 국교회를 주제로 실례를 곁들여 쓴 역사 과제를 읽고 점수를 매겼다. C를 줄 수밖에 없었다. 영국 국교회가 앤 불린의 '실수'라는 결론만 내리지 않았어도 꽤 영특하게 해낸 과제였을 텐데. 교회는 어느 누구의 '잘못'도 아니다. 그런 후 나는

* 일본산 잉어.

공립도서관에서 캐서린의 회원권으로 빌려온 두툼한 책들을 탐독하면서 별, 은하계, 행성을 주제로 한 수업을 준비하기 시작했다. 정보가 감당하기 힘들 정도로 많아서 그 애가 흥미를 가질 만한 것들을 골라낸 다음, 그 애가 분명히 지루해하겠지만 빼선 안 되는 수치와 측정단위들 사이사이에 전략적으로 배치를 해야 했다. 그래야 싫다는 아이를 무장해제시켜 중요한 사실들을 배우게 할 수 있을 테니까. 새벽 한 시가 되어서야 겨우 일을 끝냈고, 그러고 나니 타자기를 끌어다 정리해나가던 내용을 더 추가하기엔 시간이 너무 늦었다. 그래서 나는 어둠에 잠긴 채 타자기 옆에 앉아 지금 타자를 치고 있는 거라고, 잠시 후엔 다 쳤다고 생각하기로 했고, 이야기를 끝낼 말에 해당하는 키를 만졌다. 이렇게.

끝 끝 끝

세인트 존 폭스 St. John Fox

1936년 11월 9일

메리 폭스

뉴욕 시 85 이스트 65번가

11 아파트

메리, 11월 1일에 보낸 편지에 대해 진심으로 감사드립니다. 이렇게 제안을 드려도 될까요. 이번 주 토요일 오후 한 시에 내 비서를 통해서 당신이 읽어달라고 부탁한 원고를 받겠습니다.

그리고 혹시 시장하실 경우, 위로 차원에서 점심을 사겠습니다. 렉싱턴 61번가에 샐머건디라는 곳이 있는데 저는 제일 좋아하는 곳입니다. 시간, 장소, 날짜 중에 하나라도, 혹은 셋 다 마음에 들지 않으면, 답신으로 알려주세요. 마음에 드신다면 이번엔 편지지를 아끼세요.

덕분에 단단히 정신 차린,

가증스럽고, 경멸스럽고, 역겹고,

혐오스럽고, 야비한,

기타 등등의,

미스터 폭스

뉴욕 시 177 웨스트 77번가

아파트 25번지

롱아일랜드 별장에 있는 캐서린에게 전화를 걸었다. 미치가 전화를 받았고, 나는 캐서린의 탄력적인 프랑스어 실력 향상을 위해 즉석 구두시험을 치겠다고 말했다.

"봉주르."

수화기를 건네받은 캐서린이 말했다. 살짝 숨이 찬 모양이었다. 그놈의 테니스.

"코망 사 바Comment ça va*?"

"미스터 폭스한테서 편지가 왔어."

나는 말했다.

캐서린은 웃음을 터뜨렸고, 수화기 너머로 그 애가 손뼉을 치는 소리가 들렸다.

"뭐래? 딱 부러지게 말해?"

내가 말도 못 하는 걸 알아차린 그 아이는 이해하고 웃음을 거

* '잘 지내?'라는 뜻의 프랑스어 인사.

두었다. 나는 감당할 수 없을 정도로 흥분해 있었다.

진정이 된 후 나는 캐서린에게 물었다.

"편지 왜 보냈니, 캐서린?"

"그냥 재미있을 것 같아서."

그 아이가 말하는 동안, 나는 그 아이가 내 앞에 서서 악마의 방약무인한 기운을 온몸으로 뿜어내며 날 주시하는 모습을 상상했다. 아까보다 나직이 부드러워진 목소리로 그 애가 말했다.

"나 원망 그만 해…… 그건 그렇고 그 사람 누구야?"

"그냥 아는 남자."

나는 말했다. 검정 폴더 안의 내용물을 보지도 않고 알아볼 것 같은 심정이었다. 쉬지 않고 이야기를 보안해왔기 때문에 한결 탄탄해지고 더 좋아졌다. 그건 자신할 수 있었다. 그가 머시어 호텔에서 날 딱지 놓은 것은 도리어 잘된 일이었다.

토요일 점심에 나는 마비된 채로 그 식당 밖 보도 위에 서 있었다. 식당 입구엔 검정색과 은색으로 꾸며진 고급스러운 회전문이 달려 있었다. 사람들이 그 안으로 들어갈 때마다 나는 다음번 빈 칸을 통해 로비 안으로 들어가야만 한다는 것을 알았다. 하지만 겨우 들어갔는데도 문을 멈춰 세울 수가 없었고, 결국 나는 빙그르르 돌아서 다시 문밖으로 나와버리고 말았다. 마음을 다잡으려고 애썼지만, 온통 대리석을 바른 식당과 얌전 빼며 샐러드를 먹는 여자들이 눈에 들어올 때마다 발을 들일 엄두가 나지 않아서 유리 미로를 헤매는 설치류마냥 다시 회전문 안으로 달음질치는 것이었다. 길모퉁이에 정장 차림의 한 남자가 사과 수레 옆에 서서 말했다.

"사과요. 사과 있어요!"

하지만 사는 사람이 아무도 없자 그는 사과로 저글링을 하기 시작했다.

"내 팔자가 어떻게 이 지경이 됐는지 들려줄까?"

그는 노래했다.

"신이시여, 전 이 사과들이 지긋지긋해요. 이걸 먹느니 그냥 굶어 죽을래요, 트랄라."

그는 테너로 노래했다. 급기야 그는 지나가는 사람들에게 딸린 자식들이 있다는 말을 하기 시작했다. 누군가 자식들에게 사과를 주라는 말을 했다. 그가 내 시선을 감지하고 말했다.

"당신이 내 증인이에요. 사람들은 일자리 없는 사람한텐 막말해도 된다고 생각한다니까!"

나는 고개를 끄덕이곤 되돌아가서 또 한 차례 회전문을 돌았다. 하지만 그즈음 거리에서 식당으로 들어가려던 사람들이 내게 미친 것 아니냐고 말하는 것이었다. 다섯 번째엔 호텔 지배인이 위협적으로 얼굴을 찡그리는 것을 보았고, 여섯 번째엔 어떤 여자가 거리로 나와 내게 왔다. 그러고는 마치 딴 데로 튀려는 버르장머리 없는 애에게 하듯, 내 팔을 부여잡고 말했다.

"이쯤 해둬요. 그러다가 지칠 거예요."

나는 기침을 하며 "아파요. 뭔 상관이에요?"라고 말했다. 사과장수가 보고 있지 않길 바랐다. 여자는 놀랄 정도로 힘 있게 내 팔을 잡고 있었다. 그녀는 밤색 스커트 정장을 입고 앙증맞은 밤색 모자를 한쪽 눈 위로 교태 있게 기울여 쓰고 있었다.

"놔주세요."

내 말에도 그녀가 놔주지 않자, 나는 하소연했다.

"만날 사람이 있어요."

"누군데요?"

그녀가 물었다.

"댁하고 하등 상관이 없는……."

그녀가 날 잡고 살짝 흔들었다. 나는 말했다.

"미스터 폭스의 비서요. 그분 비서를 만나기로 했어요."

"그렇다면 잘됐네요, 그렇죠? 내가 그분 비서니까."

그녀는 마침내 나를 놔주었고, 우리는 코가 닿을 정도로 가까이 서 있었다. 나는 얼굴이 새빨갛게 달아올랐고 그녀는 사뭇 우울한 표정으로 나를 바라보기만 했다.

"증거를 대야겠는데요."

나는 말했다. 어쩐 일인지, 비서가 남자일 거라고 생각했었다.

"당신이 메리 폭스 씨죠?"

그녀가 날 보며 말했다.

"제가 메리 폭스예요."

나는 대답했다.

그녀가 자기 핸드백에서 꺼낸 봉투에서 내가 보낸 편지를 꺼내 내게 보여주었다.

가증스러운 미스터 폭스

나는 그것을 읽고, 움찔했고, 그녀에게 돌려주며 사과했다.

"사과하지 말아요. 전 재미있다고 생각하니까."

그녀가 말했다.

정작 그녀는 웃기는커녕, 미소도 짓지 않았다.

"성함이 어떻게 되시죠?"

내가 물었다.

"그건 중요하지 않아요."

그녀가 대답했다.

나는 내 원고로 가득 든 검정색 폴더를 그녀에게 건네주었고, 미스터 폭스는 어떤 사람이냐고 물었다. 그의 비서는 천천히 눈을 깜박이면서 생각에 잠겼다가 말했다.

"말을 별로 안 하는 사람이에요."

폴더 귀퉁이가 삐죽이 튀어나온 핸드백을 멘 그녀는 갈 길을 갔고, 나는 우두커니 보도 위에 남았다. 그 여자가 뭔가 기억해 내고 뒤를 돌아볼지 모른다는 생각에 나는 그 여자를 지켜보았다. 그 여자가 확실히 떠난 거라는 확신이 들었을 때, 나는 소리쳐 택시를 불렀다.

한 주가 지났다. 미스터 폭스에게선 답장이 없었다. 그는 내 폴더를 가지고 있으면서 답장을 하지 않았다. 그러고도 기별 없이 3주가, 6주가, 8주가 지났다. 내 손톱은 속손톱 쪽으로 야금야금 짧아져갔고, 내 눈은 희번드르르해졌고, 나는 거울을 등지고 머리를 빗었다. 내 얼굴을 보고 싶다는 생각이 조금도 들지 않았다. 두피에 달린 이빨이 박히기라도 하듯 옥죄는 느낌 때문이었다.

내가 할 수 있는 건 그에게 다시 편지를 쓰는 것 말고는 없었다. 이 상황에 대해 캐서린에게 간단히 설명했더니 그 애가 말했다. "가서 원고 도로 가져와. 아무래도 그 사람이 메리 이야기를 훔칠 거 같아."

"무슨 근거로 그게 그 사람이 훔치고 싶을 정도로 좋다고 생각하는 거니?"

"근거 있어."

캐서린이 사려 깊게 말했다.

"나도 읽었으니까. 전부 다. 사라지는 동물원에 관한 얘기가 특히 재미났어. 그게 최고야."

나는 그 애가 미처 달아날 틈을 보이기 전에 부여잡았고, 갑자기, 나도 모르게 그 아이를 끌어안고 있었다. 그 아이의 머리가 깃털처럼 가볍게 내 가슴을 누르는 느낌이 좋았다. 그 아이도 나만큼이나 놀랐다. 그래서 나는 그 아이에게 몹쓸 방해꾼이라고 말하는 걸로 상황을 수습했다.

"그 비서 년이 원고를 훔친 걸지도 몰라."

캐서린이 말했다.

"그런 말 쓰지 말라고 했지."

"어떤 말? 비서? 원고? 아니면?"

아니면, 아니면, 아니면.

어느 날 아침 미치가 나에게 휴가를 주겠다고 말했다. 긴장되는 이야기였다. 나는 토스트에 버터를 바르다 말고 말했다.

"왜요? 전 괜찮은데요. 물론 감사하게 생각해요, 콜 부인. 하지만 주말에 쉬는 것으로도 충분해요."

나는 지난 2주 정도의 기간 동안 내가 보였던 태도를 재빨리 분석했다. 딱히 이상한 말이나 행동을 보인 적은 전혀 없었다. 평소 때보다 더할 것도 덜할 것도 없었다. 미치는 자리에서 일어나더니 꽃향기를 풍기는 두 손으로 내 얼굴을 감쌌다. 나는 너무나 긴장한 나머지 그녀를 물어뜯을 수도 있을 것 같았다.

"우리 메리. 어느 누구도 당신이 일을 제대로 못 한다고 말할 수 없을 거야. 메리는 훌륭히 잘 해내고 있어. 안 그러니, 캐시?"

캐서린은 네, 라고 말하더니 날 보며 혀를 쏙 내밀었다.

"그렇다고 주말엔 수프 키친*, 주중엔 우리 꼬마 악마한테만 매

---

* 가난한 이들에게 음식을 나눠주는 자원 봉사 단체.

달려 숨 쉴 틈도 없이 매일 매일을 보내서 쓰겠어? 자기, 진심으로 하는 말인데, 내가 천벌을 받을 것 같아."

그녀는 새 팔찌를 두르고 있었는데, 그녀의 눈보다 더 빛나는 에메랄드가 박혀 있었다. 나는 부자를 증오한다.

"아주 죽상을 하고 있네."

캐서린이 나에게 구원의 한마디를 던졌다.

그런 연유로 그날 아침에 나는 캐서린을 메트로폴리탄 미술관에 데려가는 대신, 내 원고를 되찾으러 갔다.

웨스트 77번가는 찾기 쉬웠다. 호화 아파트 단지였는데, 콜 가족의 집과 흡사하지만 더 작았다. 더 배타적이리라고 나는 생각한다. 청과물가게의 한 남자아이가 갈색 봉지들로 작은 군락을 이룬 손수레를 끌고 건물에 들어가는 것을 보고 그의 뒤를 따라 들어갔다. 건물 안내도를 보니 미스터 폭스의 아파트는 4층의 25호였다. 엘리베이터 옆에서 기다리던 와중에 윤이 나게 닦은 강철문에 비친 내 모습이 눈에 들어왔다. 나는 싱긋 웃고 있었다. 4층까지 올라갔을 때 나는 스스럼없는 태도로, 멈추지 않을 것처럼, 스쳐 지나가버릴 것처럼 붉은 카펫이 깔린 복도를 계속 걸어 25호로 다가갔다. 그렇지만 25호 앞에서 멈춰 섰고 초인종을 눌렀고, 노크를 했다. 힘차게.

비서가 나왔다. 립스틱도 파우더도 바르지 않았고, 머리를 한껏 위로 모아 똬리를 튼 모습이었다. 두 귀 뒤에 연필을 한 자루씩 꽂았고 한 손에도 들고 있었다. 정말로, 정말로 어려 보였다.

"무슨 일이시죠?"

그녀가 물었다. 날 알아보는 것 같지 않았다.

"전 메리 폭스예요."

나는 말했다.

"메리 폭스 씨."

그 이름을 따라 부르는 것이 기억을 하는 데 도움이 될까 싶은 듯 그녀가 말했다.

"제가 쓴 몇 가지 스토리 때문에 미스터 폭스와 연락을 주고받았어요. 그분이 읽어 보겠다고 하셨고요. 하지만 너무 바쁘신 것 같아요. 그분 수중에 있는 제 원고를 가져가려고 왔어요."

그녀는 주저했다. **이럴 수가.** 내 원고를 버렸구나. 아니면 저 뒤에 원고들이 산적해 있어서 내 원고를 절대 찾을 수 없거나.

"두 달 전에 61번가와 렉싱턴 사이의 샐머건디 밖에서 뵌 적이 있죠."

내가 말했다.

"회전문 때문에 작은 소동이 좀 있었고요."

그녀의 두 눈이 마침내 반짝 빛났다.

"아, 맞다. 맞아요."

그녀가 말했다.

그녀는 누가 말하기라도 한 것처럼 자기 어깨 너머를 보았다.

"잠깐만 기다리세요."

그녀는 내가 미처 아파트 안을 들여다보기도 전에 문을 닫아버렸다. 미스터 폭스의 비서가 굳이 그의 집에 있어야 하는 건지, 나는 의아했다. 비서들은 사무실에 있어야하는 것 아닌가.

십 분이 지났을 때 그녀는 다시 문을 열었고 내 폴더를 내밀었다. 나는 재빨리 그 안을 살펴보았다. 원고가 전부 다 들어 있는 것 같았다. 매 페이지를 꼼꼼히 넘겨본 흔적이 있었고, 몇몇 대목엔 밑줄이 그어져 있었다.

"그…… 어…… 읽으셨나봐요?"

갑자기 나는 이 여자를 때려눕히고 그의 서재로 달려간 다음 의자를 잡아 빼고 자리를 잡고 앉아 이야기를 할 수도 있을 것 같은 기분이 들었다. 그런 내 의중을 읽은 건지 그녀는 전보다 더 확고한 자세로 문간에 버티고 서서 가느다란 손가락 사이에서 연필을 돌렸다.

"네. 읽으셨어요."

그녀의 눈에 떠오른 표정이 거슬렸다. 목구멍이 바짝 말랐다.

"그런데요?"

그녀는 고개를 흔들었다.

"당신은 정말로 글을 쓰고 싶은 게 아니에요…… 당신이 바라는 건 사랑이에요. 가서 짝을 찾아요. 나가서 좀 놀라고요."

"미스터 폭스가 그렇게 말했어요? 아니면 본인이 하는 말인가요?"

그녀는 시선을 떨구었다.

"제가 하는 말이에요."

그녀는 바닥을 보고 말했다.

"폭스 선생님과 직접 이야기하고 싶어요."

내가 말했다.

내가 비서 쪽으로 발걸음을 옮기자, 그녀는 들고 있던 연필을 눈 높이로 들어 올렸다. 의심할 여지없이 위협의 제스처였다. 연필 끝은 매우 날카로웠다.

"폭스 선생님은 뭐라시던가요?"

나는 말했다.

"그 말만 해주면 갈게요."

대답이 없어서 내가 다시 말했다.

"당신이 미스터 폭스인가요?"

그녀가 웃음을 터뜨렸다.

"설마."

"당신이죠, 그렇죠? 당신이 미스터 폭스……."

내 눈에 텅 빈 복도, 받침대에 놓인 전화기, 옆으로 내려놓은 수화기가 들어왔다. 발신음은 들리지 않았다.

"당신이군요." 그녀가 얼굴을 찌푸렸다.

"아니라니까요."

"그럼 그분이 뭐라고 말했나요?"

"기다려요."

문이 다시 닫혔다. 다시 열렸을 때 비서는 불을 붙인 양초를 들고 있었다. 불꽃이 그녀의 두 눈에 음영을 드리웠다.

"그분이 한 말은……."

그녀는 잠시 말을 끊었다가 한숨을 내쉬었다.

"그분은 나에게 이렇게 하라고 했어요."

그녀가 양초를 갖다 대자 폴더에 불이 붙었다. 불꽃이 손가락에 닿기 전에 그녀는 양초를 불어 껐다. 그러나 나는 폴더를 버리지 않았다. 가죽 커버가 이를 악물고 비명을 지르지 않으려고 참는 사람처럼 맹렬한 소리를 내며 타올랐다. 나는 여전히 폴더를 잡고 있었다. 내 손가락 살이 오그라드는 게 느껴졌다. 나는 언어들이 호박 빛으로 변해 둥실 떠 사라지는 것을 지켜보았다.

그 이야기들을 좋아했다. 캐서린이 좋아한 이야기들이었다. 내가 공들여 쓴 이야기들이었다.

연기가 자욱하게 내 눈에 차올랐다.

그래도 나는 여전히 놓지 않았다.

메리 폭스는 전부터 이 일이 손가락을 딱 하고 튕긴 다음, 미스터 폭스에게 방식을 바꾸도록 종용하는 것 이상의 문제임을 알고 있었다. 힘든 싸움이 되리라는 건 알고 있었지만, 이건 그녀의 모든 예상을 빗나가는 것이었다. 그녀는 어두컴컴한 파란색 방에 네 개의 기둥이 있는 침대에서 며칠째 자고 있었다. 몸 어느 한 구석 아프지 않은 곳이 없었다. 그중에서도 뇌가 제일 아팠다. 자신이 쓴 이야기가 불쏘시개가 된 건 끔찍했지만, 사실 그러는 게 낫겠다고 생각했었다. 그렇지만 미스터 폭스가 그녀의 목을 치고 도망가게 내버려둘 수는 없었다. 바로 그것이야말로 그녀가 전부터 막으려 했던 행동이었으니까. 그녀는 침실 문 밖에서 째깍거리는 커다란 시계를 의식했지만, 그래도 잠에서 깨어나진 않았다. 메리는 매우 긴 꿈을 꾸느라 바빴다.

꿈에서 메리는 노처녀였다. 까다롭고 깍듯한 서른세 살의 여자였다. 그녀의 외모는 평범했고 개성이 없었다. 그전에도 평범하고 개성이 없었다. 부모 생전에 그녀는 말을 잘 듣는 딸이었고, 이제

'꿈의 메리'는 부모님이 물려준 집 다락방에 살고 있었다. 집의 나머지 공간은 한 가족에게 세를 주려고 했지만, 그렇게 그녀가 사는 다락에 아래에서 사는 것을 탐탁해하는 가족은 없었다. 결국 메리는 피자스키라는 사무변호사에게 아래층 집을 임대해주었다. 피자스키는 하루 종일 밖에서 지냈다. 그 점이 마음에 들었다. 그는 집세를 하루도 거르지 않았다. 그것도 마음에 들었다. 그렇지만 그는 저녁이 되면 매력적인 젊은 아가씨들만 올 수 있는 파티를 열었고, 그녀들은 몇 시간이고 한도 끝도 없이 깔깔거렸다. 그건 짜증이 났다.

메리와 피자스키 씨는 대화를 할 땐 최대한 짧게 끝냈다.

"안녕하세요. 미스 F."

"안녕하세요. 피자스키 씨."

"집세입니다. 미스 F."

"감사합니다. 피자스키 씨."

"크리스마스라서 집에 가려고요. 미스 F."

"메리 크리스마스, 피자스키 씨."

밸런타인데이에 '꿈의 메리'는 자신을 위해 붉은 장미 한 송이를 샀지만, 이내 가게로 되돌아가 어리바리하고 당황한 심정으로 환불을 했다.

별다른 일이 없으면 '꿈의 메리'는 언제나 해가 질 때까지 데스크에서 시간을 보냈고, 책상에 앉아 마룻장이 내려앉거나 시곗바늘이 째깍거리는 소리 말고는 텅 비어 있는 집에서만 느낄 수 있는 적요 속에서 일을 했다. 그녀는 웬디 달링*이라는 필명으로 로맨스 소설을 썼다. 그녀의 소설은 현실에선 있을 것 같지 않은 눈부시게 아름다운 이야기로, 행복한 우연의 일치, 영원한 헌신, 내면의 아름다움에 대한 불굴의 인식으로 가득했다. 메리의 소설은 굉장히 인기가 있었다. 실상은 한번 읽으면 바로 집어던지게 될 성격의 책이었다. 메리 자신이 눈으로 직접 그것을 확인했으니, 사람들은 그녀의 소설을 다 읽고 나면 집어던지거나, 용의주도하게 공원 벤치와 버스 의자에 감춘 뒤 내버려두고 떠났다. 그녀는 그런 일로 의기소침해지지 않으려고 애썼다. 그녀는 두고두고 곱씹는 걸 좋아하지 않았다. 그녀의 책상엔 언제나 부모의 사진이 놓여 있었다. 경이로웠던 그들의 일화를 되새기기 위해서였다. 과거 그들은 사랑에 빠졌고, 노년에 이르도록 그 사랑을 지켰다. 그게 전부였다. 그녀의 아버지는 그녀가 쓰는 모든 이야기의 남자 주인공이었고, 그녀의 어머니는 여주인공이었다. 그들이 세상을 떠난 지 5년이 흘렀지만, 그녀는 둘을 함께 소환하고 또 소환해, 크림색 풀스캡** 2절판 원고지에 서른두 줄의 글을 바쳤다. 그리고 그녀가 마지막 장에 이르러 손가락 하나만으로, 새끼손가락으로 낱말을 후벼 파내듯 타자기의 키를 누르다가 급기야 손이 오그라들어 더는 칠 수 없는 지경에 이르렀을 때에도, 그들은 결코 지치는 법 없이 서로의 세계를 발견해갔다. 그녀는 두 달에 한 편의 소설을 완성했고 8월과 12월

* 동화 『피터 팬』의 여주인공 이름.

** 33×40센티미터 크기의 대형 인쇄용지.

에는 일을 쉬었다.

다락방 구석에 마련한 식사 공간에서 저녁을 먹으면서 지역신문을 읽는 것은 '꿈의 메리'의 습관이었다. 그녀는 단락 하나도, 페이지 한 장도 빼놓지 않고 꼼꼼히 읽었다. 다 지나버리다시피 한 하루의 사건들에 놀랄 일은 거의 없었다. 그러고 나면 그녀는 체력 단련을 위해 산책에 나섰다. 다락방으로 돌아올 때면 몇몇 표현들을 입 밖으로 크게 소리 내어 말하면서 자기가 사근사근하게 말할 수 있는지 시험해보았다. 그녀는 사람들과 자주 어울리는 편은 아니었지만 어딘가에 늘 한쪽 발을 담그고 있는 건 중요했다. 그녀는 날씨, 아이들, 생활비를 주제로 한 일상적인 대화를 연습했다. 피자스키 씨의 파티가 열린 아래층 축음기가 도넛 모양의 담배 연기처럼 재즈음악을 그녀에게 뿜어대는 바람에 그녀는 결국 연습을 그만두었다. 그녀는 나이트가운을 걸치고 스트레칭을 했고, 얼굴에 콜드크림을 바른 후 잠자리에 들었다. 하루하루가 유쾌했고 기분도 평온했다.

어느 날 저녁, 메리는 평소와 마찬가지로 식사 후 산책에 나섰다. 도심을 가로지르고, 윤이 흐르는 페인트에 예쁘게 글자를 찍은 간판들을 내건 아담한 상점 정문을 지나, 정육점 밖에 톱밥이 질척하게 쌓인 둑을 성큼성큼 가로질렀다. 이웃들은 모두 집에 있었다. 그녀가 지나가자 무선전신기에서 부드럽게 웅웅대는 소리가 들렸다. 집들은 저마다 네모난 정원 안에 서 있었고, 정원마다 말뚝울타리와 정원 문이 딸려 있었다. 커튼 한 장 일렁이지 않았다. 메리는 머더 힐Murder Hill을 걸어 올라갔다. 역사가 오랜 언덕으로 재미난 데가 있었다. 처음 오를 땐 평평한 땅을 건듯이 수월하고, 숨이 차오르기 시작한다 싶은 후에도 마냥 평평한 것처럼 느껴졌다. 그녀는 굴뚝 윗면들과 곱게 다듬은 라벤더 꽃을 내려다보았다.

산책에서 돌아왔을 때, 그녀는 집 안이 수상쩍으리만큼 고요한 것을 발견했다.

집 안 어디에서도 바스락 소리, 깔깔거리는 소리, 유리그릇이 쨍하는 소리가 들리지 않았다. 오늘 밤엔 파티가 없었다. 피자스키 씨가 나타났다. 케이크를 들고 있었다. 케이크엔 가시처럼 불붙인 초들이 꽂혀 있었다. 처음 봤을 땐 수백 개는 되어 보였다.

"생일 축하해요, 폭스 아가씨."

그가 사려 깊은 미소를 지으며 말했다.

맞는 말이었다. 그날은 그녀의 생일이었다. '꿈의 메리'는 토할지도 모른다는 생각이 들었다.

"피자스키 씨. 이러시는 게 아니었어요."

허심탄회하게 들리라고 한 말이었지만, 그렇지가 못했다.

그는 풀이 죽은 듯했다.

"케이크를 싫어하시는군요."

"아뇨. 좋아해요. 오늘이 제 생일인 건 어떻게 아셨나요?"

피자스키 씨는 부엌 테이블 위에 조심스럽게 마음의 짐을 내려놓았다. 그는 촛불을 응시했다. '꿈의 메리'도 촛불을 응시했다. 그 순간 서로의 얼굴을 보는 건 무례한 일일 것 같았다.

"지난주에 제 방에 대대적인 봄 청소를 실시했거든요."

그가 말했다.

"그러다 생일 카드 한 장을 발견했어요. 날짜가 지난."

그러니까 그가 그녀의 옛날 방에서 잤다는 뜻이었다. 그가 아래층의 반을 정돈하며 사는지 어쩐지 확인조차 한 적이 없었으니, 그가 가구 배치를 살짝 바꾼 적이 있는지 없는지 알 턱이 없었다. 복도와 주 계단만 봐도 나무랄 데 없이 깔끔했고, 집이 무너져 내리지 않는 한 그녀는 신경 쓰지 않았었다. 어머니가 병석에 누워 있던 마지막 몇 주 동안 그녀는 오후 시간 내내 그 방에서 지냈다. 그런 후 황급히 짐을 챙겨 집의 그쪽에서 물러나온 터였다. 어떤 용무로도 그 방에 돌아가는 일은 그 후에 없었고, 세입자가 될 사람들이 찾아와서 집을 둘러보는 동안에는 응접실에서 기다렸다. 아무래도 그 방 안에 별의별 것들을 잔뜩 놔두고 온 게 틀림없다.

"제가 맘대로 건드린 거군요. 그렇죠?"

피자스키 씨가 생일 케이크 쪽을 가리키며 말했다.

"이걸 사면서도 자신이 없었어요. 아무도 모르게 생일을 보내는 걸 좋아하시나요? 영국 분이시니까…… 제가 지금 끝도 없이 무례를 범하고 있네요."

"아뇨, 아뇨."

메리는 이 경우에 어울릴 태도를 고민하다가 하나를 써보았다.

"뜻밖의 멋진 선물이에요."

그녀는 소원을 비는 척한 다음 촛불을 불어 껐다. 초는 세어보니 고작 서른 개였다. 터무니없는 사탕발림이었다. 그녀는 두 개의 작은 접시를 찾아내 한 조각씩 담은 후, 자기 몫의 조각을 다소 멀찍이 든 채 그대로 서 있었다. 그도 그대로 서 있었다. 그녀가 먹지도 않고 서 있는 가운데 마음 편히 앉아서 먹기가 어려웠을 것이다. 이런저런 대화를 나누던 중에 그녀는 자기가 그를 부당하게 대하고 있음을 깨달았다.

"저를 배려하신다고 모임을 취소하신 건 아니길 바라요. 피자스키 씨."

"아뇨, 오늘 밤에 제가 버림을 받았거든요."

피자스키 씨는 법조계 남자치곤 단정치 못했다. 머리는 빗질이 필요했고, 재킷 팔꿈치 부분은 그녀라면 꼼꼼히 짜깁기했을 것만 같았다.

"그분들이야 틀림없이 다시 오시겠죠."

메리가 위로했다.

"그녀라면 와주면 좋겠어요. 이 말은, 미스 폭스, 솔직히 말씀드리면 제가 특별히 마음에 두고 있는 사람은 딱 한 사람이에요. 다른 여자들은 그녀의 친구일 뿐이고요."

그녀는 거의 매일 저녁 아래층 방마다 북적거리던 여자 중 누구도 제대로 본 적이 없었다. 그리고 그녀에겐 그들이 모두 똑같아 보였다.

"그렇다면, 행운이 있기를 바랄게요, 피자스키 씨. 러시아 이름인가요?"

"전 폴란드인이에요. 미스 폭스. 하지만 같은 이름을 가진 러시아 사람들을 만난 적은 있네요. 폴란드에 가보신 적이 있나요?"

"폴란드요? 아뇨, 아뇨. 전 가본 데가 없어요. 브라이튼, 레이크 디스트릭트, 코츠월즈를 좀 가봤고. 런던은 가끔 갔어요."

"유감인데요. 폴란드는 아름다운 나라거든요. 몇몇 곳은 소박하고 정직하고 강인하죠. 풍경, 건물, 목초지."

"아, 언젠가 한번 꼭 가봐야겠네요."

그는 입을 다문 채, 서글픈 미소를 지었다.

"언젠가. 지금은 안 돼요. 폭동이 있어서요. 앞으로 더 심해질 테고요."

"정말인가요?"

그녀의 질문은 미미했지만 그는 흥미가 동했는지 입을 뒤틀며 생각에 잠겼다.

"아, 그럼요, 그렇고말고요! '정말인가요'라고 말하시는 걸 보니 폭동이 그리 대수롭지 않다고 생각하시는군요. 폭도들을 영국 날씨처럼 생각하시는 건가요? 물론 골칫거리이긴 하지만, 폭동이 있어도 그럭저럭 살아나가는 게 아주 어렵지는 않아요."

그는 세 도시에서 직접 본 적이 있는 세 번의 폭동에 대해 설명했다. 그는 가난한 사람들과 혹사당하는 사람들의 분노를 땅 위의 폭풍 같은 소리로 묘사했다. 분노가 눈을 떴을 때, 건물들이 그슬렸고, 그 첫 번째 불길만으로 살상이 일어났다.

"제가 여기 온 것도 폭동 때문이에요."

그가 말했다.

"그것만 아니라면 돼지고기파이와 장어젤리*를 거덜 내며 살았을 텐데, 나에게 조국을 돌려다오!"

메리는 그녀의 아버지가 이 남자를 꽤 마음에 들어 했을지도 모른다는 생각을 했다.

"피자스키 씨는, 죄송해요. 제가 사무변호사들에 대해 아는 게 전혀 없어서요. 어쨌거나, 비슷한 사무변호사 분들을 만나는 게 흔한 일인가요, 피자스키 씨?"

그녀의 말을 들은 그는 즐거워했다.

"어디 보자. 아닌 것 같은데요. 전 시인이었거든요."

"아, 시인이요…… 그런데 시인이란 게 다 뭐죠?"

이도저도 아닌 글, 그녀가 읽은 대부분의 시는 그랬다. 걸핏하면 요점을 비껴나가는 것이 시였다.

"시인이란 게 다 뭐냐고요."

그는 웃음을 터뜨리면서 수긍했다.

"뭘까요……."

그는 그녀가 들고 있던 접시를 빼앗았다.

"자, 이제 해방시켜드리겠습니다. 절 모질게 대하시고, 저만 떠드는 동안 한 마디도 안 하셨지만 말이에요."

그녀는 장담하는데 달리 할 말이 하나도 없었다고 말했다.

---

* 장어를 푹 고아서 젤리처럼 엉기게 만든 요리.

"그럼 노래 한 곡 불러주실 수 있지 않나요?"

그가 제안했다.

"아님 재주라도 넘든가, 아니면 하하 웃든가. 그래요, 멋지게 웃는 겁니다. 지금 이 순간 웃고 있는 당신처럼."

그녀는 케이크와 그를 놔두고 다락으로 올라갔다. 나이트가운을 입었고, 스트레칭을 했고, 얼굴에 콜드크림을 발랐고, 침대에 자리를 잡고 여러 개의 베개로 머리와 목을 받쳤다. 고개를 들어 다락방 창문들 너머 구름 낀 밤하늘을 보았다. 그래, 피자스키 씨가 전엔 시인이었다고? 그의 말론 그랬다.

"전 시인이었어요."

마치 시인들이 다 죽기나 한 것 같은 말투였다. 그는 어쩌면 숨어 살고 있는 건지도 모른다. 그가 쓴 시가 권력자의 눈에 거슬렸는지도 모른다…….

그녀는 그곳에 누워서, 자신의 로맨스 소설 속의 한 인물로 그를 캐스팅하는 중이었다. 어느 모로 봐도 근사한 외양과는 완전히 동떨어진 남자였다. 지금보다 십 센티미터는 더 커야 그녀의 산문에 잠깐 얼굴이라도 내밀 수 있을 것이다. **잡생각은 이제 그만. 셋을 세고 나서 곧바로 잠드는 거야. 그녀는 스스로에게 일렀다. 하나, 둘, 세…….**

메리 폭스는 개운해진 마음으로 잠에서 깨어났다. 약간의 후회도 있었다. 만약 그녀가 얼마 되지 않아 자신의 과업을 포기하면 어떻게 될까? 미스터 폭스는 만만치 않은 사람이었다. 메리가 그를 애써 챙겨주고, 그가 아내를 끌어안고 잠들어 있는 동안 그의 참고도서들을 알파벳순으로 정리하고, 그의 철자와 문법을 바로잡은 것을 그가 알지 못하는 건 다행이었다. 그녀가 자기를 사랑한다는 사실을 알게 되면 그는 어떻게든 그걸로 그녀를 옭아맬 것이다. 그는 그녀를 가지고 놀 것이다. 미스터 폭스란 인간이 한 짓이 딱 그랬기 때문이다. 그는 가지고 놀았다. 그런데 이 피자스키란 남자에겐 뭔가 끌리는 데가 있었다…… 모르긴 해도 그녀가 바깥세상에 나가면 그를, 아니면 그와 비슷한 남자를 찾을 수 있을 것이다. 그녀는 그와의 연애를 상상했다. 차분하고, 절제되고, 부드러움으로 가득한 관계를. 그녀는 폴란드에 대해 더 많이 알게 될 것이고 그는 영국에 대해 더 많이 알게 될 것이고, 그렇게 그들은 우습고도 사소한 오해의 소지들을 무수히 지워나갈 것이다. 둘이서 함께 이 지도 저 지도를 세세히 살펴볼 것이다. 난 여기서 태어났어요. 여기에서 학교를 다녔고요…… 그들은 바닷가에 갈 테고, 비가 내리면 우산을 펴들고 부두에 앉아 있을 것이다. 그는 그녀를 데리고 영화관에 갈 것이고, 그녀에게 보라색 크림초콜릿을 선물할 것이다. 그는 그녀에게 데이지 꽃 한 송이만 건네고 황급히 자리를 뜰 뿐, 아무 말도 하지 않고 자신의 의중을 표할 것이다. 그리고 그가 그토록 그녀를 욕망하면서도, 그런 마음을 품는 것조차 엄두를 못 낸다는 생각만으로 혼미해진 나머지 그녀는 그 앙증맞은 꽃을, 그 꽃잎을 입술과 손등 위로 가볍게 비비다가 이내 수줍게, 나른하게, 허벅지 안쪽에 비벼댈 것이다…… 그리고 머지않아 훌륭한 여인, 인내심 있는 여인이 됨으로써, 그녀는 훌륭하고 인내심 있는 남자를 차지했을 것이다.

메리는 모로 돌아누웠다. 그녀가 기대어 누운 베개는 거미 다리 같은 서체로 쓰인 낱말들로 뒤덮여 있었다. 글자는 아주 작았지만 읽을 수 있었다. 그녀는 그중 한 낱말에 코를 대고 비벼 얼룩을 남겼다. 글자 사이의 거리를 세심하게 배치해서인지 베갯잇의 연초록 바탕색이 낱말의 후광처럼 보였다.

"뭐지……."

모든 단락들. 단락마다 번호가 매겨져 있었다. 7. 8. 9. 그녀는 다시 돌아누웠다. 더 많은 문장들이 그녀의 머리를 에워쌌다. 그녀의 손 밑엔 그보다 더 많이 있었다. 낱말들이 이불 커버를 따라 구불구불 긴 줄을 이루고 있었다. 수평으로 내달리는 글줄들, 대각선으로 내달리는 글줄들, 퍼즐처럼 서로 딱 맞물려 있는 글줄들. 그리고 번호가, 한 줄도 빼놓지 않고 번호가 매겨져 있었다. 어쩐지 오싹한데도 메리는 웃음을 터뜨리며 베고 있던 베개를 잡아 빼 읽어보았다.

1. 잠에서 깨어나면 난 여기 없을지도 몰라요. 내가 없으면 이걸 읽기를.
2. 메리 메리, 이름과는 전혀 다른 여자. 날 선택하다니 안이했어요. 당신은 날 원치 않게 될 거야.
3. 당신을 위해 지금 이것 말고도 더 많은 베갯잇과 이불커버를

사두었어요. 내가 침구에 글을 썼다는 걸 당신이 참아내지 못할까봐서요. 이 글들은 침대에서 커버를 벗겨낸 다음에 쓴 거니까, 행여 잉크가 베개 속까지 배어들었을까 걱정할 필요는 없어요.

4. 모르긴 해도 내 영어 실력이 당신보다 나을걸요. 난 말할 때 일부러 문법을 틀리게 말해요. 그래야 사람들이 부담을 느끼지 않으니까요. 내가 실수를 해야 잘 대해주더군요. 날 도와준답시고 천천히, 짧은 말을 골라서 해주죠. 그런 게 짜증나지만, 섞여 살려면 별 수 있나요. 당신은 내게 한 번도 그런 적이 없어요. 고마워요.
5. 난 6월에 크리스마스 캐럴을 부를 때가 많은데, 그런다고 운이 달아난다고 생각하진 않거든요. 당신은 어때요?
6. 작년 4월 2일이었죠. 당신의 오른쪽 뺨에 보조개가 있다는 사실을 처음 알았어요. 이유는 생각나지 않는데 당신이 날 보며 미소를 지었거든요. (왜 그랬죠? 난 그런 호사를 누릴 만한 행동은 전혀 안 했는데요? 4월 2일이 기억나면 설명 좀 해줘요. 부탁해요.) 사무실 달력을 보니 내가 이렇게 써놨더군요. '오늘 M. F.의 보조개를 보았다.' 감상적인 남자를 어떻게 생각하죠? 분명히 질겁하겠죠. 당신이라면 그럴 만해요.

메리는 등을 꼿꼿이 펴고 앉았다. 피자스키 씨는 꿈속 인물인가 아닌가? 그녀는 주변을 유심히 살폈다. 자기가 어디 있는지 도무지 알 수가 없었다. 침대 옆 테이블 위엔 디기탈리스가 가득 꽂힌 화병이 놓여 있었다. 꽃잎 색은 연한 것이, 손목의 파란 핏줄처럼 오싹한 색이었다. 그녀는 다음 번 베개를 보았다.

7. 난 전쟁터에서 영어를 배웠어요. 이렇게 말하면 다들 내가 거짓말한다고 생각하는데, 정말로 그렇게 배웠어요. 우린 갈리시아에서, 러시아 군복을 입은 폴란드인으로서 독립을 쟁취하기 위해 싸웠어요. 우린 한 평이나 될까 싶은 곳에서 간신히 버텼는데 독일군들과 오스트리아군들이 나머지 자리를 다 차지했어요. 우린 정말 맹렬히 싸웠지만 이룬 건 거의 없었어요. 살아 있다는 것 말고는. 내가 편지에 이렇게 썼더니 아버지가 답장에서 그러시더군요. **그렇지만 그거야말로 가장 중요한 것이라고.** 난 주변 일에 얽매이지 않으려고 공부를 했어요. 거지같은 막사에 모두가 잠든 밤이 찾아오면, 양초 한 자루에 의지해 폴란드-영어사전으로 『오만과 편견』을 읽었어요. 자칫 막사를 홀랑 다 태워버릴 수도 있었을 거예요. 그래도 멈출 수가 없었어요. 나에겐 언어가, 나머지 하루를 심심소일하면서 생각해볼 많은 언어가 필요했으니까. 그리고 난 어떤 일에도 동요되지 않기를 바랐어요. 그런 로망스어들*과 하등 상관이 없는 말을 원했어요. 난 딱 부러지는, 상식으로 꽉 찬 말들을 원했어요. 내 생각

* 라틴어에서 발달한 프랑스어, 이탈리아어, 스페인어 등의 언어.

들 아래에 받쳐 입을 생각들. 허용하다, 표현하다, 맹세하다, 서약하다, 낙담하다, 중요하다, 첨벙거리다, 진정시키다. 그런 말들이 좋았어요. 그 말들을 소리 내어 말하는 게 좋았어요. 지금도 그래요.

8. 난 대포알을 장전하는 일을 도왔어요. 인간은 전쟁엔 젬병이에요. 나와 내 주변 사람들이 전쟁에 젬병이었다는 것 말고는 아는 게 전혀 없는 내가 이렇게 말해도 되는 걸까요? 우리가 전심전력을 기울이지 않아서라고 말하진 말아요. 우린 죽을힘을 다 했으니까. 그렇지만 우린 병에 걸렸고, 개중엔 죽은 사람들도 있었어요. 스페인독감, 참호족*에 걸렸고, 악취가 너무도 고약해서 그것 때문에 속이 뒤집힐 정도로 구역질이 났어요. 두어 명은 대포알을 떨어뜨려 다리가 부러지기도 했죠. 그런 종류의 일들이 일어났어요. 그리고 내 사촌 카롤 차례가 됐어요. 맨 처음, 제대로 겨냥해 사람을 쏴 죽이긴 했는데, 총질을 멈출 방법을 찾지 못하더군요. 그는 좀 더 쏴야 한다고 생각했고, 처음 쐈을 때보다 훨씬 더 빨리 쐈어요. 단 한 사람에게도 침착하게 조준할 수 없게 되자 그는 라이플총을 거꾸로 돌려 자기를 쐈어요. 그렇지만 빗나가고 또 빗나갔죠. 카롤이 매번 헛쏠 때마다 그는 자기 자신을 상대로 끔찍한 속임수라도 부리는 것 같았어요. 가히 최악이라 할 수 있는 허

---

* 습한 진창 속에 너무 오래 있어서 발에 생기는 동상 비슷한 병.

세를 부리는 것 같았어요. 그가 내게 낱낱이 다 이야기해 줬을 때 난 말했어요. "진정해, 카롤. 침착해야 한다고."

9. 일어나요, 메리.

10. 나에겐 멋진 삼촌이 있었어요. 부자 삼촌이었죠. 삼촌과 나는 세례명이 같았어요. 삼촌은 날 좋아했어요. 내가 그를 웃겨줬으니까. 정작 난 그럴 생각조차 없었는데 말이죠. 내 딴엔 진심으로 믿고 있는 순진무구한 얘기를 들려줬거든요. 인생 이야기, 돈 이야기. 그런데 삼촌은 내가 그런 얘길 하면 저러다 죽는 게 아닐까 싶을 정도로 웃더군요. 내 등짝을 후려치고 내가 농부처럼 생겼다고 말하는 걸 좋아했어요. 삼촌은 죽으면서 내게 정말 많은 돈을 물려줬어요. 그때는 삼촌이 좋더군요. 그 전에는, 삼촌 목구멍을 주먹으로 갈기는 백일몽을 꾼 적이 많았다는 말을 하지 않으면 안 되겠군요. 삼촌 목이 정말 통통했거든요. 삼촌은 공장도 여러 개 갖고 있었는데, 난 삼촌 같은 인간이 이 땅의 모든 사악한 것들의 근원이라고 생각했어요.

11. 일어나요, 일어나요…….

12. 갈리시아에 있을 때, 난 약혼녀 생각을 하지 않으려고 애썼어요. 그래서 편지도 많이 쓰지 않았고, 결국 그녀는 그 때문에 날 원망하게 됐죠. 칼자루를 쥔 건 그녀였기 때문에 나로선 그녀가 사람 피를 말릴 정도로 에둘러 나를 비난하는 것에는 마음을 쓰지 않을 작정이에요. 아무튼, 난 그녀를 잃

었어요. 내가 돌아왔을 때 그녀는 날 못 본 척했고 심기가 불편해 보였어요. 함께 있는 동안 난 오로지 그녀를 즐겁게 하겠다는 일념으로 뱅코의 유령* 노릇을 했었던 게 아닌가 싶어요. 지금 그녀는 행복해요. 내 사촌이랑 결혼했거든요. 좋은 놈이에요, 그녀를 아껴주니까. (네, 카롤이요. 내가 8번에서 얘기한 사람.)

돌고, 돌고. 몇 개의 베개는 머리 밑에, 몇 개는 발꿈치 밑에 괸 채, 메리는 행복에 겨워 낱말들 속을 뒹굴었다. 그녀는 이 남자가 마음에 들었다.

13. 맨 처음 당신을 봤을 때 난 당신이 비밀스런 삶을 살 거라고 생각했어요. 당신은 거추장스럽지 않도록 머리를 위로 올려 묶었고, 독서 안경을 걸치고 있었고, 드레스 단추를 턱 끝까지 모조리 채우고 있었죠. 내가 이런 것까지 눈여겨본 걸 양해해주길 바라며 말하는데, 그런데도 난 당신의 육감적인 입술, 그리고 이따금씩 그 입술이 산들바람의 변화를 감지한 듯 둘로 벌어지는 것이 신경이 쓰였어요. 그리고 눈 깜짝할 사이에, 정말 눈 깜짝할 사이에 일어나는 일이라 당신도 자신이 그런다는 걸 알지 못했던 것 같은데, 당신은 뺨에 대고

* 셰익스피어의 『맥베스』에 등장하는 인물로, 맥베스에게 살해당한 후, 궁중연회에 유령이 되어 나타난다.

있던 손을 목으로, 목에서 가슴 한가운데로 내려 허리를 잡았다가 치마를 매무시하며 엉덩이로 옮겼어요. 그래, 당신은 비밀이 있는 여자처럼 보였어요. 아니면 당신 자체가 비밀이거나. 여기에서 더 먼 곳에 더 좋은 하숙집을 봤었어요. 독신의 남자에게 더 좋은 조건의 하숙집 말이에요. 거기 살았다면 방이 여러 개 딸린 집을 나 혼자 마음껏 쓸 수 있었을 거예요. 자전거를 타고 통근하는 것도 가능했을 거예요. 그렇지만 나는 다락방에 사는 숙녀 때문에 이 집을 택했어요. 내가 그녀를 물들여 탈선하게 만들 수 있을까 보려고요.

14. 나는 유산으로 받은 돈의 상당액을 인출했고, 모두에게 변호사가 될 거라고 말했어요. 그리고 공부를 하러 이 나라에 왔죠. 정작 와선 한시도 가만히 있지 못했고, 어떤 것에도 흥미를 느끼지 못했어요. 매일 밤, 하루가 끝날 무렵이 되면 난 형편없이 취해서 학업을 포기하겠다고 맹세했고, 매일 아침엔 다시 책을 펼치고 있었어요. 이런 얘길 하는 건 어디까지나 내가 천성적으로 진득하지 못한 사람이라는 걸 당신에게 말하려는 것뿐이에요. 하겠다고 마음먹은 걸 할 때도 있긴 하지만, 그러지 않을 때가 더 많아요. 그건 결함이에요. 나의 결함 중 가장 가벼운 것이며, 현재까지 내가 인정할 수 있는 유일한 결함이기도 해요. 나머지는 당신이 짚어보면 보이겠죠. 내가 당신에게 그런 대로 괜찮은 남자인지는 모르겠어요. 당신 아버지는 신부님이셨다고 들은 적이 있는데요.

15. 당신이 타자를 치는 동안 내가 이 계단을 얼마나 많이 올라 왔었는지 말해줄까요? 오늘 난 당신에게 극장 데이트를 신청할 거라고 서약합니다. 난 당신에게 보라색 크림초콜릿을 1파운드 사 드리겠어요. 아니, 2파운드어치, 아니 당신이 원하면 얼마든지. 하지만 그런 후 내 귀에 당신이 타자기를 두드리는 소리가 들리면 난 다시 사라져버릴 거예요. 당신에게 가까이 갈 수 없으니 당신의 시기심을 불러일으키기로 작정했어요. 나의 여동생 일리자베타에게 이게 통할 것 같으냐고 물어봤더니 어림도 없다네요. 그리고 동생 말이 당신 나이가 내겐 너무 많은 것 같다네요. 어머니와 여동생들은 다 내가 어떤 여자랑 결혼하려나 싶어서 노심초사예요. 난 외동아들이거든요.
16. 이 미스터 폭스란 사람, 나보다 더 잘생겼나요?

메리 폭스는 핏속으로 불어드는 한기를 느꼈다. 마치 살갗이 없어지기라도 한 것 같았다.

17. 손이 아파오기 시작하는군요. 방금 실수한 것도 그래서예요.
18. 당신도 실수하고 있는 거예요, 메리. 우리가 머더 힐로 바람 쐬러 가기 전에 당신이 깨어나서 다행이에요. 사연이 좀 있고, 비틀린 겸손이 밴 멋진 문장 하나와 배워서 익힌 영어라 허섭스레기 같은 표현 몇 가지를 아는 파란 눈의 시인…… 요새 당신

이 변덕스러워진 이유가 이게 전부인가요? 신경 쓰지 마요……
그런 일 없었던 척하면 되니까. 백 년이 지나고 나면 (아니면 백
번 목욕을 하든가, 뭐든 먼저 오는 쪽부터 택한 후에는) 이런 말들
도 다 사라지고 말겠지요…….

게임은 여전히 계속되고 있었다.

피처의 새

미스 폭스는 자칭 플로리스트였지만, 사실은 플로리스트의 어시스턴트였다. 그녀는 가게 바닥에 떨어진 풀잎 쪼가리들을 비로 쓸어냈고, 손님들을 위해 꽃을 포장했고, 그 밖에 가게 주인인 내시 부인이 하기 싫어 하는 모든 것을 했다. 상품 진열창에 내놓을 꽃을 가위로 다듬고 꽃꽂이하는 건 미스 폭스가 해선 안 되는 일이었다. 마찬가지로 손님들에게 가장 좋은 꽃 선물에 대한 조언 역시 해선 안 되었다. 꽃에 대해서라면 미스 폭스가 내시 부인보다 훨씬 더 많이 알았지만, 봄철에 환자를 친척으로 둔 근심어린 손님들에게 분홍 철쭉을 보내라는 내시 부인의 이야기를 듣는 것 말고 그녀가 할 수 있는 건 아무것도 없었다. 아무리 생각해봐도 내시 부인은 철쭉의 꽃말이 '날 위해 당신 자신을 아껴요'라는 걸 모르는 게 틀림없었다. 가슴이 뭉클해지는 꽃말이긴 하지만, 아픈 사람에게 철쭉 한 다발을 주는 건 그들에게 혼자 싸우라고 말하는 거나 다름없다. 내시 부인의 관건은 어디까지나 재고를 처리하는 것이었다. 여름이 되면 내시 부인은 메리골드를 왼쪽, 오른쪽, 중앙—용도는 각각 생일, 사과, 로맨틱한 서곡이었다—에 놓으라고 지시했다. 그 꽃들은 상심한 사람들에게 줄 때 훨씬 더 큰 효력을 발휘했을 테지만, 행여 그런 말을 했다가 해고당할까봐 두려워 그녀는 할 말을 마음속에 묻어두었다. 내시 부인은 그녀에게 잔소리를 했고, 그녀가 굼뜨다고 했고, 하루에 열아홉 번씩 그녀에게 천치냐고 물었다. 미스 폭스는 꽃과 함께 있는 게 좋았고, 꽃과 같은 것이 존재한다는 것조차 잊게 되는 겨울철에 특히 좋았다.

꽃과 꽃을 생각하는 것이 미스 폭스의 본업이었다. 가령 영화 같은 것엔 딱히 끌리지가 않았다. 너무 시끄럽다는 생각이 들었기 때문이었다. 책을 빌려주고 파이 접시를 빌릴 만한 친구가 있었다면 그녀도 좋아했을 것이다. 그러나 그녀에게는 상대를 막론하고 그 정도까지 관계를 진전시키는 게 힘들었다. 워낙 목소리가 작아서 말을 하고 있을 때도 사람들이 알아듣지 못했고, 금세 인내심의 한계에 달했다. 그녀가 가게에서 돈을 내고 거스름돈을 받을 때, 사람들은 예외 없이 그녀의 손바닥이 아니라 카운터 위에 올려놓았다. 미스 폭스는 자기의 인생이 날이 갈수록 투명해지다가 급기야 아예 안 보이게 된 건 아닌가 하고 생각할 때가 가끔 있었다. 그녀는 그런 자신이 이 세상에서 아주 작지만 선한 존재, 영웅이나

가질 법한 하나의 힘이라고 생각하는 것으로 스스로를 위로했다.

미스 폭스가 열의를 다하는 다른 하나는 동화였다. 그녀는 동화에 등장하는 변신을 좋아했다. 모두 위장을 하고 있거나, 다른 존재로 변하는 과정에 속해 있었다. 그리고 결말에 이르러 동화의 질서가 모든 것을 해결해주었다. 동화의 질서가 소망하지 않는다면 사랑은 승리를 거둘 수 없었고, 증오도, 슬픔도, 술책도 마찬가지였다. 세 자매의 첫째 딸로 태어났다면, 그녀는 큰 실수를 하게 되어 있었다. 에누리는 없었다. 세 번째 딸로 태어나서 실패란 가당치 않았다. **여기에 절대적인 진실이 있다.** 마담 돌누아, 마담 드 빌뇌브의 이야기로 밤을 보낸 후, 미스 폭스는 그런 생각을 하곤 했다.

꽃과 동화는 다 좋았지만 언젠가부터 그녀에게 해가 되기 시작했다. 꽃과 동화들이 각각, 또는 합심해서 그녀에게 넌지시 말을 건네기 시작한 것이다. 내시 부인이 유독 고약하게 굴면 미스 폭스는 자신이 잎이 무성한 가지에 에워싸여 있는 모습을 상상했다. 그녀가 떨군 눈물을 받은 반들반들한 초록 잎사귀들의 끝이 오그라들어 살갗 속으로 매끄럽게 파고드는 모습을, 그러면 나뭇가지들은 마치 사람의 팔처럼 그녀를 옴짝달싹 못 하게 옥죄는 모습을 상상했다…….

어느 날 아침, 미스 폭스는 굴복하고 말았다. 바야흐로 그녀에게 동무가 생길 절정의 시기였다. 그렇지만 어떻게? 그리고 어디에서? 그녀는 자기가 어떤 남자를 원하는지를 알고 있었다. 열정적인 남자, 그녀를 이해해줄 남자였다. 그러나 그녀는 사람을 만나지 않았다. 꽃가게로 들어서는 남자들은 하나같이 그녀에게 관심이 없거나, 다른 여자를 마음에 두고 있었다. 미스 폭스는 바에 가봤지만 골수까지 싸늘해질 정도로 철저히 외면당했다. 그녀는 일부러 추저분한 술집들을 골랐다. 호색한들이 들끓어서 별의별 일이 다 생기는 곳이라는 (내시 부인의) 말을 듣고서 찾아간 곳이었다. 과연 그랬다. 하이에나처럼 웃어대는 사팔뜨기라 해도 치마만 걸치고 있으면 술을 얻어 마실 수 있는 곳이었다. 별의별 일이 다 생겼지만, 미스 폭스에겐 예외였다. 그녀는 못생기진 않았지만, 정작 문제는 현실적으로 누군가가 그녀에게 눈길을 준다는 것이, 그렇게나 시끄럽고 북적대는 곳이라면 더더욱 그러한데, 어지간한 노력을 기울이지 않고선 어림도 없다는 사실에 있었다.

미스 폭스는 도서관에 가보았지만, 대화는 금지였다.

미스 폭스는 서점에 가보았지만, 호감 가게 생긴 남자들이 어쩌다 들고 있는 책의 제목을 발견하는 족족 식겁해져 물러섰다. 『공포와 전율』 『우울증의 해부』 『니코마코스 윤리학』* 이라니, 어쩌면 그렇게 하나같이 무겁고 따분한 말만 써놓은 걸까.

어느 날 오후, 내시 부인이 그녀에게 악을 썼다.

"점심시간이 끝나고 늦게 온 게 닷새째야. 어디 변명해보시지. 또 거짓말해서 날 속여먹을 생각은 하지 마. 그랬다간 당장 거리에 나앉게 될 테니까."

---

* 『공포와 전율』은 키에르케고르의 철학서, 『우울증의 해부』는 로버트 버턴의 심리학서, 『니코마코스 윤리학』은 아리스토텔레스의 철학서이다.

미스 폭스는 색다른 걸 해보려다 그리 됐다고 해명했다.

"그게 뭔데. 낱낱이 고해."

"서점에 가서 친구가 될 만한 신사가 없나 찾아봤어요."

가엾은 미스 폭스는 말을 더듬었다.

내시 부인이 고개를 뒤로 홱 젖히더니 십 분 동안 쉬지 않고 웃어댔다. 그런 후에 그녀는 말했다.

"숫제 광고를 내지 그래?"

미스 폭스는 그렇게 했다. 전국지에 말이다, 과연.

동화 속 공주가 동화 속 왕자를 구함. 조롱 또는 빈정대는 답신 사절. 공주는 진심이고, 왕자도 진심이길 바람.

광고 문구에서 드러난 미스 폭스의 심경이 진저리가 난 듯 느껴진다면, 그건 실제로 그랬기 때문이었다.

광고가 나간 후, 미스 폭스는 열일곱 통의 그럭저럭 흥미로운 제안서, (열다섯 명의 정신병자가 쓴) 열다섯 장의 정신 나간 운문, (각각 여섯 통씩 해서 총) 열두 통의 조롱 또는 빈정대는 답신과, 깨끗한 셀로판지에 포장한 디기탈리스 한 송이를 받았다. 디기탈리스 꽃엔 '피처'라고 쓴 카드가 딸려 있었다. 그 이름은 미스 폭스가 살고 있는 곳에서 그리 멀지 않은 곳의 주소 아래 인쇄돼 있었다.

미스 폭스는 그 꽃을 들고 빠르게 원을 그리며 침실 주변을 걸었다. 도는 속도가 점점 빨라져서 거의 달릴 지경이 되었다. 손가락 끝마다 심장이 뛰는 게 느껴졌다. 꽃말에서 디기탈리스가 갖는 의미를 그녀는 알고 있었다. 아름다움과 위험, 독과 해독제. 디기탈리스는 심장을 수축시켰다. 심장이 너무 느리게 뛰는 사람에게 디기탈리스는 치료제였다. 심장이 건강한 사람에겐 독약이었다. 이 피처란 사람이 누구든 간에 그는 동화의 아름다운 함정을 이해하고 있었다. 그녀는 당장에 피처에게 편지를 썼고, 사흘 후 그들은 일이 끝나고 한 커피숍에서 만났다.

피처를 본 미스 폭스는 어리벙벙해졌다. 그는 그녀를 보았다. 그는 그녀의 눈을, 그녀의 귀를, 그녀의 이를, 그녀의 목을, 그녀의 가슴을 보았다. 그리고 그는 말이 없는 사람이었지만, 그녀가 말이 없는 것과는 달랐다. 그의 조용함은 신중한 성격에 기인한 것으로, 자신의 생각을 감추기 위한 것이었다. 그는 소리 없이 바닥에 발을 디뎠다. 처음에 그걸 보고 그녀는 몸서리를 쳤다.

"성함이 그냥 피처신가요?"

그녀가 그에게 묻자 그는 대답했다.

"그게 다예요."

그들은 동화에 대해 이야기를 했고, 서로의 취향이 짜 맞춘 듯 맞는 것을 발견했다. 그녀는 신이 나서 그를 다시 만났고 또 만났다. 네 번째로 만나서 대영박물관에 전시된 유리관 사이를 걷고 있을 때, 피처가 미스 폭스의 손에 깍지를 꼈다. 그녀는 그 자리에서 얼어붙었다. 그녀는 피처의 손길이 편하지 않다는 것을 알았다. 그녀는 자기 손이 그의 손을 덮히고 있음을, 그의 손힘이 강함에도 그녀의 손과 하나가 되어 부드럽게 움직이고 있음을 알았다.

여섯 번째로 만났을 때 피처는 미스 폭스에게 나이팅게일이 든 황금 칠을 한 새장을 주었다. 그가 가게 카운터에 새장을 내려놓더니 검은 천을 그 위에 덮어 씌웠다. 새는 갑자기 찾아온 밤이 속임수라는 사실엔 아랑곳 않고, 짝을 찾아 부르는 어리석고 하찮은 사랑 노래를 염원을 담아 불렀다.

내시 부인은 피처를 인정했다.

"그 친구, 로미오로 제격이야."

"그런데 말을 별로 안 해요. 그게 맘에 걸려요."

미스 폭스가 속내를 털어놓았다.

"그게 더 나아."

내시 부인은 말했다.

"그의 말이 아니라, 행동을 살펴 봐. 그게 원칙이야."

이 조언에 덧붙여 내시 부인은 '그의 키스에 답이 있어' 같은 갖가지 속담들을 곁들였다.

일곱 번째로 만났을 때 미스 폭스는 피처와 다음번 단계로 발전시킬 마음의 준비가 되었다고 느꼈다. 그녀는 그를 아파트에 초대했고, 그를 위해 저녁 식사를 만들었고, 촛불을 켜고 함께 와인을 마셨다. 피처는 고마워하는 눈치였지만 평소 때와 마찬가지로 거의 말이 없었다. 마지막으로 그들은 소파에 함께 앉아 있었다. 그녀는 그에게 레몬 타르트를 먹여주었다. 피처는 음식과 그녀의 관심 모두를 즐기는 듯한 표정을 짓고 있었다. 타르트까지 다 먹었을 때 미스 폭스는 소파 뒤로 팔을 뻗어 오랜 세월 그녀의 가족과 함께 한 고풍의 검을 꺼냈다. 검은 그녀의 허리께 올 정도로 길고 무거웠지만 최근에 그녀가 기름칠을 하고 날을 갈아서 반짝반짝했고 날카로웠다. 그녀가 검을 그들의 무릎 위에 걸쳐 놓았다.

"이 검을 가지세요."

미스 폭스가 엄숙하게 말했다.

"그리고 내 목을 쳐요!"

피처와 미스 폭스는 서로가 가장 좋아하는 동화인 『하얀 고양이』를, 연인에게 자신을 동물로 바꿔버린 저주를 풀게 도와달라고 간청하는 마법에 걸린 공주를 생각했다.

"진심이에요?"

피처가 물었다. 미스 폭스의 침실에서, 나이팅게일이 새장에서 우는 가운데.

미스 폭스는 한숨을 내쉬었다.

"못 믿겠어요……?"

"아, 믿어요."

피처는 말했다.

"믿어요."

그러더니 더는 왈가왈부하지 않고 칼집에서 검을 빼선 미스 폭스의 목에 붙은 머리를 베어냈다. 그는 이후 어떤 일이 일어날지 알았다. 이 만만치 않고 속닥거리듯 말하는 존재가 바야흐로 그의 앞에서 공주로 변신해야만 할 것이었다. 눈부시게 아름답고, 자유롭고, 시련 끝에 현명해진 존재로.

그런 일은 일어나지 않았다.

나는 내 서재로 걸어 들어갔다. 내가 어디에서 왔는지 모르겠다. 좀 전에 어디 있다가 여기 온 거지? 그동안 뭘 하고 있었던 거지? 적어도 활기차게 걷는 걸 보면 어디 출판 행사나 시상식이나 야단스러운 영화사 중역과 회의를 하고 온 건지도 모른다. 단서가 있나 싶어서 주머니마다 뒤져봤지만 다 비어 있었다. 그렇다면, 내가 어딜 갔다 왔건, 메리 폭스도 있었다는 뜻이다. 정말 그랬나? 아니면 그런 거라고 추측한 건가? 나는 서재 문을 난폭하게 열고 복도 쪽으로 의심에 찬 눈길을 던졌다. 모든 게 가지런히 정돈되어 있었다. 서재로 돌아온 나는 그곳이 어떤 지경이 되었는지 눈여겨보았다. 책들과 구겨진 종이와 깨진 레코드들이 마치 하늘에서 비가 쏟아진 듯 주변에 흩어져 있었다. 활짝 열린 창문으로 밀려들어온 차가운 바람에 책들에서 찢겨 나간 종이가 속삭이는 소리를 냈다. 선반 하나가 떨어진 건지, 누가 밀었는지 아예 내려앉아 있어서 책상으로 다가가려면 뒤로 가로질러 가야 했다. 책상은 잉크에 아예 잠기다시피 흠뻑 젖어 있었다. 그야말로 광란의 도가니였었다. 나는 휘파람을 한 번 불고 나서 창문들을 닫았다. 이 소리에 대프니가 기척을 알아챈 게 분명했다. 안 그러면 와서 노크를 하진 않았을 테니까. 문이 닫혀 있지도 않은데 왜 노크를 하는 건지.

"들어와."

나는 그렇게 말하고 두 동강 난 머그잔과 반 토막 난 축음기 레코드를 주워들고는 하릴없이 두 개를 맞춰보았다. 집 안에 똬리를 튼 키마이라.* 대프니가 책들을 한 아름 안고 들어왔다. 그녀의 두 눈은 독기에 찬 두 개의 달처럼 타오르고 있었다.

"개판이 된 걸 보니 기분이 어떠세요? 세인트 존?"

차라리 고함을 쳤으면 나았을 것이다. 억양이 없는 질문과 함께 나의 데뷔작 『벌을 쏘다』의 독일어판 양장본이 날아왔다. 더 많은 책들이 날아왔다. 책과 무미건조한 말들이 모두 내 머리통을 겨냥했다. 나는 기겁해서 죽을 둥 살 둥 두 팔로 자신을 지키려했지만 숨을 데가 전혀 없었다. 대프니는 아직 끝난 게 아니라고 말했다. 내가 자는 동안 집에 불을 질러버려야겠다고, 정말 그럴지도 모르겠다고 말했다. 그녀는 내가 형장으로 다가가는 사형수라고 했다. 자긴 르노에 갈 거라고 했다. 나처럼 평판이 더러운 사람하곤 절대, 하늘이 무너져도 결혼하는 게 아니었다고 했다. 마지막으로, 한껏 목청을 돋운 그녀가 말했다.

"그 여자 누구야! 당신과 작당하고 날 모욕하는 그 여자 말이야!"

---

* 그리스 신화 속의 사나운 짐승으로, 머리는 사자, 몸통은 양, 꼬리는 용의 모양이며 불을 내뿜는다.

그녀는 책 더미 밖으로 달려 나가 자리에 선 채 울어댔다. 두 손이 얼굴 위에서 부들부들 떨리고 있었다. 나는 이 고비를 넘겨볼 셈으로 소파에 쓰러지듯 주저앉아 잠깐 뜸을 들였다가 허리를 곧추세우고 앉았다. 두 귀에선 피가 조금 흐르고 있었고, 그녀는 그것을 보고 더욱 격하게 느껴 울었다. 둘 다 그녀 때문에 금이 간 창문을 바라보았다. 『도살자의 부츠』 일본어판은 그리 두껍지 않았다.

"그 여자 누구야?"

"누가 누구야?"

대프니는 뒤꿈치로 돌아 문 쪽을 향했다.

"어디 가려고?"

"르노. 이혼서류에 딴소리 하지 않는 게 좋을 거야."

나는 방을 가로질러 가서 그녀의 손을 잡았다. 그 순간만은 그녀의 손이 이 세상에서 가장 차갑고 가장 연약한 것처럼 느껴졌다. 나는 그녀의 손을 잡고 쓰다듬어주었다. 그녀는 시선을 돌린 채, 내가 그러도록 내버려두었다. 이제 와서 그래봤자 아무 소용이 없다는 뜻인 것 같았다. 새삼 아내가 예쁘다는 생각이 들었다. 요정 같으면서도 상처받기 쉬운 표정이 깃든 얼굴. 곱슬머리 몇 가닥이 하트형 얼굴을 감싸고 있었다.

"르노에 가지 마."

내가 말하자 그녀는 눈을 모로 뜨고 날 쳐다보았다.

"그게 다야? 날 잡기 위해 당신이 할 수 있는 회심의 말이 그거야? '르노에 가지 마'?"

"아직 내 말 안 끝났어, 디*. 또 하나 말하고 싶은 건, 당신은 피해망상에 시달리고 있다는 거야. 난 지금 당신이 무슨 말을 하는지도 모르겠어. 지금껏 내가 한 거라곤 우리 두 식구가 먹고살기 위해 노력한 것뿐이라고."

나는 그녀의 손을 들어 올려 그 손목에 입을 맞췄다. 그러면 그녀는 좋아했다.

"1, 2주만 기다려 줘. 그런 다음 같이 멋진 데 놀러가자. 당신과 나 단둘이서."

그녀의 화가 풀리기 시작했다. 얼굴을 찡그린 걸 보면 안다.

"당연히 당신과 나 단둘이서지…… 누가 또 같이 간다는 거지, 바보."

그녀에게 확고한 증거 같은 건 없는 게 분명해졌다. 직감만 믿고 이렇게 가공할 파괴를 자행하는 사람과 결혼했다는 것을 알자 흥미가 동했다. 그녀가 더 좋아졌다.

"디……."

나는 그녀를 내 품에 끌어안았다. 그녀는 내 스웨터에 얼굴을 묻더니 손수건을 꺼내 내 귀에 대고 막아주었다.

"그레타가 당신이 하는 말은 한 마디도 듣지 말랬어. 당신이 거짓말쟁이라고."

---

* 대프니의 애칭.

나는 손수건을 부여잡았다. 그녀가 여전히 잡고 있는데 그러니까 어색했다. 그런데다 그녀는 필요 이상으로 힘주어 귀를 누르고 있었다.

"그레타가 나보다 거짓말을 더 많이 해."

"그걸 당신이 어떻게 알아?"

"몰라. 하지만 나도 내 체면을 지켜야 하지 않겠어?"

"당신은 거짓말쟁이야. 당신이 정말로 딴짓을 한 적이 한 번도 없다면, 내가 당신 서재를 박살내는 것을 보고 화가 나 펄펄 뛰었을 거야. 뜨겁게 달군 다리미를 내 머리에 던졌을 거라고."

"달군 다리미 같은 게 다 있어?"

그녀는 코웃음을 쳤다.

"그래, 내 이혼 드레스를 다리고 있었어."

대프니가 내 돈으로 이혼 드레스를 샀구나. 이건 훨씬 더 짜릿한걸. 그때까지도 나는 그녀를 내 단점을 보지 못하는 별빛 초롱초롱한 눈망울의 이상주의자로 폄하하고 있었다. 앞으로는 그녀를 예의 주시 해야 할 것이다.

"당신 심장 뛰는 게, **고르지가 않아.**"

그녀가 웅얼거리듯 말했다.

"아, 당신한테도 그 소리가 들려?"

나는 그녀의 머리칼에 대고 말했다.

"내 심장이 이렇게 말하고 있어. 대애애애프니. 대애애애프니. 이건 좀 창피한데. 아무한테도 말하면 안 돼."

"그 여자가 계속 전화를 해."

대프니가 말했다.

"받으면 끊고. 당신이 아무도 모르는 어느 구석에 처박혀 있는 동안에……."

"누가 계속 전화를 하고 끊는다는 거야?"

"당신이 딴살림 차린 여자. 아니라고 말하지 마, 세인트 존. 난 딱 알아."

"딱 안다고."

"그래."

그녀는 고개를 들어 날 보았다. 내 뱃속까지 다 꿰뚫어볼 것 같은 그 눈길과 마주쳤을 때, 내 첫 번째 본능은 시선을 피하는 것이었다. 하지만 그랬으면 실수를 할 뻔했다.

"하지만 난 당신을 떠나고 싶지 않아. 설마. 그러니 당신이 그 여자를 떼어내. 그리고 둘 다 없었던 일로 하는 거야."

"대프니. 딴살림 차린 여자 같은 건 없어."

"맘대로 떠들어도 돼, 그 여자만 떼어내. 제발."

"그럴 수가 없어."

나는 말했다.

"그 여잔 내 머릿속에 있는걸."

나는 그녀의 표정을 살핀 후, 빠른 속도로 말했다.

"내 말은 그 여자는 살아 있는 여자가 아니라는 뜻이야, 여보. 그 여자는 그냥 하나의 개념이야. 내가 만들어낸."

"뭐?"

"이 말이 씨도 안 먹힐 거라는 거 아는데, 그래도 당신은 내 말을 믿어야 해. 안 그러면 내가 당신에게 할 수 있는 말이 없어."

"계속해, 세인트 존."

"계속할 것도 없어. 그 여자 이름은 메리야. 당신 마음에 들 거야. 직설적인 성격이고. 전쟁 동안에 구상한 여자야. 처음에는 정말 별말 안 했어. 근엄한 영국식 억양으로 '기운 내, 폭스', '당신의 용기는 어디다 버리고 온 거야?'라는 정도 말고는 아무 말도 없었어. 신세 한탄이 병이 될 지경을 대비해 만든 예방책일 뿐이야. 그렇게 보지 마, 디. 병원 갈 정도는 아니니까. 어쨌거나, 당신도 이제 알겠지, 그렇지? 그런 여자가 무슨 수로 우리 집에 전화를 걸겠어? 아마 전화번호를 잘못 알고 건 사람들이거나, 당신 오빠 중에 하나가 돈 빌려달란 말을 하려고 전화를 걸었다가 엄두가 안 나서 끊은 걸 거야."

"우리 오빠들 얘기는 지금 하고 싶지 않아. 일백 퍼센트 상상의 여자, 오로지 아이디어로만 존재하는 여자를 만들어내던 시절이 떠오르네. 그 여자 데리고 극장에도 가?"

나는 그녀가 농담을 하는 건지 어쩐지 알 수가 없었다.

"내가 미쳤어?"

나는 격한 어조로 대답했다.

"그 여자에게 비밀도 털어놔?"

"그런 게 아니라니까."

"그 여자 예뻐?"

"어……."

대프니가 알겠다는 표정으로 날 쳐다보았다.

"나보다 더?"

"디……."

"'그런 게 아니'라면서. 그러니까 그게 어떤 건지 말해줘. 난 다만 당신이 미친 건가 아닌가를 알아내려는 것뿐이니까."

"나 안 미쳤어. 난 언제나 그 여자가 개념의 상태라는 걸 철저히 인식하고 있다고."

"그러니까 그 여자가 당신 작품에 등장하는 인물 같은 존재라는 거야?"

"그런 거지."

나는 그녀의 머리를 쓰다듬어주면서 그 문제로 걱정하지 말라고 말하고 싶은 것을 꾹 참았다.

"그러니까 내가 걱정할 건 아무것도 없다?"

"아무것도요. 마님. 하늘이 무너진다 해도요."

대프니가 내 뺨에 입을 맞추더니 물러섰다.

"알았어, 여보. 엉망으로 만들어놔서 미안해."

나는 고개를 끄덕이고, 아무것도 아니라는 듯이 손을 내저어 보였다. 나 자신이 자랑스러웠다. 옛날이었으면 자제력을 잃고 말았을 것이다. 그렇지만 이제 다른 종류의 일들이 일어나고 있었다. 그쪽에 집중할 필요가 있었고, 그래서 더 이상 화가 나 펄펄 뛸 만한 것이 전혀 남지 않은 모양이었다. 또 하나, 아내 집안의 남자들 전부와 여자 몇 명은 근본적으로 깡패들이라는 사실도 한몫했다.

"이제 그레타랑 영화 보러 갈까 해."

"재미있게 봐."

그녀는 방을 나선 후 매우 조용히 문을 닫았다. 두 손가락으로 대프니의 손수건을 댄 귀를 붙든 채, 나는 다시 넘어진 책장을 가로질러 책상으로 가 앉아서 잉크가 카펫 위로 뚝뚝 떨어지는 꼴을 지켜보았다. 메리 폭스가 내 인생을 짓밟으려 하고 있었다. 당장 신경쇠약에 걸릴 판이라고 해도 하등 이상할 게 없었다. 그러나 나는 행복했다.

"갈등 관리를 멋지게 하시는데."

메리가 내 책상 밑에서 한마디했다. 그녀는 양쪽 무릎에 괸 두 팔에 턱을 얹고 있었다.

"아, 왔어?"

나는 그녀에게 손을 뻗었고, 그녀는 책상 아래에서 나와 두 팔을 내 목에 두르고 무릎에 앉았다. **좋은걸.** 나는 조심스럽게 의자를 빙그르르 돌려서 그녀가 정원을 볼 수 있게 했다. 그렇게 우리는 빗물이 늙은 삼나무 위로 떨어지는 풍경을 보았다.

"다음번에 당신이 죽게 된다면 안 된다고 생난리를 칠 거야?"

그녀가 물었다.

"응, 그럴 것 같은데. 솔직히 말해서 난 그런 말을 듣는 것조차 싫어. 왜 물어보는 거야?"

"그냥 보고 싶어서……."

"안 돼."

"안 돼?"

"안 돼."

"하지만 미스터 폭스,"

그녀가 말했다.

"그래봤자 수많은 게임 중 하나일 뿐이잖아……."

이렇게

……그들은 말하리라

'네가 사랑하는 사람,

너를 위한 여인이 아닌데,

너는 왜 그녀를 사랑하는가?

너는 더 아름답고, 더 진지하고, 더 깊이 있는,

더 다른 이를 만날 수 있을 터인데……'

—네루다

요루바*인 여자가 하나 있었고, 영국인 남자가 한 명 있었고, 그리고…….

---

* 아프리카 나이지리아의 주요 부족.

이게 농담인가 싶을지 모르지만, 그 둘은 심각하게 서로를 사랑했다.

그들은 서로에게 최선을 다하려고 노력했지만, 전혀 소용이 없었다. 여러분 중에 요루바 여자가 가끔 어떻게 구는지 아는 사람이 있을지 모르겠다. 그들이 함께 사는 집은 전부 다 불에 타 무너졌다. 그들은 치고받으며 싸웠고, 무기는 비누, 수트케이스, 주먹, 양장판 백과사전이었다. 부상이 잇따랐다.

영국 남자는 이것저것 만드는 걸 좋아했다. 다정하게 탐구하듯 돌에 끌을 대는 그의 모습은 마치 돌이 다른 존재가 되고 싶은지를 알아내고자 하는 것 같았다. 그러나 그의 여자는 그가 일을 하지 못하게 했고, 그 때문에 그들은 가난을 면치 못했다. 다른 사람들은 우리만큼 깊이 사랑하지 않으면서도 사이좋게 지내는데 우리 사이는 왜 이 모양일까 하고 그들은 궁금해했다. 그녀가 눈만 뜨면 내리 여섯 시간 동안 그가 되었던 시절이 있었다. 그때 그녀는 그의 모든 비밀을 알았으며, 그가 한 어떤 행동도 그릇되게 여겨진 적이 없었다. 그녀는 자신이 겪은 것처럼 그가 하는 일의 추이를 알았고, 상황들이 어떠했는지를 알았다. 그가 그녀의 코끝에 손만 대도 기적이 쏟아져 나와 더 바랄 것이 없던 시절이 있었다.

그러나 행복이 흥미진진한 거라 여기는 사람이 있겠는가?

어느 날, 여자는 발을 구르면서 그녀의 남자가 죽었으면 하고 바랐다. 그래서 그는 죽었다. (이제 여러분은 요루바 여자가 때로 어떻게 구는지 알았겠지.)

그런 일이 있은 후, 그녀는 그를 되찾느라 죽을 고생을 했다. 책들과 양초들, 그녀가 흘릴 수 있는 모든 눈물, 그걸로도 모자라서 그녀는 얼마간은 친구들에게서, 얼마간은 새벽녘 나무들한테서 빌려와야 했다. 결국엔 그녀가 낳았을지도 모르는 아이들까지 모두 포기했다. 모두가 잠든 한밤중에 그 아이들은 손을 떠는 법 없이 미소를 짓는 마녀의 칼날 아래에서 살가죽이 벗겨졌다…….

남자를 되찾느라 그녀는 살면서 가장 많은 돈을 쓰게 되었다. 그녀가 무일푼이 되자, 남자는 돌아왔다. 그는 고마워하지 않았다. 그는 지쳐 있었다. 돌아오는 길이 쉽지 않았던 것이다. 그는 말했다. **이제 더는 이러지 말자.** 그녀는 천천히 고개를 끄덕이면서 말했다. **그럴 엄두도 안 나.** 그녀는 여전히 기력이 없었고, 그도 그녀와 별반 차이가 없었지만, 그래도 그녀를 차까지 데리고 가서 그녀 옆에 앉았다. 그는 그녀와 나란히 한 무릎 위에 지도를 펼치더니 그가 그녀를 내려놓고 떠날 만한 곳을 한 곳 고르라고 했다. 그녀는 고르려 하지 않았다. 그럼, 파리. 그가 말했다. 그녀를 만나기 오래전, 거기 갔었던 일이 기억이 났다. 실로 매혹적이었던 강물을 떠올렸다. 강물이 흘러가며 태양과 도시에 속삭이고, 다리 아래 굽이치며 바다에서 가져온 소식을 전해주는 듯했던 기억이 났다. 거대하고 육중한 문들 위의 조각한 사자 머리들이 기억이 났고, 어찌나 나이를 많이 먹었는지 포효하는 대신 하품을 하던 것도 기억이 났다. 그는 파리에 가면 그녀가 좋아할 테고, 외로워하지 않을 것이라고 생각했다.

그는 그녀에게 앞으로의 경로를 알려주었고, 파리에 도착하기 전이라도 그녀가 '멈춰'라고 말하면 그곳이 어디건 간에 그녀를 두고 떠나기로 합의했다. 그녀는 자기 짐을 아무것도 챙겨오지 않은 터였고, 밤색 드레스에 밤색 플랫슈즈를 신었고, 같은 색깔의 허름한 코트를 걸치고 있었다. 코트는 남자의 것이었고, 남자는 그 안주머니에 미리 얼마간의 돈을 넣어둔 터였다. 여자는 두 손을 가는 내내 무릎 위에 겹쳐놓은 채, 안전하게 미동도 하지 않았다. 때로 그녀는 차창 밖으로 스쳐가는 광경을 보았다. 때로 그를 바라보기도 했다. 그들은 별다른 말은 하지 않았다. 어느 순간 남자가 기침을 하고 "미안"이라고 하긴 했다.

차가 됭케르크에 이르렀을 때 그녀는 멈추란 말을 할 수 없었다. 릴에서도, 아미앵에서도 마찬가지였다. 그녀는 어디로 갈지, 뭘 할지에 대해선 특별히 걱정하지 않았다. 그런 것은 중요한 것 같지 않았다. 남자는 말없이, 마음을 바꾸고 또 바꾸었지만, 그럴 때마다 그녀가 그에게 죽어버리라고 했던 일이 떠올랐다.

파리의 넓고 북적거리는 길과 나란히 나 있는 비좁은 거리에 도착했을 때, 그는 그녀를 차에서 내리게 했다. 몸을 앞으로 수그리면서 자기는 그를 해코지할 생각은 전혀 없었다고 말할 때, 후줄근한 드레스 차림의 그녀는 한 마리 나방처럼 보였다.

그는 웅얼거리는 목소리로 그녀가 잘 지내기를 바란다고 했다.

그가 차를 몰아 그 자리를 떠나는데, 그녀를 에워싼 건물들이 한꺼번에 끌려오듯 가까워 보였다. 그녀의 시선은 적갈색 석조물에 이어 돌돌 말려 있는 장식, 화려한 마감을 따라 올라갔다. 그녀의 손가락엔 반지가 끼워져 있었다. 전에 천 번의 키스를 나눈 데 대한 답례로 그가 준 것이었다. 그녀는 그 반지를 돌리고 또 돌리면서 자기 살에서 벗겨내려고 애썼다. 난 키스 횟수나 세는 바보를 사랑한 거야, 라고 그녀는 생각했다. 머리 위로 지나가는 하늘이 유릿장 같았다. 그녀는 보도에 앉아 오가는 사람들을 지켜보았다. 그녀의 바로 맞은편에 카페가 하나 있었다. 연인들이 손을 잡고 들어갔고, 창문에 쌓인 먼지에 가려져서 그런 후에 그들이 뭘 했는지, 어디에 앉았는지, 무엇을 마셨는지는 보이지 않았다. 한 여자가 혼자서 카페 밖으로 나왔다. 그녀는 머리부터 발끝까지 군청색의 옷을 입고 있었다. 완벽하게 매니큐어를 바른 한쪽 손에 열두 자루의 만년필을 들고 있었다. 다른 손엔 흰 컵을 들고 있었다. 그 여자도 보도에 앉았다.

"이걸 마셔요."

청색 옷을 입은 여자가 말했다.

"그게 뭔데요?"

밤색 옷을 입은 여자가 물었다.

청색의 말투가 빨라졌다.

"기운이 날 거예요. 얼른 마셔요."

의욕 없이, 고분고분하게, 밤색은 작고 하얀 컵의 내용물을 단숨에 들이켰다. 씁쓸한 에스프레소. 별것 아니었다.

"자. 이제 이걸 받아요."

청색이 밤색에게 만년필들을 건네주었다.

"얼른 가요. 만회해야 할 게 많으니까."

밤색은 이렇다 할 만큼 힘이 나는 것 같지는 않았다. 조금이라도 달라진 게 있다면, 더 둔감해진 것 같았다.

"어디로 가요? 뭘 만회하란 말이죠?"

"글."

청색이 대답했다.

"당신은 글을 쓰잖아요. 난 글엔 완전히 젬병이지만, 당신은 잘해낼 거예요. 저기가 당신이 살고 또 글을 쓸 곳이에요."

청색이 몇 발자국 떨어진 거리의 어느 집의 정문을 가리켰다. 그 문은 환한 파란색 페인트칠이 되어 있어서 눈에 금방 띄었다.

"어…… 뭐요?"

청색은 웃음을 터뜨렸다. 기분이 좋아지는 웃음이었다.

"아…… 가보면 알아요."

"누구시죠?"

"방금 당신을 내려주고 떠나버린 그 남자…… 나는 그의 운명의 상대 중 하나예요."

청색이 차분한 태도로 말했다.

"수십 년 전에 끔찍한 실수를 저질렀어요. 우리 같은 사례가 많은데, 이제야 겨우 해결하고 있는 중이에요. 이제부턴 내가 책임자예요. 내가 모든 걸 다 관리할 거예요. 당신이 할 일은 저 문을 넘어가서 당신 인생에 걸맞은 곳으로 들어가는 거예요. 그러면 그를 잊게 될 거예요. 오늘을 잊게 될 거예요. 모든 걸 잊게 될 거예요."

밤색은 소스라치게 놀랐지만, 아무 말도 하지 않았다.

"그 말 들으니 기쁘지 않아요?"

청색이 물었다.

"아뇨. 안 기뻐요."

밤색이 말했다.

"그를 잊고 싶지 않아요. 내 인생에 걸맞은 곳도 바라지 않아요. 저 문 안으로 들어가고 싶지 않아요. 아무것도……."

"비탄에 빠져서 그런 거예요. 이 불쌍하고 한심한 바보."

청색이 말을 막았다.

"자신이 뭘 원하는지도 모르는 거예요."

"비탄에 빠진 게 아니거든요."

밤색이 퉁명스레 말했다.

청색이 두 손을 벌렸다.

"흠…… 대신 뭘 하고 싶다는 거죠?"

그들 주위의 사람들은 밤색이 이해할 수 없는 언어로 말하고 있었다. 그것은 날카로운 칼날들을 품고 있는 침묵과도 같았다. 소리가 그녀의 고막을 찢었다. 아프진 않았지만 유쾌한 것도 아니었다. 청색이 밤색을 주의 깊게 살펴보았다. 그들의 피부색은 더도 덜도 말고 똑같은 갈색 빛이었지만, 그 외에는 모든 게 달랐다. 청색이 밤색보다 얼굴이 훨씬 더 예뻤고, 더 작고, 더 단아해 보였다. 청색은 사랑스러운 입매와 따뜻한 태도를 갖고 있었다. 그 남자에게 더 잘 어울릴 것이다. 밤색은 가능한 빠른 말투로 청색의 운명의 짝인 그 남자에 대해 말해주었다. 그래봤자 피상적으로 떠오르는 시시콜콜한 것들, 함께한 세월 끝에 다다른 것들에 지나지 않았지만. 청색은 작은 책 한 권과 연필을 꺼내어선 고개를 끄덕이며 경청하며 메모를 했다.

그런 후 밤색은 양 손 가득 만년필들을 쥔 채, 그녀가 새로 살게 될 집의 문 안으로 들어섰다.

그녀는 뒤를 돌아보지 않았기 때문에 청색이 공책을 버리는 것도 보지 못했다. 그녀를 내려놓고 갔던 자동차가 다시 그 자리로 되돌아온 것을, 그녀가 사랑하는 남자가 차창 밖으로 머리를 내민 채 천천히 달리며 그녀를 찾는 것을 그녀는 보지 못했다. 청색이 그에게 다가갔고, 그가 말하는 동안 고개를 한쪽으로 기울인 채 사뭇 동정 가득한 표정을 지으며 경청했다…….

밤색은 그녀의 집으로 걸어 들어갔다. 천장에는 크리스털 샹들리에가 일렬로 걸려 있었는데, 문어발 장식은 밖을 향해 쭉 뻗어 있고, 오래된 황금으로 만든 문어의 심장들이 층층이 겹을 이루고 있었다. 높은 천장에는 새로 그린 듯하면서도 오래전에 그린 듯한 지도가 펼쳐져 있었다. 색이 바랬고 칠도 쩍쩍 갈라져 있었지만, 바랜 색감이 화사했다. 세상 끝 가장자리까지 이른 지도는 아무것도 그려져 있지 않은 흰 벽으로 이어지게 묘사돼 있었다. **여기…… 용**

들이…… 있으니…….

위층에 올라가니 창문 옆에 책상이 하나 있었고, 거기엔 그녀가 가지고 있는 것과 똑같은 만년필 한 자루가 놓여 있었다. 밤색은 그것을 흔들어보았다. 카트리지가 비어서 나는 소리가 들렸다. 그녀는 새 펜 대신 새 카트리지를 샀어야 했다는 생각이 들었다. 그러는 편이 훨씬 더 경제적이었을 텐데. 책상 옆에는 구겨진 종이로 꽉 찬 쓰레기통이 놓여 있었다. 그 안에도 더 많은 만년필들이 있었다. 그녀는 이 책상에 그다지 앉고 싶은 마음이 들지 않았다. 어쩐지 사람을 긴장하고 초라하게 만드는 곳 같아서였다. 그러나 새 종이묶음이 펼쳐져 있었고, 의자가 빼내어져 있어서 거기 앉았다. 그녀는 새 펜들을 하나씩 내려놓았다. 그것들을 바라보며 두 엄지손가락을 빙빙 돌리고, 펜 하나를 집어 들었다가 도로 내려놓았고, 공책을 살펴보았다. 분명히 뭔가를 써야만 하는데 소재 하나를 떠올린다는 것 자체가 그녀에겐 불가능했다. 편지를 쓰라는 뜻이었을까? 아니면 보고서? 손으로 직접 써야 한다는 사실은 사적인 면모를 풍겼다. 밤색의 글은 특별한 어느 누군가를 대상으로 해야 할 것이었다. 밤색은 펜 하나를 손가락 끝으로 밀었고, 그것은 굴러가다 다른 펜과 부딪쳤고, 그 바람에 모든 펜들이 테이블 밑으로 떨어졌다. 누구를 위해 쓰는 건지도 모르는데 어떻게 쓰라는 말인가. 웃기는 일이었다.

이십 여분이 지났을 때, 문을 긁는 소리가 들려서 밤색은 그 자리에서 펄쩍 뛰어올랐다.

누가 긁었건 간에 그들은 방에 들어오지 않았고, 다만 문 아래로 종이 한 장을 밀어 넣었다.

거기엔 다음과 같이 쓰여 있었다.

이야기를 써요.

"이야기?"

밤색은 악을 썼다.

"뭔 이야기?"

그녀는 집의 방들을 가로질러 달리면서 이야기를 쓰라고 명령한 사람을 찾아보았다. 계단을 달려 내려가 거리를 살펴보았다. 누구든 가능했다. 누구든. 그녀가 알지 못하는 새에 누군가 슬며시 들어왔다가 슬며시 빠져나가다니. 모르긴 해도 그녀를 뒤따라 들어왔을 것이다…….

밤색은 책상으로 돌아와 바닥에 떨어진 펜들을 주웠다. 몇 개의 단어를 썼다. **옛날 옛날에.** 거기까지 쓰고 멈췄다. 그녀는 주위를 둘러보았다. 뭔가 빠진 게 있었다. 뭔가가 잘못되었다. 그녀는 거울을 발견하고는 그 앞에서 돌아 서서 두 팔을 앞으로 뻗었다. 그녀는 온전히, 한 덩어리로 그 자리에 있었다. 그렇다면 뭐지? 그녀가 잃은 것은 무엇이지?

밤색은 자기가 빼앗긴 것들, 자기가 잃어버린 것들, 대체 가능한 동시에 불가능한 것들의 목록을 썼다. 우산, 장갑. 튜브형의 값비싼 마스카라. 수표. 실상 매번 한 짝씩 잃어버리는 바람에 결국 나머지 한 짝마저 빼버리게 되었던 귀고리. 카페와 파티에 벗어두고 온

재킷 몇 벌. 일기장을 잃어버린 적도 한 번 있었다. 1년 치의 생각이 날아간 것이다. 또 뭐가 있더라…… 텔레비전 한 대. 그리고 혼자 살던 시절 문을 잠그지 않은 어느 날 사라져버린 고양이 한 마리. 도둑이 고양이를 인질로 삼았다는 쪽지를 남겼고, 그녀는 대응을 할까 하다 그만둬버렸다.

문 밑으로 두 번째의 종이가 밀려 들어왔다.

이야기를 써요.

밤색은 이번엔 이야기를 원하는 사람을 굳이 찾아보려 하지 않았다. 그녀는 농락당하지 않을 테고, 복종하지 않을 거였다. 대신 그녀는 도심으로 나갔고, 자기가 잃어버린 것을 찾아 나섰다. 설령 찾게 되더라도 알아볼지는 전혀 보장할 수 없었지만, 생경하고 섬뜩한 책상에 앉아 있는 것보다는 이러는 쪽이 더 낫게 느껴졌다. 모든 것이 단서처럼 다가왔다. 모르는 사람들의 일별, 그녀가 스쳐가는 모든 표지판의 첫 글자. 그 첫 글자들을 하나로 붙여 결코 갈 수 없는 거리의 이름을 만들어냈다. 그녀는 포기하지 않았다. 매일 찾으러 나섰다.

그리고 매일, 쪽지가 한두 장씩 들어왔다. **이야기를 써요.** 때로 약간의 돈도 들어온 덕에 그녀는 끼니를 연명할 수 있었다.

사람들이 그녀를 마담 라 폴리라 부르기 시작했다. 어느 날 그녀는 생제르맹 대로 모퉁이에서 교회 경내 철책에 등을 기대고 서서 기타를 연주하는 한 남자를 지나치게 되었다. 그리고 그가 자기를 주제로 노래하고 있음을 알아차렸다. 마담 라 폴리, 호주머니에서 돈이 빠져나오고 있는데, 당신이 일용할 빵이 발에 짓밟히고 있는데, 당신이 부치려 했던 편지들은 뒤에 남겨졌는데…… 그 밖에 당신이 잃은 건 무엇인가요?

그녀가 공책에 쓴 목록이 날이 갈수록 늘어났다. 목록을 읽으면서 그녀는 손에 낀 반지를 돌리고 또 돌렸다. 반지는 싸구려 놋쇠였고, 마치 그녀의 체열을 견디지 못한 듯 살짝 찌그러져 있었다. 그 반지를 어떻게 받게 된 건지, 혹은 언제 처음 꼈는지 정확하게 기억해낼 수가 없었다. 그녀는 반지를 손가락에서 잡아 뺐고, 고통을 느꼈고, 그래서 놀랐다. 그녀는 고개를 들어 천장의 지도를 보면서, 들고 있는 놋쇠 원을 통해 대륙들을 살펴보았다. 원을 통해 보니 각 나라의 국경들이 진동하면서 흐릿해졌다.

"어디 있어요?"

그녀는 웅얼거렸다.

"어디 있어요?"

그녀는 백열의 집게로 그 질문을 자신에게서 집어내 버리고, 깔끔한 구멍만 남기를 바랐다. 그러고 나면, 어쩌면, 주어진 임무를 해낼 수 있을지도 모른다. 그녀는 자신을 계속 살아가게 해주는 사람이 누구건 간에 그에게 신세를 졌다는 생각이 들기 시작했다.

밤색이 찾아 나서는 일을 잊어버리는 때도 있었다. 한번은 빨간 풍선들이 한가득 묶여 있는 난간을 지나간 적이 있었다. 아무도 보는 사람이 없었으므로, 그녀는 날카로운 손톱으로 풍선들을 하나씩, 차례대로 터뜨렸다. 그리고 그녀는 불빛을 피해 다니는 것을 즐겼다. 그러면 의기양양해졌다. 그녀는 한밤에 성심성당까지 가서 배들이 강둑을 지나며 쏘아대는 투광조명의 눈부신 빛 주위를 쏜살같이 뛰어다녔다. 바실리카까지 갔을 때 그녀는 그곳 계단을 기엄기엄 내려가, 언덕 바로 위에 놓인 맨 마지막 계단에서 한껏 높이 뛰어내렸다. 그러면서 두 눈을 감고 자기가 도시의 품 안으로 뛰어내린 거라고 믿었다. 마담 라 폴리가.

청색의 남자는 밤색을 되찾으려고 동분서주하느라 청색을 마냥 기다리게 했다. 그는 파리 전역에 밤색의 사진이 있는 포스터를 붙였고, 보는 사람마다 그녀를 본 적이 있느냐고 물었다. 그러나 바람이 포스터들을 센 강으로 날려버렸고, 그렇지 않으면 포스터를 떼어 가져가는 사람들—매번 다른 사람들이었다—이 있어서 그는 큰 소리로 해명을 요구하며 그들의 뒤를 쫓아갔다. 그러나 어느 누구도 해명하지 않았고, 어느 누구도 도와주지 않았다. 그는 모든 게 우연의 일치라는 걸 알았다. 그 스스로에게 우연의 일치라고 말했다. 결정했던 바를 바꾸려는데, 이렇게 적극적으로 제지당하고 있다는 생각을 하니 소름이 끼쳤기 때문이다. 청색은 언제나 그의 옆에 있었고, 헌신적이었고 다정했다. 그가 일할 동안 짜증나는 질문을 하는 게 아니라 자신이 할 일을 했다. 날이 갈수록 남자는 밤색이 그가 예전에 꿨던 이상한 꿈처럼 여겨지기 시작했다. 그녀는 결코 돌아오지 않을 것인데 이런 식으로 그녀를 좇는 건 정상이라고 할 수 없었다. 청색…… 청색은 조금도 걸리적거리지 않았다. 그래서 그는 청색에게 돌아갔다.

그들의 관계는 순조롭지 않았다. 한두 해 동안 그는 그의 형편이 예전보다 더 나아졌다고 칭찬하는 사람들에게 한결같이 '맞아요, 난 행운아예요' 라고 말했다. 그렇지만 행운이란 생각이 들지 않았다. 정리가 되었다면 몰라도. 청색은 낯설었고 결코 친구가 되지 못했다. 어느 날 저녁, 그는 그들이 사는 집 거실 벽난로 옆에서서 잡지의 한 사진을 보고 있었다. 사진과 함께 청색과 그 자신에 관한 기사가 실려 있었고, 그들을 장인 커플로 소개하고 있었다. 그는 그 기사를 자기가 아닌 다른 사람, 그와 청색을 알지 못하는 다른 사람에 관한 것처럼 읽어보려고 애썼다. 사진 속 커플은 아름다운 태도로 서로를 칭찬했다. 그의 어깨에 기댄 그녀의 윤기 흐르는 머리, 그녀를 힘차게 안고 있는 그의 팔. 소맷부리가 손가락 위까지 내려와 있어서 그는 리넨 소매를 통해 그녀를 안고 있었다. 그건 그녀가 그에게 얼마나 소중한지를 방증하는 것이었다. 그녀는 맨손으로 만져선 안 되는 존재였다. 그는 인형의 집을 만들었고, 그녀는 인형들로 그 안을 채웠다. 영화 스타들과 스포츠 스타들이 자식들에게 주려고 그 집을 샀다. 사진 속 커플 역시 곧 아이를 갖기를 바랐다. 한 시인을 인용해, 장인 남자는 그들의 사랑은 평생을 함께할 것이며, 그들이 그때까지 했던 모든 사랑을 아우르는 사랑이라고 말했다. 그는 그 대목을 다시 읽었다. 그가 정말로 이런 말을 했던가? 그는 그 문장을 큰 소리로 반복해 읽었다. 그런 다음 그는 잡지를 불에 집어 던졌고, 그것이 불에 타는 것을 볼 틈도 없이 곧바로 자리를 떴다.

청색은 자신의 스튜디오에서 인형의 눈을 만들고 있었다. 그녀는 둥근 유리알 하나하나에 피펫으로 염료를 한 방울씩 떨어뜨린 후 그것이 스며들 때까지 지켜보았다. 그녀는 그에게 인사를 하지 않았다. 세부작업에 정신이 팔려 있었기 때문이었다. 그는 갈색 눈알을 집어 들고는 감탄했다, 언제나처럼. 염료는 물처럼 맑은 구체의 한가운데 둥둥 떠 있었다. 그는 다시 인형의 눈알을 그의 아내이자 그의 친구들이 경외와 찬탄의 눈으로 바라보는 여자, 미덕으로 흠결을 빈틈없이 감춘 여자에게 건네주고 나서 말했다.

"날 떠나요."

그녀가 고개를 들었다.

"뭐라고 했어요?"

"떠나달라고."

그가 말했다.

"날 떠나줘요. 제발."

"얼마 동안?"

그는 등을 돌려 충격을 받은 그녀를 보지 않으려고, 그녀가 인내를 발휘하기 시작하는 모습을 보지 않으려고 했다. 그는 이것이 자멸을 불러오리라는 것을 알았다.

"말이 되는 소리를 해요."

그녀가 그의 등에 대고 말했다.

"함께 잘 일하고 있잖아요. 함께하는 인생이라고요."

"알아요."

그가 말했다.

"하지만 당신이 떠나지 않겠다면, 내가 떠날게요."

"이러는 게…… 그 여자 때문이에요?"

그녀는 질문에 화는 담겨 있지 않았다. 그 말투는 어딘가…… 궁금해하고 애석해하는 것처럼 들렸다.

"아직도? 이렇게 시간이 흘렀는데도?"

"아니에요."

그는 거짓말을 했다.

"당신을 이해 못 하겠어요. 그녀의 사랑은 비뚤어졌어요. 당신 입으로 나한테 말했잖아요."

뒤돌아 다시 보았을 때, 그는 그녀가 이미 피펫을 들고 다시 작업을 하고 있음을 알았다. 한 치의 오차 없이 염료를 한 방울 한 방울 떨어뜨리며.

"지금 당신의 마음이 어떻건 간에, 오래가지 않을 거예요. 난 떠나지 않을 거고. 당신도 마찬가지고요."

그녀가 말했다.

"알았어요."

그는 그렇게 말하고 고개를 끄덕였다. 그는 자신의 스튜디오로 들어갔고, 거기서 깨어날 수 없는 인사불성의 상태가 되었다.

밤색은 자기가 이미 죽어버린 사람을 애도하고 있는 건지도 모른다는 생각이 들었다. 그녀는 페르 라셰즈*를 돌아다녔고, 자기 자신에게만 의미를 줄 하나의 이름을 찾아 헤맸다. 묘지기는 그녀를 안쓰럽게 생각했다. 폐장 시간 직전에 그녀가 묘지에 숨어 있으면, 묘지기는 그 반대편만 바라보았다. 그녀는 폐가 되지 않았다. 그런데다 몇 시간만 더 놔두면 그녀가 자신이 바라는 무덤을 마침내 찾을지도 모른다. 그날 밤 처음 몇 시간 동안 그녀는 아름드리 초록빛 향기에 젖어 있었다. 그녀가 세 갈래 길을 오르내리면서 돌에 새겨진 이름들을 들여다보는 동안, 라벤더 꽃봉오리들이 그녀의 두 팔과 등을 간질였다. 따끔거리는 쐐기풀에 찔리지 않도록 두 손을 소매 속에 집어넣고 있어서 들고 있던 손전등 불빛이 계속 흔들렸다. 겨울잠 쥐들이 발과 꼬리로 라벤더를 흔들었고, 녀석들의 까맣게 반짝이는 동공에 밤색의 상象이 담기자 쥐들은 그걸 담은 채로 줄달음쳐 도망쳤다. 흰 꽃이 핀 관목들이 그녀의 주변을 두텁게 에워쌌고, 잠도 그와 똑같은 형세로 그녀를 감싸고 그녀의 팔다리로 뻗어나갔다. 이제 드러누우렴, 잠은 다정하게 말했다. 누우렴. 지금은 하루의 비밀스러운 시간, 올빼미들과 박쥐들이 자기의 것이라 천명하는 시간. 별들은 이제 자리를 바꾼다. 그러라 하고 너는 누우려무나.

* 유명인들이 묻힌 파리의 공동묘지.

에티엔 조프루아라는 이름을 네 번째로 보았을 때 그녀는 걸음을 멈추었다. 묘지는 그녀가 생각했던 것보다 작았다. 아니면 이 묘지엔 빛으로도, 그녀의 손전등으로도, 심지어 달빛으로도 포착하지 못하는 곳이 있는 건지도 모른다. 그녀는 오솔길이 두 갈래로 갈라지는 지점에 이르렀고, 손전등으로 처음엔 왼쪽을 다음엔 오른쪽을 비추었는데…….

한 남자가 보였다. 그는 오솔길 반대편에서 묘목에 반쯤 가려진 채 서 있었다. 1초도 채 안 되는 순간, 아니 그보다 더 짧은 찰나 동안 그녀는 그 남자를 보았다. 그는 순식간에 시야 밖으로 튀어 나갔다. 나뭇가지들이 버석거리는 소리에 그녀는 귀가 먹먹해졌다. 목구멍이 얼어붙었다. 가. 그녀는 자신에게 말했다. **가야 돼. 하지만 길을 잘못 들어서면? 행여 더 깊이 들어가기라도 한다면…….**

그녀는 뭔가 조짐이 있나 귀를 기울이면서 그가 어디 있는지 찾아보았지만 묘비 사이사이로 깍깍대고, 끽끽대고, 메아리치는 수많은 부름들이 있었다. **난 가야 해. 난 가야 해.** 첫 걸음을 떼자 나머지는 쉬웠고, 갈 길도 확실해서 왼쪽, 오른쪽, 왼쪽, 오른쪽으로 간 그녀는 그가 부르는 소리를 듣고 엎어졌고 그 바람에 돌들에 손을 베었다.

"마담 라 폴리! 마담 라 폴리? 부탁인데 딱 한마디만 들어줘요. 당신의 시간에서 딱 1초만 내주세요……."

손전등은 잃어버리고 없었다. 근처에서 갈라지는 듯 큰 소리가 들렸다. 그 남자일까? 어디 있는 거지? 그는 어디에나 있었다. 그의 목소리는 그녀의 뒤에, 그녀의 앞에, 위에, 아래에 있었다. 그녀는 잠깐 동안 몸을 공처럼 웅크리고 땅밖으로 드러난 나무 뿌리에 기대어 있었다. 잠시 후 무릎으로 땅을 디디며 몸을 살짝 일으킨 그녀는 천천히, 천천히, 정말로 천천히 기어갔다. **나뭇잎들아, 날 숨겨줘. 흙아, 날 숨겨줘. 그에게 들키지 않게 해줘.**

두 손이 나뭇잎을 뚫고 불쑥 나오더니 그녀의 양쪽 손목을 잡아 그녀를 끌어 일으켰다. 그 순간, 그녀는 비명을 질렀다. 처음엔 하늘을 향해 비명을 지르고 또 질렀고, 그 소리가 물처럼 빙글빙글 맴돌았지만, 이내 그녀는 자기 입을 틀어막고 있는 손 안에서 비명을 지르고 있었다. 그녀는 너무도 부리부리해서 제정신이 아닌 듯한 빛을 띤 두 눈을 들여다보았다. 그는 그녀가 입을 다물자 놓아주었다. 헝클어진 흰 머리칼, 눈 주위에 검정색 다이아몬드를, 그리고 얼굴은 새하얗게 칠한 것이 마치 광대 같은 얼굴을 한 남자였다. 체격이 몹시도 단단했다. 해골과도 같았다.

"왜 이야기를 쓰지 않는 거예요? 친절하게 부탁했잖아요."

남자가 말했다. 그녀는 공포 때문에 혀가 잇몸에 붙어 떨어지질 않았다.

"두려워하지 말아요, 마담."

남자가 그녀에게 말했다.

"난 레나르딘이라고 해요. 그리고 난 당신의 마음이 원하는 그 어떤 것이라도 모두 구해줄 수 있어요."

그는 묘비 하나에 걸터앉더니 자기 옆자리를 토닥거렸다. 그녀가 달리 할 수 있는 게 있을까? 그녀는 그의 옆에 가 앉았다.

"당신을 위한 이야기요?"

그는 고개를 저었다.

"잠깐만요."

목을 가다듬은 그의 시선에 그늘이 어렸다. 마치 어두운 무언가가 그의 몸 안으로 비집고 들어간 듯했다. 잠시 후 그가 입을 열었을 때, 그의 억양은 그녀에겐 친숙했지만 목소리는 그렇지 않았다. 그의 목소리엔 깊이가 있어서, 목소리라기보다 땅을 통해 울려오는 소리에 가까웠다.

"누구세요?"

그녀가 속삭였다.

"우리가 보여요?"

잠깐이지만, 그녀는 자기를 에워싼 그 사람들을 보고 또 감지했다. 가족사진 앨범에서 본 기억이 있는 얼굴들, 이제껏 한 번도 본 적이 없는 얼굴들도 몇몇 있었고, 지팡이를 짚은 늙은 얼굴들도 있었다. 모두 낯이 익었다. 그들은 모두 그녀를 알았고, 그녀도 그들을 알았다. 그 순간, 그들은 수그러지더니 사라져버렸다.

"우리는 여기 있다."

그들이 레나르딘의 입술을 통해서 말했다.

"당신들은 뭘 원하는 거죠?"

"넌 요루바 사람이야."

"제가요?"

"네가 그 억양으로 우릴 속인다고 생각한다면……."

"하지만 난 요루바 말도 못 하는데요!"

"그런 걸로 우린 속지 않아."

"좋아요."

그녀가 말했다.

"알아요. 하지만 보세요. 난 지금 파리에 있어요."

"말을 막지 마라."

그들이 말했다.

"넌 우리에게서 도망치고 싶을지도 몰라. 우리가 너무 바짝 다가든다고, 우리가 바라는 게 너무 많다고 생각할지도 몰라. 하지만 우린 널 좋아해. 우린 네가 기백이 넘친다고 생각해. 그리고 우린 귀 기울여 들으려고 노력하는 중이야."

"뭘 들으려는 건데요?"

"네가 우리에게 말하지 않는 것. 우린 너의 이야기를 원해."

"난 아는 이야기가 하나도 없어요. 뭘 써야 할지도 몰라요."

"이야기를 해줘. 우리에게 이야기를 해줘. 네가 여전히 우리와 같은 존재라는 것을 알려주는 모든 것. 네가 변했다는 사실을 알려주는 모든 걸 알고 싶어. 우리에게 이야기해줘. 우린 서로 다른 곳과 시간에서 왔어."

"난 당신들에게 거짓말을 하는 게 아니에요."

그녀가 고개를 흔들며 말했다.

"정말 못 한다고요."

"넌 할 수 있어. 그리고 해야만 해."

그들이 쏘아붙였다.

"그 이야기들은 우리 것이야. 어떤 언어로 쓰였건, 내용이 어떻건 상관없어. 우리 이야기야. 처음에 우린 그 이야기들을 보지 못한 채 너에게 주었어. 그러니 이제 우리가 한 것을 확인할 때야."

한참이 지나서야 광대는 자기 자신으로 돌아와 조리에 맞게 말하기 시작했다. 그들이 많은 걸 바라진 않았죠, 그렇죠? 그가 물었다. 그녀가 좋아하는 것, 마음에 떠오른 것, 어느 누구도 이제껏 읽어본 적이 없는 것이라면 뭐든 괜찮으니 그저 종이에 몇 개의 낱말로 써 주면 되었다. 굳이 잘 쓸 필요도 없었다.

설령 그녀가 쓴 이야기가 형편없더라도 그녀의 조상들은 개의치 않을 것임을 그녀가 믿어주기를, 그는 거짓 없이 바랐다.

"이 일에서 당신의 역할은 뭔데요?"

밤색이 따졌다.

"호의를 베풀어 놓으면 요긴하게 써먹을 데가 많아지거든요."

레나르딘이 말했다.

"호의를 베풀어 놓으면 요긴하게 써먹을 데가 많아지니까 그 사람들을 위해 일하고 있다고요?"

레나르딘은 광대처럼 하품을 하더니 두 눈을 비볐다. 그의 손가락 마디에 검은 칠이 묻어났다.

"난 나 자신을 위해 일해요. 난 프리랜서니까."

그가 중얼거렸다.

밤색은 자기의 두 손을 내려다보았다. 그녀는 무엇 하나 잘하는 게 없었다. 자신의 것으로 만들고자 해낼 수 있었던 일은 이제껏 하나도 없었다. 그녀는 달빛을 향해 한 손을 들었고, 놋쇠 반지는 그녀를 외면했다. "난 내가 잃어버린 걸 찾고 싶어요."

그녀가 말했다.

"그 사람들이 당신에게 부탁했으니 군말 말고 이 일을 해야 해요. 당신은 이 사람들에게서 나왔어요. 당신의 머리부터 발끝까지 그들 신세를 지고 있는 거라고요."

레나르딘이 지적했다.

정중하게, 그녀는 그 말을 부인했다. 수적으로 그녀 쪽이 어마어마하게 불리했지만 그렇다고 그녀가 옴짝달싹 못 하리라는 건 아니었다. 요루바인이 전사로 명성을 날리게 된 데는 다 이유가 있다.

레나르딘은 즐거워하며 말했다.

"이 일을 하면 내가 당신이 잃어버린 것을 되찾아줄게요."

밤색은 그의 말이 미심쩍었다.

"어떻게요? 왜요?"

레나르딘은 자리에서 일어나 그녀를 내려다보았다. 그의 눈길은 몹시 격정적이어서 어디에도 초점을 맞추지 못하는 것 같았다. 그녀는 움찔하기 직전이었다.

"어떻게요?"

그녀는 다시 물었다.

"왜요?" 레나르딘은 뭐라고 대답을 했지만, 땅 속으로 걸어 들어가고 있어서 그 소리는 먹먹하게 들렸다. 이윽고 그의 머리가 땅 아래 묻혔다.

밤색은 며칠 동안 작업을 했다. 그녀는 며칠이 지났는지 알지 못했다. 나중에 가서야 두 번 잠깐 쉰 사이의 정지된 시간으로만 기억할 수 있을 것이었다. 그사이에 그녀는 열두 자루의 만년필을 썼다. 더 많은 만년필들이 나타났다. 그녀가 몇 묶음의 종이를 쓰자, 더 많은 종이가 제공되었다. 가끔 그녀는 어떤 손길을, 자신의 손이 아닌 다른 손이 마치 축복이라도 하듯 그녀의 머리털 위를 스치는 것을 느꼈다. 쓸 말이 쉽게 떠오르지 않았다. 그녀는 단어들 사이를 넓게 떼어놓았다. 행여 단어들이 서로 치고받을까 두려워서였다.

어떤 이야기도 없다고 생각했던 그녀였지만, 사실은 너무나 많았다.

그녀는 자기가 알고 있음에도 그렇게 생각지 못했던 것을 풀어놓았다. 그녀는 한 소녀의 이야기를 썼다. 소녀는 소녀의 부모가 넉넉지 않은 벌이 때문에 일하고 또 일하는 동안, 아기를 봐 주듯 자기 자신을 돌보았다. 초인종을 누르는 소리가 들려도 나가보지 않았고, 전화도 받지 않았다. 소녀가 자신을 돌보고 있다는 사실을 어느 누구도 알게 되어선 안 되었기 때문이다. 행여 이민국 사람이 찾아온다면 소녀의 가족은 모두 강제추방당할 것이었다. 소녀는 겁을 먹지 않으려고 자기가 스파이인 척했고, 분홍색 종이에 비밀 스파이의 쪽지를 썼다. 소녀는 그 스파이 쪽지들을 거실 창문 밖에 붙였다. 소녀는 쪽지를 날렸고, 쪽지들은 빙글빙글 돌아 보행자들의 머리 위로 떨어졌다. 보행자들은 쪽지를 주웠지만 내용을 이해하진 못했다. 그들은 고개를 들어 위를 쳐다보았지만, 소녀는 이미 창가에서 사라진 뒤였다. 어느 누구도 소녀가 거기 있었다는 것을 알아선 안 되었다.

밤색은 또 다른 소녀의 이야기를 썼다. 그 소녀는 금남의 도시에 살았다. 소녀는 도시와 도시를 에워싼 채 길게 펼쳐진 해안 말고는 아무것도 알지 못했고, 남자란 그저 우스운 얘깃거리에 지나지 않는다고 생각했으며, 행여 자신이 많은 것을 이해하지 못하고 있다고는 생각하지 않았던 것 같다.

그녀는 오키티푸파 마을에 살았던 한 소년의 이야기를 썼다. 소년은 누구의 아이도 아니었고, 다른 집 아이들을 돌보는 일로 밥벌이를 했다. 누구의 아이도 아닌 소년이 맡고 있던 열 명의 아이 중 넷을 잃어버리고, 남은 여섯 명을 긴 진홍색 밧줄과 단단히 동여맨 무수한 매듭으로 자기 허리에 연결한 채 낙심해 마을로 돌아온 그날 오후의 이야기를 썼다. 소년이 두 시간 동안 네 소년들을 찾아 헤매다가, 첫 번째 소년의 부모에게 자초지종을 털어놓으려고 마을로 향하기 무섭게, 악몽과도 같은 찰나에, 잃어버렸던 남자애들이 그때까지 들어가 누워 있었던 얕은 구덩이에서 하나씩 차례로 튀어나오며 섬뜩한 비명으로 지축을 흔들었다.

더 많은 이야기를, 훨씬 더 많은 이야기를 그녀는 남김없이 내려놓았다. 그렇게 한들 무슨 소용이 있을지 알 수 없는 와중에도 그녀는 **우리에게 이야기해줘,** 라고 말했던 그 사람들을 위해서 모조리 쏟아냈다.

그렇다면 여기 당신들의 이야기가 있습니다. 다시 받아주세요.

이윽고 레나르딘이 들어왔고 그녀에게 미소를 짓더니, 그녀가 이야기들을 남김없이 가져가버렸다.

레나드는 무엇을 남기고 떠났을까?

그녀가 알고 있던 한 남자였다.

그는 두 다리를 앞으로 내민 채 방 벽에 쿵 부딪쳤다. 그는 눈을 뜨고 있었지만, 그녀가 말을 걸어도 그녀에게 눈길을 주지 않았다. 그는 숨을 쉬지 않았다. 그의 심장은 뛰지 않았다. 그의 입술은 새파랬다. 밤색은 그의 옆에 누워 그에게 숨을 불어넣으려고 했고, 죽은 거냐고 묻기도 했다.

"모르겠어요."

레나르딘이 문간에서 대답했다.

"그런 것 같아요."

그러자 밤색은 그를 돌아보며 고함을 질렀다.

"레나르딘! 레나르딘! 당신 나에게 뭘 가져온 거예요?"

레나르딘은 혀를 찼다.

"당신이 잃어버린 걸 갖다 주었잖아요."

"하지만 그는 여전히 의식을 잃은 상태잖아요! 당신은 날 속였어요."

"내 말 좀 들어봐요. 당신이 그 사람한테 가겠다는 생각은 해본 적 없어요?"

밤색은 앉은 채 그 말을 듣고, 또 생각했다. 자신의 남자의 손을 잡고 있는데, 즉시 그 손을 놓아버릴 수는 없을 것 같았다.

"한번 해봐요."

레나르딘이 말했다.

"같이 의식을 잃어버리는 거야."

그녀는 생각보다 많이 두렵진 않았다. 얼마 전에 죽은 지 오래된 사람들이 그녀를 찾아왔었지 않나. 그들은 모두 건강해 보였고, 그녀에게 요구를 할 정도로 대담하기 짝이 없었다. 그녀는 그 모험을 받아들였다.

레나르딘이 손가락을 퉁겼고, 그녀는 살기를 멈추었다.

뻣뻣한 팔로 서로의 몸을 안은 채, 두 연인은 관 **없이** 페르 라셰즈로 옮겨졌다. 그리고 야심한 밤이 되었을 때, 레나르딘이 시체를 처리했다. 그가 호의를 베풀었으니 결정도 그가 내렸다. 전하는 바로 레나르딘은 괴물이 따로 없을 정도로 잔인한 남자지만, 가끔 자신의 말을 믿는 여자에게는 친절을 표하기도 했다.

무덤에서 맞이한 첫 순간은 더없이 으스스했다. 그 침묵, 그 정적, 그 어둠이란.

그때 그들은 깨달았다. 그들이 함께 있다는 것, 다른 사람은 아무도 없다는 것을. 그녀는 그의 입술이 그녀의 이마에 닿아 떨고 있는 걸 느꼈다. 잠시 후 그는 용기를 내어 두 팔을 내려 그녀를 안았다. 그는 감겨 있는 그녀의 눈꺼풀에 입을 맞췄고, 그녀의 입술에 입을 맞췄으며, 그녀의 한 줌의 머리칼에 입을 맞췄고, 그녀의 두 팔꿈치에 입을 맞췄다. 그녀는 놋쇠반지를 그의 손바닥에 놓았고, 그의 손가락을 모아 그것을 감싸쥐게 했다. 그가 손을 펼쳤을 때, 반지는 사라지고 없었다. 떨어진 게 아니었다. 반지가 떨어진 것이었다면 손바닥에 자국이 남진 않았을 것이다. 그는 더 이상 키스의 횟수를 세지 않게 되었다.

레나르딘은 그들의 무덤에 양초 한 자루와 성냥 한 갑을 던져 넣어주었다. 그들에게는 양초가 필요 없었다…… 그들은 어둠 속에서 왈츠를 추는 법을 터득했다. 그런 후 어쨌거나 초에 불을 붙였다. 안 될 것도 없지 않나. 그들이 봉인된 문 뒤에서 계속해서 춤을 추는 동안 촛불은 잠깐이나마 그들의 돌집을 따뜻하게 덥혀주었다.

메리 폭스가 내 목숨을 구해준 적이 한 번 있었다. 물론, 메리에겐 이권이 걸린 문제다. 내가 가면, 그녀도 가는 거니까. 그러나 그녀는 이권을 따지듯 굴진 않았다. 걱정하는 마음이 있어서 그런 것처럼 행동했다. 9년 전, 혹은 10년 전의 일이다. 내가 대프니를 만나기 전이었다. 나는 전쟁에 나간 한 소년의 이야기를 써 보려고 밤늦게까지 일하고 있었다. 그는 영웅이 되고 싶어서 자원했고 동료 사병은 물론 상사까지도 딛고 설 온갖 아이디어를 갖고 있었다. 이 아이가 그런 어리석은 아이디어 때문에 죽음을 맞을지, 아니면 그저 혼쭐이 난 다음 다소 소소한 방법으로 공을 세울지는 나로서도 아직 알 수 없었다. 그 이야기는 내 이야기가 아니었다. 프랑스에서 난 시키면 시키는 대로 하는 법을 터득했다. 마른 강 요새 공격* 때 이야기다. 눈 깜박거리지 마, 생각하지 마, 그냥 해. 나는 서재를 둘러보았다. 모든 것이 참 지랄 맞게 안락했다. 이 밍밍

* 프랑스 동북부의 강으로 세계대전 때 전쟁터였다.

한 고요. 부드럽게 타닥타닥 소리를 내며 춤추는 불, 책등을 내보인 채 나를 에워싼 책들의 탑. 나는 폭발한 포탄이 반향하는 소리를 글로 옮길 수가 없었다. 원고지에 참호의 냄새를 풍길 수가 없었다. 내가 이런 것들을 형상화할 수 없으니, 어느 누구도 내가 뜻하는 바를 이해할 수 없을 것이다. 그때 있었던 일들—내 기억을 스칠 때마다 웃음이 터져나오는 그 일들—을 지나치게 곱씹으면 안 된다. 미치고 싶지 않다면 말이다. 죽은 사람은 문제가 되지 않았다. 죽으면 끝이니까. 문제는 충격을 받은 후에 살아남은 사람들이었다. 조 퍼사노는 유산탄을 맞아 왼쪽 눈알이 빠졌는데, 안대를 쓰지 않겠다고 고집한다. 쭈그러든 눈구멍 안에서 유리 눈알이 살살 돌아간다. 톰 프랭클린은 양 손이 없다. 이보 로스의 오른쪽 바지 속은 텅 비어 있고, 그의 입 반쪽은 구린내 나는 입맞춤을 시도 때도 없이 하는 사람처럼 발쪽거렸다. 그런데 나는 여기 이렇게 멀쩡한 몸으로 있다니. 상황이 이러해서 나는, 내 안락한 서재에 있으면서 권총을 내 머리에 겨누었다. 내가 직접 책상 서랍에서 권총을 꺼냈는지 어쩐지는 확신할 수 없었다. 분명히 권총을 손에 쥐고 있었는데 정작 손가락엔 아무 감각이 없었다. 총은 조의, 톰의, 이보의 사악한 의지에 붙잡혀 허공에 둥둥 떠 있는 것 같았다. 총구가 내 살을 누르고 있는 것이 마치 내 해골 속에 안착할 정확한 지점을 찾고 있기라도 한 듯했다. 나무를 위협하는 벌레와 같은 죽음…….

"쉬이이잇."

메리 폭스가 말했다. 그녀가 내 어깨 위로 손을 뻗어 내 손가락 하나하나를 비틀어 풀고는 권총을 손에 넣었다. 그런 후 그녀는 내 입에 파이프를 물려주었다. 나는 파이프 통 안으로 솔솔 떨어져 들어오는 담뱃가루를 바라보았다. 담뱃가루를 다져 누르는 그녀의 손을 바라보았다. 톡. 톡. 톡. 그 결에 내 악문 잇새에서 파이프가 움직였다. 톡 치고 넣고, 톡 치고 넣고. 그녀가 성냥에 불을 붙였고, 나는 불꽃이 파이프 통을 한 번, 두 번, 세 번 돌고 나서 붙은 후 김이 오르는 것을 바라보았다.

"이러다 미칠 거라고 생각하는 당신 속마음을 내가 알지. 하지만 당신은 미치지 않아. 비딱하게 굴지 마. 기념을 해야지."

그녀는 창턱에 놓인 디캔터의 스카치위스키를 조금 따르더니 술잔을 내 쪽으로 밀었다. 술과 파이프의 중간쯤에서 내 균형 감각이 되살아나기 시작했다. 책상 서랍을 열어보니 권총이 들어 있었다. 총은 오늘 밤은 물론 단 한 번도 그 자리를 벗어난 적이 없는 것처럼 결백해 보였다.

메리가 자리에 앉더니 디캔터를 자기 발치에 내려놓았다.

"말 좀 해, 당신."

그녀가 경고조로 말했다.

"메리, 한 가지 기억이 나는 것 같아. 잘못된 기억이길 바라는 마음이지만, 언젠가 당신이 내 아내였던 것 같아."

메리가 자리에 앉은 채 꿈틀했다.

"아, 그래?"

"그래, 나의 사랑하는 아내. 난 당신에게 모든 걸 해줬어. 하지만 당신은 행복하지 않았어. 당신은 내가 당신 말을 귓등으로도 안 듣고 당신을 어린애 취급한다고 했어. 당신은 내가 시간외 근무까지 해가며 세를 내는 아름다운 집에서, 당신이 마음에 든다고 했기 때문에 산 집에서 나가버렸어. 나는 일주일을 기다렸어. 다들 시간을 좀 가지라고, 그러면 당신이 제정신을 차릴 거라고 해서. 난 언제나 제 시간에 집에 왔고 당신을 배반한 적도 없었어. 주말이 되면 기사처럼 당신을 차에 모시고 시내 곳곳을 돌면서 당신이 만나고 싶은 친구들 집까지 데려다 주었어. 당신의 생일엔 오페라에 데려가 속 시원히 환호하게 해줬어. 실수를 한 적은 단 한 번도 없었어. 하지만 당신은 돌아오지 않았어. 당신은 당신 친구들한테 돈을 빌려서 코딱지만 한 원룸 아파트로 이사를 갔어. 난 당신 친구 하나와 결혼한 내 친구 집에 갔다가 그 사실을 알게 되었어. 친구는 우리 둘 사이에 끼어들고 싶지 않다더군. 만에 하나, 그가 내게 그 사실을 말한 걸 그의 아내가 알게 되면 뼈도 못 추릴 거라면서. 그래서 나는 수도를 튼 것처럼 울어댔어. 그러자 그는 기함할 정도로 놀라선 당신이 어디 있는지 말해줬어. 그리고 내가 당신을 다시 찾기를, 그래서 사내로서 체면을 되찾길 바란다는 말도 하더군……."

나는 잠시 말을 잇지 못하고 있었다. 기분이 이상했다. 얘기를 하면 할수록 기억이 더 또렷해졌다. 더는 얘기를 할 수 있을 것 같지 않았다. 그저 내 머릿속에 떠오르는 것들을 지켜보고만 싶어졌다. 메리가 위스키를 더 따라주었다. 그건 도움이 되었다.

"땅거미가 졌을 때 난 이리저리 돌아다니면서 취하고 또 취했어. 내 딴엔 당신에게 딴 남자가 있을지 모른다는 가능성을 염두에 두고 벼른 셈이지. 나는 당신 집 문을 두드렸어. 내 머리통으로, 두 팔꿈치로 두드렸어. 꼭 문짝하고 춤을 추려는 사람처럼. 놀랍게도 당신이 문을 열어줬어, 내가 올 줄 알고 있었다는 듯 체념한 표정을 하고서. 내가 말했어. 여보, 어쩌고저쩌고. 이렇게 말했어. 여보, 날 봐, 얼굴만 봐도 보이지 않아? 집으로 돌아와. 그러자 당신은 미안해하는 것 같은 표정으로 날 봤어. 하지만 당신 집 문에 체인이 달려 있는 게 내 눈에 들어왔지. 내가 그저 만신창이 꼴로 애걸하는 걸 두 눈으로 보면서도 당신은 체인을 풀지 않았어. 당신이 체인을 걸고 있는 것을 본 순간, 나는 당신을 해코지하게 되리라는 걸 알았어. 집 안으로 들어가 당신을 해코지할 셈이었어. 그건 마치 동물을 우리에 가두는 것과 같았지. 봉이 쳐져 있고 경계면이 딱딱하고 차가운 그런 우리 말이야. 그런 데 갇히면 어떤 동물이고 머리꼭지까지 돌아버리지. 무릎에서 키운 솜털 보송보송한 새끼강아지라 해도 말이야. 머리부터 발끝까지 완전히 변해버린다고. 나는 똑바로 서서 목소리를 낮추고 말했어. 나도 모르겠어. 골수까지 술에 절어서 혓바닥조차 움직일 수 없을 정도였는데도 어떻게 정신이 멀쩡한 사람처럼 이성적으로 말할 수 있었는지 모르지만. 난 다정하고 아량 있게 말했고, 내가 집 안에 들어오지 못하도록 당신이 보인 모든 거부 표시에 대해 위로하는 태도로 답했어.

당신은 날 들여보내주었지. 난 하마터면 문 안쪽으로 넘어질 뻔했지만 속으로 정신 차려, 정신 차려, 넌 여전히 그녀를 사랑하고 있어, 라고 말했어. 집 안엔 아무도 없었어. 당신만 있었어. 난 너무도 기뻤지. 당신을 끌어안으려 했어. 당신이 키스해주길 바라면서. 그러자 당신이 말했어. 세인트 존, 당신은 지금 날 괴롭히고 있어. 난 다만 당신이 키스해주길 바랐을 뿐인데, 그게 어떻게 당신을 괴롭히는 것이 될 수 있지? 그렇지만 당신은 계속해서 나더러 '이러지 말라고' 할 뿐이었어. 난 그때 당신을 몇 대 후려쳤어. 당신 입을 다물게 하려고 그랬어."

그녀는 나에게 보조개가 팬 미소를 지었다.

"계속 얘기해봐."

그녀가 말했다.

"뭐…… 당신과 나 사이에선 계속 그런 일들이 있었고……."

"그런 일들이라니, 정확히 어떤 일?"

"당신을 계속 괴롭혔던 것 같아. 의자를 집어 들고, 당신을 몰아 벽에 등지고 서게 한 다음, 당신 양 옆통수에 의자를 쾅쾅 짓찧었어. 그냥 당신에게 겁을 주려고 했던 거야, 처음엔. 내가 '쉬이이잇' '쉬이잇' 하니까 당신은 정말로 겁을 내더라. 아니, 그 정도로 겁이 난 건 아니었는지도 몰라. 당신은 계속 두 손을 올려 얼굴을 보호하려고 했어. 난 당신 팔을 우악스레 잡고 주먹으로 당신을 팼어. 당신이 바닥에 쓰러질 때까지. 당신의 두 손을 발로 짓밟았어."

메리는 마치 정신건강 체크리스트를 훑는 것처럼 고개를 끄덕였다.

“당신 머리를 발로 걷어찼어.”

그녀는 또 고개를 끄덕였다.

“얼마 후, 당신은 내가 죽어라 달려드는 게 당신이 계속 움직이기 때문이라는 걸 확실히 알아차리고는 가만있었어. 나는 그 자리에서 물러나 방 건너편에서 당신을 지켜보았어, 내가 여지를 주면 당신이 어떻게 나오나 보려고. 당신은 꼼짝 않고, 그 자리에 그대로 누워 있었어. 내가 다시 당신한테 가니까 당신은 숨을 멈추더군. 내가 바짝 붙어 있으니까 당신은 숨도 내쉬지 않았어.”

“그런 다음엔.”

메리가 가냘프게 말했다. 그녀는 더 이상 미소를 짓고 있지 않았다.

“나는 쭈그리고 앉아서 당신에게 말했어. 당신 귀에 대고 몇 가지를 말해줬어. 뭔 말을 했는지는 나도 전혀 모르겠어. 헛소리였겠지, 뭐. 다만 당신을 진정시키고 싶어서 지껄여대고 있었을 뿐이야. 나는 말하면서 당신의 목을 길게 베었어. 삐뚤빼뚤하게 베었어. 똑바로 걷지도 못하는 놈이 무슨 수로 이쪽 귀에서 저쪽 귀까지 멈추지 않고 쭉 긋겠어? 정말 엉망진창이었어. 정말 엉망진창이었다고.”

메리는 어깨를 으쓱하지도, 충격을 받은 것 같지도 않았다. 오히려 공손해 보였다. 공손함과 지루함 사이를 오가는 듯한 그런 표정이었다.

"그런 일이 일어날 리 있겠어. 그런 일이라면 난 의자를 썼을 건데."

난 딱히 그녀에게 말하고 있지 않았다. 생각을 입 밖에 꺼낸 것에 더 가까웠다.

"그래. 그랬을 거야. 하지만 이젠 소용없게 됐어. 뭣 때문에 그런 짓을 한 거야?"

"내가 뭣 때문에 그런……."

"그래. 왜 그런 거냐고?"

"당신은 그러니까, 우리가 결혼했다는 나의 잘못된 기억 속에서, 왜 당신을 죽였느냐는 거야?"

"난 지금 당신이 생각할 수 있도록 도와주고 있는 거야."

나는 몇 가지 간단한 추측을 했다. 내 마음이 살의로 가득했었다. 나는 시간이 두려웠던 것이다. 해가 떠 있는 동안 나 자신의 안전을 기하기 위해서, 한낱 꿈을 꾸는 것으로 내 복수심을 달랠 수 있다는 근거 없는 자신감에 눈이 멀었던 것이다. 그 꿈 어딘가에 사랑이 들어맞기도 하겠지만, 어떻게 들어맞는지를 나는 확신할 수 없었다. 사랑이 사라져버렸다는 것을 믿지 못한 나머지 우격다짐을 해서라도 되찾으려고 했고, 사랑이 숨어버리지 못하도록 비상사태를 만들어낸 것이다.

"당신이 사랑 때문에 그런 짓을 했다고? 나를 너무나도 사랑해서?"

그녀가 명랑한 어조로 물었다. 그녀의 발랄함을 보니 소름이 끼쳤다. 함께 나눈 대화가 통째로 소름이 끼쳤다. 이런 걸 실제 일어난 일이 아닌 것처럼 이야기하고 있다니. 애초에 말도 꺼내지 말았어야 했다. 그러나 그녀는 꽤 흥미가 동하는 모양이었고, 그건 흔치 않은 일이었다. 딴엔 내게 친절하게 대하려고 애쓰고 있는 건지도 몰랐다.

메리는 스카치 디캔터에서 스토퍼를 잡아 빼더니 길게 한 모금을 마셨다.

"오케이. 사랑 얘긴 신경 꺼."

그녀가 입을 훔치면서 말했다.

"당신은 날 증오했어. 내가 돌아오려 하지 않았고, 나 때문에 당신 자신이 싫어졌기 때문에, 당신에게 뭔가 잘못이 있을 거란 생각을 하게 됐기 때문에."

"아냐…… 이미 당신에게 말했잖아. 문에 걸린 체인 때문이었어."

"미스터 폭스."

메리는 커트 글라스 스토퍼를 만지작거렸다.

"지금 농담해?"

"당신은 이게 웃겨?"

"당신 소설에 나오는 이야기를 당신이 진짜 일어난 일인 듯 나한테 말하는 것?"

"음."

나는 말했다.

"당신 말이 맞아. 그걸 이야기로 써야겠어."

"이미 했어."

그녀가 이맛살을 찌푸리면서 말했다.

그녀가 내 공책들이 쌓여 있는 더미에서 6번 공책을 꺼내 들 때까지 나는 멍하니 기다렸다. 그녀는 손가락에 침을 묻혀 공책의 거의 마지막 장을 펼쳤다. 거기엔 내 친필로, 방금 그녀에게 해준 이야기가 적혀 있었다. 그것을 보자마자 그 이야기를 썼던 기억이 났고, 물밀 듯 밀려오는 안도감을 느꼈다. 하느님이 보우하사 난 안 했어. 하느님이 보우하사, 나는 그런 짓을 저지를 깜냥이 안 되는 놈이야. 날씨가 추웠는데도 나는 땀을 흘리고 있었다. 공책을 내려놓았을 때, 내가 뿜어낸 습기가 타원형으로 종이 위에 남아 있는 게 보였다.

"이건 걱정 좀 해야겠는데."

메리가 말했다.

마담 데 실렌시오*의 교습

마담 데 실렌시오는 열여섯 살부터 열여덟 살의 범죄 성향을 보이는 깡패들을 받아들여, 그들이 스물한 살이 되기 전까지 세계 최고의 남편감으로 변신시켰다. 입학시험에서 85퍼센트 이상 정답을 맞히면 마담 데 실렌시오 아카데미에 들어갈 수 있었고, 졸업 시엔 고상한 사교계의 모든 계층이 존중할 만한 자격증을 받았다. 마담 데 실렌시오의 입학시험에 나온 문제를 단 하나라도 기억하는 학생은 전무했다. 나라고 기억할 리 없다는 걸 나 자신도 알고 있다. 나는 낙제하려고 갖은 노력을 다 기울였다. 교육을 받지 않는 게 낫겠다고 생각했다. 나에게 어울리지 않을까봐 겁이 났던 것

* 이탈리아어로 '침묵' '조용히 해'라는 뜻.

이다. 지금은 물론 더 잘 안다. 거짓말할 생각은 없다. 입학한 지 반년 만에 나는 이런 기회를 통해 진정한 가치를 가진 남자가 될 수 있었던 것이, 소년 시절의 나를 가로막아 미래의 나로 이끌 수 있게 된 것이 큰 행운임을 여실히 깨닫고 있다.

여러분은 마담의 비법이 궁금할 것이다. 마담 데 실렌시오는 어떻게 현대의 위대한 교육자들 가운데에서 지금의 위상을 차지하게 되었을까? 간단하다. 마담 데 실렌시오는 젊은이들에게 무엇이 제일 좋은지 알고 있다. 마담은 적정선을 지킬 줄 안다. 그녀는 우리가 알 필요가 없는 정보로 마음을 어수선하게 하는 것을 지양한다. 이곳 마담 데 실렌시오 아카데미에서 우리가 공부하는 교과서는 요점으로 직결한다. 해서 유럽 역사는 한 단락으로, 아프리카, 아시아, 아메리카 대륙의 역사는 각각 두 문장으로 압축된다. 마담 데 실렌시오 아카데미의 청년들은 부유하고 교양 있는 여성들의 남편으로 살아갈 수 있도록 큰 도움을 주는 실용적인 기술을 배운다. 다음은 우리가 배우는 것들의 몇 가지 예다.

힘찬 악수, 침묵, 기본적인 자동차 정비기술, 잔디 깎는 법, 권위를 폭발적으로 시위하는 법, 발기부전 방지를 위한 운동과 건강 관리.

안내서를 보면 마담 데 실렌시오의 제자들은 훌륭한 남편의 도의에 따라 먹고, 자고, 호흡한다고 나와 있다. 사실이다. 우리는 아침에 잠에서 눈을 뜰 때, 그리고 잠들기 직전에 스스로 이렇게 자문하도록 배운다. **어떻게 하면 그녀를 행복하게 할 수 있을까?** 우리가 경애하는 동시에 복종하는 동시에 군림해야 하는 무섭고도 황홀한 여신인 '그녀'(그녀는 우리의 지배를 받길 바란다고 우리는 배운다), 미래의 아내를 말이다. '사랑의 언어' 시간에 우리는 파블로 네루다의 모든 시편과, 아이라 거슈윈과 도로시 필즈의 가사를 암기한다. 특별 의무 교육 과정인 '러브레터' 시간에는 엘로이즈와 아벨라르의 편지* 강독도 포함되어 있다. '결단적 사고력' 시간은 전체 수업 시작 전에 실시하는 대화 시험으로, 학생이 어떤 대답을 하느냐가 아니라, 학생이 선택한 것을 얼마나 끈기 있게 고수하느냐를 기준으로 채점을 한다. 긴장하거나 짜증내는 법 없이, 자신이 어떤 외적 논리에도 휘둘리지 않는다는 것을 보여주면 A를 받는다. 이를 증명하는 과정에서 온화하고 예의바른 태도를 보여주면 A+를 받는다.

우리는 기숙사에서 여덟 시간을 잔다. 우리가 자는 침대 프레임은 강철로 되어 있었고, '마지막 날들'**의 형상들—양 떼와 나란히 누워 있는 사자들, 뱀들을 쓰다듬고 있는 아이들—이 비비 꼬여 헤드보드로 연결되어 있었다. 몇몇 소년들은 한밤중에 이 침대에서 일어나 앉아 비명을 질렀다. 그러면 양호교사가 따뜻한 우유가 담긴 컵을 가져와 자신의 달콤 쌉쌀한 특효약을 몇 방울 섞어 주었다. 비명을 지르던 소년들은 그걸 꿀꺽꿀꺽 마시고, 그러고 나면 괴로움은 사라진다. 마담 데 실렌시오는 참된 가치를 가진 남자

* 중세 프랑스에서 수도사와 수녀로 만난 엘로이즈와 아벨라르가 주고받은 사랑의 편지.
** 종말신학에서 말하는 개념으로 종교마다 상이한 해석을 따른다.

가 되는 과정의 지난함을 안다. 그리고 우리는 일단 아카데미에 들어온 이상 시간이 얼마가 걸리든 이곳에 있어야 한다는 사실을 안다. 부모나 후견인의 도움을 바란다는 건 있을 수 없는 일이다. 그들은 이미 우리에 대한 권한을 양도한다는 마담 실렌시오의 계약서에 서명했고, 그건 천둥벌거숭이로 살았던 우리 자신의 어리석은 실수가 부른 것이었다. 열여덟 살이 되면 누구나 자유롭게 아카데미를 떠날 수 있었지만, 학생들은 그러기 전에 그곳에 길이 들었다. 이곳은 자선단체와는 거리가 멀다. 뭐랄까, 상속녀의 가족들은 보물 같은 일레인에게 완벽한 배필을 마련해주기 위해, 천방지축 캐서린이 올곧은 평생의 반려자와 든든히 안착해 살 수 있도록 마담 데 실렌시오에게 상당액의 돈을 지불한다. 그 액수는 우리 학생들은 다만 어림짐작해 수군대는 것이 전부이다. 이 아카데미는 여러 가지 측면에서 장사라고 할 수 있지만, 비난받을 요소는 전혀 없다. 마담 데 실렌시오는 스스로 틈새시장을 찾아낸 것이며, 만약 그녀가 그런 노력을 하고도 보상을 요구하지 않는다면, 그녀에게 단 한 푼도 주지 않을 곳이 세상이란 곳이다. 그러니 마담 데 실렌시오에겐 잘된 일이었다.

나는 최근에 반장이 되었고, 반장은 모든 입학 첫날, 어찌나 두려운지 버틸 수 없을 거란 생각만 드는 그 첫날, 모든 신입생들에게 줄 핸드북의 첫 장을 의무적으로 써야 한다. 나는 이 책무를 매우 진지하게 받아들이고 있다. 어느 정도이냐면 2학년생들이 늘 정숙을 유지하도록 지도하고, 도망친 학생들을 잡기 위해 교정을 떠나야 할 경우 아카데미의 훌륭한 대사관 역할을 하는 일만큼이나 진지하게 받아들이고 있다. 나는 아카데미의 역사를 기록한 연보들을 찾아보았고, 그러다가 전도가 유망했던 두 학생이 저지른 불복종 행위에 관한 기록을 발견했다. 지금으로부터 25년 전에 있었던 일인데 그 결과가 꽤나 심각했다. 나는 마담 데 실렌시오 본인과 당시 사건의 자초지종을 기억하고 있는 두 교사와 인터뷰를 실시했고, 여러분이 읽기를 바라는 마음에서 하나의 이야기로 정리했다. 혹여 본 아카데미의 여성 교장에게 반기를 들고자 하는 신입생이 있다면, 그가 누구이건 참조해야 할 귀중한 이야기라고 생각한다.

찰스 울프Charles Wolfe와 찰리 울프Charlie Wulf는 2학년 재학 중 마담 데 실렌시오의 서재에서 처음 만났다. 당시 그들은 같은 기숙사에 있었고 침대도 가까이 있었다. 찰리는 열일곱 살로 찰스보다 한 살 많았다. 중론을 따르건대, 그들은 서로의 이름이 근본적으로 똑같다는 사실에 주목했다. 일기장과 교직원들이 가로챈 서신에서, 두 소년은 그들의 이름이 비슷한 건 분명한 의미가 있기 때문이라고 공언했다. 그들은 서로를 형제로 받아들였다. 흥미로운 건 둘은 판이하게 달랐다는 점이다.

사진으로 본 찰리 울프는 적당히 예쁘장한 소년이었음을 알 수 있다. 큰 물웅덩이 같은 두 눈, 바이런 스타일의 고수머리, 장기 약

물 중독자 특유의 여윈 체격. 학생회에 들어오기 전, 그는 3주 동안 출입금지령이 내려진 방음 음악실에서 다짜고짜 강제로 아편을 끊었다. 찰리가 아카데미에 들어올 수 있었던 건 편파적인 조처 덕이었던 것 같다. 여기서 나는 찰리가 입학하기 정확히 1년 전, 마담 데 실렌시오가 받은 편지를 참조하겠다. 찰리의 부모가 각자 한 단어씩 교대로 쓴 이 편지에서 그들은 부모라면 입 밖으로 꺼내 말하진 않지만 모두 편애하는 자식이 한 명씩 있기 마련이라고 말하고 있다. 울프 부부의 경우는 둘 다 똑같은 자식이었고, 이 때문에 다른 아홉 자식의 엄청난 시기와 원성을 샀다. 찰리의 형제자매들은 그 점을 늘 감지했지만, 증거를 댈 수 없었기 때문에 딱히 할 일이 많지 않았다. 찰리는 타고나기를 현실도피주의자였던 것 같다. 일곱 살에 따분하니까 '배가 아프다'고 떼를 쓰던 그는 부친의 양주장에 몰래 들어가 술을 퍼 마시다 급기야 카탈렙시*에 빠졌다. 열다섯 살이 되었을 때는 아편굴을 찾아가 무아지경에 탐닉했다. 돈 많은 부모가 다른 형제자매가 각자 받는 용돈의 두 배에 달하는 액수를 별도로 준 덕에 찰리는 원하는 만큼이라 해도 좋을 무아지경의 묘약을 살 수 있었고, 한 달 치 용돈을 1주일이 채 못 되어 탕진하고 나면, 다음 입금일까지 아름답게 굶었다. 울프 부부는 또 찰리가 앓았던 병의 이름과 치료기록을 나열했고, 최후의 결정타로 절체절명의 두려움을 표하며 편지를 끝맺고 있다. 그는 갱생

* 몸이 갑자기 뻣뻣해지면서 순간적으로 감각이 없어지는 상태.

클리닉과 극기훈련소를 전전했고, 매번 자길 억류한 사람들의 도움을 받아 탈출을 감행했다. 울프 부부는 마담 데 실렌시오 아카데미가 철두철미하게 관용적인 태도를 배제하는 유일한 교육기관이며, 그런 점에서 그의 아들을 정화할 수 있는 유일한 곳이라고 믿었다. 그들은 아들을 구할 수 있다면 아들에 대한 양육권을 마담 데 실렌시오에게 양도할 것이다. 찰리의 인생은 구원받게 될 겁니다. 마담 데 실렌시오는 그들에게 장담했다. 아니, 그 이상이 될 겁니다. 그는 쓸모 있는 인생을 살게 될 겁니다. 찰리 울프는 의지박약한 성격으로 '결단적 사고력' 과목에서 연신 D 아니면 더 낮은 점수를 받았다. 그는 또 시험을 볼 땐 부정행위를, 에세이를 쓸 땐 표절을 했다. 이 두 가지 위반행위 때문에 그는 신입생 1년 동안 27회에 달하는 처벌을 받았다. 이런 과실을 차치하면, 그는 성품이 서글서글했고, 딴 학생들을 고자질할 수 있으며 그게 더 유리할 상황일 때조차도 입을 다물 줄 알아서 인기가 많았다.

찰스 울프는 금발 머리에, 음침한 데가 있었다. 생김새가 우락부락했고 매력이 없었다. 그에 관해 알려진 건 많지 않은 반면, 추측은 무성했다. 찰리의 아버지는 정부 고위관리로 인도에 있었고, 집안에는 늘 경호원들 몇 명과 독약 감식가 한 명이 있어서 식사 때마다 참관했다. 울프 소령은 마담 데 실렌시오에게 보낸 극히 짤막한 편지에서 찰스를 간단하게 '이 아이'라고 언급하고 있는데, 아들의 도벽에 대한 혐오의 감정이 읽힌다. 파란색, 늘 파란색 타령인 이 아이는 세상에 존재하는 파란색만으론 성에 차지 않는 모양입니다. 이 아이를 한번 맡아봐주십시오. 본 아카데미 과학교사 중 하나인 퀴리는 찰스 울프가 쉬는 시간에 아카데미 철책에 기댄 채 파란색 빨대로 코카콜라를 마시던 모습을 떠올리며, 눈빛이 어찌나 사납던지 음료수를 마시는 그 모양새를 비웃을 정도로 담이 큰 사람은 하나도 없었다고 증언한다. 본 아카데미의 문학교사 중 한 사람인 엥겔스 부인은 찰스 울프가 말하는 법을 배우기 오래전에 읽는 법부터 배웠다는 의혹을 뒷받침해줄 문건도 없이 제기하고 있다. 엥겔스 부인은 찰스 울프가 흔치 않은 방식의 문장으로 말했으며, 어쩌다 그 점을 지적하면 말이 없어지고 부끄러워하는 듯 보였다고 말한다. 찰스 울프는 앙심을 품었다. 그는 일기장에 엥겔스 선생을 죽이고 싶다고 썼다. 찰스 울프는 외곬의 성격에 증오를 품는 것으로 이따금씩 무아경에 빠졌던 것 같다. **이번 건 참아.** 그는 일기장에 여러 번 썼다. **이번 건 참아.** 찰스 울프는 뛰어난 성적으로 모든 상을 휩쓸었고 모든 시험을 통과했다. 1등급 남편이 될 소질이 보였다. 그러나 교사들은 회의적이었다. 그들은 찰스를 예의 주시했다. 1학년 때 몇 가지 사건이 있었기 때문이다. 그가 그 사건들과 관련돼 있다는 증거는 전무했다. 그렇지만 석연치 않은 구석이 있었다. 우리는 그를 감시한 교사들을 탓할 생각이 없다.

아카데미의 교정은 매우 넓었다. 우리가 자랑했던 자산 중 하나였으나, 현재는 접근이 금지된 곳이 있으니 호수이다. 31년의 역사를 자랑하는 안내서를 보면, 반장 모임은 운동회의 일환으로 호수에서 보트를 탄다고 나오지만, 정작 호수는 거무튀튀하고 으스스한 데가 있어서 반장들은 딱히 즐거워했던 것 같지 않다. 일반 학생들도 가끔은 보트를 탈 수 있었지만, 수영을 하는 건 금지되어 있었다. 그런데 찰스와 찰리가 이 호수에 매료되었던 모양이다. **물은 진초록색이고 마시면 단맛이 난다.** 소년은 둘 다 각자의 일기장에, 각기 다른 시간대에 그렇게 썼다. 시간대만 달랐을 뿐, 문장은 토씨 하나까지 똑같았다. 찰스 울프는 여기서 그치지 않고 양호교사가 들고 다니는 건 호수의 물이 담긴 유리병으로, 약을 탄 우유가 필요한 학생에게 쓴다고 추측하고 있다. 그 물을 입 안 가득 몇 모금 마시면 '기분이 좋아진다. 왕이 된 것 같다'고 언급하고 있다. 그는 또 찰리 울프가 그 물을 게걸스레 마셨는데 자기로선 살짝 걱정이 된다고 쓰고 있다. 일기에 대해 궁금한 이들을 위해 설명하자면, 마담 데 실렌시오는 모든 학생에게 매일 일기를 써야 하며, 학생 본인의 생각과 일상의 전모를 밝혀야 한다고 주장한다. 마담은 일요일 내내 학생들의 일기를 읽으며 시간을 보낸다. 이 일기를 쓰는 과제는 머리를 어지간히 잘 굴리지 않으면 안 된다. 마담 데 실렌시오는 우리가 일기를 쓰면서 그녀를 의식하지 않기를 바라기 때문에 우리는 누군가 읽을 거라는 사실을 알지 못하는 것처럼 써야만 한다. 그런 점에서 그것은 기도와 같다고도 할 수 있겠다. 마담은 일기를 읽은 후 내용을 불문하고, 논평을 하거나 조처를 취하는 법은 전혀 없다. 그래서 더더욱 기도처럼 느껴지는 것이다.

찰리는 자신의 일기에서, 수영 실력은 젬병인 그가 그날 오후 달콤한 초록빛 맛을 보려고 몸을 지나치게 기울였다가 빠졌다고 기록하고 있다. **요란스레 풍덩 빠졌다. 내 입이 벌어졌고 호수물이 내 안으로, 막강하고, 차갑고, 무한대로 늘어나는 팔뚝 같은 물이 나를 뚫고 목구멍 너머로 밀고 들어왔다. 물의 중심으로 그렇게 빠질 수 있을 거라곤 생각하지 못했다. 추락한다는 건, 공기를 가르며 떨어지는 것처럼 힘겹고 무기력한 것이니까.** 찰스 울프가 물에 뛰어들어 궁상 떠는 친구를 건졌다. 그리고 둘 다 믿기 힘든 것을 보았다. 마담 실렌시오는 인터뷰에서 어깨를 으쓱하며 그런 건 흔해빠진 것이라고 말했지만, 나 역시 '믿기 힘든' 이라고 말하겠다. 두 소년은 뭍을 향해 헤엄을 치면서 눈을 뜨고 물을 휘저었고, 그러다가 그들 아래쪽 토사와 돌로 이루어진 둑을 보았는데, 형상 하나가 거기 짓눌려 있었다. 허벅지는 야위어 사이가 벌어졌지만 그 손짓 하나하나는 굳건하고 시원시원했다. 거기 있는 건 한 남자였다. 그는 맹꽁이자물쇠가 채워진 거대하고 녹이 슨 사슬이 몸을 감싸다시피 빙빙 감긴 채 호수 밑바닥에 묶여 있었다. 처음 그들은 남자의 얼굴이 새하얗고 경직돼 있다고 생각했지만, 잠시 후, 그의 얼굴에 가면이 씌워져 있는 것을 알아보았다. 그것은 두꺼운 상아로 만든 찡그린 표정의 코메디아 델라르테* 가면이었다. 남자는 엄청난 수압을 견딘 채 살아 있었고, 그들이 자기를 응시하는 것을 보자 몸부림을 치고 또 쳤다.

"그래. 거기에 수감자를 한 명 뒀어."

---

* 이탈리아 가면희극.

마담 데 실렌시오의 말이다.

"그곳이 제일 안전할 거라고 생각했는데 아니었군. 그 남자 이름은 레나르딘이야. 그런 문제로 곱씹어봤자 아무 소용없어. 아무 짝에도 도움이 되지 않을 테니까."

그 일이 있은 후 7일 동안 두 소년이 쓴 일기는 의무감에 휘갈겨 쓴 문장들로 일관되어 있다.

"오늘은 아무 일 없었다."

이 학생들은 매일 뭔가 기록해야 한다는 마담 데 실렌시오의 요구에 최저한도로 부응한 것이라 할 수 있겠다. 이제는 은퇴한 양호교사 시콜은 내가 보낸 서면 질문지에 매우 친절한 태도로 찰리 울프가 기숙사에서 3일 연속으로 자면서 소리를 지르고 발길질을 해서 총 10회의 약을 조제해주어야 했다는 회고로 답했다. 찰스 울프는 잠을 못 이루긴 했지만 소동을 피우진 않았고 자긴 괜찮다고 말했다. 두 소년은 서로 암호를 써서 쪽지를 주고받았지만, 나는 아직까지도 그것을 해독하지 못하고 있다. 나는 이 두 소년이 '아무 일 없었다'고 기술한 7일 동안, 그들의 머릿속에서 어떤 일이 벌어지고 있었는지에 대해선 어떤 확고한 결론도 내릴 수 없다. 찰리의 학습 능력은 악화일로를 걸었지만, 찰스의 학습 능력은 탁월한 수준을 유지했다.

8일째 되는 날, 두 소년은 각자 일기에 '죄수와의 대화'를 소상히 기록했다. 그들은 죄수의 이름을 알게 되었고, 그가 오랫동안, 자기가 기억하는 것보다 더 오랫동안 죄수로 지냈다는 사실을 알게 되었다. 마담 데 실렌시오가 그 남자를 수감했고, 그가 자유를 원한다는 사실을 알게 되었다. 그래서 두 소년은 그를 자유롭게 해주고 싶어졌다.

찰스는 그날의 일기에 붉은 잉크로 이렇게 쓰고 있다. 마담 데 실렌시오. 레나르딘에게 왜 그런 짓을 한 건가요?

마담 데 실렌시오는 일기장의 내용에 대해 반응하지 않는다는 자신의 철칙을 고수했다.

교사들은 두 소년을 예의 주시해야 한다고 건의했지만, 마담 데 실렌시오는 총명한 소년들이 바야흐로 사고실험의 시기에 처해 있을 뿐이지, 심각한 꿍꿍이속이 있는 건 아니라고 주장했다.

어쨌거나 교사들은 두 소년을 빈틈없이 감시했다.

찰스와 찰리는 그 후로 꽤 오랫동안 호수로 돌아가지 않았다. 그들이 그의 이름이 레나르딘임을 알고 있다는 사실만 아니었어도, 나는 그들의 일기에 기록된 '죄수와의 대화'가 조작된 것이며 그것도 예술성이 결여된 조작극이라고 말할 것이다. 나에겐 거짓처럼 보이니 말이다. 주고받은 대화는 거의 눈 뜨고 보기 힘들 정도로 과장돼 있다. 하긴 이 상황 전체가 이상하다. 그러나 그 대화가 정말로 조작된 것이라면 그들이 레나르딘이란 이름을 얻게 된 출처를 달리 규명하기가 쉽지 않다는 문제가 있다.

두 소년은 마음 놓고 쪽지를 주고받을 만한 모종의 체계를 개발해낸 게 분명했다. 어쩌면 은신처를 발견했는지도 모른다. 어느 쪽이건, 그들은 암호로 교신하는 걸 중단했다. 현재까지 남아 있는 뜨거웠던 시절에 주고받은 쪽지들은 레나르딘과 마담 데 실렌시오의 관계에 대한 온갖 추측과 함께, 특이하게도, 마스크에 가려진 레나르딘의 얼굴에 대한 얼마간 진지한 논쟁들로 가득하다. **틀림없이 기형일거야, 물고기일까.** 찰스가 찰리에게 썼다. **호수 아래에서 숨을 쉴 수 있어. 말도 할 수 있다고.** 찰스는 찰리에게 쓴 쪽지에서 다이빙 라이트를 입에 문 채 물속을 헤엄쳐 내려가 그 죄수와 직접 이야기를 했다고, 그의 두 손에 채워진 맹꽁이자물쇠를 들고, 손톱으로 그 속의 얼개를 가늠했다고, 그러는 동안 레나르딘은 귀로 물방울을 내뿜으며 숨을 쉬었다고 말하고 있다. 그는 새벽 세 시, 어둠 속에서 쪽지를 썼다. 다량의 약을 투여 받은 찰리 울프는 물론이요, 온 학교가 잠들어 코를 고는 가운데…… 나라면 상상조차 못 하겠다.

그 사람 너나 나처럼 생겼을 것 같아. 찰리는 답장에서 이렇게 말했다. **질문. 어느 쪽일까?**

그게 무슨 뜻이야? 찰스가 매우 정밀하게, 글자는 매우 까맣게, 필체는 적개심 넘치게 써서 그에게 답장을 보냈다.

두 소년이 결국엔 미학을 주제로 티격태격하게 되었다고 생각하고 교직원들은 한시름 놓았다. 그것은 그들의 오산이었는데, 교직원들이 한시름 놓자 그들이 공격을 개시한 것이다. 그들은 신입생 세 명을 매수해 1층 청소도구 보관벽장 안에서 쥐를 봤다고 보고하게 한 후, 마담 데 실렌시오와 교감인 미스 포테스큐가 벽장 안으로 차례로 들어가 조사를 하고 있을 때 그대로 가둬버렸다. 그런 후 찰리는 마담 데 실렌시오의 교장실 밖에 서서 감시했다. 교장실 안에선 숙달된 좀도둑 찰리가 몇 분 만에 마담 데 실렌시오의 소지품을 눈에 띄지 않으면서도 이 잡듯 뒤졌고, 열쇠 두 개를 호주머니에 넣었다. 맹꽁이자물쇠 생각을 안 한 건 아니었지만, 시간에 쫓기느라 '결단적 사고력'를 적절히 실시하는 것이 불가능했다. 그저 두 개의 열쇠 중에 하나는 레나르딘을 자유롭게 해줄 수 있을 거라고 확신했을 뿐이었다.

그런 관계—죄수와 간수—를 상상할 때면, 우리는 으레 간수가 자신에게 권력을 부여하는 열쇠의 행방을 늘 알고 있다고 생각하기 마련이다. 여러분이나 나—여기선 나를 예로 들겠다—는 그 여자 간수가 밤마다 자기 열쇠를 꺼내어 찬탄하면서, 쓰다듬고 또 흡족해하는 것을 상상할 것이다. 꿈 깨자. 마담 데 실렌시오의 말인즉, 그 열쇠는 오래전 서랍 어딘가에 던져둔 후, 몇 년이 지나도록 한 번도 찾아보지 않았다는 것이다. 마담은 열쇠를 그리워한 적이 없었다. 그녀의 교장실은 그녀가 떠났을 때의 상태 그대로 정돈되어 있었고, 청소도구 벽장에 갇힌 채 보낸 시간은 황당하긴 해도 워낙에 순식간이어서 신입생들이 소소하게 저지를 법한 장난으로 치부하고 넘어갈 수도 있었으련만, 마담은 그들 모두에게 죄질에 비해 가차 없다 할 정도로 부당한 처벌을 내렸다.

"이번 일은 어물쩍 넘어갈 수 없어. 그 학생들은 이게 장난이 아니라는 걸 알아야 해."

그리고 레나르딘은 자유의 몸이 되었다. 그렇게 간단하게, 그렇게 쉽게. 마담 데 실렌시오가 자신도 무릎을 꿇을 날이 올 거라는 사실을 결코 받아들이지 못한 탓이었다. 눈에 거슬릴 정도로 약을 달라고 보챈 다음, 양호교사가 기숙사 반대편으로 멀어지자, 입에 머금은 우유를 베개에 조금씩 흘려 적셨던 학생이 레나르딘을 구했다.

레나르딘은 헐거워진 사슬 속에서 일어섰다. 걷는 법을 잊어버린 그의 두 다리는 후들거리고 있었다. 이 순간은 어느 소년도 일기에 쓰지 않았다. 다만 내가 상상해본 자유의 첫 순간일 뿐이다. 찰스에게 남자는 아침이 되면 자긴 없을 거라고 말했다. 그가 두 손을 풀려고 쥐락펴락해서 찰스는 불안해졌지만, 남자는 목에서 꾸르륵 소리를 내며 웃더니 말했다.

"학생, 나에 대해선 전혀 두려워할 것 없어."

우리에게 신세진 걸 잊지 않겠다고 말했어. 울프는 울프에게 보낸 쪽지에 썼다.

다음 날 한낮이 되어서야 마담 데 실렌시오는 레나르딘이 풀려났음을 알았다. 마담에게 초능력이 있을 턱이 없었다. 현지 뉴스를 본 것이었다.

"레나르딘의 문제는 그가 여성 전문 살인자라는 거야."

마담 실렌시오의 설명이다.

"그는 좋아서 여자를 죽이는 게 아니야. 아니, 그는 여자를 죽일 때 비탄에 젖어서 얼굴을 일그러뜨린다고. 여자만 보면 심기가 불편해지니까. 내게 자긴 여자들의 '태도'를 증오한다고 말한 적이 있었어. 어쩌다 여자랑 맞닥뜨리게 되면 억지로 어떤 '역할'을 연기해야 된다나. 그걸 참을 수가 없다나. 피해망상에 젖은 헛소리야."

자유의 몸이 된 날 밤, 그는 그리니치를 지나며 죽이고 또 죽였다. 새벽 두 시 반에서 네 시 사이에 마흔 명의 여자들이 사라졌고, 그는 발 빠르게 전국을 휩쓸고 다니면서 더 많은 살인을 저질렀다. 더 끔찍한 건, 그날 이후, 날마다 또 다른 살인자들이 뒤를 이었다는 것이다. 어린이, 노년의 부모, 연적, 남편의 살해자들이 고무되기라도 한 것처럼 살인률 폭등에 앞장섰다. 역사에 남을 악랄한 일주일, 핏빛 공포로 물든 끔찍한 일주일이었고, 시민이 사라진 거리엔 경찰들만 가득했다.

마담 데 실렌시오는 두 소년을 교장실로 불렀고 찰스한테서 열쇠를 되돌려 받았다. 이젠 무용지물이었지만 그래도 그것은 여전히 마담의 소유였다. 그들은 자기들이 무슨 짓을 한 건지 알지 못했고, 레나르딘이 '핏빛 일주일'과 관계가 있다는 것도 알지 못했기 때문에 결국 마담 데 실렌시오가 설명을 해주었다.

그 후, 그들의 아카데미 시절은 내내 지옥이었다. 마담이 그들에게 손가락질 한 번, 책망하는 말 한마디 하지 않았음에도 그랬다. 두 소년은 함께, 언제나 함께 돌아다녔지만, 서로 말 한 번 하는 법이 없었다. 그들의 머리칼은 축 처졌고, 두 눈이 불거져 나왔고, 얼굴은 익사체처럼 보였다. 세상 밖으로 나간 레나르딘의 행보에 관한 소식과 함께 하루가 시작되었다. **그는 예전에 봤던 그 얼굴이 아니었다.** 찰리 울프가 일기에 썼다. 그것은 아카데미의 모든 졸업 예정생들이 일기장을 제출하기 전에 마지막으로 제출된 일기였다. 찰스 울프는 호수에서 있었던 사건에 대해 다시는 언급하지 않았다.

졸업이 다가오자, 마담 데 실렌시오는 찰스를 헬렌이라는 아름다운 여자에게 팔았다. 헬렌은 눈이 파랬고, 찰스는 그 눈을 들여다보며 황홀해했다. 그는 어릴 적에 저지른 소소한 도둑질은 다만 이토록 흠모하게 될 파란 눈을 만나게 될 날까지 참지 못한 탓이라고 믿었다. 그러나 헬렌은 과거의 자신이라는 유령에게 사로잡혀 있었다. 그녀는 어렸을 때 뚱뚱했다. 오죽하면 발목까지 뚱뚱했을 정도였다. 찰리는 마담 데 실렌시오에게 보낸 편지에서 헬렌이 그녀를 위해 직접 저녁 식사를 요리하는—그는 피시 핑거를 기름에 튀기고 있었다—그를 보더니 연이은 히스테리 발작을 일으켰다고 했다. 그녀는 따뜻한 한 끼의 식사를 사랑의 제스처로 받아들일 수가 없었다. 그녀는 찰스가 자길 다시 뚱보로 만들려는 거라고 믿어 의심치 않았다. 그는 그녀를 진정시킬 수도 있었다. 본 아카데미의 훈련 과정을 이수하면 모든 종류의 응급사태를 해결할 수 있다. 그러나 그는 그런 것에 의존하고 싶지 않았다. 헬렌은 찰스를 자기 친구들에게 소개하길 꺼렸다. 그가 못생겼다는 것을 새삼 깨달았기 때문이었다. 그녀는 그를 집에 놔두고 나갔다. 집에서 접대할 일이 생기면 그를 부엌에 숨게 했다. 찰스는 시험 삼아 자취를 감추었고, 런던을 배회하다가 공원 벤치에서 신문지를 덮고 잤다. 다시 집에 돌아갔을 때 헬렌은 그동안 다녔던 파티 얘기를 하면서, 그가 알지 못하는 이름의 사람들과 관련한 일화들을 속사포처럼 줄

줄이 쏟아놓았다. 그가 그녀에게 좀 천천히 이야기하고 누가 누군지 설명해 달라고 하자, 그녀는 짜증 난 표정으로 말했다.

"아까 얘기했잖아요."

그녀는 그가 잠적했었다는 것도 눈치채지 못하고 있었다. 아무래도 파티를 전전하다 집에 돌아와서 그가 어디엔가 숨어 집중해 귀를 기울이고 있을 거라고 믿으며 혼잣말처럼 수다나 떨었던 것 같았다. 그가 열나흘 동안 사라졌었는데도 그녀는 걱정은커녕, 그를 찾아보지도 않았던 것이다.

"내가 어떻게 하면 더 좋은 남편이 될 수 있을까요?"

그는 그녀에게 공손히 물었다.

헬렌은 찰스 올프에게 얼굴에 쓸 가면을 주었다. 하얀 가면이었다. 그저 하얗기만 한 색이 아니었다. 어딘지 모르게 흙빛이 도는 것 같기도 하고, 배 껍질 밑처럼 밝으면서도 설핏 섬유조직처럼 보였다. 가면의 표정은 행복하지도 슬프지도 않았다. 가면의 입술은 기하학적인 직선으로, 인간에게선 볼 수 없는 윤곽이었다. 가면은 무거웠다. 그래서 찰스는 예전과 달리 고개를 들어야 했고, 더 나아가 움직임까지 바꾸었다. 찰스가 가면을 쓰고 있는 한, 헬렌은 그가 자기를 에스코트해 저녁 외식을 하러 나가거나, 친구의 결혼식 등등에 가는 것을 허락했다. 헬렌의 친구들은 그녀의 가면 쓴 남편이 하등 신경 쓰이지 않는 듯 행동하려 했지만, 사실 그는 말할 수 없을 만큼 거치적거렸다. 내 생각에 매일 보는데도 미소 한 번 짓지 않는 얼굴을 친숙하게 받아들이기란 쉽지 않은 일인 것 같다.

찰리 울프는…… 찰리 울프는 평범한 외모의 여자에게 팔렸다. 평범했지만 건전하고 친절한 여자였다. 로렐이라 했다. 로렐은 자기 계층에 걸맞은 시시한 취미생활에서 손을 떼고 보육원 교사 훈련 과정을 밟았다. 그녀는 긴 스커트를 입었고, 발치에서 노는 아이들 가운데 손도 못 댈 정도로 성가신 아이가 있다고 해도 늘 자상한 말을 건네며 안아주었다. 찰리는 모두가 그에 대해 신뢰하고 있는 것 이상으로 철저히 교육을 받았기 때문에, 아내에게 '사랑의 언어'로 말하는 것 정도는 그에겐 전혀 어려운 일이 아니었다. 로렐은 그 말을 듣는 걸 달가워하지 않았다. 너무나 가식적으로 들렸기 때문이었다. 거리에 있을 때나, 집에 있을 때나 그녀는 그들 부부가 남 눈에 어떻게 보일지 걱정이었다. 그녀는 집 안의 거울이란 거울은 모두 벽 쪽으로 돌려놓았다. 사람들이 자기를 비웃는 게 그녀의 귀에 들렸다. 그건 그녀의 상상에 지나지 않는다고 찰리가 그녀를 안심시키려 했지만 소용이 없었다. 그녀는 동성 친구들이 남편과 이야기를 나누면서 필요 이상으로 그에게 관심을 보이면 시기했다. 로렐은 찰리에게 눈물에 젖은 편지를 보냈고, 툭하면 그를 집 밖으로 쫓아냈고, 남편이 혼자 있는지 확인하겠다는 일념 하나로 이른 아침에 예고도 없이 남편이 묵고 있는 호텔방에 갔다. 그녀는 남편을 믿지 못했다.

속수무책이 된 찰리는 로렐에게 그녀의 신뢰를 얻으려면 어떻게 해야겠느냐고 물었다.

그러자 로렐은 찰리에게 얼굴에 쓸 가면을 주었다…….

어쩌면 레나르딘이 구조에 나섰던 건지도 모른다. (울프 부인과 울프 부인에겐 불행이었을 텐데.) 은혜를 베풀었다고 늘 보답을 받지는 못하는 법. 찰스와 찰리는 졸업 이후 지금껏 서로 일절 연락을 하지 않은 것 같다. 말 한마디는커녕 한 마디 해볼까 하는 생각조차 없는 듯하다. 그들은 더 이상 서로가 아쉽지 않은 것이다.

아니면…….

나는 지금에야 이 대목의 행간을 섬세하게 헤아려 읽고 있다는 걸 깨닫는다. 그들은 어쩌면 그 시절에 서로 사랑했던 건지도 모른다. 그래서 본심을 숨기고 돌려 말하고, 상대가 원하는 것을 알지 못해 괴로워지는 걸 피하고 싶었는지도 모른다. 나약한 성격의 소년과 심지가 굳은 그의 친구. 어느 쪽도 먼저 나서서 속내를 털어놓는 일은 없었을 것 같다. 이게 일어날 수 없는 일 같지는 않다. 그렇다. 지금 내가 말하는 것이 사실일 수도 있지 않을까? 무엇보다 그렇게 급작스럽게 절연한 것을 보면 그렇다. 우선 그들은 비밀을 털어놓을 상대가 필요해서 아카데미의 모든 남학생들 중에서 서로를 택했었던 것 같은데, 결국 우리 대부분처럼 일기에만 비밀을 털어놓는 쪽이 더 안전했을 것 같다. 수개월 동안 그들은 하루도 빠짐없이 서로에게 털어놓을 이야깃거리를 찾아낼 수 있었다. 그러나 각자 결혼을 하고 났을 때는 아무것도 없었을 것이다. 이런 문제가 생기면 느끼게 되는 모종의 감정이 있는 법이다. 나야 그게 어떤 건지 알 수 없지만. 호수는 둘이 생각했던 것보다 더 깊었고,

찰스는 찰리를 두 팔로 안은 채 물을 향해 발장구를 쳤고, 빛 한 줄기 없는 가운데 숨이 막혀오는 찰나에 두 소년은 머리를 들었고…….

내가 왜 이러지? 나 스스로도 놀라고 있다. 난 로맨틱한 데라곤 없는 사람인데.

어쨌거나, 나로선 아버지 시절의 모교 생활상에 대해 알아보면서 얼마간 즐거웠다. 이 일에 착수하기 전까지 나는 해답을 찾던 중이었다. 나는 출석을 부를 때 내 이름 위로 걸리는 것 같은 구름의 정체가 궁금했던 참이었다. 요새 들어 유독 살인율이 높아진 것에 대해서도, 가면에 대해서도 궁금했고, 또 나의 아버지가 날 똑바로 쳐다보며 말을 잘하지 못하는 이유도 궁금했던 참이다. 나의 어머니도 내게 말을 하지 않았다. 늘 바쁜 분이었으니까. 위원회니 뭐니 하는 모임에 몸을 담고 있어서. 다년간의 학업을 수행한 후에야 나는 비로소 다른 사람들처럼 말을 할 수 있게 되었다. 요새도 가끔 엥겔스 선생은 수업 중에 내가 자발적으로 손을 들어 말하려 하면 유달리 생각에 잠기는 것 같다. 그리고 나 스스로도 물론 궁금했던 건, 무엇 하나 잘못한 것 없는 내가 왜 이곳에 오게 된 것일까 하는 점이다. 이게 다 '결단적 사고력' 때문이었음이 틀림없다.

폭스 내외가 디너파티를 열고 있다. 아래층에선 숱이 많은 흰 머리를 핀컬한, 어머니처럼 보이는 여자가 식사를 준비하면서 주방에서 조리하는 여러 음식들을 검사했다. 위층에선 폭스 가 사람들이 논쟁을 벌이고 있었다. 미시즈 폭스는 탈의실 블라인드를 걷어놓은 채 놔두었고, 메리 폭스는 허공의 한 구역에 서서 그 광경을 흥미롭게 지켜보았다. 미시즈 폭스는 근사한 물건들을 많이 갖고 있었는데, 정작 본인은 그것들을 무신경하게 다루었다. 분무기가 달린 향수병들은 수놓은 베갯잇 밖으로 삐져나와 있었다. 실크 스타킹들은 성곽 모양의 상아 빗들 주변에 저들끼리 뒤엉켜 있었다. 은은한 흑담비 모피는 불빛을 받아 물결을 이루었다. 화장 크림 통들 때문에 카펫을 버릴까봐 그 모피를 덮어둔 듯 보였다. 부인 자신은 탈의실 테이블에 앉아 있었는데 머리는 틀어올려 시뇽 스타일을 했고 두 눈은 내리깔고 있었다. 그녀가 말을 했고, 이어서 그녀의 남편이 말했고, 그런 후 그녀가 다시, 고집스레 강조해가며 말을 했고, 그러는 내내 그녀는 브로치를 만지작거렸다. 선세공

한 솔 꼬리가 달리고 분홍색과 흰색이 들어간 황금으로 만든 여우였다. 여우의 두 눈은 두 개의 가넷이었다.

미시즈 폭스가 자신의 드레스 옷깃에 브로치를 달고 자리에서 일어나 문 쪽을 향하자, 미스터 폭스는 냉큼 문을 닫더니 두 손을 호주머니에 꽂은 채 기대어 섰다.

미시즈 폭스가 냉소적으로 몇 마디 했다. 그녀의 남편은 그녀의 눈을 들여다볼 뿐, 아무 말도 하지 않았다. 미시즈 폭스는 긴장해 웃음을 터뜨렸고 결국 그 시선을 거두었다. 그러자 미스터 폭스가 메리를 보았다. 그는 살짝 얼굴을 찡그렸다가 윙크를 했다. 메리는 얼굴을 찡그리다가 윙크로 화답했다.

"내가 그걸 끼건 말건 당신이 왜 신경 쓰는 건데? 아무도 눈치 못 챌 거야."

"내 친구들이 어떤 사람들인지 알면서 그래, 디. 다들 알거야. 그러니까 입 다물고 껴."

"방금 나한테 뭐라고 말씀하셨어요, 세인트 존 폭스?"

"입 다물고 끼라고."

"나에게 이래라 저래라……."

"입 다물고 껴. 안 그러면 전화 쭉 돌려서 취소할 거야."

"체면."

미시즈 폭스가 말했다.

"그놈의 체면은 계속 유지해야 하니까 말이야, 안 그래?"

"바라는 게 뭐야? 따귀 한 대 쳐줘?"

그는 장터의 노련한 물물 교환상처럼 풀기 없는 실용주의가 깃든 어조로 제안했다. **현실을 직시하라구. 당신은 따귀를 맞아도 감지덕지야,** 라고 말하듯이.

"하, 하!"

미시즈 폭스의 목소리가 경멸을 가득 담은 채 크게 울렸다.

"계속해보시지!"

그가 앞으로 한 발을 내디뎠고 그녀는 경대 뒤로 피했다. 그는 경대를 옆으로 치우고 그녀를 잡아 두 팔 안으로 끌어당겼다. 순식간에 미스터 폭스는 그의 지체 높은 아내를 어깨에 들쳐 업고, 그녀가 헛발질을 하는 가운데 방 안을 서성거리고 있었다.

"난 낄 수 없어."

미시즈 폭스가 숨차 하며 말했다.

"말했잖아."

"그래, 그걸 끼면 발진이 난다면서."

미스터 폭스가 메리와 못 믿겠다는 눈빛을 교환했다.

"사실이야."

"왜 이제 와서? 한동안 잘만 끼고 있더니."

"몰라. 당신이 날 사랑하지 않아서인 것 같아."

"무슨 그런 바보 같은 말을 해."

미스터 폭스가 다정하면서 공허하기도 한 목소리로 말했다.

"바보 같은 건 지금 이렇게 날 괴롭히는 당신이야. 내려줘, 제발. 그 바보 같은 반지 낄게. 낀다고, 말했어. 그 때문에 손가락이 머리통만큼 부어도 말이야. 그럼 당신은 미안한 마음이 들겠지."

다시 두 발로 바닥을 디디게 된 미시즈 폭스는 머리가 헝클어진 것을 보고 흐느껴 울었다. 미스터 폭스는 아래층으로 갔고, 그가 준비를 마무리하려고 애쓰는 음식 담당을 몇 분 동안 방해하는 사이, 메리는 미시즈 폭스가 결혼반지를 들어 손가락에 끼는 모습을 지켜보았다. 메리는 미시즈 폭스가 시뇽 스타일의 머리를 다시 손보면서 반지 낀 손가락을 문지르는 것을, 황금 테를 처음에는 위로 밀어 올렸다가 다시 손가락 관절 밑으로 내리더니 결국은 빼버린 후 옆방 싱크대로 가로질러 가서 수돗물을 틀고 그 아래 손을 담그는 것을, 찬물 덕에 한시름 놓은 그녀가 무릎을 꿇고 얼굴과 옷에 물을 끼얹는 것을 지켜보았다. 메리는 하마터면 그녀에게 말을 걸 뻔했다. 그녀에게 나중에 행복해질 거라고 안심이 될 만한 말을 건네고 싶었다. 그 충동이 참을 수 없는 지경이 되자 그녀는 자리를 떴다. 미스터 폭스는 정원에 나와서 파이프담배를 피우고 있었다. 그는 작은 소리로 형식적인 인사말을 건넸지만, 그녀는 무시했다.

"미스터 폭스, 당신은 변하지 않을 것 같아, 안 그래?"

"내 생각에도 그런 것 같아, 그래."

그의 어조는 가벼웠지만, 신중했다.

"가령, 지금 현재 쓰고 있는 작품이 있지, 그렇지?"

"물론이지."

"어떤 건지 얘기해줘."

그는 그 말뜻을 헤아리며 그녀를 보았다.

"정말 알고 싶어?"

"정말 알고 싶어."

"그렇군. 회계사인 남자가 있는데 하루 종일 일만 하고, 밤늦은 시간에 드라이브하는 걸 좋아해. 스트레스를 풀려고…… 어느 날 밤 그가 차를 너무 빨리 모는 바람에 히치하이크를 하려고 길가에 서 있던 여자를 못 보고 차로 쳐. 그런데도 남자는 계속 차를 몰아. 자기가 여자를 죽인 거면 어쩌나, 그래서 형무소에 가면 어쩌나, 온갖 끔찍한 생각이 들어서 겁이 난 거지. 그다음 날 밤에 그는 집에 있지만, 그다음다음 날 밤엔 다시 차를 몰고 나가게 돼, 그리고 다소 용의주도하게 또 사람을 치는 거야. 반년에 걸쳐서 그는 그 방면에서 일가를 이루게 돼. 보행자를, 주로 몸 파는 여자들을 치지…… 그러면 긴장이 완전히 풀리거든……."

"그만해."

메리가 퉁명스럽게 말했다.

"제일 끝내주는 대목은 아직 시작도 안 했는데."

"당신은 늘 기를 쓰고 외면할 거야, 그게 아니면 기를 쓰고 인정하지 않던가. 당신이 글을 쓴답시고 만들어내는 세계라는 것이……."

그가 슬며시 미소를 짓자, 그녀는 말을 정정했다.

"당신이 글로 만들어내는 건 끔찍한 종류의 논리야. 사람들은 당신의 글을 읽고 말하지. '그래, 이 작가는 실제로 일어나는 일에 대해서 이야기하고 있어.' 그리고 계속 읽는 거지. 그들에겐 그 이야기가 타당하니까. 당신은 변호할 수 없는 상황들을 설명하고 있어. 그런데 그 설명 자체가 미친 소리인걸. 그냥 괴담일 뿐이야. 하지만 당신은 그런 이야길 대단히 자신만만하게 내놓지. 그렇게 할 수 있는 건 여자가 문에 늘 자물쇠를 걸고 있기 때문이지. 남자는 직장에서 하루 종일 굽실거리느라 생긴 울분을 발산하고 싶기 때문이고. 여자가 짜증나는 성격에 멍청하기 때문이고, 여자가 그 남자에게 거짓말을 하고, 남자를 바보 취급했기 때문이지. 그 여자가 죽어야 했기 때문에, 여러 말 할 것 없이 그 여자가 죽어야 했기 때문에, 그래야 극적으로 타당하니까. '아름다운 여자의 죽음만큼 시적인 건 없으니까.'* 이런 게 이유고, 저런 게 이유고. 그딴 얘길 타당하게 만드는 건 외설이야."

그는 어깨를 으쓱했다.

"그런 게 우리가 사는 현실인걸. 난 다만 그런 현실을 타당하게 만들려는 것뿐이야."

그가 말했다. 메리는 말이 없었다.

"누구나 죽어."

그가 일그러진 미소를 지었다.

"그게 상쾌한 경험이란 생각은 추호도 하지 않아. 그런데 그런 게 어떻게 일어나는지가 그리 중요해?"

---

* 에드거 앨런 포의 미학.

"그래!"

그녀가 한 손을 그의 팔에 얹더니 자신이 받은 충격을 그가 피부로 직접 느끼게 하려 했다.

"중요해."

"당신 시간을 뺏어서 미안하군."

그가 부드럽게 말했다. 정원에 드리운 어둠이 그녀의 풍성한 청흑색 머리칼을 빨아들여서 그녀의 얼굴 가장자리와 그의 정수리가 깎여나간 듯 보였다.

그가 그녀에게 물었다.

"이제 이 게임을 끝내고 싶어?"

메리가 그에게 막 대답을 하려는데, 손님들이 쌍쌍이 도착했다. 모두 세 쌍이었고, 주인 내외가 잔뜩 준비했는데도 각자 와인을 들고 왔다. 그레타라는 이름의 금발머리 여자는 미스터 폭스에게 몹시 불쾌하게 굴었고 그가 인사 표시로 뺨에 키스하려는 것도 거부했지만, 아무래도 장난인 듯했다. 그레타의 남편은 매끄러운 금발머리에 턱 선이 강한 남자로, 미스터 폭스가 그의 부인에게 입을 맞추며 인사할 때 그의 팔을 가볍게 건드렸다. 금발머리 남자는 억양에서 어딘가 모르게 외국인 같은 인상을 풍겼는데, 다들 그를 성姓으로 불렀다. 그의 성은 피자스키였다…… 메리는 그 이름을 알아들었다. 그녀의 두 눈이 커졌다.

피자스키는 그날 저녁 내내 미시즈 폭스를 자주 쳐다보았고, 그때마다 무심하다고 하기엔 다소 오래도록 보았다. 그의 시선엔 망설임이 담겨 있었다. 거의 온화하기까지 한.

이를 눈치챈 사람은 메리 말고는 아무도 없었다. 그녀는 창문 밖의 자기 자리에서, 화단 흙에 두 발꿈치가 쓸려 들어가는 가운데, 이 모든 광경을 보았다. 미스터 폭스는 이 피자스키란 사람을 경쟁자로서 경계해야 하는 걸까? 그 남자가 워낙에 말이 없어서 판단을 내릴 수가 없었다. 다른 남편들은 그날 밤 최고의 궤변을 늘어놓겠다는 작정하에 서로 끝도 없이 경쟁하면서, 다가올 낚시여행에 대해 시시콜콜한 것 하나 빼놓지 않고 계획을 세웠고, 미시즈 폭스에게 공들인 티가 역력한 말로 요리를 칭찬했다. 미시즈 폭스는 단 한순간도 겸연쩍어 얼굴을 붉히는 일 없이 백짓장 같은 얼굴로 그들의 상찬을 받아들였다. 그녀는 5분 남짓하게 여봐란 듯 자신의 결혼반지를 드러낸 다음, 이후론 내내 테이블 아래 손을 감추고 있었다. 그녀와 다른 여자들은 스커트 단을 올리고 내리는 문제와 적당한 길이를 생각해내는 것이 얼마나 힘든지에 대해 이야기했다. 비밀스러운 사교 모임의 일원들끼리만 통하는 이야기를 한다는 만족감으로 그들의 눈동자들은 춤을 추는 듯했다. 그들은 서로의 말을 막고 자기 말을 했다.

"기억나요……."

그들은 말했다.

"그때가 기억나요……."

저녁을 먹은 후, 그들 여섯 명은 거실로 자리를 옮겼다. 미스터 폭스의 입가에 소스가 약간 묻어 있었다. 미시즈 폭스가 신속하고도 애정 어린 동작과 눈부시게 흰 냅킨 끝으로 그것을 닦아냈다. 미스터 폭스는 미시즈 폭스의 손에 입을 맞췄다. 사람들이 짓궂게 놀려대기 시작하자, 미스터 폭스는 온화한 어조로 남자는 마음이 동하면 일요일 밤에 자신의 응접실에서 아내에게 키스를 할 수도 있는 일이라고 말했다. 그를 제외한 모두가 신경질적으로 웃어댔다. 그들은 잔에 담긴 술을 점잔을 빼며 홀짝이기 시작했지만, 취하면 취할수록 술 접대도 그만큼 후해지자 아예 병째 마셔댔다. 그들은 제스처 놀이를 했고, 엉망진창으로 한 나머지 누가 이겼는지조차 정할 수 없었다.

메리에겐 그게 정말 너무나 재미있어 보였다.

그다음에 일어난 일

런던으로 돌아가는 비행기에서 한 사람이 죽었다. 내 옆에 앉아 있는 여자였다. 사람이 그렇게도 죽을 수 있다는 건 나도 몰랐다. 아니, 알고는 있었지만, 믿지 않았다.

우리는 동시에 좌석을 뒤로 젖히다가 서로 눈이 마주쳤고, 그래서 웃었다. 우리는 둘 다 채식주의자 메뉴를 주문했다.

"정말 싫은 음식이에요."

그녀가 말했다.

"하지만 누구보다도 먼저 주문하는 게 좋아서요."

그녀의 이름은 옐레나였다. 우크라이나 사람이라고 말하면서 그녀는 날 보니 자기 어린 딸생각이 난다고 했다. 그녀의 나이는 오십 대 정도였던 것 같다. 오십 대 후반. 그녀의 곱슬곱슬한 갈색 머리, 그녀의 동그랗고 빛나는 눈동자. 그녀를 보며 나는 새끼오리, 늙은 새끼오리를 떠올렸다. 만난 지 얼마 되지도 않아 나는 그녀가 좋아졌다. 왜인지는 모르겠다. 우리는 뉴욕을 이야기했다. 그녀는 뉴욕에 가면 패션잡지 기자인 자신의 첫째 딸을 방문했다.

"그 아이가 그 자리에 오르기까지 얼마나 고생을 했는지 몰라요."

그녀는 말했다. 또 무슨 이야기를 했더라…… 그녀는 내게 첫째 딸과 사위와 손자가 함께 찍은 사진을 보여주었다. 한겨울에 선탠을 한 그들은 행복하고 부유해 보였다. 나는 막 엄마를 만나고 오는 길이라고 그녀에게 말했다.

"착한 딸이네."

그녀가 칭찬했고, 나는 고개를 저었다.

"외동이라서요."

엄마가 무슨 일을 하느냐는 그녀의 질문에는 요가 선생이라고 답했다. 나는 엄마에 관해서라면 매번 거짓말을 한다. 그녀, 옐레나가 시트콤 드라마를 보면서 킥킥거리기 시작했고 나는 소음방지 헤드폰을 끼고 병에 든 시럽 감기약을 4분의 3 마셨다. 수면제보다 시럽 감기약이 약효가 더 빨리 떨어져서 좋아하는 편이다. 나는 입술을 핥았다. 뱃속이 꽉 찬 느낌이 꼭 배가 한숨을 내쉬는 것 같았다. 창밖을 내다보았을 때 잠이 창 위로 내려앉았고, 그것이 차곡차곡 어둠을 쌓으며 내 목을 부드럽게 풀어주어서 내 머리가 축 처졌고, 잠의 증기 속에서 하나로 모이며 나는 앉아 있던 비좁은 각도의 의자에서 두둥실 떠올랐다. 그러던 어느 순간, 내 옆 사람이 내 팔에 대고 주먹을 두드리기 시작하더니 이윽고 신음을 하며 내 손목을 움켜쥐기 시작했다. 나는 몸을 피했고 얼굴을 돌려 쿠션 깊이 묻었다. 나는 꿈을 꾸고 있었다.

희미하게 삑삑 하는 소리와 딸랑이 같은 장난감을 흔들 때 나는 소리를 들었던 기억이 난다. 그러나 그것도 꿈에서 나는 소리였을지 모른다. 나는 잠을 사랑한다. 나이를 먹을수록 잠에서 깨어나는 게 싫다. 얼마나 살았다고 이런 말을 하는 건지. 나는 스물두 살이다.

사람들이 그녀를 실어 갈 때 나는 잠에서 깨어났다. 모두 떠들어대고 있었다. 모두가, 모든 좌석에서. 나는 등과 머리칼 사이로 그들의 목소리를 감지했다. 선실에 여전히 햇빛이 들어오는데도 머리 위 조명들이 켜져 있었다. 두 남자 승무원이 엘레나를 담요에 감싸서 복도 아래쪽으로 운반해갔다. 그리고 청진기를 든 대머리 남자 하나가 그들 뒤를 따라 걸어갔다. 나는 머리를 거의 고정한 채 눈으로 보고 귀를 기울였을 뿐, 아무 말도 하지 않았다. 엘레나의 팔이 질질 끌려가고 있었다. 그녀의 손바닥이 바닥을 쳤고, 그녀의 상체 쪽을 받치고 가던 승무원이 그녀의 팔을 들었지만 그래도 높이 쳐들고 가진 못했다. 걱정 마세요, 라고 승무원이 말했고, 청진기를 든 남자도 걸음을 뗄 때마다 그와 비슷한 말을 했다. 그들은 그녀를 들고 1등석 칸으로 들어가고 있었다. 그곳은 거의 텅 비어 있어서 엘레나와 나는 이륙한 직후 이러쿵저러쿵 불만을 늘어놓았었다. 누군가 옐레나가 죽은 거냐고 물었다. 승무원이 그녀가 '아파서 그런다'는 식으로 말했다. 하지만 얼굴을 덮었잖아요. 다른 사람이 말했다. 베이지색 실크 스카프가 옐레나의 눈과 입과 코 위에 느슨하니 삼각형 모양으로 덮여 있었다. 내 뒤의 누군가가 묵주를 달그락거리며 라틴어로 기도를 올리기 시작했다. 사람들은 줄곧 나와 내 옆의 빈 좌석을 바라보고 있었다. 우리 앞좌석 밑엔 옐레나의 핸드백이 놓여 있었다. 그녀가 먹다 남은 음식이 담긴 트레이는 성급하게 내 트레이 위에 올려놓은 듯 보였다. 그녀가 앉았던 자리는 아직 따뜻했다. 작은 화면으론 예의 시트콤이 계속해서 방영 중이었다. 나는 여기저기에서 떠드는 소리에 줄곧 귀를 기울였다. '심장마비'라는 말이 들렸다. 내가 옐레나의 핸드백을 간수해야 한다. 그 사람들이 언제 그걸 찾으러 올까? 내가 직접 앞으로 가져가야 하나…….

차츰 다른 승객들의 시선이 내게 고정되었고, 알고 보니 내 입술이 움직이고 있기에 나는 입놀림을 멈추었다. 누가 나에게 괜찮으냐고 물었다. 네, 괜찮은 것 같아요, 고마워요. 다른 누가 나에게 괜찮으냐고 물었다. 네, 괜찮은 것 같아요, 고마워요. 저 사람 괜찮은 것 같은데요. 안 괜찮은데 그렇다고 말하기 싫은 건지도 몰라요…….

시럽 감기약을 그렇게 많이 마시는 게 아니었다. 4분의 1만으로도 충분했을 것이다. 아무리 많아도 반이면 됐을 것이다.

주변 사람들이 계속해서 괜찮으냐고 내게 물었다. 그들의 목소리는 매우 친절했고, 이만저만 염려하는 게 아니어서 사람들이 관심을 가져야 할 대상이 나인가 싶을 정도였다. 정확히 누가 내게 말을 거는지 알 수가 없었다. 사방에서 한꺼번에 말하는 듯했다. 콧물이 흘렀다. 눈물이 떨어졌다. 눈물은 우박처럼 따갑게 흘러내렸다. 미안해요, 나는 말했다. 미안해요. 마침내 누군가 와서 날 데리고 갔다. 나는 수그린 가슴에 내 소지품과 엘레나의 소지품을 모두 안고 여성 승무원의 뒤를 따라가다가 책과 병과 여권을 떨어뜨렸다. 놔두세요, 놔두세요, 미스 폭스. 여성 승무원이 말했다. 제가 챙겨서 금방 갖다 드릴게요. 일순 나는 당황했다. **미스 폭스가 누구지?** 나는 이내 될 대로 되란 심정으로 모든 걸 놔 버렸고, 1등석으로 갔다. 내가 좀 전 선실에서 함께 있었던 사람들의 시야에서 보이지 않도록, 내가 덜덜 떨어도 다른 사람들이 심난해하는 일이 없도록, 또 내가 나중에 사고가 난 후의 처우에 대해 불만을 표하는 일이 없도록, 그들이 마련해놓은 곳이 바로 그곳이었다. 내게서 여섯 좌석 떨어진 곳에 엘레나가 있었다. 그녀의 앞 열 좌석들은 비어 있었고, 그녀의 뒤 열 좌석들도 비어 있었다. 그들은 그녀가 잠든 것처럼 보이도록 좌석에 앉혀놓았다. 비록 얼굴은 여전히 덮개로 가려놓았지만, 그래도 똑바로 앉아 있으니 그녀는 전보다 나아 보였다. 얼굴을 덮은 것도 어디까지나 잠이 잘 오도록 그녀 자신이 뒤집어쓴 것처럼 보일 정도였다. 그녀의 두 손은 무릎 위에 모여 있었다. 이렇게 말하면 이상하게 들리리라는 건 알지만, 그녀를 눈으로 볼 수 있게 되자 얼마간 마음이 진정되었다. 그녀는 외로워 보였지만, 나는 그 외로움을 함께하고 싶진 않았다. 여승무원이 엘레나의 핸드백을 그녀 옆에 놓은 후, 나에게 진을 좀 가져다주었다. 나는 담요 안에서 몸을 웅크린 채 잔에 담갔다 뺀 엄지손가락을 입으로 빨았다. 그래, 그게 그랬었지…….

나는 눈을 감고, 어설프게나마 호흡 운동을 해보려고 애썼다.

"두 시간만 기다리면 착륙해요."

남자의 목소리가 들렸다. 나에게 한 말인가 싶은 생각에 나는 눈을 떴다. 그는 내 오른쪽에 앉아 있었고, 내 쪽으로 몸을 완전히 돌리고 주먹 쥔 손에 턱을 괸 채 관찰하듯 날 바라보고 있었다. 언제부터 내게 가까이 와 있었는지 나는 듣지도 감지하지도 못했다. 그는 나보다 나이가 많았지만 얼마나 많은지는 짐작할 수가 없었다. 잘생긴 남자였다. 기분이 거북해질 정도로 잘생겼다. 큰 키, 거무스름한 피부 등등. 그는 두 눈의 사이가 눈 하나가 더 들어가도 될 정도로 넓었다. 어디선가 그게 고전미의 기준이라고 읽은 기억이 났다. 그는 검정색 정장 차림이었지만, 그 옷을 입고 일주일을 내리 잠을 자기라도 한 건지 주름들 속에 또 다른 주름들이 겹으로 져 있었다.

"그 말을 들으니 안심이 되네요."

내가 대답했다.

"저기 저 여자는 죽었어요."

그가 말했다.

"알아요. 내가 바로 옆자리에 앉아 있었거든요."

"무슨 일이 있었죠?"

"중증 심장마비 같은 게 있었나봐요."

"그렇군요."

그는 그렇게 말하고 잠깐 동안 내 말에 대해 생각하더니 다시 말했다.

"알던 사이였나요?"

"아뇨."

"당신 눈이 꼭 고양이 눈 같아요."

그가 내게 말했다. 그의 목소리는 허스키했다. 꺼끌꺼끌하고 파장이 있는 목소리였다. 나는 얼굴을 붉혔다. 내 눈을 들여다보는 그의 눈빛 때문이었다. 내게 말하고 내 대답을 들을 때 망설이는 법 없이 내 눈을 똑바로 들여다보기 때문이었다. 키스를 한 후 서로 얼굴을 맞대고 서 있을 때나 격한 싸움이 최고조에 달했을 때 서로 눈빛을 교환하는 것만큼이나 밀접하고 직접적이었다. 아니, 실은 그보다 더 곤란했다. 그보다 더 가까웠기 때문이다.

그가 내 얼굴에서 한 줌의 머리털을 들어올렸다.

"왜 이 부분만 하얀 거죠?"

"어릴 때 번갯불에 맞아서 그래요."

상대를 불문하고 하는 거짓말이었다. 내 거짓말에 그는 미소 지었다. 그가 내 말을 믿지 않는다는 게 마음에 들었다. 그 얘기에 질문을 던지지 않고 그대로 놔두는 게 마음에 들었다. 우리는 좀 더 이야기를 나누었다. 그의 이름은 세인트 존 폭스였다. (세인트 존…… 그런 성姓은 수세기 전에 죽어버렸다고 생각했는데. 상류층. 그는 분명히 상류층이리라.) 우리는 서로의 성이 거의 똑같은 것에 마음에도 없는 호들갑을 떨었고, 혹시 먼 사촌은 아닐까 궁금해했다. 그는 맨해튼의 한 정신의학 학회에서 논문을 막 발표하고 온 참이었다. 폭스 박사라는 그의 호칭에 대해 내가 농담을 하자 그는 진지하게 '미스터'로 불러달라고 말했다. 논문의 주제가 뭐였느냐는 나의 질문에 그는 별달리 흥미로운 건 없다고 말했다. 그 대답은 그가 날 바보로 생각하고 있음을 의미했다. 모델 일을 한다는 말을 그에게 하는 게 아니었다. 만회해볼 요량으로 심리학 학위를 받았다고 말하자 그가 말했다.

"내가 받은 학위 중에도 하나 있네요."

우리는 비행기가 착륙할 때까지 이야기를 했고, 2등석 승객들이 한 줄로 선실을 통과하기 시작하면서 속닥거리고 빤히 쳐다보았을 때 나는 이야기를 중단하고 자리에서 일어섰다. 그들 눈에 내가 1등석에서 팔자 편하게 남자와 시시덕거리는 것으로 비치고 싶지 않았다. 옐레나를 어떻게 할 건지 확인하려고 기다렸지만, 승무원은 내게 승객 모두가 비행기에서 내리는 게 급선무라고 말했다. 세인트 존은, 내가 부탁하지 않았음에도 나와 함께 기다렸다. 나는 의사와 항공사 대리인과 이야기를 했다. 나는 그들의 질문에 답했고, 생각해낼 수 있는 건 모두 말했다. 우리는 기다렸고, 그들은 결국 우리에게 비행기에서 내려달라고 말했다. 그 말에 그들이 뭔가 심상치 않은 일을 벌이려 한다는 생각이 들었다. 옐레나를 짐 꾸러

미와 함께 트롤리에 내버려둔다던가 하는. 대기 중인 휠체어는 없었다. 그 생각에 나는 걱정이 되었다.

세인트존이 비행기에서 내렸다. 나는 그를 따라가지 않았다. 그는 가던 길을 멈춰 섰고 다소 놀란 표정으로 뒤를 돌아보았다.

"문제없을 거예요, 메리. 그 사람들이 해결하게 놔둬요. 그 여잔 먼 길을 떠났어요. 우리도 갈 길을 가야죠."

우리는 출국심사대를 통과하고 수하물을 찾을 때까지 줄곧 이야기를 나누었다. 그는 결혼반지를 끼고 있진 않았지만, 그게 미혼을 뜻하는 건 아니었다. 내 친구들 중엔 결혼하고도 반지를 끼지 않는 경우가 더러 있다. 우리 부모 역시 결혼을 하고도 결혼반지를 끼지 않았다. 나는 결국 그의 입으로 논문 주제를 말하게 만들었다. 그는 해리성 둔주*에 관심이 있었다. 해리성 둔주는 의식이 고통을 받아 나타나는 결과라고 그는 말했다. 해리성 둔주 상태에 있는 사람은 반은 깨어 있고 반은 꿈을 꾸는 것에 가깝고, 얼핏 보기엔 정상적으로 생활하는 듯 보인다. 안 그래도 섬약한 성격의 사람이라면, 만약 어느 날 밤 아홉 시에 흔치 않은 생활사건**이 발생하면, 그 스트레스로 고통받다가 다음 날 아침 일곱 시에 잠에서 깨어나 자신의 가정과 가족과 인생을 버리고 무작정 떠나버릴지도 모른다. 그는 기차나 비행기를 타고 긴 여행을 떠날 수도 있

* 자신의 과거나 기존의 정체성에 대한 기억을 잃은 채, 가족 등의 거주환경을 떠나 방황하거나 예정에 없는 여행을 하는 장애.

** 의학용어로 사고, 병, 취학, 취직, 결혼, 출산, 정년퇴직 등, 일상에서 체험하는 여러 가지 생활 변화.

고, 일단 다른 곳에 가게 되면 다른 사람이 되어버린다. 그는 새 이름을 갖게 되고, 예전의 이름은 잊을 것이다. 그의 필체도 바뀔 수 있다. 그의 언행도 미묘하지만 의미심장하게 변화할 것이다. 그는 자신의 과거는 아무것도 기억하지 못한다. 그러다 마침내, 어느 날 갑자기 배회증徘徊症이 사라지게 되면 남는 것은 겁을 집어먹은 채 탈진한 인간 존재, 지독한 충격을 받았던 그날 밤 이후 집에서 아득히 먼 길을 떠나온 터라 자신이 본 것도 말한 것도 행한 것도 기억할 수 없는 인간 존재뿐이다.

"흥미로운 주제가 아니라면서요."

"이런 사례들이 대부분 고릿적 것들이거든요. 해리성 둔주가 19세기의 사회적 우울증이라는 주장이 예전부터 있었어요. 다른 나라에서 일자리를 찾는 중유럽 사람들 편하라고 만들어낸 증상이라는 거죠. 경제 이민을 노리는 개인이 꾸며낸 거짓병이라나요."

"하지만 당신은 그렇게 생각 안 하죠?"

"네."

그의 두 눈이 밝게 빛났다. 자신의 논문 주제에 대해 이야기하기 시작하면서 줄곧 그랬다. 마치 사랑에 빠진 사람처럼 보였다. 뭐랄까, 옛날 영화의 주인공들이 하는 그런 사랑 같은.

"현재 해리성 둔주 환자들을 치료중이세요?"

"그러면 그 주제로 논하는 건 금지되었을 거예요."

그가 내 여행가방을 택시 승차장 쪽으로 끌어당겼다. 그는 가벼워 보이는 여행가방 하나만 들고 있었다.

"제 차가 저기 주차되어 있어요. 기꺼이 태워드리고 싶어요, 하지만……."

"하지만?"

"방금 비행기에서 만난 생면부지의 남자와 같은 차를 타고 가면 안 되죠."

"물론이죠."

(나는 그와 함께 갔을 것이다.)

"만나서 즐거웠어요. 세인트 존. 감사……."

무슨 이유로 내가 그에게 감사한 건지 도무지 알 수가 없었다. 그는 아까처럼 기가 죽을 정도로 집중해서 또 한 번 나를 응시하고 있었다. 아무래도 내가 그의 흥을 대단히 돋운 모양이었다. 뭔가 유물이라도 되는 것처럼.

그는 지갑에서 명함을, 재킷 윗주머니에서 펜을 꺼냈고 명함을 내 딱딱한 가방 위에 놓았다.

"봐요. 당신은 오늘 다소 충격적인 일을 겪었어요. 그래서 난 좀 걱정이 되거든요."

명함 뒷면에 전화번호를 적으며 그가 말했다.

"당신 눈이 고양이 눈 같아서 그런 거예요, 알아요? 그리고 번갯불에 맞은 사람이니까. 전화하지 않으면, 난 최악의 경우를 가정해버릴 거예요."

"대담하시군요." 명함을 받아들면서 나는 말했다.

그는 내 손목을 건드렸다. 살짝, 한 손가락으로 건드렸을 뿐인데 나는 몸을 떨었다. 그의 손이 유독 차가워서가 아니었다. 미묘해서라고 나는 생각했다. 만약 내가 보고 있지 않았다면, 그가 그랬는지도 알아차리지 못했을 것이다. **그는 내 맥을 짚어본 거야.** 나는 생각했다. **내 맥을 훔쳐가버렸어.**

"너무 대담한가요?"

그는 뒷걸음질을 치면서 내게서 멀어졌다.

나는 어떻게 대답해야 할지 알 수가 없었다. 그냥 어색하게 어깨를 으쓱하고 뒤돌아 가버렸던 것 같다.

나는 내키지 않으면 손 하나 까딱하지 않는다. 호기심이 동한다 해도 마찬가지이다.

예를 들어볼까. 좋아했던 남자를 보러 베를린에 갔던 때가 있다. 홍보 일 때문이었는지, 다른 목적이 있었는지, 아무튼 내가 예전에 사진을 찍었던 공연 마술사였다. 그를 방문한 결과는 좋지 않았다. 그를 놀라게 할 셈으로 그의 집 앞에 나타났는데, 그는 깜짝쇼를 좋아하지 않았다. 내가 생각이 조금만 더 깊었더라면 알았을 것이다. 마술사는 자신이 세심히 짜 맞춘 속임수를 펼칠 소도구와 공간을 통제해야만 한다는 것을, 마술이 유희처럼 보일지 몰라도, 마술사의 정신은 강철 죔쇠처럼 철두철미해야만 한다는 것을. 우린 산책길에 나섰고, 그는 사진이라는 테두리 밖으로 벗어난 나를 이해하기가 힘들다고 말했다. 내가 혼란을 몰고 오는 부류라고 말하고 싶은 듯했다. 나는 말했다.

"알았어요. 오늘 집으로 돌아갈게요."

마술사가 말했다.

"이해해줘서 고마워요."

그는 집으로 발길을 돌렸고 나는 목석처럼 서 있었다.

"안 갈 거예요?"

"아뇨, 난 집에 갈게요."

"하지만 당신 물건들은……."

"갖다 버려요. 새로 살게요. 사방 천지에 널려 있는걸요."

"화가 났군요."

"안 그래요. 맹세코 그렇지 않아요."

난 실제로 화가 난 게 아니었다. 그래도 그가 가버렸으면, 빨리 가버렸으면 하는 마음은 간절했다. 그가 가야 그때부터 그를 잊을 수 있을 것 같아서였다. 그래서 나는 화가 나지 않았다는 것을 보여주기 위해 미소를 지었고 그를 포옹하기도 했다. 그는 돌아선 내게 만약 물건을 챙겨야겠다고 마음이 바뀌면 꼭 전화해 달라고 소리치면서 자리를 떴다. 나는 계속 걸어갔다. 프렌츠라우어베르크 다리 밑 터널에서 나는 바이올린을 연주하는 한 남자와 우연히 마주쳤다. 그는 실크해트를 쓰고 디너재킷을 입고 있었고, 그의 음표들은 사과처럼 아삭거렸다. 여간 뛰어난 연주가 아니어서 나는 그에게 시선을 주었다. 처음엔 햇빛 때문에 내 시야에 반점이 어린 줄 알았는데, 시선을 터널에 고정시키고 보니 실제로 흉터가 여러 개 나 있었다. 참혹하게 쓸려서 부풀어 오른 자국들이 그의 얼굴 반을 장악하고 있었다. 왼쪽 눈에 몰려 있는 상처들이 눈가를 억지로 잡아 끌어내린 모양을 하고 있었다. 나는 걸음을 멈추었다.

"분더바르, 보 하스트 두 겔레른트(놀라운 연주예요. 어디서 배우신 건가요)?"

내 말을 듣고도 그는 연주의 속도를 달리하지 않았다. 심지어 고개를 들지도 않았다.

"슐레프스트 두 히어(이 근처에 사세요)?"

대답이 없었다. 지는 해가 터널을 뚫고 들어와 우리의 그림자를 무릎께에서 잘라버렸다. 나는 지갑을 찾아 꺼낸 펄렁거리는 지폐 한 장을 그의 바이올린 케이스에 넣었다. 그의 무심함이 좋았다. 존중하는 마음이었다. 그는 연주를 마쳤고, 먼저 케이스를 털어 돈을 날려버린 후 바이올린을 집어넣었다. 돈은 바람결에 날아갔지만 내가 발을 굴러 밟자 내 발밑에 깔렸다. 그 와중에도 나는 그를 지켜보며 신기해했고, 혹여 그가 자리를 뜨기 전에 날 알은체할지가 궁금했다.

"나에게 말하고 싶으면 말해도 돼요."

그가 케이스를 짤깍 소리 나게 닫으면서 말했다.

"하지만 여기선 안 돼요."

그러더니 그는 벌떡 일어나 한달음에 달려 터널을 지나 공원의 완만한 잔디밭을 가로질렀고, 공원 문 옆에 설치된 장미 덩굴로 뒤덮인 격자 구조물을 지났다. 그리고 콘크리트길을 가로지르더니 차들이 대로를 따라 쌩쌩 도는 한가운데를 뚫고 미친 듯 다급히 질주했다. 나는 그를 쫓아갔다. 잠깐 내 10유로 지폐가 날 따라 뒤에서 날았다. 그를 쫓다가 나는 보행자들과 부딪쳤고, 그들의 어깨에서 핸드백이 떨어졌고, 그들 손에서 신문이 떨어졌다. 바이올리니스트의 머리에서 실크해트가 떨어졌고, 나는 그것을 주워선 사뭇 신이 나 흔들어대면서 더욱 힘을 내 달렸고 또 소리쳤다.

"엔트슐디궁(잠시만요)!"

불빛이 희미한 골목 끝까지 다 왔을 때, 나의 사냥감은 어느 집 문을 복잡한 방식—손가락 관절로 탕탕 두드리고 손바닥을 펼쳐 철썩철썩 쳐대는 식—으로 두드렸다. 계속 그러자 어느 순간 갑자기 문이 열렸고, 그는 고꾸라지듯 안으로 들어갔다. 나는 거기서 그만두기로 했다. 나는 그 문으로 다가갔다. 다른 문과 다를 바 없어 보이는 문이었다. 문 왼편에 실크해트를 내려놓은 후 그곳을 벗어나서 뭔가 먹을 만한 곳을 찾아 다녔다. 달렸더니 배가 고팠다. 그 남자가 실크해트를 거둬갔기를 바랐다. 싸구려 모자가 아니었기 때문에.

그러면서 나는 생각하고 또 생각했다. 무엇 때문에 그렇게 쫓아갔던 거지? 그러나 그 선에서 그만둬버린 것에 대해선 조금도 후회하지 않았다. 바이올리니스트를 쫓다가 나로선 생면부지인 그의 지인들 무리에 끼고 싶은 생각은 없었으니까. 그래서 더는 쫓지 않았던 것이다.

나는 S. J. 폭스에게 전화를 걸지 않기로 마음먹었다. 그는 어쩐지 유부남 티가 났다. 그래서 나는 그의 명함을 택시 뒷자리에 두고 내렸다. 지금껏 택시 뒷자리에 지갑이며 카메라며 휴대폰 등등을 두고 내렸을 때, 택시기사가 자리를 뜨기 전에 두고 내린 물건을 찾아가라고 부른 적은 단 한 번도 없었다. 이번의 택시 기사는 큰 소리로 외쳤다.

"손님, 물건 두고 내리셨어요."

하는 수 없이 나는 되돌아가서 명함을 다시 집어 들었다.

집에 돌아온 것이 기뻤다. 여행을 떠나기 전에 고생해서 새 단장을 해두었다. 나는 한 달에 걸쳐 방을 페인트칠했고, 구석마다 환한 색으로 나비 모양의 스텐실을 찍었다. 조명에 크리스털 전등갓을 씌워서 창유리 위로 실안개를 쏟아내며 작은 은하계처럼 보이게 꾸몄다. 내가 사는 곳에 어둠은 들어설 틈이 없었다.

나는 곧장 안으로 들어가 문 앞 깔개에서 편지들을 빼 들고 발 아래로 부드럽게 와 닿는 마루널을 느끼며 2주 동안 고요했던 완만한 길을 거쳐 정돈되지 않은 내 침대로 갔다. 폭풍이 휩쓸고 간 것 같은 침대는 내가 떠났을 때 그대로, 내가 좋아하는 그대로였다. 나는 거기 앉아 편지봉투를 뜯었고, 자동응답기에 귀를 기울였다. 남겨진 메시지는 거의 없었다. 일 문제로 에이전트가 두어 건 남긴 것이 전부였다.

그 메시지들을 들으면서 나는 내게 온 가장무도 파티 초대장을 들여다보았다. 그냥 본 게 아니라 얼굴을 가까이 들이대고 들여다보았다. 초대문구와 나란히 인쇄된 내 사진은 문구에 비해 터무니없이 멍청해 보였다. 내 머리를 빅토리아 시대 스타일로 틀어올리고, 회색 늑대 복장에 빨간 망토를 입혀 놓았다. 으르렁대는 늑대머리가 내 목을 감은 채 날카로운 이빨과 선명한 잇몸을 드러내고 있었다. 은은하니 여러 빛깔의 광선으로 꾸민 배경을 보니 환상과 상상의 나래를 펼치려는 모양이었다. 변장 파티는 자선행사로, 한 시간 후에 시작할 예정이었다. 장소는 내가 사는 아파트에서 멀지 않았다. 택시를 타야겠지만. 그래도 갈 수는 있을 것 같았다. 사람들을 만날 수 있는 기회를 마다해선 안 될 것 같았다.

목욕탕 문에 양치기의 지팡이가 기댄 채 세워져 있었다. 몇 달 전 포토벨로 로드에서 산 것이었다. 짓궂은 여자 양치기로 변장하고 파티에 갈까 생각해보았다. 아니면 예수는 어떨까. 아니면 짓궂은 여자 양치기로 변장하되 사람들이 여자 양치기냐고 물으면 '실은 예수거든요'라고 말해도 되겠지.

나는 편지 더미에서 마지막으로, 미엘 쇼 앞으로 발송된 것으론 유일한 편지를 보았다. 비둘기 같은 회색 봉투에 주소를 짙은 자주색의 가느다란 인쇄체로 써놓았다. 아빠가 보냈다는 뜻이었다. 나에겐 그와 똑같은 127통의 편지가 더 있었고, 개중엔 내가 감당할 수 없었던 시절에 온 것들이라 봉투조차 뜯지 않은 것도 상당수였다. 그 편지들은 모두 침대 밑 신발상자 안에 들어 있었다. 나의 비밀 저장품. 나는 새로 온 편지의 봉한 덮개 밑을 손톱으로 스윽 그어 한쪽 끝에서 다른 쪽 끝으로 조금씩 열어나갔다. 시간이 오래 걸렸다.

편지의 내용은 심난했다. 그런 이유로 내용을 걸러서 이야기하려 한다. 편지는 아빠를 대신해 다른 사람이 받아 적은 듯하고, 그걸 수정도 하지 않은 채 그대로 부쳤다. 그는 편지를 보낸 것에 사과했다. 자신의 편지를 내가 반기지 않는다는 것을 그도 안다고 했다. 그러나 그는 다른 곳으로 이송된 상황이라면서, 자신의 몸에 일어나고 있는 끔찍한 증상들에 대해 이야기했다. 그는 대장암으로 죽어가고 있었다. 화학치료를 받았지만 여전히, 그는 죽어가고 있었다. 공기에서 냄새가 났다. 그를 두려움에 떨게 만들면서 그와 늘 함께하는 들큼한 냄새였다. 그는 그 냄새가 자기 배 속에서 올라온다고 생각했다. 그는 내게 자기가 있는 형무소 호스피스에 한 번 오라고 했다. 이런 곳은 한 번도 본 적이 없을 거다. 그가 말했다. **이런 데가 존재한다는 걸 네가 알 수 있을 리가 없지. 날 보러 와다오. 한시 바삐, 딱 한 번만.** 아니면 전화를 하거나 답장을 해서 내가 여기 존재한다는 것만이라도, 누구든 사람이 있다는 것만이라도 알려달라고 했다. 그는 잡지에서 날 본 적이 있었지만, 그건 내가 아니라 그림과 도자기 같았다고 했다. **너 정말 거기 있는 거니?** 그가 물었다. **있는 거야?**

나는 편지를 접어 봉투에 다시 집어넣은 후 다른 편지들이 있는 상자에 넣었다. **난 신경 안 써. 난 신경 안 써.** 그는 편지에 내 이름을 명시하지 않았고, 그래서 나는 더 마음 편하게 그 편지를 무시했다. 그건 내게 온 편지가 아니었다.

옆방에서 무슨 소리를 들은 것 같았다. 축구를 하나.

나는 손에 쥔 양치기 지팡이의 듬직한 무게를 느끼며 아파트 안을 돌면서 창문이 전부 다 잠겨 있는지 확인했다. 잠겨 있었다. 나는 혼자였다. 안전하게, 혼자였다.

아버지 때문에 나는 한시도 겁에 질리지 않은 적이 없었다. 밤새도록 불을 켜놓아야 하는 것도, 침대에 누웠을 때 방의 네 모서리가 분명히 보이지 않는 방에선 잠을 자지 못하는 것도 아버지 때문이었다. 그리고 꿈을 꾸면, 아버지가 보낸 사자 같은 악몽을 꾸었다. 아버지는 늘 나를 두려움에 떨게 만들었다. **그러니까, 죽어버려요.** 나는 생각했다. **죽어버려요.** 그러자 그가 언제 죽을지가 궁금해졌다.

나는 변호사에게 전화를 걸었고, 아빠의 변호사에게도 전화를 걸어 메시지를 남겼다. 긴 메시지였다. 내가 이름을 바꾼 데엔 아빠가 내게 연락을 하지 못하게 할 심산도 얼마간 있었다. 그런데도 어떻게 된 건지 그는 늘 날 찾아냈다. 그의 비서는 1년에 두 번 나에게 수표를 보냈다. 그가 시켜서 그의 투자이율에서 얼마간 떼어 내게 보낸 것이었다. 그렇지만 나는 어떤 상황에서도 그걸 현금으로 바꾼 적은 없었다. 집을 옮기게 되었을 때 나는 우편사서함을 내 새 주소로 남겼고, 그 후로 확인한 적이 한 번도 없었다. 우리 아버지 같은 사람이 인생에 얽혀 있다면 누구라도 그렇게밖에는 할 수 없을 것이다. 있던 곳을 떠날 때는 절대로 돌아보지 말 일이다. 돌아보면 그가 있는 것을 보게 될 테니까.

"S. J. 폭스. 정신과 의사."

나는 웅얼거리듯 말했다.

"S. J. 폭스. 정신과 의사."

생각에 잠긴 채 나는 그의 명함을 보고 있었다. 나는 그걸 침대 옆 탁자에 놓아뒀다. 명함은 꾸밈이 없고, 흑백대비가 뚜렷하고, 구겨진 곳도 전혀 없었는데 그 때문에 그 위를 비추는 젖빛 유리 램프, 사촌인 존스와 찍은 사진 액자 등, 주변의 모든 게 허섭스레기처럼 보일 정도였다. 나는 이 세인트 존 폭스라는 사람이 하는 일에 관심이 생겼다. 해리성 둔주 증세가 나타나면 그는 알까, 분간할 수 있을까? 그가 일하는 병원은 콘월에 있었고 매우 멀었다. 나는 편지들로 명함을 가렸다. 이런 문제로 정신과 의사 운운하는 건 부질없는 짓이었다. 나는 정상이고, 아버지가 정상이라는 건 문서상의 수많은 관련 증거가 뒷받침하는 바이다. 그는 자신의 행동에 대해 일백 퍼센트 인식하고 있는 듯했고, 그리고 미안해했다, 사무치도록 미안해했다. 그는 달변에 예민하며, 금발에 피부도 하얗다. 그의 얼굴엔 상대가 어리벙벙해할 정도의 솔직 담백함과 비탄과 고뇌와 경멸이 마구 뒤섞여 나타났다.

"성격이 극과 극을 오간다니까."

엄마는 그렇게 말했다. 그 말엔 애정이 묻어 있었다. 그러다 다소 알쏭달쏭해하는 기색을 띠기 시작하더니 나중엔 경멸이 담기게 되었다.

우리 세 가족에겐 언제나 이상한 면모가 있었다. 사소한 것들이라 재미있다고 볼 수도 있을 법하지만 어쩐 일인지 재미있지가 않았다. 날씨가 화창했던 어느 날 아침, 아빠는 엄마를 드러눕게 했다. 엄마는 웃고 있었고 자기가 원해서 그런 거라고 말했지만, 엄마는 배우였다. 배우와 화창한 날씨를 신뢰할 수 있을 리가. 아빠는 비키니 차림의 엄마를 정원에 눕게 했고 엄마의 온몸에 글을 썼다. 무슨 글을 썼는지는 기억나지 않는다. 그는 파란색 잉크로 긴 시를, 자작시를 썼다. 나는 열 살이었고 곧 열한 살을 바라보고 있었다. 그런 상황이 마음에 들지 않았고 왜 그래야 하는지도 알지 못했다. 아빠는 엄마 옆에 무릎을 꿇고 먼저 엄마 등에 쓴 다음, 엄마를 바로 눕게 하더니 앞몸 전체에 걸쳐 힘주어 눌러가며 썼다. 큼지막한 악필로 아버지가 다 쓰고 났을 때 엄마는 깡충깡충 뛰어다니며 두 팔을 벌리곤 이렇게 말했다.

"내가 시 안으로 들어간 걸까? 아니면 시가 내 안으로 들어온 걸까?"

아빠는 그 일로 녹초가 되었는지 접는의자에 가만히 앉아 엄마를 지켜보았다. 나는 말도 안 나올 정도로 해괴한 상황이 계속되고 있다고 생각했고, 엄마가 이런 상황을 좋아할 리 없지만 그래도 절대 입 밖으로 꺼내어 말하지 않을 거라고 생각했다.

열두 살 생일 날, 내가 받은 선물은 연극 마티네*에 가는 것이었

---

* 연극이나 영화 등의 주간 공연.

다. 역시 즐거웠어야 했지만 그렇지 못했다. 우리는 극장에서 제일 좋은 좌석에 앉았다. 아빠와 함께 있으면 모든 게 그런 식이었다. 엄마가 줄리엣을 연기했고, 한 배우—로미오일 거라고 짐작했다—가 어쩌고저쩌고 떠들어대는 처음 두 장면은 지루했다. 로미오의 친척으로 보이는 두 번째 배우가 어쩌고저쩌고 말했고, 로미오에게 명랑하지만 근심어린 어조로 뭔가를 물어보았다. 어쩌고저쩌고 로미오가 2, 3초 동안 눈을 내리뜬 채 말하더니 이리저리 껑충껑충 뛰어다니고 여기저기에 기어올라갔다. 아빠는 허공을 응시했고, 나는 눈이 스르르 감기기 시작했다. 마침내 줄리엣이 가냘프고도 날씬한 모습으로 날아갈 듯 우아하게 등장했다.

"어찌된 거지? 누가 부르는 걸까?"

그리고 어느덧 우리는, 아버지와 나는 귀를 기울이고 있었고, 엄마를 처음 본 것처럼, 그녀를 보기 위해 고개를 젖히고 지켜보고 있었다. 무대 분장이 두 눈을 과장했지만, 엄마는 입이 여전히 비교할 수 없을 만큼 컸다. 아득한 과거, 아프리카인이었던 엄마의 증조할아버지에게서 물려받은 것이리라. 엄마는 남들이 자기 입을 어떻게 볼까를 의식했고, 자기 입을 일컬어 너저분한 파리지옥이라고 말했다. 그러나 몰리 이모는 엄마가 그렇게 생긴 건 필연이라고 내게 말했다. 여자가 눈보다 입술이 더 크면 그건 그 여자가 마음이 따뜻하다는 표시라는 거였다. 엄마의 물결치는 밝은 머리칼은 온통 헝클어져 사자 갈기를 방불케 했다. 로미오가 그녀를 포옹했고 그녀는 열렬한, 온몸이 떨리는 행복의 극치 속에서 그에게 덮쳐지다시피 했다. 포옹 장면이 상당히 많았고, 아빠는 눈에 띌 정도로 뻣뻣이 굳더니, 움찔움찔하는 고통 어린 시선으로 주시했다. 나야 엄마의 그런 모습을 처음 보았으니 거북스러울 수 있다 쳐도, 아빠는 엄마의 연기를 수도 없이 많이 보아온 터였다. **그냥 연기잖아,** 나는 생각했다. **아빠는 엄마가 연기할 때마다 늘 이런 식인 거야?**

마티네가 끝난 후 엄마와 아빠는 날 데리고 점심을 먹으러 갔고, 우리 사이엔 이상한 분위기가 감돌았다. 그 분위기는 식당 의자의 벨벳에서 나는 분말 같은 냄새에도, 내 머리를 간질인 야자수의 길게 갈라진 잎에도 감돌았다. 엄마와 아빠는 함께 신문에서 읽은 걸 주제 삼아 깍듯한 태도로 이야기했고, 서로 견해가 갈릴 것 같으면 어김없이 화제를 바꾸었다. 아빠는 평소와 마찬가지로 메뉴에 없는 음식을 주문했다. 메뉴에 없기 때문이었다. 그러면서 나에게 마음껏 주문하라고 해서, 그렇게 했다. 엄마는 마티니를 마시며 날카로운 어조로 말했다.

"세 코스를 다 먹어치우다니! 돼지가 따로 없구나, 미엘."

그 말에 나는 너무도 놀란 나머지 하마터면 울음을 터뜨릴 뻔했다. 그날은 내 생일이었다. 그리고 엄마가 그런 식으로 말한 건 그때가 처음이었다. 아빠와 나는 남은 식사 시간 동안 엄마에게 은근히 반기를 들었고, 엄마가 아무것도 먹지 않고 자리에서 일어나려는데도 아이스크림을 주문한다는 우리의 계획을 고수했다.

어떤 일이 있어도 엄마에게 못되게 굴지 말았어야 했다. 이제 와서 그날 오후를 떠올리고 또 떠올려본다. 엄마의 연기는 뛰어났고,

줄리엣 자체였는데, 그런 엄마를 극장 뒷문에서 만났을 때 아빠와 나는 그녀가 뭔가 잘못하기라도 한 것처럼 대했다. 우린 그녀에게 "잘했어"란 말도 하지 않았고, 그렇다고 달리 많은 말을 하지도 않았다. 아빠가 엄마 팔 안에 꽃다발을 들이민 것이 전부였다.

그런 후 정확히 2년 후에 아빠가 엄마를 죽였다. 아빠를 피해 계단을 달음질쳐 내려가는 엄마의 머리채를 아빠가 뒤에서 움켜잡았다. 그는 엄마가 까치발을 들어야 할 만큼 위로 들어 올린 것이 분명했고, 그런 후 그녀의 가슴에 칼을 밀어 넣었다. 등 뒤에서. 그런 후 그는 경찰에 신고했고, 그들이 올 때까지 기다렸다. 나는 기숙학교를 다니고 있었는데, 그 사건이 신문 지상에 오르내리면서 학교에선 모르는 사람이 없게 되었다. 내 친구 중엔 부속예배당에 가서 초에 불을 켜는 애들도 있었다. 나는 그것이 속속들이 위선임을 알게 되었다. 어떤 신문도 읽지 못하게 했기 때문에 나는 세상 사람들이 뭐라고 떠들건 상관하지 않으려고 했다. 엄마에 대해 알기 위해 신문을 접할 필요는 없었다. 나는 엄마를 잘 알았다. 아빠가 엄마를 죽이기 전까지 엄마와 난 매일 대화를 했다. 엄마는 아빠의 집에서 나왔고, 새로 사귄 남자친구 샘과 살고 있었다. 엄마는 가지러 갈 것이 있어서 다시 아빠의 집에 갔다. 아빠와 맞부딪치지 않는다는 조건하에 아빠의 허락을 받고서였다. 그래서 그들은 어느 주말 오후로 날짜를 정했고, 그때 아빠는 사무실에 나가 있기로 했다. 그러나 그는 약속을 지키지 않았다.

아빠는 그동안 엄마 때문에 자신과 나의 사이가 멀어졌다고 말했다. (사실이 아니다. 나는 아버지 때문에 늘 두려움에 떨지 않았나. 재판에서 내가 증언을 하도록 허락했다면 난 그렇게 말했을 것이다.) 아빠는 그 당시 내가 그런 일을 감당하기엔 무리라고 구구절절 해명했었다. 그는 그런 상황을 더는 좌시할 수 없다고 했다.

'그런 상황.'

'그런 상황'이 무엇일까? 때로 나는 아빠가 우리 모녀에게 뭔가를 보여주려고, '그런 상황'이 무엇인지 보여주려고 엄마를 죽였다고 생각한다. 엄마는 내 최고의 친구였다. 엄마는 모르는 게 거의 없었다. 모르는 게 있으면 엄마는 말도 안 되는 추측을 했다. 나는 그런 엄마 때문에 웃었고 엄마도 나 때문에 웃었다. 엄마에게 이야기할 때만은 나는 세상에서 제일 웃기고 제일 똑똑하고 제일 재미있는 여자애였다. 다른 엄마들은 자기 딸들에게 '착해야 한다'느니 '조심해라'느니 하는 말을 했다. 엄마는 내게 못돼먹고 위험천만한 애가 되라고, 그리고 걱정 같은 건 하지 말라고 했다. 엄마가 학교로 전화하길 기다리는 동안, 나는 내 안에서 매 순간이 폭발해 구름이 피어나는 것을 느꼈다. 이제 그런 순간은 다시는 오지 않을 것이다. 불가능하다. 그런 순간은 다른 누구하고도 함께할 수 없다. 그와 비슷한 것조차 누릴 수 없다.

그래서 내가 엄마를 만나고 오는 길이라고 말할 때는 엄마의 묘지에 다녀오는 길이라는 뜻이다. 엄마에게 갈 때 나는 폭스글로브 꽃을 가져간다. 엄마의 처녀적 이름이 폭스였다. 장례식 때 엄마는 닫힌 관 속에 모습을 감추고 있었다. 그건 그녀가 더 이상 아름답지 않았기 때문이었다. 아빠는 엄마를 칼로 찌르기 전에 다른 짓들을 저질렀다. 어떤 짓이었는지를 말해주는 사람은 아무도 없었다. 내가 간절히 바랐다면 엄마를 보겠다고 고집을 부렸을 수도 있었을 것이다.

나는 상담을 받았고, 도움이 되었다. 시럽 감기약이 잠을 자는데 도움이 된다는 것도 알게 되었고, 그러면 훨씬 나아졌다.

그날 밤 나는 자선 무도 파티에 가지 않았다. 그 분위기를 감당할 엄두가 나지 않았다. 대신 나는 조너스에게 전화를 걸었다. 내겐 친오빠에 버금가는 사람이었다. 그의 부모가 날 입양했고, 이후 내 남은 학업은 물론 먹고 입는 데 드는 비용을 모두 부담했다. 그리고 내가 학업에 남다른 두각을 나타냈기 때문에 그런 날 뒤처지게 하면 안 된다는 생각에서 날 조너스와 같은 때에 대학에 진학시켰다. 나는 양부모의 재산을 거덜냈다. 나는 유지비가 나갈 때마다 최선을 다해서 기록했고 큰 계약을 성사시킬 때마다 되갚았다. 그들은 불같이 화를 냈다. 나에 대한 사랑 때문이었다. 엉클 톰은 수표를 찢어버렸고 그 후 우리는 다시는 그 문제를 입에 올리지 않았다. 이루 말할 수 없는 고마운 분들에게 나는 이만저만 신세를 진 게 아니었기 때문에, 그들의 눈을 똑바로 쳐다볼 수 없을 정도다. 조너스의 어머니인 몰리는 엄마의 여동생이다. 두 자매는 서로의 영국숭배 성향을 긁어댔다. 두 미국인 소녀가 영국 남자와 결혼한 것도 모자라, 이후 애스콧, 윔블던, 헨리 레가타에서 벌어지는 행사들에 유난한 애정을 키우게 되었다고 말이다. 그들의 언니 제인은 그래도 여전히 미국에 사는데, 엄마의 유골을 미국까지 가져가 그곳에 매장한 건 그녀였다. 제인 이모는 좀 이상한 사람이었다. 내가 이모를 좋아한다고 할 수는 없을 것 같다. 조너스와 이모의 관계도 마찬가지다. 이모와 전화 통화를 할 때마다 이모가 그의 이름을 시도 때도 없이 호명해대는 게 그에겐 이만저만 짜증나는 일이 아니다. 이모가 그러는 게, 조너스가 어떻게 생겨먹은 놈인지를 죽어도 잊지 않겠다는 의지의 표명처럼 느껴지기 때문이다. 제인 이모는 누구에게나 그런 식이다. 내 이름을 말할 때도 극도로 신중한 태도로 메리라고 부르는데, 그녀가 내 이름을 그렇게 끝없이 반복하는 건 내가 나라고 말하는 게 기실 내가 아니라고 상기시키려는 것인가 싶어서 악의적이란 생각이 든다.

조너스는 신학대 학생이다. 4, 5년 후면 신부가 될 것이다. 나는 그가 다니는 신학대학의 내부엔 들어가본 적이 없고 교정만 잠깐 보았다. 런던 중심부에 존재하는 하나의 침묵. 중앙출입구는 두 개의 회색 기둥 사이의 유리문이었는데, 금요일 오후에 조너스를 기다리고 있노라면 근엄하게 차려입은 세계 각국의 섹시한 남자들이 거리로 쏟아져 나온다. 그들이 섹시한 건 신에게 귀속해서 더 이상 인간의 손으로 애무할 수가 없기 때문이다. 한 가지 이상한 건 어렸을 때 둘이 프렌치키스를 했던 것이 기억난다는 것이다. 조너스와 내가 말이다. 조너스의 부모님이 콘서트와 갈라쇼와 디너

파티에 가 있는 동안 조너스와 나는 집 안 곳곳에서 프렌치키스를 했다. 내가 그러자고 했다. 조너스가 한 번도 여자랑 키스해본 적이 없다고 해서 그가 불쌍하다는 생각이 들었던 것이다. 그래서 나는 그에게 시범을 보이고 보이고 또 보였다.

"이건 옳지 않아."

그가 말을 더듬었다.

"우리는 혈족 관계라구."

그러나 그는 키스를 좋아했고 잘하기도 했다. 사실, 정말 잘했다. 내 머리칼을 훑는 손길과, 내 입술 위에서 느리게, 음미하듯 움직이는 입술은 부드러우면서도 박력이 있었다. 또래 남자애들의 형편없는, 뜨악하리만큼 형편없고 질척거리기만 한 키스에 비하면 타고났다고 할 수 있었다. 그때 나는 열네 살이었고, 그는 열여섯 살이었다. 조너스가 전화를 받았을 때 나는 우리가 예전에 키스했던 것을 기억하느냐고 물었다.

"기억해."

그가 딱 잘라 말했다.

"그래서 전화한 거야?"

나는 아버지의 편지에 대해 이야기하고 어떻게 하면 좋을지 물어볼 생각이었다. 하지만 형무소 호스피스, 아버지가 깜짝 놀랄 거라 장담한 바로 그곳에 가야 한다고 말하는 그의 목소리가 벌써 들리는 것 같았다. 결국 나는 비행기에서 만난 사람이 죽었다고, 그녀의 이름은 엘레나였다는 것만 얘기하는 것에 그쳤다. 그는 나

더러 괜찮으냐고 묻지 않았다. 그는 들어주었다. 내가 있었던 일을 얘기하고 또 얘기하면서, 세세한 것들이 기억이 나면 더 세세하게 말하는 것을 들어주었다.

"왜 웃는 거니?"

불현듯 그가 물었다. 사실이었다. 난 웃고 있었다. 조용히 웃는 것도 아니었다. 나는 간신히 가야겠다고 말한 후 전화를 끊었다. 그러니까 그가 죽어가고 있단 말이지! 내 웃음소리는 최고조에 이르러 가히 비명에 맞먹을 정도가 되었다.

어쩌면 그 편지는 속임수였는지도 모른다. 아빠가 집 안에 숨어서 엄마가 두려워하지 않고 집 안으로 들어오길 기다렸던 때처럼. 내일, 변호사들의 전화를 받아보면 알게 될 것이다.

저녁은 보드카였다. 얼마나 많이 마셨는지 모른다. 그리고 티브이에서 영화 〈스윙타임〉을 하길래 그걸 보았다.

"내 말 들어봐요."

진저 로저스가 프레드 아스테어에게 말했다.

"백만 년이 걸린다 해도 당신에게 춤을 가르쳐줄 수 있는 사람은 아무도 없을 거예요!"

그 장면이 내 웃음을 싹 말려버렸다. 나는 티브이를 끄고 잠자리에 들었다. 내가 사랑하는 잠 속으로.

아침에 나는 구글에서 S. J. Fox를 검색했고 슬픈 이야기를 발견하게 되었다. 그것은 4년 전에 그가 자신의 아내를 위해 쓴 추도문이었다. 글 속의 그가 어찌나 다정한지 나는 반쯤 읽다가 멈추었다. 내겐 그 글을 읽을 자격이 없었기 때문이다. '자살'이라는 말은 언급되어 있지 않았지만, 결국 그의 글이 도달하게 될 말임이 자명해 보였다. 그의 사돈 쪽 누군가가 장례 때 모든 식순을 인터넷에 올려놓았다. 불렀던 찬송가들, 낭송한 기도문과 성경 구절들. 그것들 역시 자살을 암시하고 있었다. 아, 상심한 그대여, 상심한 영혼이여. 그들은 그렇게 말하는 것 같았다. 길레아드에 향유가 있네* 같은 구절도 있었다. 나는 그의 아내의 사진을 유심히 살펴보았다. 대프니 폭스. 그녀는 온몸으로 햇볕을 쬐면서 이끼로 뒤덮인 바위에 앉아, 쓰고 있는 부인 모자가 행여 바람에 날아갈까 누르고 있었다. 그녀는 종합중등학교에서 체육교사로 재직하다가 그와 결혼하면서 일을 포기했다. 마치 다른 시대 사람처럼. 그녀는 살짝 포동포동한 편이었고, 미소를 지으면 수줍어 보였다. S. J. 같은 사람과 함께 볼 사람이라고 할 때 예상했을 법한 어떤 유형과도 거리가 멀었다. 그녀는 나비를 좋아한 모양이었다. 나비 귀고리를 하고 나비 펜던트를 걸고 있었다. 또 나비 팔찌를 한 것도 보였다. 나비의 날개가 그녀의 손목을 감싸고 있는 모양이었다. 나비의 일생은 덧없다. 독일어로 나비가 '슈메터링'이지. 대프니 폭스의 얼굴이 낯익어 보인다는 사실을 생각지 않으려고 애쓰는 동안 이런 생각들이 내 머릿속을 오갔다. 그녀의 머리색은 붉은색이었다. 나처럼. 하지만 그런 뜻은 아니다. 아무래도 내가 하염없이 그녀를 봐서 그런

* 구약성서의 한 구절로, 미국 흑인영가이기도 하다.

것 같다.

사실 여부를 확인한 변호사들의 회답 전화를 받았다. 그들의 목소리는 진지했고 나직했다. 편지는 속임수가 아니었다. 아버지는 매우 아팠다.

조너스가 말했다. **가서 뵈어.**

몰리 이모가 말했다. **가서 뵈어.** 엉클 톰도 그리 말했다.

제인 이모가 말했다. **가서 뵈렴, 메리.**

그들의 주장은 병적인 데가 있었다. 그는 곧 죽을 것이고, 그렇기 때문에 이제 그의 말은 중요했고 특별한 의미를 갖고 있었다. 그것이 그들이 내가 믿길 바라는 바였다. 역겨웠다…….

나는 엄마가 내게 말하는 상황을 상상했다. 엄마가 내게 **가지 마, 그 인간은 사악해,** 라고 말한다고 상상했다. **잊지 마, 그 인간이 모아둔 폴더 안에 신문에서 오려낸 기사들이 잔뜩 들어 있었던 걸. 네게 그걸 읽게 했던 것을 잊으면 안 돼. 그 인간이 며칠 동안 널 잠도 못 자게 하면서 그 기사들을 모두 다 읽게 했던 걸. 그 인간은 널 시험할 거야. 네가 지쳐가는 걸 지켜볼 거야.**

파테마 일마즈는 왜 닭 우리 밑에 산 채로 매장이 됐지?

사내애들한테 말을 걸어서 벌을 받은 거야. 그러면 안 된다고 했는데.

누가 파테마 일마즈를 벌했지?

파테마의 아버지와 할아버지.

그들이 판 구덩이 깊이가 얼마나 됐었지?

3미터.

3미터? 확실해?

아니, 아니 2미터.

맞아. 메딘 개니스는 왜 욕조 물에 빠져 죽었지?

시키는 대로 하지 않아서.

자세히 말해봐, 미엘. 자세히.

메딘 개니스 아버지가 자기가 정해준 남자와 결혼하라고 했는데 매딘이 하지 않겠다고 해서.

메딘이 물에 빠져 죽을 때 누가 있었지?

메딘의 아버지가 거기 있었어. 메딘의 오빠 둘이 물 밖으로 못 나오게 메딘을 누르고 있었어. 어머니도 함께 있었지만 거들지 않았어.

그 기사 어디에 메딘의 어머니가 거들지 않았다고 나와 있니? 과장하지 마. 아무 말 하지 않겠다는 동의를 얻었어.

하지만 그 기사에 메딘 어머니가 아무 말 하지 않았다는 말은 없던데.

그만. 샬럿 롬은 왜 자다가 총 맞아 죽었지?

샬럿 남편이 자기가 샬럿 엄마아빠가 한평생 모은 돈을 써버린 걸 샬럿이 알까봐. 그런데 아빠…….

응, 미엘?

샬럿 남편은 자식들도 쐈잖아. 장인, 장모도 쏘고.

알아. 하지만 아빠가 그 질문은 하지 않았지? 묻지도 않은 질문에 대답하지 마.

엄마는 아빠가 그럴 때 그만하라고 했었다. 나는 이 이야기들을 섬뜩하게 과장해서 학교의 다른 아이들에게 들려주었고, 그 애들 부모들이 항의를 했다. 그러나 아버지는 세상은 병들었고, 그런 세상에서 자신이 안전하지 않다는 것을 내가 알아야 한다고 말했다. 엄마는 내게 아빠가 하는 말을 귀담아 듣지 말라고 했지만 그건 불가능했다.

나는 공공화장실의 칸막이 문들을 발로 차 열면서, 버려진 시체를 발견할 수 있을 거란 기대감에 부풀대로 부푼 나머지, 한순간이지만 변기 위에 고꾸라진 채 긴 머리채를 변기 물에 담그고 있는 시체를 본 적이 있다. 나는 어둠 속에서 그들을 보았다. 아직 발견되지 않은 소녀들, 여자들을. 나는 그들의 얼굴을 셌고, 그들에게 이름을 지어주었고, 출석을 부르듯 그녀들을 호명했다. 내가 오려낸 신문 기사들에서 알게 된 건 다음과 같다. 그런 사건엔 하나의 패턴이 있다. 그녀들은 도움을 요청했다. 누군가 날 감시하고 있어요, 날 계속 쫓아다녀요, 날 때린 적이 있었어요, 그가 날 반드시 죽인다고 으름장을 놨어요. 그녀들은 자신들을 살해할 남자들을 지목했지만, 사람들은 이런저런 이유를 들어 '그런 일은 일어나지 않을 거예요'라거나, 어떤 일도 일어날 수 없다고 말했다. 그 당시 난 두근두근하는 마음으로 내게도 언젠고 끔찍한 일이 생길 것이란 기대를 가졌다. 어디서, 혹은 왜 내게 일어나게 될지, 혹은 누가 그런 짓을 저지를지 알지 못한 채.

아버지는 형무소에 간 뒤에도 학교에 있는 내게 신문 스크랩을 보냈다. 마치 네 엄마가 처음이 아니었고 마지막도 아닐 거야, 라고 말하는 듯했다. 그 스크랩을 누군가에게 보여줬을 수도 있다. 그러면 누구건 그의 정신이 온전한지 재검을 실시한 후 치료를 받게 했을지도 모른다. 하지만 그랬다가 그의 형량이 줄어들지도 모르고, 혹은 병원에 입원하게 될지도 모른다. 아버지가, 다시 한 번 세상 밖으로 나온다는 건 나로선 도저히 할 수 없는 생각이었다. 어떤 일이 있어도.

상자 하나가 우편함에 도착했다. 에이전시에서 보낸 것이었다. 나는 서명을 한 후 상자를 든 채 소파에 앉았고, 아버지가 보낸 것일지도 모른다는 생각에 두려워졌다. 그러다 아버지는 편지를 직송한다는 사실을 스스로 상기시켰다. 그는 내 집 주소를 알고 있었다. 놋쇠 손잡이가 달린 확대경과 내 엄지손가락 반 정도의 앙증맞은 책이 담긴 포장을 풀 때도 여전히 내 손은 떨렸다. 책의 페이지를 넘겨보았다. 딱 세 장뿐인 페이지마다 섬세하고도 경쾌한 필체로 단어가 하나씩 쓰여 있다. 숨을 쉬려고 애쓰면서 나는 페이지를 넘길 때마다 확대경을 대고 읽었다.

당신

전화

안 했죠…….

그는 상자 안에 다른 명함을 하나 더 동봉함으로써 내가 첫 번째 카드를 잃어버렸다고 핑계를 댈 여지를 허락해주었다. 그는 벨이 세 번째 울렸을 때 기다리고 있었다는 듯이 받았다.

"저예요."

나는 머저리처럼 말했다.

그가 내 목소리를 제대로 들을 수 없을 거라고 생각해서 "메리 폭스예요"라고 덧붙이려던 순간, 그는 내가 미처 말을 꺼내기도 전에 말했다.

"만나는 사람 있어요?"

"없어요."

"나 보러 올 거예요?"

내 귀로 들리는 그의 목소리. 그것은 내게 흥미로운 작용을 일으켰다. 그것은 내 등을 빙 돌아와서 내 입술을 열었다. 나는 느긋하니 고양이가 된 기분이었다. 그런데다 그와 같은 방에 있는 것도 아니었다.

"네. 언제 갈까요?"

"내가 다음 주에 시내로 나가요. 일주일에 이틀씩 개인 진료를 하거든요."

"그럼 다음 주에 전화하세요."

"그러죠."

그는 잠시 말이 없었다. 나도 말하지 않았다.

"당신 어머니 일은 유감입니다."

그가 그 말을 하는 것과 동시에 나는 말했다.

"아내분 일은 유감이에요."

내가 먼저 말을 텄다.

"말씀 고마워요."

나는 힘주어 말하진 않았다. 아무래도 그는 '살해당한 어머니를 둔 소녀치곤 그럭저럭 헤쳐나가고 있다'고 떠들어대는 덜떨어지고 쓸데없는 기사 중 하나를 찾아낸 게 분명했다. 그래도 그걸 찾아내느라 속속들이 파헤쳤어야 했을 것이다. 까마득하게 오래전 일이니까.

"저 역시 고마워요."

그가 말했다.

"염탐해서 죄송해요."

그는 대답이 없었다. 이미 전화를 끊은 뒤였다.

"그럼, 곧 뵙죠."

나는 발신음에 대고 말했다.

나는 조너스와 몰리 이모와 톰 삼촌과 제인 이모와 연락을 끊었다. 쉽지 않은 일이었다. 그들이 그리웠다. 조너스가 특히 그리웠다. 나는 거품 파티와 지하철 파티에 나갔고 울타리와 고속도로 파티에도 나갔다. 에이전트가 알선해주는 일은 가리지 않고 다 했다. 사람들은 내 밀착인화지를 보고 지금까지 한 것 중 제일 잘 나왔다고 말했다. 그 말의 의미를 나는 헤아릴 수가 없었다. 사진들은 여느 때와 똑같아 보였으니까. 대프니 폭스를 본 곳이 기억난 것도 또 다른 자선기금 모음 행사에서였다. 크리스털 샹들리에 속에서 조명이 윙윙 소리를 냈다. 타락한 가톨릭교도인 조너스가 좋아했을 법한 파티였다. 풀 먹인 흰색 칼라를 두른 디너재킷 차림으로 목울대를 울리며 웃는 남자들. 몇 야드에 달할 굴 색깔의 실크, 다이아몬드, 다이아몬드, 가넷, 루비. 한 노인은 달걀 크기만 한 에메랄드를 맨 위에 장식한 지팡이를 짚고 있었다. 나는 일을 통해 알게 된 여자 둘과 한쪽 구석에 몸을 숨기고 있었다. 우리는 연설을 들었고, 그 자리에 서서 술을 마셨고, 선글라스 너머로 모든 것을 바라보며 무슨 일이 벌어지길 기다렸다. 방은 반쯤 어둠에 잠겨 있었고, 스포트라이트가 이리저리 돌아다니며 휙휙 비추고 지나갔다. 이따금씩 실루엣으로만 보이던 사람이 갑자기 번쩍이는 보석의 기둥으로 변모했다. 나는 보석은 일절 달 생각을 못 했었고, 스포트라이트가 급기야 우리가 모인 곳을 비추었을 때 빛줄기 밖으로 나갔다. 그러자마자 달리 뭔가를 한 것도 아닌데 머리가 어질어질해졌다. 눈부신 조명 속에서 어스름 속으로 자리를 옮기자 두 손이 축축해졌다. 그것 말고도 시럽 감기약과 칵테일과 와인 탓이었다. 나는 양해를 구하고 사람들 사이를 헤치며 무도장을 벗어나 화장실 쪽으로 갔다. 한 떼의 여자들이 나와 순식간에 주변에서 북적댔다.

"돌아와요."

난 그들에게 말하고 싶었다.

"여기 날 혼자 두고 가면 안 돼요."

그러나 그들은 떠나버렸고 나는 나란히 늘어선 칸막이 화장실까지 가서 그 문들을 걷어찼고, 어느 수도의 꼭지에서 물이 적막하게 방울져 떨어지고 스피커에선 무작*이 흘러들어오는 가운데 거울을 쳐다보았다. 마지막 문을 걷어찼을 때 나는 비명이 터져 나오지 않도록 이를 악물었다. 죽은 여자의 이미지가 살벌하게 휙 나타났다. 열한 살 때 봤던 이미지와 매우 흡사했다. 아니, 정확히 똑같았다.

칸막이 안에 아무렇게나 엎어진 채 젖어서 흔들거리는 머리칼, 그리고 그 수줍은 듯, 거의 해명하는 듯한 표정—**이런 모습 보여서 미안해요**—까지, 내가 매번 떠올렸던 바로 그 여자였다. 그것은 대프니 폭스의 얼굴이었다. 그 얼굴이 가장 최근까지 또렷한 인상으로 내 안에 한동안 머물렀다.

얼마간 시간이 흘렀다. 어느 날 밤, 야심한 시간에 나는 생각한다. 가로등은 어둠을 찔러대는데 어느 누구도 거리에 나와 있지 않

* 상점, 식당, 공항 등에서 배경 음악처럼 내보내는 녹음된 음악

았다. 무엇을 하고 있었건, 어디에 있었건 나는 내가 이를 갈던 것을 가장 첨예하게 의식했다. 그 소리와 느낌. 유연하게 빠각빠각하는 그 소리는 위안을 주었다.

처음에 나는 혼자였다가 S. J.와 함께 어느 식당에 있었다. 나무 못지않게 훤칠한 키의 화분들이, 데코레이션 롤빵이, 타프나드*가 있었고, 창밖으론 하늘을 분할하고 있는 클레오파트라의 바늘**이 보였다. 나는 매우 긴장했다. 가까이서 본 그의 피부는 햇볕에 그을려 있었고 몹시도 미세하고 깊은 균열들이 마치 날 때부터 그런 것처럼 찡그린 표정을 하고 있었다. 나는 여전히 그의 나이를 짐작할 수 없었다. 나는 그가 하는 말을 그다지 귀 기울여 듣진 않았다. 그의 표정은 느닷없이 백팔십도로 달라졌다. 한 문장을 거치는 동안, 찡그린 표정이 소년처럼 환한 미소를 뒤쫓는 듯했다. 우리 아버지조차도 그렇게까지 신속하게 가면을 바꿔 쓰진 않았다. 가면들. 그것이 바로 그 표정들의 하나같은 인상이었다. 나는 그런 표정들을 믿지 않았다. 하나같이 빈틈이 없는데다가 차이도 미묘했기 때문이다. 그가 말하는 주제에 어긋나는 법이 결코 없는 그런 표정들이었다. 직업상 어쩔 수 없이 그렇게 된 건지도 모른다. 사람들에게 정상적인, 균형 잡힌 감정의 모범을 보여줘야만 했을 테니까. 그러나 실상이란 것은 그리 단순하지만은 않다. 보통 사람들은 코믹한 표

* 향미료로 맛을 낸 으깬 올리브에 엑스트라 버진 올리브유, 앤초비, 케이퍼를 넣어 빵에 발라 먹을 수 있는 음식.

** 고대 이집트, 헬리오폴리스에 있었던 두 개의 오벨리스크로 영국 런던과 뉴욕에 비슷한 모형이 세워졌다.

정에서 비극적인 표정으로 넘어갈 때도 여전히 입술에 미소가 어려 있게 마련이다. 자연스러운 표정이 한동안 머문다. S. J.의 가면들 뒤엔 다른 누군가가, 조롱하듯 응시하며 자기가 거기 있었다는 것을 알았다면 어디 한번 말해보라고 부추기는 어떤 사람이 있었다. 그리고 그 사람이야말로 내가 만나고 싶은 사람이었다. 전문가가 아닌 사람.

그의 아내 이야기를 입 밖에 꺼내지 않으려니 대단히 집중해야만 했다. **대프니를 만난 적은 없지만 머릿속에선 본 적이 있어요…….**

우리는 식당 밖을 나와서 거리를 걸어 내려가 그가 묵고 있는 호텔로 갔다. 그가 내 허리에 팔을 감았다. 프런트에서 그가 자기 앞으로 온 메시지를 받는 동안 나는 둥글게 감싸오는 그의 팔 속으로 더욱 깊이 안겼다. 승강기 안에서 그는 부드럽게 나를 떼어놓고 똑바로 서서 자기를 보게 했다.

"이 사이가 벌어졌네요."

그가 그렇게 속삭이더니 자기 혀끝으로 나의 벌어진 잇새를 채웠다. 그러면서 그는 나를 쳐다보았고 나도 그를 보았다. 그건 영화 속의 키스와는 전혀 달랐다. 우리는 둘 다 눈을 커다랗게 뜨고 있었고, 나는 움찔할 엄두도 나지 않았다. 승강기는 한참을 올라갔다. 그리고 줄곧 멈출 때마다 다른 사람들이 들어왔다가 나갔다. 나는 그들을 볼 수 없었다. 우리 주변에 구름이 떠다니기라도 한 듯, 다만 그렇게 느낄 수 있을 뿐이었다.

그의 호텔방은 크림색과 진홍색으로 꾸며져 있었다. 그는 블라인드를 내렸고 화장대 옆의 의자에 앉았다. 나는 침대에 앉았다.

"난 대프니를 사랑했어요."

그가 말했다. 그러면서 내 반응을 살폈다. 나는 입을 열고 있었지만 아무 말도 나오지 않았다. 그가 계속해서 말했다.

"정말로 사랑했어요. 그렇지만 마지막 몇 달간의 그녀는 어린 애만도 못한 상태였어요. 카펫에 불을 지르고 잠겨 있는 창문에 커피테이블을 집어던졌어요. 늘 사람들의 주목을 받지 않으면 안 되는 사람이었어요."

나는 더 이상 그의 얼굴을 쳐다볼 수가 없어서 방 열쇠를 들고 있는 그의 손가락이 긴 손을, 그가 손을 쥐락 펴락 할 때마다 손가락 관절이 당겨지는 것을 보았다.

"그랬군요. 부인께서 사고를 너무 많이……."

"내가 하려는 말은 그게 아니에요."

"그래서 부인을 죽였나요?"

이런. 결국 튀어나오고 말았다.

"항상 이런 식으로 대화를 하나요?"

그가 침착한 어조로 물었다.

"당신이 부인을 죽였나요?"

그는 미소로 답했다. 내가 이제껏 본 것 중 가장 음산하고 가장 악의적인 미소였고, 임의적인 것이라기엔 너무도 강렬했다. **문.** 나는 생각했다. **문으로 가야 해.** 그러나 문 쪽으로 돌아설 엄두가 나지 않았다. 거기 문이 없을지도 몰랐다. 그의 미소는 그대로였다.

그대로 그렇게 머무르고 또 머무르다가 결국 미소는 무의미해졌다. 그걸 보자 진정이 되었다. 머리가 몹시 어지러워서 나는 똑바로 앉아 있으려는 노력을 관두었다. 나는 바닥에 엎어졌고, 그가 지켜보는 가운데 무릎으로 기어서 그에게 다가갔다. 계속 기어가던 나는 마침내 그의 눈을, 두 개의 안구 속 깊은 곳을 똑바로 들여다보고 있었다. 그의 얼굴이 경직되었다. 그는 숨을 거의 쉬지 않았다.

"아, 당신."

나는 말했다.

"당신은 내가 그동안 만나고 싶었던 남자예요."

나는 그의 두 손을 잡았다. 그의 두 손을 가져다 내 목을 감쌌고, 내 손을 그 위에 덮어 잡았다. 초커처럼, 바싹 죄었다.

"그 여자를 죽인 후 시체를 들고 도망쳤나요? 어떻게 시체를 들고 도망쳤죠?"

"아내는 자살했어요."

나는 내 두 손을 움직여 두 쌍의 손을 눌렀다. 이번엔 내 손을 놓았다가 다시 다른 손들과 함께 누르자, 날숨에 소가 우는 듯한 소리가 났다. 기분이 좋았다. 망각의 기분이었다.

"그만해요."

그가 말했다. 그렇지만 그는 자기 손을 움직이지는 않았다.

"그 여자를 죽인 거예요? 당신이 그 여자를 죽였어요?"

"'그만하라'고 했죠."

"그리고 나인가요? 날 죽이고 싶어요? 그래서 그런 눈으로 날 쳐다보는 건가요?"

"원하는 게 뭐예요, 메리?"

나는 키스를 바라는 마음으로 입술을 내밀었다. 그는 머리를 움직이지 않았지만, 그래도 그대로 가까이 있는 채였다.

"키스해요."

나는 말했다.

그는 깊게 그르렁 소리를 내며 숨을 들이마셨다.

"당신…… 이상한 여자야."

"키스해요."

그가 키스했다. 내 두 손이 그의 셔츠 버튼을 조심스럽게, 천천히 풀었다. 그가 내 어깨에서 드레스를 벗겨냈다. 그런 후 우리는 함께 바닥에 누웠다. 처음에 나는 그의 몸 아래에서 단단히 버티고 있었다. 그와 나의 열린 입. 그와 나의 열기. 나는 두 다리를 그의 다리에 걸었고, 그의 살을, 물처럼 흐르는 기이한 소금을 마시는 가운데, 내 머리칼은 그의 벗은 가슴 위를 이리저리 쓸었다. 나는 두 다리를 벌리고 그에게 올라타선 한 번에 1인치씩 그를 받아들였다. ("기다려요." 그가 지나치게 많이 취하려 할 때마다 나는 그를 밀어내며 말했다. "기다려요.") 매번의 몸짓마다 감질날 정도로 지체하는 것이 그를 오히려 더 깊이 끌어당겼다. 그가 마침내 자기 몸 위에 날 흔들림 없이 앉히고, 나의 허리에서 엉덩이로 부드럽게 이어지는 곳에 손을 얹었을 때의 쾌락이란. 그가 날 채웠을 때의 쾌락이란.

"그런 말을 해서 미안해요."

행위가 끝난 후 함께 누웠을 때 나는 말했다. 그의 입술이 내 이마에 가볍게 와 닿았다.

"그럴 만해요."

그가 말했다.

"이해해요. 번개 때문에……." 그의 목소리에 묻어나는 친절이 나는 싫었다. 그 친절의 근원은 어디일까? 난 그가 친절하기 때문에 그를 원하는 것이 아니었다. "그 여자를 죽였나요."라고 물었을 때 그의 눈에 깃든 표정을 원했다. 그가 날 미워했던 그 순간을.

"초과근무를 하면 안 돼요."

내 말에 그가 부드럽게 웃었다.

"못 하게 해줘요, 그럼."

그는 내가 잠을 자게 내버려두었다. 내가 잠에서 깨어나 그에게로 팔을 뻗었을 땐 아무것도 없었다. 쪽지 한 장조차 없었다.

또 한 번의 낮이 지나고, 또 한 번의 밤이 지난 것 같다. 그 사람 없이. 그러더니 수많은 사람들이 왔고, 나는 한 명도 아는 사람이 없었다. 그 사람들은 너무도 많았다. 왜 이리 많을까? 나는 내가 공공장소에 있음을 깨달았다. 나는 그곳에, 사람들 많은 곳에 있어야만 했다. 집에 어떻게 가야 할지를 알 수가 없었다. 어느 방향으로 가도 다 똑같은 곳 같았다.

누군가 내 휴대폰을 가져가버렸다. 또 누군가는 내 지갑을 가져갔다. 도둑을 맞았다고 할 수는 없었다. 날이 저문 후 그곳에, 공원 벤치에 앉아서 저울처럼 두 손에 얹은 지갑과 휴대폰을 내밀고 있었더니 잠시 후, 없어진 것이다. 걱정은 되지 않았다. 여름이라고 생각했다.

"여름이야."

나는 혼잣말을 했다.

개미 떼가 일렬종대로 내 발을 지나가는 것이 보였다. 개미가 궁금해졌다. 각각의 개미 안에 또 다른 개미가 있고 또 있고 또 있어서 결국 요지부동의 불쾌한 우주의 차갑고 작은 조각에 이르게 되는지 궁금했다.

그러더니 조너스가 거기 있었다. 그가 어떻게 날 찾아냈는지는 모르겠다. 우리는 맥도날드에 들어갔다. 제일 가까이 갈 만한 곳이었고, 내가 동상에 걸릴 지경이었기 때문이다. 하! 결국 여름은 아니었군. 나는 어니언링을 먹고 싶다고 했고, 그가 그것을 사주었지만, 정작 난 먹지 않았다. 아니, 난 새끼손가락에 그걸 하나하나 걸려고 했다. 결혼반지들. 손가락에 맞는 건 하나도 없었지만, 그래도 부서지진 않았다. 조너스는 날 지켜보다가 뭐든 생각해내려는 것처럼 제 머리를 온통 휘젓더니, 눈을 가린 머리칼을 획 쓸어넘겼다. 그의 사랑스러운 얼굴, 세 번 부러졌던 그의 코, 여름 같은 그의 눈. 그는 나에게 어니언링을 사줬다. 그는 내게서 아무것도 갈취하지 않을 것이다. 내게 남아 있는 건 하나도 없지만, 어쨌거나. 마스카라와 집 열쇠를 빼면. 그가 두 팔로 나를 감싸주었을 때 나는 행복했다. 그의 상의 옷깃에 내 얼굴을 묻자 내 뼈대가 내 살 속에서 용암처럼 흐무러졌다. 그가 화상을 입지 않은 게 신기했다. 조너스의 심장은 빠르지도 느리지도 않고 고르게 뛰었다. 그 질서가 나를 되찾게 해 주었다. 그는 뒤로 물러났다.

"어디 갔다 온 거야?"

그가 물었다. 그는 구약성서적으로 화가 나 있었고 침착한 동시에 사나운 것이, 마치 때가 올 때까지 폭풍을 혀 아래로 누른 채 산을 내려오는 선지자 같았다.

"언제?"

그가 나를 빤히 쳐다보아서 나는 얼른 답했다.

"파티에 갔었어."

"확실해?"

"응. 대대적인 파티였어. 신문에 사진이 났을 텐데. 그 파티가…… 아, 어디더라……."

"애서니엄 호텔?"

"맞아."

"3일 전에."

"3일이라…… 진짜?"

"그래, 진짜."

"아……."

그는 돌처럼 굳은 표정이 되더니 손가락을 하나씩 꼽아가며 날짜를 셌다.

"그러니까 어젯밤 하루. 그리고 그 전날 밤 하루. 그리고 그 전전

날 밤. 우린 너에게 연락을 하려고 수소문했었어."

"오빠 그럼……."

"금요일에 로저 삼촌이 돌아가셨어. 그저께 화장할 예정이었지. 하지만 너랑 연락이 닿을 때까지 미뤄달라고 부탁했어."

"나랑 연락을? 왜?"

"그래야 네가 그 분을 뵐 거 아니니."

조너스의 대답은 간단했다.

"이제 두려움에서 벗어나고 싶다면, 미엘, 그렇게 해야만 해."

그가 날 앉아 있던 의자 밖으로 잡아끌었다. 나는 저항했지만 그는 간단하게 두 팔로 날 결박하듯 끌어안고 옴짝달싹 못하게 했다. 나는 발로 그의 한쪽 발을 쿵쿵 내리 디뎠지만, 그의 두 팔은 조금도 느슨해지지 않았다. 그러나 그의 손길은 더 부드러워졌다. 그는 자기 코를 내 뺨에 대고 비비댔다.

"쉬, 쉬이……."

"안 돼."

나는 말했다.

"난 못 해."

"나도 갈게."

나는 누군가 끼어들기를 바랐지만 주변의 사람들은 하나같이 눈을 내리깔고 마분지로 만든 용기에 담긴 튀긴 음식만 보고 있었다. 틀림없이 우리가 애정 싸움을 한다고 생각했겠지.

조너스는 전화 통화를 하면서 내 열쇠를 받아 문을 열었다. 그는 나에게 물어봐가면서 내 대신 신용카드를 취소하고 있었다. 조너스는 착한 애다. 난 그의 호의를 받을 자격이 없다. 그는 앞쪽에 와인이 잔뜩 묻은 내 드레스의 지퍼를 내리고, 허리에서 엉덩이 쪽으로 새틴 옷자락을 끌어내렸다. 그의 태도가 철저히 사무적이었으니 망정이지, 안 그랬다면 분위기가 사뭇 에로틱해졌을 것이다. 그는 새 드레스를 골라 내 머리 위로 씌워주었고, 나는 몸을 꼼지락거리며 옷을 뒤집어썼다. 조너스는 날 두려워하지 않는다. 한때 그를 겁주려고 뒷문에서 튀어나오며 새된 비명을 지른 적도 있었고, 그가 집에 혼자 있는 걸 알고 장난전화를 한 적도 있었고, 그가 가장 좋아하는 찬송가가 있는 페이지에 목을 맨 남자가 그려진 타로카드를 끼워 넣기도 했다. 지금껏 나에게 겁을 먹은 적이 한 번도 없었으니, 앞으로도 도망치는 일은 결코 없을 것이다. 다행이다. 그래서 얼마나 다행인지 모른다. 나는 여러 번 고마움을 표하려고 했다. 그렇지만 내가 조너스를 위해서 뭘 할 수 있단 말인가. 작년 여름에 나는 거의 한 시간 동안 그를 향해 민들레 홀씨를 불면서 그가 바라는 모든 것을 말할 기회를 주었다. 그 기회를 그는 매우 공손히 받아들였지만, 그런 것이 그에게 대단한 의미를 부여할 리가 없다. 영원성과 그 밖의 다른 것들을 생각하는 조너스에게 소원을 빈다는 건 하찮고 멍청한 짓이다.

장의사들이 아버지의 염을 썩 잘해놓았다. 아버지가 뻣뻣해 보이지 않을 정도로 말이다. 밀랍처럼 느껴지기도 했지만, 그보다는 새로 산 인형에 더 가까운 느낌이었다. 내가 이 방에 그와 함께 있었던 것이 거의 8년 전이었는데, 그는 내가 기억하는 것보다 훨씬 더 젊어 보이기까지 했다. 병환을 앓은 사람이라 정장을 입혀 놓으니 왜소해 보였다. 그가 병으로 고생을 했다는 사실을 눈으로 확인할 수 있을 거라곤 예상치 못했다. 이제 그는 다정해 보였다. 이런 사람이 행여 끔찍한 짓을 저지르거나, 느끼거나, 마음에 담거나, 계획할 수도 있었으리라는 게 도저히 믿기지 않을 정도였다…… 그를 모르는 사람은 그가 생전에 아무 짓도 한 적이 없었으며, 다만 이렇게 인내를 가지고 장차 뭐든 일어나기를 기다리고 있다고 말해도 곧이 믿을 것이다. 그의 두 뺨은 선명한 장밋빛이어서, 나는 하마터면 온기를 느껴보려고 한쪽 뺨에 손을 얹을 뻔했다. 내 코는 아버지를 닮았다. 내 귀는 아버지를 닮았다. 나는 내 코와 귀를 만졌다. 곧 재가 될 것들을.

내 옆에서 조너스가 기도를 올리기 시작했다. 그가 기도하고 있는 걸 내가 어떻게 알아차렸을까? 그는 말로 하지도 않았고 입술 역시 움직이지 않았는데. 그러나 그는 기도를 하고 있는 거였다. 잠깐이나마 나는 이 상황을 조너스의 관점에서 보려고 해 보았다. 그러나 결코 그렇게 되지 않았다. **난 결코 너처럼 생각할 순 없을 거야, 조너스. 안 그래? 내 아버지는 살인자이고, 네 아버지는 아니잖아.**

아버지, 나의 인생의 길에서 보니

(아버지, 나의 인생의 길에서 보니)

당신은 나와 함께 걷는 야훼이십니다.

(당신은 나와 함께 걷는 야훼이십니다.)

조너스의 기도를 들으며 무슨 생각을 하고 있을지 궁금해 아버지를 돌아보았다. 아버지는 즐거워했고, 그래서 난 조너스를 따라 기도했다.

나 이제 가야 할 것 같으니…….

(나 이제 가야 할 것 같으니.)

"어딜 가요?"

S. J.가 물었다. 그는 수화기 너머에 있었다. 나는 그에게 전화를 걸었다. 새벽 네 시에 집으로 걸었는데 그가 받았다.

"어디로 가야만 하는데요?"

S. J.가 다시 물었다.

과연 어디로 가야 하나…….

우리 가족은 실수였어. 나는 생각했다. **우리 셋 다.**

나 하나만 남았어.

나 이제 가야 할 것 같아요.

"와서 나 좀 데려가줄래요?"

나는 그에게 물었다.

"부탁할게요."

"지금?"

우리는 새벽을 지나, 러시아워를 지나 약 일곱 시간을 운전하는 문제를 얘기하고 있었다. 만약 그가 지금 출발하면 정오는 돼야 여기 도착할 것이다. 정오가 되기 전까지 어떤 일이고 일어날 수 있었다. 아버지의 화장은 오전 아홉 시에 할 예정이었다. 기도 안 차게 멍청한 얘기지만, 난 아버지와 함께 활활 타버릴 작정이었다. 나는 내 아버지에게 예속되어 있다. 어떻게 이런 일이 일어난 걸까? 이제껏 아버지에게서 도망다녔건만.

"갈게요."

S. J.가 말했다.

"아녜요."

그가 이렇게까지 선선하게 나오는 게 두려웠다. 내가 부탁했다는 건 알지만 그래도 그가 '네'라고 대답한 이유를 헤아릴 수 없었다. 그 말엔 어떤 의미가 담겨 있는 것일까?

"난 당신이 이리로 와줬으면 좋겠는데요. 상태를 좀 보게요."

"하하. 그럼 기차를 탈게요."

내가 말했다.

"좋아요. 난 이틀 휴가를 낼게요."

"안 돼요. 사람들이 당신을 필요로 하는데."

"당신도 그렇죠."

그가 말했다.

"기차 타면 전화해요."

나는 고개를 끄덕였고, 그가 불러준 주소를 매우 조심스럽게 받아 적었다.

자기 전에 컴퓨터 앞에 앉아서 이메일을 확인하려다가 내가 열두 개의 똑같은 창을 열어놓은 걸 발견했다. 창마다 대프니 폭스가 수줍게 미소를 지으며 날 바라보고 있었다.

나는 기차여행을 잘 견디지 못하는 편이었다. (감탄해보려고 애쓰는) 경치 구경 삼십 분, 철로 위를 달리는 기차 소리 듣기 삼십 분이 지나자 나는 보고 들을 것을 전부 보고 들었다. 내 두 다리가 속수무책으로 정신없이 떨리기 시작했다. 잠이 쏟아지기 시작했지만 옆의 빈자리가 신경 쓰였다. 잠들었다 깨어났을 때 누군가 그 자리에 앉아 나를 쳐다보고 있는 상황이 싫어서였다. 옐레나, 대프니, 어느 누구도 안 된다. 죽은 사람들은 내가 보고 있지 않을 때, 산 사람들과 마찬가지로 슬금슬금 다가올 수 있다.

나는 전화 통화를 하면서 가는 내내 깨어 있었다. 에이전트에게 한동안 집에 없을 거라고 설명했다.

"네? 정확히 얼마나 오랫동안이요?"

"몰라요. 아버지가 돌아가셨어요."

"아……."

그는 유감이란 말은 하지 않았다. 참 정직한 사람이다. 내 에이전트는.

"시간 구애 받지 말고 얼마든지 있다 와요. 뭐든 필요한 것이 있으면 연락하고요."

그는 재빨리 전화를 끊었다. 나는 그다음에 조너스에게 전화를 걸었고, 행여 그가 궁금해할까봐 행선지를 말했다. 조너스는 의심스러울 정도로 비상한 관심을 보였다.

"조짐이 좋은데, 미엘."

그가 말했다.

"그래?"

그는 한숨을 쉬었다.

"그리고 참고로, 메리라고 불러 줘."

나는 말했다. 사람들은 아버지가 세상을 떠났다는 이유 하나만으로 날 미엘이라 불러도 된다고 생각해선 안 된다. 내가 식인 거인을 피해 도망치던 어린 여자애인 것처럼 이제 와서 여기저기 돌아다니며 큰 소리로 이젠 나와도 된다고 말하고 있는데, 미안하지만 너무 늦었다.

기차로 브라이어 모스까지 가는 데 걸린 시간은 자동차였어도 비슷했을 것이다. 여섯 시간 반이 지났을 때 나는 택시에서 내렸고, 길에서 잘 보이지 않을 정도의 거리에 소용돌이 모양의 크고 완만한 정원 뒤 외따로 있는 집까지 걸어 올라갔다. 정문을 두드리자 덤불 속에 있던 메뚜기가 풀쩍 달아났다. S. J.가 문을 열었다.

파자마 차림에 맨발에 수건을 들고 있었다. 그의 입술에 물방울이 맺혀 턱을 따라 흐르고 있었다. 나를 앞서 집 안으로 안내해 들어가면서 그는 수건을 머리에 뒤집어썼다가 벗었는데 머리칼이 비쭉비쭉 모로 서 있었다. 복도에선 광택제와 페인트 냄새가 코를 찔렀다. 코트와 모자를 걸 스탠드도, 진흙투성이 신발을 닦을 매트도, 심지어 카펫조차 없었다. 아래층의 다른 방에도 가구는 없었고 복도와 똑같은 흰색 페인트가 칠해져 있었다. 마침내 우리는 그의 서재에 이르렀다. 책꽂이가 천장을 뚫을 기세로 모든 벽을 채우고 있었고, 나는 서점에서만 보았던 갈고리처럼 생긴 사다리—서가의 주변을 다 돌아다닐 수 있고 책꽂이 위로 올라갈 수도 있고 모든 책에 손을 뻗을 수 있고 원하는 책만 정확히 골라 직접 뽑아들 수 있는 그런 사다리—가 붙어 있었다. 모두 의학—부인과학, 정신과학, 신경학—관련 책들인 것 같았다.

그는 나를 지켜보고 있었다.

"어떻게 생각해요?"

나는 문 옆에 가방을 내려놓고 이리저리 거닐면서 보았다.

"아늑하네요."

의자는 딱 하나뿐이었는데, 그것도 그나마 책상 뒤에서 유리문과 늦은 오후를 마주하고 있었다. 누군가 이런 방에서만 살면서 다른 건 전부 다 내버린다면 이해할 수 있을 것 같았다. 하지만 진짜로 그럴 사람은 없다. 아무리 형식에 지나지 않는다 해도, 다른 방에 최소한 바라볼 만한 것이나, 앉을 만한 데라도 있어야 했다.

나는 한동안은 눈치만 보고 있다가 그 점을 그에게 지적해줘야겠다고 마음속으로 생각했다. 그의 책상 위에는 네모난 냉동 케이크 세 조각을 담은 접시가 놓여 있었다. 케이크마다 딱 한 번씩 호기롭게 크게 베어 물고 내버려둔 자국이 나 있었다. 묘하게 앙증맞은 행동으로 느껴졌다.

"여기서 기다려요."

그는 그렇게 말하고 사라졌다.

나는 유리문 밖을 내다보며 혼잣말을 했다.

"뭐야……."

정원은 휑하기 그지없었다. 꽃 한 송이 피어 있지 않았다. 어딜 봐도 낮게 깔린 초록색 잔디뿐이었다. 그 상태를 유지하겠다는 일념으로 기울인 노력이 나로선 놀랍기 그지없었다. 모든 건 자라나기 마련이니 말이다. 공기와 빛과 트인 공간만 있으면 뭐든 자라난다. 공간을 이렇게 휑하게 유지하려면 끝도 없이 가지를 쳐내고, 뿌리를 뽑아내야 할 것이다.

호주머니 속 휴대폰이 울렸다.

S. J.였다.

"집에서 나간 거예요?"

내 목소리는 사뭇 고조되어 있었다. 이 정도까지 언성을 높이지 않는 게 좋았을 것을. 그러나 그가 떠나는 소리를 듣지 못했다. 그리고 이 집에 혼자 남겨지고 싶지 않았다. 그는 혀를 찼다.

"난 옥상에 있어요."

그가 말했다.

"이리로 와요."

"어떻게……."

"집을 끼고 빙 돌아서 와요. 삼나무 있는 쪽으로 돌지 말고 반대쪽으로. 거기 사다리가 있을 거예요. 그걸 타고 올라와요."

나는 전화를 끊고 그가 말한 대로 했다. 청동색 펌프스를 잔디밭에 벗어놓고 하늘을 향해 재빨리 한 걸음 한 걸음 올라갔다. 달려 올라가지는 않았다. 발바닥에 이슬이 맺혔고, 내 밑에서 철골이 삐걱거리는 소리는 내 성정에 거슬릴 정도로 컸다. 그래도 나는 수월하게 올라갔고 편하게 발을 디디면서 한 번도 밑을 보지 않았다.

그는 말한 대로 옥상에서 날 기다리고 있었다. 그가 내 손을 잡아끌어 사다리 맨 위 칸에서 평평한 타일 바닥으로 이끌었다. 거기엔 두 개의 의자가 놓여 있었고, 그 사이에 랜턴 하나가 놓여 있었다. 의자는 북쪽을 향해 들려 있었고, 그 너머로 옥상들과 언덕들이 펼쳐져 있었으며, 그 속 깊숙이 길들이 잠겨 있었다. 경치에 현기증이 났다. 똑같은 모습이 끝없이 증식해가고 있었다. 거대한 거울로 속임수를 부렸을 수도 있었다. 땅거미가 막 지고 있었고, 내 귀엔 나방들이 랜턴에 제 몸을 부딪는 소리와 멀리 날아가면서 날개를 거세게 파닥거리는 소리가 들렸다. S. J.는 단지에 든 위스키를 작은 유리잔에 따른 다음, 날 위해 건배했다.

"환상을 위해 건배."

그가 말했다.

나는 잔을 비웠고 그제야 그것이 위스키가 아님을 알았다. 처음엔 생강쿠키 맛이 나더니 그윽하고 나무 같은 향이 혀를 맴도는 것이 나무수액 맛이 이렇지 않을까 싶었다.

"이게 뭐죠?"

"무알콜 음료예요. 거의 다 육두구예요."

"육두구? 그거 최음제로 쓰지 않나요? 맞죠? 맛있네요."

"그래요. 대용량으로 쓰면 정신신경용제가 되죠."

나는 잔에 대고 입에 든 음료를 도로 뱉었다. 환상은 조금도 바라지 않았다. 재미도 없었다.

"메리."

그가 갑자기 말했다.

"네?"

"난 대프니에게 아무 짓도 안 했어요."

"알았어요."

"그녀를 보호하려고 했어요. 도와주고 싶었어요. 그런데 그럴 수가 없었어요."

그의 목소리는 일말의 흔들림도 없었지만, 그는 울고 있었다.

"그녀는 매번 내 손가락 사이로 빠져나갔어요."

나는 두 손으로 그의 눈물을 닦아주었다.

"괜찮아요."

나는 말했다.

"괜찮아요."

"그녀를 발견한 후 사흘 동안 아무에게도 말하지 않았어요. 나에게 굳이 말할 필요를 느끼지 못하는 사람들에게 일절 말하지 않았다는 뜻에서요. 아무 전화도 오지 않았어요. 그 사람들은 무슨 일이 일어났는지를 알면서도 전화를 하지 않았어요. 난 전화기를 뚫어져라 쳐다보았어요. 상황이 어떻게 돌아가는지를 알 수 있었어요. 내가 지금껏 그래왔으니까요. 누군가 사별하면 자기 혼자 있고 싶을 거라고 생각하죠, 아니면 말할 기분이 아니거나, 친한 사람한테만 얘기하고 싶을 거라고 생각하죠. 그래서 전화를 하지 않는 거예요. 딴 사람들이 물밀듯 밀려들어 그 불쌍한 자식에게 전화를 하겠거니 싶어서 자기는 전화하진 않는다고요."

그의 목소리가 자꾸 멈칫멈칫했다.

"하루하루가…… 길었어요. 난 말하고 싶었어요. 누구라도 상관하지 않았어요. 혼자 있고 싶지 않았어요. 사람들과 함께 있고 싶었어요. 하지만 대부분의 시간을 난 여기 있었어요. 집에서 너무 멀리 가지 않으려고 했어요. 너무 멀리 가버리면 다신 돌아오지 않겠다고 작정할 것 같아서. 그리고 돌아오지 않는다면 부끄러운 일이 될 테니까. 집은 괜찮아요. 집은 아무 문제가 없었……."

"사람들이 전화를 했었어야죠."

나는 말했다. 나는 화가 났다. 왜 그는 화를 내지 않는 걸까?

"전화를 걸어 계속 통화중이었다 해도 계속 전화를 했었어야 해요. 그들은 전화기조차 들지 않았어요. 나라면 전화했을 텐데."

"정말인가요?"

"네. 그리고 머릿속에 떠오르는 대로 아무 말이나 다 했을 거예요. 당신에게 일기예보를 읽어줬을 거예요. 그때 우리가 알고 지냈으면 좋았을걸."

어쩐지 유치하고, 소극적으로 행복한 분위기가 되었다. 그가 내 말을 경청하면서 미소를 짓는 게 그랬다. 마치 어떻게든 희망의 끈을 놓지 않을 수 있게 하는 정말 좋은 것을 누군가에게 약속받았고, 그것을 자기 눈으로 직접 확인하기 전까지는 믿지 못하겠다는 듯이.

나중에 그는 내가 잘 곳을 보여주었다. 포도색 벨벳이 드리워 있는 4주식 침대* 때문에 발 들일 틈도 없어 보이는 방이었다. 침대 주위를 돌면서 나는 입이 헤 벌어졌다. 흔들의자가 삐걱거리는 소리가 들렸지만, 처음엔 의자 자체를 찾을 수가 없었다. 방 안은 병풍이니 빈 꽃병이니 장신구 박스니 하는 것들 때문에 정신이 없었다. 나는 각기 다른 꽃병의 수를 세다가 도중에 잊어버렸고 그래서 다시 세기 시작했다. 어느 시절인가 이 방은 꽃들로 터져났었을게 틀림없다. 꽃병 하나에 다섯 송이의 폭스글로브가 활짝 편 다섯 손가락처럼 우뚝 꽂혀 있었다. 방에는 화장대와 그에 딸린 의자도 있었고, 거울 달린 옷장처럼 보이는 것도 있었다. 여러 개의 거

---

* 네 모서리에 기둥이 있고 덮개가 달린 큰 침대.

울이 붙어 있고 걸쇠가 달린 상자로, 잡아당겨 열면 가능한 모든 각도에서 에워싸인 채 서서 옷을 입는 동안 자신의 모습을 비쳐볼 수 있었다.

대프니의 방이었다. 대프니가 죽은 지 4년째였다. 이런 상태로, 그는 살고 있었다. 그는 이 방 바로 옆 서재와 침실, 이 두 개의 방에서만 살고 있었다. 나는 그 생각에 슬퍼진 티를 내지 않으려고 애썼다.

우리는 옷을 벗었다. 그는 불을 끄고 내 옆에 누웠다. 그는 내게 키스를 했고 손으로 어루만져 내 두 다리 사이를 벌렸다. 그는 처음엔 부드러웠고, 몸을 천천히 앞뒤로 흔들다가 이윽고 차츰차츰 내 몸을 압박하며 내가 숨이 넘어갈 정도로 밀어붙였다. 그 느낌은 처음엔 좋았지만 이내 그렇지가 못했다. 우리의 몸은 차가웠고, 그가 내 몸 안에서 움직일 때 통증이 느껴졌다. 나는 몸을 움찔하지도 비명을 지르지도 않았다. 내내 두 눈을 질끈 감고 있었다.

(날 아프게 하고 있다는 걸 알면 멈추겠지.)

그러나 그는 멈추지 않았다. 다 끝낼 때까지 멈추지 않았다.

"난 여기 있으면 안 돼요."

그는 그렇게 말하더니 자리를 떴다. 그림자, 슬리퍼, 바닥에 있는 온갖 것들에 걸려 발을 헛디뎌가면서.

몇 분의 시간이 가시처럼 따끔하게 찌르듯이 지나갔다. 나는 슈미즈 차림으로 몸을 떨었다. 4주식 침대에서 자는 건 이번이 처음이었다. 내 꿈들이 캐노피의 자줏빛 벨벳으로 테를 두르고 찾아왔다. 나는 계속해서 걸어 올라가고 있었다. 아니면 그러고 있다고 생각했거나. 분간을 할 수가 없었다. 이것은 대프니의 침대였다. 대프니 폭스는 여기 누워 이 캐노피를 올려다보았다. 그녀는 어떻게 누웠을까? 그녀는 무엇을 바라보았을까? 그가 그녀를 발견한 게 여기였을까? 문을 두드려대는 손, 침대로 돌진하는 발걸음, 그녀가 죽은 것을 알았을 때 그가 낸 소리. 그는 그녀를 흔들어댔다고, 나는 상상한다. 그녀를 후려쳤고, 그녀를 되살리려고 노력했고, 그녀를 끌어당겨 그녀 위로 무릎을 꿇고 절박하게 그녀의 입에 자신의 입을 눌러댔다. 이제 그녀의 침대에 누운 나는 그녀를 찾아보았다. 나는 엎드려 있다가 숨이 막혀서 자세를 바꿔 맥없이 모로 누웠고, 팔베개를 한 채 살 의욕을 잃은 한 여자가 돼보았다. 그런 후 등을 대고 눕자 몸을 따라 한기가 일제히 밀려왔다. 두 손으로 그 한기를 좇았다. 나의 젖가슴은 얼마나 탐스러웠고, 나의 배는 얼마나 부드러웠나. 죽을 때 모든 것은 얼어붙는다. 그러나 내 허벅지는 따뜻했고, 내 등에 와 닿는 침구는 부드러웠다. 그리고 방에선 폭스글로브의 향기가 났다…… 엉덩이를 위로 들어 올리면서 손가락을 대고 이리저리 문대자 살 속의 뼈마디가 노글노글하게 움직였다…… 마치 녹아버릴 것 같았다. 누가 날 만지고 있는 거지? 나. 나 말고는 아무도 없었다. 나뿐이었다. 마치 꿀을 문질러 바른 듯 손가락마다 축축한 물기가 묵직했다. 손놀림을 멈추자, 맨살이 드러난 모든 부위에서 일제히 소름이 돋았다.

그때 누군가 방문 손잡이를 밖에서 돌린 듯 짤깍 소리를 내며

문이 활짝 열렸다.

나는 벌떡 일어나 이불을 확 잡아당겨 몸을 감쌌다. 그러나 문간엔 아무도 나타나지 않았고, 내가 문 쪽으로 성큼성큼 걸어갔을 때에도 아무도 없었다. 나는 텅 빈 복도를 두루 훑어보았다. 기어 들어가는 목소리로 나는 말했다.

"S. J.?"

그의 침실문은 닫혀 있었다.

나도 내 침실 문을 닫은 후 침대로 돌아갔다. 하지만 문이 또 다시 열리는 소리에 자다가 화들짝 놀랐다. 그것은 꿈이 아니었고, 몽상 같은 건 더더욱 아니었다. 문이 두 번째로 열리는 걸 지켜보는 기분에는 무시무시한 데가 있었다. 문이 그 정도의 힘으로 벌컥 열렸는데 벽에 쾅 부딪히기 전에 멈추게 한 것이 무엇인지 알 수 없었다.

나는 사람을 부르지 않았다. 다시 문을 닫았다. 문틀에 문제가 있거나, 애초 집을 지을 때부터 문을 그렇게 설계한 게 분명했다. 문이 저절로 벌컥 열리는 경우는 흔히 있는 일이었고, 악덕 설계업자들 탓이었다. 문이 세 번째로 열렸을 땐 마치 근엄한 태도로 내게 나갈 것을 명하는 듯 느껴졌다. 하지만 어디로 가지? 나가라고. 떠나버리라니까.

나는 비몽사몽간에 닫힌 문을 부여잡고 두 시간 남짓 서 있었다. 손이 있어야 할 자리에 남겨진 작고 차갑고 매끄럽게 동강 난 부분을 붙잡고 흔들고 있는 것처럼 느껴지기 시작했다. 이젠 됐다 싶었을 때 나는 그 자리에 앉았고, 내가 뭘 하고 있는지, 내가 어디에 있는지도 의식하지 못한 채 파란색 카펫에 누웠다. 문고리에서 손을 떼기 무섭게 문은 다시 열렸다. **그냥 열어두지 뭐, 그럼. 그냥 열어둬.** 나는 내 몸의 부품들을 한데 그러모아, 두 팔을 침대 너머로 뻗어 침대 가장자리와 몸뚱이와 두 다리를 붙잡는 데 주력하면서 간신히 침대 위로 올라갔다.

그런 후 내가 눈을 떴을 때는 매우 이른 아침이었다. 나는 침대 옆에 있던 슬리퍼를 신었다. 내 발에 딱 맞았고, 그래서 가슴이 철렁 내려앉았다. 그러나 슬리퍼가 따뜻했기 때문에 그대로 신고 있었다. 나는 S. J.의 서재로 내려갔다. 네모난 조각케이크가 담긴 접시가 여전히 그의 데스크 위에 놓여 있는 걸 보자, 치워버리고 싶은 마음이 들었다. 눈엣가시였다. 그것이 여성스러운 짓이라는 생각이 들었던 것이다. 그래서 나는 유리문을 열고 밖으로 걸어 나갔고, 바깥 잔디밭에서 벌써부터 뭔가를 쪼아대고 있는 되새와 참새 떼에 다가가 촉촉한 빵 부스러기를 뿌려주었다. 케이크 안에는 씨앗들이 들어 있었고 럼주 냄새가 났다. 새들이 만취하지 않기를 바랐다. 치맛자락에 손을 닦은 후 나는 동아리가 휜 삼나무 가까이 서서 그것을 바라보았다. 아낌없이 내리쬐는 햇빛에 나뭇잎들이 반짝거렸다. 나는 나뭇가지를 건드리고, 그것이 자라나는 것을 지켜보는 광경을 상상했다. 거기서 다른 가지가 자라고 또 다른 가지가 자라나는데, 그를 따라 무성히 돋아나던 나뭇잎들이 갈라지더니 나무들이 수호하는 공간, 가지들이 제 몸을 수그려 태양빛으로부터 보호하던 비밀의 길을 터주어서 내가 그 안에 들어서는 광경을 상상했다.

S. J.가 집밖으로 나와 내 옆에 섰다.

"잘 잤어요?"

머뭇거리며, 날 쳐다보지도 못 하면서 그가 손을 내밀었다. 나는 그 손을 잡아 내 가슴에 대고 움켜쥐었다. 나도 그를 쳐다보지 않았다. 우리는 삼나무를 바라보고 있었다.

"잘 잤어요."

"우리 오늘 뭐 할까요?"

그가 물었다.

우리는 스카프와 재킷을 걸치고 산책에 나섰다. 우리는 화강암을 캐내려고 파헤치고 긁어낸 듯 보이는 흙길과 터를 터벅터벅 걸어 내려가다가, 불현듯 그곳을 벗어났다. 우리는 메리미트니, 트리마니, 세인트클리어니 하는 이름들이 표시된 표지판들을 지났고, 야트막하고 자갈이 깔린 개울에 세운 나직한 돌다리를 건널 무렵 우리를 에워싼 풍경의 4분의 3에는 파란색이 들어찼다. 주변의 흙이 어딜 봐도 단단한 것을 알 수 있는데도 나는 조심조심 걷기 시작했다. 사방이 온통 하늘로 가득 차 있어서 마치 벼랑 위를 걷는 기분이었다. 발을 디딜 만한 잔디밭이 거의 없었고, 있다 해도 흙에 비하면 드문드문하고 밋밋했다. 우리는 힘을 준 어깨처럼 생긴 길쭉한 땅에서 솟아오른 무덤 주변을 걸었다. 이따금씩 새 한 마리가 머리 위를 유유히 날며 퍼덕거리는 날개로 제 그림자를 펼쳤다. 그 새가 우릴 맞으러 온 게 분명하다는 생각에 나는 마음이 뒤숭숭해져서 걸었다. 그도 그럴 것이 몇 마일에 걸쳐 있는 것이라곤 밋밋한 바위산뿐이었고, 저 멀리 구릉은 어찌나 광활한지 그 이미지를 단번에 포착하려는 사람의 눈에는 험준한 동시에 매끄러워 보였다. 지난주 내내 비가 내리면서 토탄이 축적된 웅덩이가 한도 끝도 없이 나타나는 듯했던 곳에서 내 부츠가 엉망이 되었다. 마지막 웅덩이에 빠졌을 땐 몸이 가라앉고 있다는 생각에 억지로 버텼는데, S. J.가 팔을 구부리고 안전한 곳에 꿋꿋이 서 있어서 그의 팔을 붙잡고 빠져나올 수 있었다. 우리는 맑은 날인데도 구름을 품고 있는 듯한 한 호숫가에서 멈춰 섰다. 황무지는 물에 가로막혔다가 계속 펼쳐졌고, 반대편을 바라보니 내가 두 사람인 것처럼 느껴졌다. 굳이 뒤돌아보지 않아도 내 뒤에 뭐가 있는지 알 것은 기분이었다. S. J.가 그 호수에 얽힌 이야기를 들려주었다. 그는 뛰어난 이야기꾼이었다. 사실에 근거해 설득력 있게 말을 했다. 엑스칼리버가 이 호수에서 나왔다는 그의 말을 믿지 못할 이유는 전혀 없었다. 연들이 하늘로 올라가는 게 보였다.

올망졸망한 형체들이 구릉을 따라 달음질쳐 올라가는데, 저마다 손목과 주먹에 맨 끈이 하늘에 뜬 생기발랄한 것들과 이어져 있었다. **여기서 살고 싶어.** 나는 생각했다. **여기서 살고 싶어.**

밤이 되자 S. J.는 하지 않겠다고 했던 일을 했다. 서재에 앉아 사방에 거대한 책들을 펼쳐놓고서 그가 주목하는 사례연구의 내용 일부에 밑줄을 긋고 있었다. 나는 한동안 요리책들을 들춰보다가 그를 떠나 위층, 파란색 방으로 갔다. 나는 극적인 허세를 가미해 불이란 불은 죄다 켠 다음, 대프니의 소유물들을 살펴보았고 그 주변을 마구 돌아다니면서 그녀에게 도전장을 내밀었다. 좋지 않은 일이 일어날까봐 겁이 난다면 굳이 기다려야 할까? 그냥 지금 일어나게 하면 안 되나?

네모나게 접은 종이 몇 장이 화장대 서랍 중 하나의 뒤쪽 구석에 끼어 있었다. 연필로 쓴 글씨가 흐릿해져서 회색이 되었기 때문에 램프 불 아래 갖다 대고 보아야만 했다. 줄을 참 많이도 죽죽 그어놓았다. 같은 문장을 쓰고 또 써놓았다. 모든 종이마다 그랬다. 마지막 종이엔 이렇게 쓰여 있었다.

표백제를 꽤 많이 마셨어. 죽을 만큼의 양이야,

놀랄 일도 아니지. 일부러 그랬으니까.

대프니

나는 머리를 책상 위에 얹었다. 머리를 기댈 데가 있으니 더 용기가 났기 때문이다. 마지막 종이의 한구석엔 작고 경쾌한 필체로 'L 11: 24-26'이라고 쓰여 있었다. 나는 머리를 들지 않은 채 또 다른 화장대 서랍에서 흰색 가죽 장정으로 된 휴대용 킹 제임스 성서를 꺼냈다. 그것을 코앞에 놓고 훑어보았다.

레위기…… 예레미아 애가…… 누가복음…… 음, 애가는 아닐 거야. 다섯 장밖에 없으니까.

레위기의 구절은 미흡했다. 첫 번째 문장은 앞선 문장을 거론하고 있었고, 마지막 문장은 돼지고기와 양고기를 먹는 행위를 꾸짖고 있었다.

누가복음에는 이런 대목이 나왔다.

> 더러운 귀신이 사람에게서 나갔을 때에 물 없는 곳으로 다니며 쉬기를 구하되 얻지 못하고, 이에 가로되 내가 나온 내 집으로 돌아가리라 하고
>
> 와보니 그 집이 소제되고 수리되었거늘
>
> 이에 가서 저보다 더 악한 귀신 일곱을 데리고 들어가서 거하니 그 사람의 나중 형편이 전보다 더 심하게 되느니라.

나의 시선은 이 구절의 두 대목에서 걸리고 또 걸려 넘어가질 못했다.

> 내가 나온 내 집으로 돌아가리라 하고…….
>
> 저보다 더 악한 귀신 일곱…….

나는 그 구절을 큰소리로 읽었다. 그렇게 해야만 했다. 그게 생각으로 품고 있는 것보다 더 나았다.

마지막 단어를 읽었을 때 내 뒤의 흔들의자가 신음했다.

누군가 거기 앉았다면 났을 법한 소리와 조금도 다르지 않았다.

그리고 의자가 움직이기 시작했다.

나는 마음이 바뀌었다. 그 여자가 거기 있는 건 바라지 않았다. 진심이었다.

나는 달렸다. 한 번에 세 걸음씩 껑충껑충 뛰어 온 힘을 다해 내려가다가 하마터면 발목을 삘 뻔했다.

내가 숨이 턱 끝까지 차서 다시 서재에 들어가자 S. J.가 자리에서 일어섰다.

"왜 그래요?"

그가 물었다. 그의 목소리엔, 이미 알고 있는 듯한 기색이 서려 있었다.

"아무것도 아니에요."

나는 가슴을 러그에 대고 그의 발치에 누웠다. 그리고 요리책의 페이지를 넘기며 읽는 척했지만 정작 마음속으론 그가 내 등을 넘어와 발꿈치로 내 맨 아래 척추를 작신작신 밟다가 척추 뼈를 마디마디 밀어젖히는 걸 상상했다. 그의 손이 내 목까지 올라올 즈음, 내 몸은 산산조각 나 있겠지. 그가 그럴 리 없지만, 그럴 수는 있을 것이다. 그에겐 그런 능력이 있었다. 그는 자기의 입술과 두 손으로 내 몸을 다시 가늠했고, 날 살살 흥분시켜 나는 그에게 꼭 달라붙어 움직였고, 그렇게 우리는 한숨을 뒤로한 채 사라져버렸다. 침대에서만 그런 게 아니었다. 벽에 기대서도 했고, 테이블에 걸타서도 했으며, 바닥에 누워 그의 어깨뼈에 걸친 내 두 발꿈치로 나란히 애원조의 투스텝을 밟으며 했다. 그러나 우리는 파란색 방엔 다시는 들어가지 않았다.

"아래층에 있던 가구들은 다 어디 있어요?"

아침이 되었을 때, 나는 그에게 물었다.

그는 경계하는 표정이 되어 말했다.

"지하실에요."

지하실은 문을 열면 바로 작은 발판이 있었고, 곧장 내려가게 돼 있는 층층대가 있었다. 안으로 들어가 문을 닫자마자 사방이 어둑해졌다.

"앞장서요."

S. J.가 내 귀에 대고 말했다.

그래서 나는 한 손은 손전등의 불빛을 앞으로 향하고, 다른 손은 더듬어가며 먼저 길을 찾아 나섰다. S. J.의 손이 내 손과 부딪혔고, 내 뒤로 그가 숨을 쉬는 소리가 들렸다. 협소하기 그지없는 공간에 의자며 테이블 들이 수북이 쌓여 있어서 마치 양단과 벨벳 충전재의 바다 속을 기어나가는 것 같았다. 안락의자들 사이로 벌레들이 꼼지락거리며 돌아다녔고, 앞으로 나아가면서 길을 가로막는 의자들을 치우자 의자 다리들이 떨어져 나갔다. 몇 개를 집어 드니 삭아서 구멍이 숭숭 뚫려 있었다. 나무좀이었다. 우리는 아직 쓸 만한 것들을 몇 개 찾아냈고, 시험 삼아 교대로 의자에 앉아보고 테이블에 기대어도 보면서 그곳에 얼마간 있었다. 마치 누군가 천에 대고 속삭이는 듯 바스락거리는 소리들이 가득한 가운데, 더디고 공기가 희박한 시간이었다. 나는 가끔 손전등 불빛을 S. J.에게 비추었다. 그는 나를 바라보다가 다른 곳을 보았다가 다시 나를 보았고, 내가 아직도 그 자리에 있는 것에 말없이 놀랐다.

우리는 모든 가구들을 밖으로 끌어낸 후 방마다 돌아다니며 그것들이 원래 있던 자리에 놓았다. 서서히 집은 검소한 수수께끼 같았던 예전의 상태에서 달라지기 시작했다. 나는 그가 배치한 소파, 안락의자, 사이드테이블, 꽃병들을 내 마음대로 바꿔놓았고, 그러면 그는 지치지도 않고 다시 바꾸어놓았다. 그런 와중에 서로의 행동을 알아차리면 둘 다 못 본 척했다. 그런 게 소꿉장난의 원칙이었기 때문이다.

다음 날 오후에 우리는 황무지로 가려고 택했던 길의 반대편에 있는 작은 만으로 갔다. 정말로 아담한 만이었고, 완만한 경사를 이루며 바다와 맞닿아 있었다. 자신의 비밀을 안내하듯이 S. J.는 근엄한 태도로 수집한 돌들의 무늬를 보여주었다. 땅거미가 내렸고 우리는 수영복으로 갈아입고 바다로 걸어 들어가 싫증이 날 때까지 수영을 했다. 내가 그냥 물에 뜬 채 번득이는 바닷물을 두 손으로 휘저었고, 그가 내 옆에서 오르락내리락했다. 우리는 서로 거꾸로 마주한 채였다. 그가 내 발목을 붙잡고 있어서 나는 아주 멀리 떠내려가진 않았다.

나는 조너스에게 문자를 보냈다. 행복해.

그러자 그가 내게 답신했다. 행복해라.

나는 에이전트가 걸어오는 전화를 무시했고 그가 남긴 위협적인 음성메시지를 삭제했다. 얼마간 새로워진 기분이었고, 다른 사람이 된 듯 신선한 느낌에 미소를 짓고 있었고, 그 느낌을 계속 누리고 싶었다. 단 한순간도, 사람들이 참 좋다고 말한 그런 사진들을 찍을 필요가 없었다. 한 다리로 서서 공허하게 반짝이는 눈을 한 소녀의 사진. 그건 곡예사일 뿐, 어느 누구도 아니었다.

S. J.가 다시 출근한 날, 나는 브라이어 모스를 쏘다니며 그날 밤에 있을 디너파티 요리를 위해 장을 보았다. 그는 자기 친구들을 내게 보여주고 싶어 했다. 두 여자와 두 남자로, 모두 독신이어서 서로를 소개하는 자리가 되길 바라는 마음도 있었다. 나는 양초와 꽃과 아티초크와 스테이크를 샀고, 독신 여자친구들의 쌀쌀맞은 환영에 대비해 전의를 가다듬었다. 그 여자들이 S. J.가 어느 날 갑자기 그들에게 반할지도 모른다는 희망을 품고 여직 독신으로 지냈을 것 같지는 않았다. 시내에서 돌아온 나는 요리책을 가지러 S. J.의 서재로 들어갔다. 그가 유리문을 열어놓았기 때문에 책을 가지러 가는 길에 하마터면 되새 한 마리를 밟을 뻔했다. 새는 문들 사이 바닥에 등을 대고 누워 있었고, 내가 그렇게 가까이 다가갔는데도 놀라지 않았다. 부리와 두 발은 하늘을 향한 채, 불꽃

을 맞은 것처럼 새까매져 있었다. 새는 눈을 뜬 채 죽어 있었고 몸 밖으로 새어나온 체액이 엉겨 있었다. 바로 밖에는 더 많은 새들이 죽어 있었다. 나는 열 마리까지 세다 그만두었다. 전부 다 상태가 똑같았다. 어디선가 더 많은 새들이 짹짹거리는 소리가 들렸다. 여전히 새들이 있었고, 여전히 노래하고 있었지만, 내 눈에는 보이지 않았다. **새들이 정말 높은 곳에 있나봐.** 일순간 내가 병에 걸리겠구나 생각했지만, 나는 아프지 않았다. 꽤 많은 죽은 새들이 삼나무 주변에 울퉁불퉁한 반원 형태로 모여 있었다. **아**…… 감고 있는 눈이 실룩거렸다. 한순간 잔디밭에 서 있는 나 자신과 내 손에서 모래처럼 흘러내리는 케이크가 눈에 보이는 듯했다. 나는 다시 눈을 떴다. 잡지를 말아서 죽은 새들을 한데 모아 쌓았다. 새들을 묻게 땅을 파고 싶었지만, 적당한 도구가 없었다. 미흡하나마 손으로 파보았다. 땅에 우스울 정도로 작은 구멍 하나를 내는 데도 오랜 시간이 걸렸다. 나는 손님 맞을 준비를 해야 했다. 사람들이 왔을 때 여기서 손톱으로 땅이나 긁어대고 있는 꼴을 보여주고 싶진 않았다. 결국 나는 새들을 그대로 내버려두고 돌아서야만 했다.

나는 주방으로 들어갔고 벽을 면하고 있는 아가* 옆에 가서 섰다. 불이 켜져 있었다. 아침 내내 켜져 있었다. 처음에 봤을 때는 웃음을 터뜨렸지만, 거기선 심상치 않은 온기가 뿜어져 나왔다. 저녁이 곧 준비될 것이다. 아니, 숯제 타버릴지도 모른다. 그러면 난

* AGA, 무쇠로 만든 영국산 레인지 겸 히터의 상표명.

할 일이 아무것도 없을 텐데.

아무래도 떠나야 할 것 같아.

나는 반가운 마음에 그 생각에 냉큼 매달렸다. 나는 분주해졌다. 스테이크 고기를 잘랐고 아티초크를 재울 양념장을 만들었다. 나는 주방 문을 닫고 그 아래 바닥을 마른 행주들로 나란히 막았다. 나는 오븐을 열고 무릎을 꿇고선 파란색의 춤추는 가스를 들이마셨다. 기침을 했지만 위급한 건 아니었다. 머리가 띵했고 나를 에워싼 열기도 유쾌한 것과는 거리가 멀었다. 딱히 갈 데가 없는데 안개 속에서 길을 잃은 기분이었다. 상관없었다. 나는 배를 깔고 쓰러져 옆을 보았다. 그쪽에 뭔가 눈여겨볼 만한 게 있어서는 아니었다. 회색 코팅한 금속 말고는 아무것도 없었다.

숨이 막히기 시작했다. 움직일 수가 없었다. 움직이고 싶었지만 머리가 말을 듣지 않았다. 머릿속에 안개가 차 있었다.

멀리서 소리가 들렸다. 다이얼이 돌아가는 소리였다.

아가의 문이 닫혔다. 더 이상 파란색의, 아가리를 커다랗게 벌린 어둠도 없었다.

누군가 내 곁에 쭈그리고 있었다. 그 여자가 한 손을 내 다리 위에 얹었다. 내 살갗의 세포들이 비명을 질렀다. 그 느낌을 어떻게 설명해야 할지 모르겠다. 그녀의 손톱 아래에서 움직임이 일었다.

"바보군요."

여자가 말했다. 그 목소리는 내가 상상하던 것과는 전혀 딴판이었다. 맑고 결연한 목소리였다.

"여긴 아무 문제 없어요. 보고도 모르겠어요? 잘못된 건 하나도 없다고요. 다음번에 새들에게 실험적으로 약을 가미한 케이크만 안 먹이면 돼요. 내 말 들어요, 메리 폭스, 폭스가 아니면 뭐든 간에 아무튼. 여기 있어요. 당신이 일을 그르치지만 않는다면 당신에게 반하게 될 사람이 여기 있어요. 그가 당신을 보살필 거예요. 그리고 당신은 그를 돌봐줘요. 더 이상 사람이 죽어나가는 건 부질없는 짓이에요."

나의 어머니. 나의 아버지. 나는 말이 나오지 않았다.

"그래요."

그녀가 말했다.

"나도 알아요. 하지만 다음번 상대는 당신이에요. 위층에서 내가 하고 싶었던 말은 그게 다였어요, 하지만 당신은 도망을 쳤죠. 무슨 바스커빌의 사냥개라도 보는 것 같았어요."

"고마워요, 대프니."

나는 속삭였다.

"아, 그래요. 나에게 한 번 신세진 거예요. 그러니 그에게 말할 건가요?"

"그에게 뭘 말해요?"

"나에게 일어난 일은 그의 잘못이 아니에요. 아니라서 아닌 거예요."

"그에게 말할게요."

"그냥 말하는 걸로 끝내지 말아요. 그가 듣고 믿어야 해요."

"어떻게……."

"그가 듣고서 믿을 수 있게 말해요."

그녀가 내 발목을 움켜쥐었다.

"그럴게요!"

"난 피곤해요."

그녀가 말했다.

"이제 갈래요. 못된 여자가 돼요. 사악해지는 거예요. 그러면 걱정이 되겠죠. 하지만 그러지 말아요."

메리는 몇 주 동안 나에게 관여하지 않고 물러나 있었다. 나는 대프니의 애정을 되찾고, 날 죽이겠다고 협박한 그녀 친구들의 마음을 돌리느라 바빴다. 나는 대프니에게 운전을 가르치기 시작했다. 그녀는 겁이 없었고—내 취향에는 좀 거슬릴 정도로 겁이 없었다—빨리 터득했다. 운전용 장갑을 특별히 사두었던 그녀는 모퉁이를 도는 연습을 할 차례가 되었을 때 두 손을 차분히 핸들 위에 놓고 있었다. 우리는 차를 몰아 내가 올라오는 길에 사냥을 했던 농장으로 갔다. 차로 15분 거리였지만 대프니가 운전하니 35분이 걸렸다. 그녀는 올 때 꿩을 가져와 저녁으로 요리했다. 그간 내가 먹은 음식 중 가히 최악이었지만 나는 꾸역꾸역 삼킨 후 고마움을 표했다. 그녀는 노력하고 있었고 나도 노력하고 있었다. 그런 그녀에게 근성이 부족하다고 말하면 부당할 것이다. 신혼여행을 갔을 때 그녀는 오전의 황금 시간에 암석원 주변을 뛰어넘고, 미치광이처럼 이 바위 저 바위를 통통 뛰어다니고, 너무 달콤해서 짜증나는 노래들을 불러댔다. 그녀는 미끄러져 발목이 접질렸지만 아프다고 울부짖지는 않았다. 다만 입술을 깨물고 살짝 울었을 뿐이었다. 아프지 않은 척하긴 싫었다는 것이다. 그런 후 그녀는 다리를 절면서도 싹싹하게 사진을 찍고, 거리에서 파는 저급한 그림들이 갤러리에 걸린 작품이기나 한 것처럼 매우 근엄한 자세로 자세히 보았다. 그녀가 울었던 걸 기억한 나는 호텔로 돌아왔을 때 의사를 불러 그녀의 발목을 진찰하게 했다. 진찰 결과, 염좌였다. 그녀가 울부짖었다면 알아차렸을 텐데.

또 어느 날엔가 우리는 차를 몰고 주립공원에 갔다. 공원 이름은 데블스 홉야드Devil's Hopyard였다. 그날 오후는 날씨가 참 좋았다. 폭포 가까이 있는 나무들이 저마다 흔들리고 있었는데, 그 모습이 다른 나무들을 깨우지 않고 혼자 힘으로 악몽에서 깨어나려고 제 몸을 뒤트는 것 같았다. 그리고 폭포 도처에 있는 돌들에는 전부 반 정도 되는 동그란 구멍이 패어 있었다. 우리는 거의 한 시간 동안 돌들을 하나하나 살펴보았다. 마치 누군가 국자로 심장을 떠낸 것처럼 구멍이 또렷이 나 있었다.

"여기 이름이 데블스 홉야드인 게 이 돌들 때문이야."

나는 대프니에게 말했다.

"이 근방에 사는 사람들이 악마가 이 돌들을 밟고 건너갈 때 자기 발굽으로 돌에 표식을 남겨놓는 거라고 했었어……."

"그게 유일한 설명이지."

대프니가 근엄한 어조로 대답했다. 어느새 나는 그녀의 머리칼을 만지작거리고 있었다. 만진다기보다는 마구 헝클어뜨리는 것에 가까웠고, 결을 따라 손가락들을 훑어 내리면 머리칼은 다시 제자리로 가서 떨어졌다.

"메리는 어떻게 지내?"

대프니가 거의 무표정으로 물었다. 거의.

"메리 누구?"

내가 물었다.

그날 밤, 사랑을 나눈 후, 그녀는 몸을 굴려 날 벗어나 자기 침대에 가 앉았다. 나는 잠에 들려던 참이었지만 그녀는 내가 쳐다봐 주길 요구하는 모습으로 앉아 있었다. 그녀는 뭔가 기억해두려는 것처럼 한 손을 정수리에 얹었다.

"왜 그래?"

나는 물었다. 그리고 한 팔을 뻗었다.

"이리 와!"

그녀는 그 자리에 그대로 있었다.

"난 가야 돼. 그리고, 알잖아."

누가 엿듣는 건 싫다는 듯, 그녀는 속삭이고 있었다. 집에 있는 건 우리 둘뿐이었는데도.

"아, 그래, 여보. 당신이 기억을 해서 다행이네."

대프니는 임신하지 않으려고 스펀지에 리졸 소독약을 적셔서 닦아냈다. 그것도 효과가 있었다. 그녀는 결혼 전부터 아이를 원하지 않았고, 결혼하고 났을 때, 나는 왈가왈부하지 않았다.

나는 눈을 감았다. 대프니는 움직이지 않았다. 손대면 닿을 곳에 있는 그녀의 무게감은 따뜻하고 정적이었다. 나는 다시 눈을 떴다. 그녀는 나를 보고 있었고, 미소는 이미 일그러져 있었다.

"뭐? 약 다 떨어졌어?"

"아니."

"왜 그래, 디?"

"그러면 좋겠어? 내가 가면 좋겠어? 그리고…… 알잖아."

"당신, 그러고 싶지 않잖아."

나는 불안해졌다. 그렇게 말한 것도 불안해서인 것처럼 들렸다. 그 이야기 자체는 아기에 관한 생각을 해서 나온 이야기가 아니었다. 그냥 급작스러운 변화였다. 차라리 그녀가 내가 누운 채로 내 밑의 매트리스를 잡아 빼는 게 더 나을 것 같았다.

그녀는 미소를 지었다. 가식적인, 환한 미소였다. 그녀는 재빨리 침대 밖으로 나왔다.

"알았어. 당신 기분을 말해줘서 고마워."

"디. 잠깐만. 딱 1초만 잠깐……."

그녀는 목욕탕으로 사라졌다. 나는 닫힌 문으로 다가갔지만 아무 소리도 들을 수 없었다. 수도를 틀지 않은 걸 보니 그녀는 캐비닛을 열고 내 면도기와 그녀의 열 롤러 사이에 놓인 노란 병에 손을 뻗은 모양이었다. 하지만 그러려 했다면, 그녀는 그녀 특유의 악명 높고 부질없는 방식으로, 아무도 모르게 했을 것이다. 몇 분을 더 기다린 나는 그녀가 창문 밖으로 기어나가 야반도주한 게 틀림없다고 생각하게 되었다. 나는 문을 두드렸다.

"디."

"응, 여보."

"당신 나오긴 할 거야?"

"응, 금방."

그때 그녀에게 했어야 할 말이 있었는데 정작 난 한 마디도 하지 않았다. 그녀가 나오면 할 생각이었다. 그녀는 나오지 않았다. 내가 잠들었을 때에도 그녀는 그 안에 있었다. 새벽이 오기 전 어느 순간에 잠에서 깼을 때 우리는 한 침대에 있었고, 그녀는 내게 바싹 파고든 채 옆에 있었다. 그녀는 내 한쪽 팔을 잡아 빼 자기 몸에 두르고 있었다. 나는 그것이 고마웠다. 궁상맞게도 고마운 마음이 들었다. 다음에 이 문제가 다시 불거질 경우 나는 해야 한다고 생각하는 말을 할 것이다.

다음 날 매우 이른 아침에 우리는 클라우드 코브까지 걸어갔고, 모래사장을 건너서 섬에 갔다. 섬은 썰물 때는 걸어서 갈 수 있었고, 나는 대프니에게 등대를 보여주고 싶었다. 내 등대였다. 다시 말해 상속을 받은 것으로, 마찬가지로 당신 아버지에게서 물려받은 내 아버지가 그랬듯, 나 역시 그걸 가지고 도대체 뭘 할지 알 수 없어서 그저 1년에 세 번 등대 꼭대기부터 바닥까지 깨끗이 대청소를 하는 걸 잊지 않고 또 책도 몇 권 갖다 놓고 있다. 나의 증조부가 카드놀이로 딴 곳이다. 나는 거기 가서 일을 해보면 어떨까 늘 생각하지만, 그게 될 리가 결코 없다.

등대까지 가는 동안 대프니와 나는 많은 대화를 하진 않았다.

우리는 유목과 조개껍질과 자갈돌 몇 개를 주웠고, 처음 주운 곳에서 너무 멀리 가져왔다는 생각이 들면 바닥에 잘 내려놓았다. 바람이 옷을 뚫고 들어와 우리의 몸을 할퀴었다.

"와, 대단해."

등대가 시야에 들어왔을 때, 대프니가 말했다. 등대를 향해 한 걸음 한 걸음 다가갈 때마다 그녀는 계속 "와, 대단해"라는 말을 반복했다.

"사악해 보이는데."

등대가 사악할 리가. 그건 그저 흰 탑에 창문으로 좁은 틈을 낸 게 전부였다. 하물며 유별나게 높은 탑도 아니었다. 등대 안으로 들어가자 대프니는 좀 전보다 더 마음에 들어했고, 그곳이 아주 깔끔하고 현대적이라는 것을 알았다. 나는 그녀를 등명기실으로 데려갔고, 거기서 그녀는 판유리들 너머의 등명기를 보았다. 랜턴은 사람 크기만 했고 먼지에 뒤덮여 있었다. 나는 랜턴을 에워싼 렌즈들을 가리켰고, 그것들이 어떻게 랜턴에서 모은 빛을 굴절시켜 그녀가 영화에서 본 것처럼 빛을 멀리까지 방사放射하는지 설명해주었다. 감시실로 데려갔을 때 그녀는 램프 렌즈의 방향을 바꾸는 핸들을 돌리라고 떼를 썼다. 렌즈들이 마치 거대한 날개가 제자리에서 퍼덕거리듯 씽씽 소리—머리 위로 그런 소리가 들리는데 마음이 편할 리가 없다—를 냈지만 램프 안에는 등유가 없었고, 설령 있었다고 해도 아침부터 그러는 건 공연히 힘 빼는 짓이 될 것이다.

"당신 어렸을 때 여기 진짜 좋아했지?"

나선형 계단을 내려갈 때 대프니가 말했다.

"4층짜리 놀이터였을 것 아냐."

그녀는 챙겨온 관측노트를 가슴에 댄 채 그러쥐고 있었다. 그래봤자 거기 적힌 건 시간과 날짜와 왕래와 바람이 불어오는 방향을 관측한 기록뿐이라고 내가 말했지만 소용이 없었다.

"그렇지도 않았어."

나는 그녀에게 말했다.

"왜 이런 게 있는지도 몰랐으니까."

"글쎄, 정상적인 아이들이라면 좋아했을 건데."

그녀는 커피가 가득 든 플라스크와 롤빵을 챙겨왔고, 우리는 부엌 테이블에서 먹었다. 그녀는 관측노트를 대충 훑어보았고, 내가 예견한 대로 네 페이지 남짓 읽고 시들해졌지만 그래도 멈추지 않고 계속 읽어나갔다. 나는 그녀를 테이블에 놔둔 채 내가 원하는 책 몇 권을 챙기러 갔다. 찾는 동안 바다를 내다볼 생각으로 나는 상자 두 개를 끌고 뒷문까지 갔다. 조수가 높아 파도가 세게 내리쳤지만, 만 건너편을 볼 수 없을 정도는 아니었다. 나는 책에서 눈을 들어 바다를 보았고, 책에서 눈을 들어 바다를 보았다. 물결 위로 태양빛이 한 번, 두 번, 세 번 번쩍였다. 네 번째로 번쩍였을 때 나는 그것이 햇빛이 아님을 알았다. 그것은 손이었다. 팔을 위로 뻗어 내게 흔들고 있는 손이었다. 차츰차츰 바다 속에서 모습을 드러내면서 메리 폭스가 걸어 나왔고, 모래밭을 가로질러 내게 다가왔다. 그녀는 미소를 짓고 있지 않았다. 두 손을 등 뒤로 돌리고 있었다. 뭔가에 여러 가지로 마음을 쓰고 있는 듯 보였다. 내 앞에 정면으로 선 그녀는 한쪽 다리를 뒤로 살짝 빼고 무릎을 구부리며 인사를 했다.

"메리."

"미스터 폭스."

"이 게임을 통해서 우리가 하려는 게 뭔지 알 것 같아."

"말해봐."

"우리는 사랑하려고 노력……."

그녀가 눈썹을 치켜 올렸다.

"우리가?"

그녀는 흔들림 없는 태도로 물었다.

"내가 말을 마칠 때까지 기다려주겠어?"

"기꺼이."

"우린 사랑하려고 노력하는 중이야. 그래, 서로를 말이야. 하지만 그러면서 어떤 위험은 피하려고 노력해왔지. 그러니 불구가 되거나, 죽는 일은 없을 거야. 우린 정상적이고 바람직한 결과를 위해 노력하고 있으니까."

메리가 팔짱을 꼈다.

"우리가 노력하고 있는 건 그게 **아닌데.**"

"아, 뭔데, 그럼?"

"당신의 아내는 당신을 사랑해. 그녀에게 기대 살아. 제대로 말이야. 그녀를 기만해 떠나 보내는 짓도 그만두고, 가짜 반려자 행세도 그만둬. 이런 문제도 결국 당신이 사람들이 갈라서는 게 아니라 화합하는 이야기를 쓰기만 하면 좋아질 거야, 당신이 그럴 수 있다는 걸 내게 보여줘. 그러면 당신을 가만히 내버려둘게."

"하지만 난 당신이 날 가만히 내버려두는 건 싫은걸."

그녀는 고개를 돌려 바다를 바라보았다. 바람이 그녀의 머리칼을 마구 휘저어놓았다. 그녀의 머리칼은 믿을 수 없을 정도로 아름다운 색깔로, 마치 단풍잎들을 그녀의 어깨에 흩뿌려놓은 것 같았다. 그녀는 사나우면서도 사랑스러워 보였다.

"메리, 만약 당신이 사람이었다면 난 당신을 데리고 영영 도망쳐버릴 거야."

나는 그녀에게 다가갔고 우리는 서로를 마주보았다. 그녀가 말했다.

"당신은 잔인해, 미스터 폭스."

그녀의 목소리. 그녀의 눈. 그녀는 몹시 지쳐 있었다.

내 심장이 경련하고 있었다. 대프니가 떠날지도 모른다고 생각했을 때도 그랬지만, 그보다 더 심했다. 훨씬 더, 비교할 수 없을 정도로 심했다. 참을 수 없을 정도였다. 나는 폭탄도 아니면서 금방이라도 터질 것만 같았다. 그것은 실체가 있는 고통이었다.

(제발 이 여자의 발아래 모래밭에 무릎을 꿇는 일은 없도록 해주세요.)

"당신이랑 아침 먹고 싶어."

메리 폭스가 말했다.

"그리고 당신이 내 취향과 습관에 어느 정도 신경을 써줬으면 좋겠어. 지금 나는 취향도 습관도 없어. 당신이 하나도 부여해주지 않았으니까. 나는 당신과 디너파티에 가서 제스처 놀이를 하고 싶어. 내게 책을 빌려주고 비밀을 털어놓을 친구가 있으면 좋겠어. 몇 시간 동안 쭉 당신과 하등 관계없이 지내다가 다시 돌아와서 당신을 발견하고 싶어. 내가 지금껏 생각해왔고 오로지 내 힘으로 찾아낸 것들을 가지고 돌아오고 싶어. 내 힘으로, 당신을 거치는 게 아니라. 당신이 날 생각하고 있지 않을 때 사라져버리고 싶지 않아."

그녀는 매우 천천히, 그리고 신중하게 자신의 생각을 명확히 밝혔다. 그녀가 말하는 동안, 내가 불가능한 것을 제안했다는 사실을 알 수 있었다.

"그러니까 당신이 내가 **진짜** 인간이 되고, 또 당신과 함께 있을 방법을 정말로 찾아낸다면, 그건 싫지 않을 거야. 싫지 않을 거라고."

"여보."

대프니가 소리쳐 불렀다.

"해가 지기 전에 가야 하지 않을까?"

메리는 더 이상 그 자리에 있지 않았다. 내 눈 앞에서 이렇게 갑자기 사라져버린 적은 전엔 한 번도 없었다.

나는 충격을 받았다. 내가 충격받은 걸 대프니가 눈치채는 일은 없어야 한다. 나는 이미 그녀에게 메리와 관련된 일에 대해선 전혀 걱정할 게 없다고 말했었다. '그게 그런 게 아니'라고 말했단 말이다. 내가 거짓말을 한 거였나? 대프니에게? 아니면 지금 방금, 메리에게? 오점을 남기지 않으려면 무슨 말이든 해야겠다. 나는 열까지 센 후, 슬픔을 안은 베르테르같이, 머저리처럼 가슴을 부여잡았다. 그러고 나서 나는 대프니에게 갔다. 그녀는 페이퍼백을 들고 현관 계단에 앉아 있었다. 꽤 두툼한 걸 보니 『전쟁과 평화』가 틀림없었다. 제목이 키릴어로 돼 있으니, 내용도 전부 키릴어일 것이다.

"그거…… 러시아어야?"

내가 그녀에게 물었다.

그녀의 대답 몇 마디에 내 마음이 돌처럼 얼어붙었다. 짐작건대 그녀의 대답은 러시아어인 것 같았다.

"대프니!"

내가 자신을 쳐다보는 꼴을 보고 그녀는 소리 내 웃었다.

그녀는 윙크했다.

"걱정 마. 나 귀신 들린 것 아니니까. 좀전에 한 말은, 그냥 내가 공부를 다시 시작하고 있다고 한 거였어. 통신강좌를 듣고 있거든. 앞으로 나에 대해 알아내야 할 게 한두 가지가 아닐걸, 친구."

그녀가 좀 추워하는 것 같아서 나는 내 재킷을 그녀의 어깨에 둘러주었고, 우리는 페리가 오는 항구에 가서 기다릴 셈으로 거닐었다. 그녀가 내게 기대왔고, 기분이 나쁘지 않았다.

숨바꼭질

옛날, 카이로 동부 아슈트에서 불경기로 가세가 기운 한 시장 장사치 집안에서 한 소년이 태어났다. 지독하게 곤궁했던 집이라, 아이가 태어날 때부터 자란 상태로 나와 곧바로 일을 할 각오를 하지 않으면 소년을 키울 형편이 못 되었다. 소년의 어머니는 소년을 낳기 전에 덩치가 크고 튼튼하고 요란한 사내아이 다섯을 낳았다. 그러나 이 특별한 소년이 태어나서 처음으로 보여준 행동은 조용히 기침을 한 후, 서로 팔꿈치로 밀쳐대면서 코앞에서 그를 지켜보고 있는 형들을 침침하고 당혹해하는 눈으로 쏘아본 것이었다. 소년은 작아도 지나치게 작았다. 소년은 엉덩이를 여섯 번이나 맞고 나서야 자기의 폐가 문제가 없음을 산파에게 증명했는데, 그때조차도 그의 울음소리는 우렁찬 것과는 거리가 멀었다. 소년은 온몸이 축 처져 있었고 자기 손바닥에 닿은 손가락을 그러쥐지도 못했다. 소년은 어머니가 울퉁불퉁한 갈색 꽃봉오리 같은 젖꼭지를 내밀자 천천히 당혹감을 표하며 젖을 먹길 거부했다.

그러면서도 소년의 두 눈은 뭔가를 원하고 있었다.

소년의 어머니는 앞날을 내다보았다. 그녀의 마음은 피로의 정점에 쪼그리고 앉아 자신의 죽어버린 신경계를 펼쳤고, 그것은 그녀의 다음 생, 그녀의 다음번 피로 속으로 겹쳐 들어갔다. 소년의 어머니는 이 아들을 달랠 수도 없고, 애지중지 키울 수도 없고, 속으로만 아끼는 것도 안 되었고, 그렇다고 그가 쓰러져 도움을 받지 못하는 걸 내버려둘 수도 없고, 자신이 이 아이가 성인 남자로 살아갈 힘을 갖는 데 필요한 모든 뒷받침을 할 수도 없으리라는 것을 내다보았다.

(그녀는 아들의 두 눈을 들여다보았다. 그의 두 눈은 기근과 같아서 보는 것만으로도 상처와 빛이 그녀에게로 전해졌다. 그의 두 눈은 묻고 또 물었고, 그녀는 그를 사랑하려는 사람이 있다면 그를 위해 죽을 수도 있다는 걸 알았다.)

그전까진 확실치 않았을지도 모르지만, 이제 소년을 내치겠다는 결심은 확고해졌다.

"그놈은 힘을 못 쓸 거야."

모래바람이 부는 마구간에서 소년의 탄생 소식을 접한 소년의 아버지는 움찔하고 놀랐다.

"사람 구실을 못 할 거라고."

자식을 멀리 보낸다는 건 상서롭지 못한 일이었기 때문에, 그는 저자거리에서 서로 낡아빠진 옷자락을 휘말리며 부대끼는 사람들에게는 아무 말도 하지 않았다.

"이 애는 사람 구실을 못 할 거야."

산파가 아이의 눈을 외면하면서 말했다. 그녀는 아는 의사들이 불임 부부에 대해 알아봐줄 수 있을 거란 희망에, 그들 모두에게 아이 얘기를 해주겠다는 약속을 뒤로한 채, 속히 떠나갔다.

아슈트 변두리에 지는 해는 모든 걸 명확하게 비추었다.

하물며 눅눅한 모래가 덩이지고 숨을 쉬는 비좁은 골목길의 모든 창문들조차도 우리에게 알려주었다. 왜 이곳에서 세계는 아름다운 서커스의 속임수에 갇힌 형제자매와 함께 시작하는지를. 이집트에서는 땅이 하늘에 꼭 들어맞게 생성된다. 이는 다른 모든 곳과 마찬가지일지 모르나, 다만 이곳은 훨씬 더하다. 이곳에서는 '이것이 땅입니다'라고 말하며 땅을 가리키고, '이것이 하늘입니다'라고 말하며 하늘을 가리키는 것이 가능하다. 그러나 눈으로 둘을 가르는 경계를 찾아낼 수는 없다.

누트*가 게브에게 키스하기 위해 자신의 길고 유연한 파란 등 너머로 목을 길게 빼자, 게브는 요람처럼 그녀를 감싸 안는다. 그녀가 무無, 아니 무에도 미치지도 못하지만 혹여 그녀를 놓칠 경우, 모든 게 끝나고 말 것임을 아는 게브는 신중하다. 소년의 어머니는 지는

* 이집트 신화에서 하늘의 여신으로 대지의 남신인 게브의 여동생이자 아내. 바닥에 누운 게브 위에 아치형으로 엎드린 모습으로 표현된다.

해를 보며 마음을 달랬고, 차양을 내린 후 갓 태어난 아들의 침대를 준비하기 시작했다.

다음 날 정오의 시각이 불타오르는 고리처럼 도래했고, 태양은 그 사이로 면도날들을 내뱉었다. 사람들은 시들지 않기 위해 해야 할 일을 했다. 늘씬한 여자들은 뒤뚱뒤뚱 걸었다. 뚱뚱한 여자들은 땅에 닿을 듯 기며 간신히 걸음을 내디뎠다. 그들 사이로 키가 크고 꽃을대처럼 꼿꼿한 몸에 새카만 옷을 두른 여인이 왔다. 여인은 용솟음치며 발산하는 힘으로 서로 밀치며 무리지어 있는 사람들을 헤치고 나갔다. 여인은 소년의 산파를 대동하고 있었다.

여인은 장터 장사치의 아들을 데리고 떠났다. 그녀의 말인즉, 자신은 구도자를 찾고 있는데 소년이 그라는 것이었다.

여인의 목소리는 은은했고, 어지간히 집중해 듣지 않으면 사람들은 여인이 오직 눈으로만 말한다고 생각했다. 여인의 주변을 감도는 기운은 책과 정묘하게 짠 양탄자의 분위기를 풍겼다. 여인이 소년을 데리고 떠날 때, 소년의 어머니는 울면서 자신의 몸을, 젖이 흐르는 가슴을 부여잡았다. 그래도 마음을 바꾸진 않았다.

오쇼고보*의 사랑의 석조사원 가까이 작은 병원에서 한 소녀가 태어났다. 소녀는 무거운 아기였다. 보고 있으면 절로 즐거워지는

* 나이지리아의 한 도시.

소녀의 이목구비는 부드러웠고, 그런 이유로 소녀를 바라보면 하나의 소재로 만든 조각을 보듯이 눈에 걸림이 없었다. 소녀는 걸음마를 배우고, 영어와 요루바어를 말하고, 단단한 음식을 먹고, 유아용 변기를 쓰는 데 매우 빨랐다. 그리고 벌써부터 성숙미를 풍기는 미소를 도끼로 찍은 듯 얼굴에 각인할 줄 알았다. 여섯 살이 되었을 때 소녀는 누가 시키지도 않았는데 손윗사람들 앞에 엎드려 절했다. 자기에게 일어나는 중대한 사건들을 힘겹게 넘기면서 소녀는 불굴의, 사무적인 평정심으로 임했다. 귀엽게 혀짤배기소리를 내지도 않았고, 색다른 버릇도 없었다. 소녀의 부모는 오랜 시간이 지나서야 딸의 그런 유순함과 사랑스러움이 사실은 공허, 이를테면 졸고 있는 것과 같고, 편함을 꾀하는 본능이 소녀의 온몸에 전이된 상태임을 깨달았다. 소녀의 머리는 길게 자라서 부드럽고 찰랑거렸고, 빗으로 쓱쓱 빗어내려도 헝클어지는 법이 없었고, 땋아 내려도 자연스럽게 어울렸다. 잡티 같은 건 비누와 물만으로도 피부에서 간단히 떨어져 나갔다. 같은 질문을 연달아 두 번 하면 소녀는 두 개의 다른 답변을 했는데, 질문을 한 사람과 어조의 차이에 따라 달라졌다. 소녀의 아버지가 더 이상은 두고 볼 수 없다고 깨닫게 된 날, 그는 땀으로 범벅이 되고 수염을 기른 원유회사 중역을 차에 모시고 공항으로 가던 중이었다. 백미러에 비친 승객의 비대한 얼굴, 확고하고 자신감에 차 있는 입에서 잠시 눈을 돌린 소녀의 아버지는 노점상을 따라 집으로 가고 있는 딸을 보았다. 딸은 관목이 심어진 주요도로 그늘에서 고개를 끄덕이고 미소를 지으며, 결연하고 번거로운 품위를 풍기며 노점상의 쌀자루를 어깨에 짊어지고 있었다. 소녀의 아버지는 자신의 승객에게 예의를 차리거나 해명도 하지 않고 딸을 차에 밀어 넣었고, 집에 와서 지팡이로 딸을 마구 때렸다. 때리면서 그는 딸의 머리를 부엌 식탁에 짓눌러댔고, 그의 손가락이 딸의 두피 속으로 파고들었지만 딸의 목은 그의 손아귀에 저항해 긴장하지 않았다. 소녀는 찍 소리 한 번 하지 않았고, 소녀의 아버지는 계속해서 그녀를 때렸다. 딸이 자기가 맞고 있는 걸 느끼기는 하는지 알 수가 없었기 때문이었다. 이웃들이 일제히 달려왔는데, 개중엔 염소 목덜미의 털이 손가락에 감긴 채로 온 사람도 있었다. 그들은 그에게 항의했고, 여자들은 머리에 두른 수건을 벗었고 두 손을 비벼댔다.

"너무하시네요."

다들 그렇게 말했다.

소녀의 아버지는 딸의 뼈마디를 두들겨대다가 지쳤을 때에야 그만두었다. 그는 딸이 숨 쉬는 것을, 그에게서 고개를 돌린 채 테이블에 묻고 어깨뼈를 들썩이는 것을 바라보았다. 마침내 소녀가 고개를 들었을 때 그 목소리는 불안정했다.

"미안해요, 아빠."

피가 소녀의 입술 사이의 틈새로 솟구쳐 나왔다.

소녀은 성장해서 다부진 미소와 허세적이면서 동시에 신실한,

알쏭달쏭한 태도를 갖게 되었다. 그는 거만해 보이는 걸음걸이를 개발했다. 그의 두 눈과, 부탁할 때 음험해 보이는 눈빛을 상쇄하기 위한 노력의 일환이었다. 그는 미남이 아니었고, 말이 많지도 않았지만 그의 양어머니는 그를 영국산 맞춤복과 미국산 데님으로 변장시켜놓았다. 그리고 그에겐 빛나는 애수가 풍겼다. 그의 또래 여자들은 딴 남자들을 수줍어하며 피할 때도 그에게만은 키스를 하고 손을 잡았다. 여자들은 그에게 꿀이 든 페이스트리와 신뢰와 관심을 주었다. 그는 저자거리를 걸었고 모퉁이 찻집에서 파이프 담배를 뻐끔뻐끔 피웠고, 남자들의 향낭 속 향료 냄새를 들이마셨고, 그들이 조언하면 건성으로 감사를 표했다.

그를 입양한 여인은 과부였고, 남편과의 사별로 미쳐버렸다고 해도 이상할 건 없었다. 소년은 새로운 집을 보고 경악했다. 아래층은 환하고 은은한 파스텔 색깔이 주조를 이루었고 에어컨까지 가동이 되는데, 위층엔 출입 차단선이 쳐져 있었다. 만약 그가 부지런히 살펴봤다면 문들과 휑뎅그렁한 바닥도 알아보았겠지만, 거기까지가 전부였다. 밤이 되면 그는 양어머니 옆의 소파에서 잤고 그녀는 보트 모양의 긴 의자에서 잤는데, 그 의자는 다시 보기 어려울 정도로 양어머니 몸에 딱 맞아 떨어져서, 비록 두 팔과 두 다리는 오므리고 두 발은 의자 밖으로 삐져나올지언정 그녀는 아주 우아한 자세로 잘 수 있었다. 소년은 점차 나이를 먹어가는데 양어머니는 전혀 그렇지 않았다는 건 그리 심각한 문제로 여겨지지 않았다. 하지만 소년은 양어머니가 어떤 조화를 부려 그를 굼뜨게 만들고, 그의 생각을 향수로 씻어내버리고, 그의 꿈들을 부추겨 그녀의 나이, 혹은 그녀의 고독이나 정적에 잠긴 위층이 아닌, 뭔가 더 기이한 것들로 그의 정신을 북적대게 만드는 게 아닐까 하는 의심을 품긴 했다.

그녀는 자신을 어머니라고 부르라고 주장했다.

(그래서 소년은 그녀를 어머니라고 불렀다. 그러나 소년 자신도 헤아리지 못하는 내면 어딘가에서 들려오던 비밀스러운 쇳소리가 거기에 더해져, 몰약에 흠뻑 적신 듯한 그의 머릿속에서 그녀의 이름은 **어머니히히히히히히히**가 되었다.)

그녀는 미술품 수집가였다. 그러나 그녀는 오로지 인체를 형상화한 작품만 모았으며, 고심을 거듭해 한 번에 한 작품만 샀다. 심혈을 기울여 찾아낸 작품들이 나중에 한 공간 안에서 다 합쳐졌을 때 한 명의 여성, 그것도 온 벽을 꽉 채울 정도의 여성을 암시하는 컬렉션이 되길 바랐다. 소년은 양어머니가 세계 곳곳에서 연줄을 맺은 사람들이 걸어오는 전화와 남긴 메시지를 받았다. 그는 양어머니와 함께 이집트를 여행했고, 묘지의 낙서를 관찰하면서 양어머니처럼 빨아들일 듯이 가까이에서 그것을 보았다. 수백 곳에 달하는 향수제조소에서 모자는 유리를 부는 직공들이 두 손 사이에서 공기를 힘껏 내뿜어 유리를 단단하게 만드는 모습을 지켜보았다.

여행을 할 때면 언제나 그녀는 손으로 뭔가를 가리키며 그에게 물었다.

“저게 마음에 드니? 네 눈엔 저기에서 뭐가 보이지?”

그는 그녀에게 진실을 말했고, 그녀는 언제나 그의 말을 경청했다. 그녀는 그가 안목 있게 골랐다고 말했다.

그러나 그들이 집에 왔을 때 소년은 그림자와 움직임 속에 포착한 듯 보이는, 절묘하게 표현된 발목들과 매끄러운 종아리들, 팔들과 어깨들을 보며 아무런 느낌도 가질 수가 없었다. 그것들은 컬렉션이지 여자가 아니었다.

얼마 후 소년과 그의 어머니는 수집의 일환으로 얼굴 작품을 사들였다. 그 얼굴은 사진이었고, 한 소녀를 찍은 것이었다. 소녀는 이웃들이 소녀네 집 문을 부수고 들어와 집 안에 있는 모든 살아 있는 것은 남김없이 도끼로 내리찍은 어느 날 밤, 가족과 함께 죽었다. 소녀의 이웃들은 한 라디오 방송이 시켜서 그런 짓을 저질렀다. 라디오 방송이 그들에게 이웃의 사악한 존재들이 힘을 키워 그들을 앞서는 것을 두고만 봐선 안 된다고 조언을 했다. 그래서 조언대로 된 것이다. 그러나 그들은 가족을 살해한 후 소녀의 집 안에 있는 어떤 물건도 건드리지 않았고, 그런 연유로 소년과 그의 양어머니는 쑥대밭이 된 방들을 줄줄이 구경한 끝에 이 방을 살펴보게 된 것이었고, 또 소녀의 사진도 발견할 수 있었다. 처음에 소년은 그 사진을 가져가는 게 옳지 않다는 생각을 했다. 그러나 그 사진은 다른 어떤 사진과도 달랐다. 그것은 해가 사라지고 달이 빛나는 사이에 뒤뜰에서 찍은 것이었다. 소녀가 미소를 지은 건 카메라를 의식해서가 아니었고, 그렇다고 카메라와 무관한 농담 때문은 더더욱 아니었다. 미소를 지을 이유가 없었기 때문에 소녀의 미소는 불안했다. 소년의 양어머니는 그 사진이 예술이 아니라며 구시렁댔지만 그래도 집으로 가져왔다. 그런 후 소년의 양어머니는 얼추 완성을 눈앞에 둔 컬렉션에 대해 어떻게 생각하느냐고 물었다. 근사한 수집품들 쪽으로 두 팔을 흔들면서 그녀는 말했다.

"넌 누군가를 원하고 있어. 그 여자가 여기 있니?"

그는 대답했다.

"아뇨."

"이제 넌 심장을 구해야 돼."

소년의 양어머니가 말했다. 그런 후 그녀가 소년을 보았을 때, 그 순간의 그녀는 황홀경에 빠진 듯 보였다. 그녀의 두 발은 바닥에 닿을 듯 말 듯 했고, 그녀의 그림자가 그녀를 받들어주는 듯했다. 소년은 그 순간의 여인이 의심할 여지 없이 아름답다고 생각했다. 아니, 물론 그녀는 아름다웠다. 아름다운 눈, 커다랗게 곡선을 그리는 입술, 비스듬히 돌린 레버 손잡이 같은 광대뼈. 그러나 소년은 양어머니가 거미일지도 모른다는 생각을 동시에 하고 있었다.

오쇼고보의 유순한 소녀에겐 아무도 알지 못했던 사실이 있었으니 소녀의 심장이 엄청나게 무겁다는 것이었다. 소녀는 거의 태어난 순간부터 그 무게를, 소녀를 소녀의 무덤으로 안내하는 중력을 느꼈다. 소녀의 심장이 무거운 건 심장이 열려 있어서 온갖 것들이 들어차고 또 온갖 것들이 그 안에서 튀어나왔기 때문인데, 와중에도 심장은 계속해서 뛰었고, 억세고 섬뜩할 정도로 힘차게 뛰면서 소녀의 몸이 어떻게 될지 신경도 쓰지 않은 채 부단히 제 갈 길을 갔다. 사람들은 소녀의 동정심을 이용할 수 있다는 사실을 빨리도 알아차렸다. 그래서 소녀는 바란 적 없는 이 양심이란 것이 언제고 자신을 죽이리라는 생각에 공포에 떨었고, 돈을 벌어도 빵이 생겨도 모두 다 거저 내주고, 자기는 없이 살았다. 소녀는 사랑을 내주려고 한 적도 몇 번 있었지만 정작 그 사랑은 소녀의 사랑을 받은 사람과 같이 있지 않고 소리도 없이 소녀의 심장 뒤에 숨었다. 세상 사람들은 소녀에게 조상 귀신들이 따라 붙어 다닌 것도 알지 못했다. 귀신들은 소녀가 목욕을 하는 걸 발견하고 한 번에 넷씩 욕조에 들어갔다. 그들은 한스럽게 웅얼거리면서 그들의 쇠약하고 실체가 없는 두 손으로 소녀의 머리를 감겨주었다. 소녀는 그들에게 그들 자식부터 살피라고 채근했지만 그들은 말을 듣지 않았다. 결국 소녀는 맥없이 머리를 기대고 못 이기는 마음으로 감사해했다. 잘 시간이 되자 귀신들은 소녀를 데리고 갔고, 소녀는 꿈속에서 그들의 묘지를 방문했다.

처음 그 중압감에 저항하던 시절, 소녀는 살을 더 빼야겠다는 생각에 가판점 주인에게 외상으로 산 외국 여성잡지들을 읽었다. 잡지엔 칼로리 이야기, 칼로리를 낮추는 법, 와인 한 잔을 즐기기 위해 칼로리를 아끼는 법이 실려 있었다. 어느 날 저녁 식사 자리에서 소녀는 밥그릇 바닥에서 보글보글 끓고 있는 볶은 스튜 위에 에바*를 덮은 음식의 칼로리가 대충 얼마인지를 어머니에게 물었다. 요루바어엔 칼로리란 말이 없었기 때문에 소녀의 어머니는 그저 딸을 바라보며 곰곰이 생각하다 미소를 지으며 영어로 '칼로리'라고 말했다. 마치 그 말의 음절 사이에 숨어 있는 촌철살인의 의미를 이해해보려는 듯이. 그래서 소녀는 더는 묻지 않고 가만히 앉아 음식을 쳐다보기만 했다. 아무리 먹어도 줄어들 것 같지 같은 음식을 보니 허기가 사라졌던 것이다.

소녀는 커서 그 무게를 감당할 수 있을 때까지 심장을 어딘가 숨겨놓아야겠다고 결심했다. 어느 날 밤, 귀신들이 소녀를 도와주었다. 몇몇 귀신들이 소녀의 머리를 쓰다듬어주었고, 그러는 동안 다른 귀신들이 소녀의 가슴에 손가락을 구부려 넣어 한 가닥의 수증기를 조심스럽게 들춰 올렸다. 소녀는 자신의 심장을 꺼냈고, 그 서늘한 밤, 타인의 조상들 무리 한가운데를 걸어가면서 다른 이유로 겁이 났다. 사원은 직사각형의 석조 아치였고, 그밖에 다른 사랑 이야기들을 전했다. 어둠을 거부하는 힘을 응징하고자 촛불을 죽여 끄는 잔혹한 손들, 딱딱한 젖가슴과 성기를 내밀고 있는 여자들의 조각상들이 이상하고, 추하고, 활활 타 올라 질식하게 만드는 사랑 이야기를 들려주었다. 조각품들엔 또 악몽에서 깨어나게 하는 사랑 이야기도 있었다. 그리고 어린 현자의 얼굴들로 이루어진 해시계도 있었다. 그 사원은 성聖 발렌티누스의 심장조차 벌

* 나이지리아를 비롯한 서아프리카의 주식.

벌 떨며 시들게 할 만한 곳이었다. 소녀는 사원의 북쪽 벽의 한 곳을 손가락으로 파내 공간을 만든 다음, 마른 이끼를 뚫고 돌 뒤로 자신의 심장을 흘려 넣었다.

그리고 소녀는 그곳을 걸어서 떠나고, 또 떠났고, 그걸로 끝이었다. 그게 끝이었다.

명을 받았기 때문에 소년은 심장을 찾아다녔다. 흔치않은 트럼프 카드들과 설화석고로 만든 체스말 들을 조사했던 소년은 양어머니와 런던에 가서 공공 전송국 벽에 붙은 포스터들을 조사했다. 소년의 스물한 살 생일에 양어머니는 그를 데리고 어느 사원을 보러 대륙 서쪽 해안으로 갔다. 그 사원은, 그녀와 연줄이 닿은 한 사람 말에 따르면 해가 지면 심장이 뛰는 소리를 듣고 느낄 수 있는 곳이었다. 그들은 호기심 많은 사람들 몇몇이 무리지어 있는 가운데 서서 해가 지길 기다렸다. 일몰은 느릿한 지진과 함께 다가와 땅을 밀어냈고, 마침내 그들은 그 느낌이 그 전설적인 심장박동임을 알아차렸다. 이제 성인 남자가 된 소년은 양어머니에게서 얼마간 떨어져 서서 골똘히 그 소리를 들었다. 심장박동은 둘 모두에게 이야기를 들려주었는데, 소년에겐 얼굴에 온 영혼을 드러내며 미소를 짓게 할 이야기였고, 새 어머니에겐 두 뺨이 움푹 꺼지고 갑자기 초췌하고 늙어 보이게 만들 이야기였다. 사람들이 모두 떠난 뒤에도 그들은 오래 그 자리에 남아 있었고, 새벽이 되었을 때 두

툼한 숄을 놓은 바위를 베개 삼아 머리를 베고 잠이 들었다.

다음 날 아침이 되었을 때 남자의 눈 속에 깃든 질문은 너무도 강렬해서 그를 돕고 돕고 또 돕겠다고 하지 않고서 똑바로 그를 바라볼 수 있는 사람은 아무도 없었다.

심장이 없어진 소녀는 더 가벼워졌다. 소녀는 뜨거운 길에서 맨발로 춤을 추었고 소녀의 발은 가는 길을 뒤덮고 있는 돌들이나 풀잎에도 베이지 않았다. 소녀는 귀신들이 찾아올 때마다 그들에게 말을 걸었다. 소녀는 친절하게 대하려고 애썼지만, 귀신들은 이제 소녀와는 더 이상 상통하는 것이 없음을 깨달았고, 소녀도 똑같이 깨달았다. 그래서 그들은 각자의 길을 갔다. 다른 사람들이 소녀와 가까워졌고 소녀는 다음과 같이 그 관계를 즐겼다. 시장에서 소녀는 빵을 건네주면서 손에 살짝 힘을 주고 무심한 미소를 지으며 빵의 가격대로 돈을 지불하라고 말했다. 사람들과 나란히 걸어갈 때 소녀는 마치 너무 어두워서 외출할 수 없는 밤 시간이나, 외출하기에 너무 더워서 주위 모든 문들이 닫히고 빗장을 지른 정오에 공공장소를 걷고 있는 듯한 기분이 들었다. 소녀는 이 고독을 모험이라고 생각했다. 소녀는 비록 남들의 빈축을 사긴 했지만 부모를 떠나서 공동다세대주택의 1층에서 혼자 살게 되었다. 일이나 산책을 하지 않을 때, 소녀는 머릿속의 백색소음에 귀를 기울이거나 맨바닥에 앉아 사람들이 다투고, 연애하고, 비난하는 소리를 귀 기울여 들었다. 소녀는 바닥이 보이지 않는 우물에 동전을 던지듯, 주변의 모든 사람들이 하는 말을 자신의 몸속으로 떨어뜨렸다. 때로 소녀는 자신의 심장을 생각했고, 심장이 자기 없이 어떻게 지낼까 궁금해했다. 그러나 가서 찾아볼 정도로 궁금하진 않았다.

딱 한 번, 돌아가서 그것을 볼 뻔한 적은 있었다.

딱 한 번, 어느 날 아침잠에서 깨어나 자기가 사랑에 빠진 거라고 확신했던 때였다. 온몸의 피부가 그녀의 숨결보다 더 부드럽게 느껴졌고 그녀의 눈은 더 크고, 더 또렷하고, 더 꿈꾸는 듯했고, 속눈썹도 더 길어진 것 같았고, 눈꺼풀엔 한 남자를 끌어들였었던 미지의 물질이 덮여 있었다. 일주일 동안 소녀는 특별히, 행복한 마음으로 정성들여 자신의 몸을 씻고 말리고 크림을 발랐다. 그러다 소녀는 자신이 애무를 받기 위해 몸단장을 하고 있음을 깨달았다. 소녀는 향기를 천천히 발산하는 찬것들을 좋아하게 되었다. 미처 맛을 보기도 전에 목구멍으로 미끄러져 넘어가는 아이스크림, 차가운 시럽에 잰 복숭아 통조림.

그러나 소녀의 가슴엔 심장이 없었다.

그 사실을 기억하게 된 소녀는 막무가내로 매시드 플렌테인*을 한 입 먹었다. 첫술은 삼키기가 힘들었다. 그러나 그 후로 인생은 다시 곧장 앞으로 나갔다.

* 채소처럼 요리해서 먹는, 바나나 비슷한 열매.

사내의 양어머니는 사내에게 말했다.

"그 심장, 사원에 있는 그 심장, 그것이 내 컬렉션을 위해서 반드시 손에 넣어야 할 심장이야."

그렇게 되면 미술품 수집과, 그 아름다운 여인과, 새 어머니의 집착은 끝날 것이다.

"심장이 있는 곳을 찾아내 가져올 수만 있다면 말이야."

양어머니는 양아들을 면밀히 관찰하면서 말했다.

그때 그 심장은 그에게 말했었다. 심장은 그에게 외쳤었다. **이리 와. 나에게서 가져가. 난 고갈되지 않아.**

그러나 사내는 아무 말도 하지 않았다.

"난 알아. 그 심장이 어디 있는지 네가 알고 있다는 걸." 사내의 양어머니는 그렇게 말하면서 이를 단검처럼 날카롭게 드러냈다.

"넌 구도자야, 필요한 것들을 찾아낼 줄 알지. 그걸 내게 가져와."

사내는 양어머니에게 닷새만 시간을 달라고 말했다. 그는 그녀를 잠재우기 위해 길초근 뿌리를 빻아 넣은 차를 그녀에게 주었고, 양어머니는 장미꽃과 대지 같은 아름다움을 간직한 채 잠이 들었다. 그녀의 잠에 뿌리 내린 잡초와도 같은 괴로움은 그녀가 잠이 들자 떨어져 나갔다.

사내는 수집품을 조심스럽게 하나로 포장해 오쇼그보 사원까지 가져갔다. 이 공물은 심장의 주인에게 바치는 하나의 외침이었다. 사내는 그녀가 올 때까지 심장을 사원 벽에서 꺼내지 않을 심산이었다. 그는 돌마다 새겨진 모든 사랑 이야기를 보았다. 그것은 진정 수많은 사랑이었고, 그는 이쯤 하면 충분하리라 믿었다. 이 정도면 충분하다고 믿어야만 했다. 그는 흩어진 여인의 조각들을 최선을 다해 배열했고, 이따금씩 보이지 않는 손이 자신을 도와서 캔버스를 받쳐 빛을 더 많이 받을 수 있게 해주고 있다고 느꼈다. 그는 이제 절박해져서 심장에게 주인을 소리쳐 불러달라고 부탁했다. 그녀는 그가 태어나면서 잃어버린 힘이었기 때문이었다.

심장은 소리쳐 불렀다.

심장은 소리쳐 불렀다.

사내는 소리쳐 불렀다.

따로 떨어져 있던 조각상들과 유리와 사진들과 종이 스크랩들을 모아 하나로 합쳐진 여인은 완전해져서 거의 숨을 쉴 수 있을 것만 같았다.

거의.

사내는 닷새 동안 기다렸다. 그는 의심할 여지없이 태양과 이 재앙이 주는 고통 아래에서 죽어야만 한다고 생각했다. 그러나 그는 죽지 않았다. 사원의 돌들이 그를 보호했던 것이다.

엿새째가 되던 날, 사내는 심장의 주인이 나타나지 않은 걸 보고, 그곳을 떠났다.

남편이 날 좋아한다는 생각이 안 든다. 어떻게 해야 그가 날 좋아하게 될지도 모르겠다. 남편에게 책에 대해 이야기하면 그는 대답하면서 내 눈을 보지 않으려 하고, 때로 말소리를 죽이며 발작적인 기침인지 웃음인지를 억눌러 참는 것이다. 나는 자기 자신을 비웃을 수 있는 건 중요한 능력이라고 생각한다. 나는 늘 기분 상해 있는 사람들이 싫다. 그러나 자신을 비웃을 각오를 하고 입을 벌릴 때마다 우리는…… 아, 생각만 해도 울적해진다. 그레타에게 조언을 구하자 그녀는 역사상 가장 우스운 말을 막 들은 사람처럼 나직하게 비명을 지르더니 말했다.

"뭐야, 넌 지적인 대화를 하려고 그 남자랑 결혼한 거였어? 아직 대학 졸업하려면 멀었네, 대프니."

나는 그녀의 말뜻을 이해했다. 그렇지만 그런 얘기를 꺼내다니, 공정치 못하다. 대학이란 사람을 죽일 수도 있을 만큼 따분하다. 강의를 들으러 간다는 생각을 하기 무섭게 정말 위급 상황이라 할 수 있을 정도로 코피를 흘린 적이 몇 번 있었다. 콸, 콸, 콸, 코피를 쏟고 나서 나는 다량의 출혈을 이유로 두 시간 동안 죽은 듯 가만히 앉아 있어야 했다. 의사의 지시였다. 철학이라니! 단단히 미쳤던 거다. 내가 철학을 전공하게 된 건 어디까지나 학교에서 날더러 똑똑하다면서 고등교육을 받는 여성들의 특권과 책임에 대해 피가 뜨거워지게 하는 별의별 말을 했기 때문이었다. 나는 이것저것 나쁘지 않게 터득하는 편이다. 내가 이것저것 터득하는 능력이 있다는 걸 나는 부인하진 않는다. 하지만 내가 터득할 수 있을 때는 중요하지 않은 것들을 배울 때뿐이다. 누군가 나에게 뭔가 말해준 다음, '자, 이걸 잘 기억해두는 게 좋아. 왜냐하면 3개월 후에 나는 네가 이걸 제대로 기억하고 있는지 확인할 테고 그런 후에 너에 대한 평가를 내릴 거니까'라고 말한다면, 그것으로 모든 게 끝나고 거기서 내가 할 수 있는 건 아무것도 없다. 아빠는 날 있는 그대로 사랑한다고 말하지만 세상 모든 사람이 다 아빠 같진 않다. 이를테면 마망*이 그렇다. 마망은 까다롭고 만족을 모르는 여자다. 그녀는 내게 꽃꽂이, 머리에 책을 올려놓고 똑바로 걷는 법 등, 하나부터 열까지 다 가르쳐주었다. 이런 것들이 날 일평생 망쳐놓았다. 그래서 이제 나는 꽃들이 아무렇게나 꽃병에 꽂힌 것을 보면 흥분한 나머지 이를 악물게 되고, 거리에서 부딪친 다른 여자들을 보면서 죽을 때까지 **너절해…… 너절해,** 라고 생각하게 될 것이다. 신경을 끊어야 한다는 건 나도 안다. 신경을 쓰고 있는 내 눈을 찔러버

* 프랑스어로 '엄마'라는 뜻.

리고 싶은 심정이지만, 그런데도 어떻게든 신경을 쓰게 되니, 그런 점에서 마망에게 참으로 감사하는 바이다. 물론 대부분의 엄마들이 까다롭고 만족을 모를 것이다. 지금껏 느긋한 성격의 엄마가 있다는 소리는 한 번도 들어본 적이 없다. 이미 죽은 사람이라 다들 좋게 얘기를 해주는 거라면 몰라도. 심지어 그 경우에도 사람들은 '엄마는 성격이 정말 느긋해'라고 말하는 법이 결코 없으며, 다만 그녀의 희생에 대해, 그리고 그녀가 시간이 남아돌아서 세상만사에 다 발을 담그게 된 경위를 이야기할 뿐이다. 각설하고. 나의 마음은 방황하고 있다. 그건 내가 미친 생각들을 하고 있기 때문이며 또 그런 생각들을 하기 싫기 때문임을 나는 안다. 내가 세인트 존을 좋아한 건 성장하면서 만난 어떤 소년과도 달랐기 때문이었다. 그는 존 피자스키나 샘 로맥스와 닮은 데가 전혀 없었다. 그들은 늘 그랬듯 직접 산 근사한 옷을 걸치고 있을 뿐, 여기저기 어기적거리는 것 말고는 하는 게 없다. 그런 사람들을 나는 진지하게 생각할 수가 없다. 자. 세인트 존 같은 사람은 기품 있는 집안에서 태어나도 되었을 것이다. 그것은 위험한 종류의 기품이었다. 그는 언성을 높이지 않는다. 그는 나지막이 말한다. 가끔 그가 재미난 이야기를 해서 내가 웃으면, 그는 날 바라보면서 진실로 알고 싶다는 듯, 뭣 때문에 웃느냐고 묻는다. 그리고 그는 혼자 있기를 좋아하는 부류이다…… 그러나 또한 어디건 떠났다 돌아오면 날 만난 게 참으로 기쁘다는 듯한 표정을 지을 수 있는 남자이다…….

그러나 평범한 일상이 그의 곁에 얼씬도 하지 못하는 탓에, 나는 너무 늦게 던져 넣은 재료처럼 겉돈다. 가끔 그가 어린애한테 말하듯 더없이 단순하게 말할 땐 정말 참기 힘들다. 일전에 그와 대화를 나누다가 갑자기 깨달은 적이 있다. 우리가 친구 집을 방문했는데 친구가 집을 비웠을 경우, 남겨둘 명함을 만들지 말지의 문제 말고 그날 아침에 달리 한 이야기가 아무것도 없었다는 것을. 명함은 너무 구식인가, 그는 몹시 궁금해했다. 그리고 딱 들어맞는 디자인과 재질은 무엇이며, 우리의 이름을 미스터 폭스와 미시즈 폭스라고 해야 할까, 아니면 명함의 면을 달리해 각각 세인트 존과 대프니 폭스라고 넣어야 할까에 대해서도. 그는 나의 에밀리 포스트*에게 문의해보라고 말했고, 나는 그녀의 책이 한 권도 없다고 말했다. 그는 놀란 표정을 지었는데, 이건 내가 거짓말한 거였다(나는 그녀의 책을 몇 권 가지고 있었다). 내가 그런 것들에만 관심이 있다고 그가 생각하는 게 싫어서였다. 그가 나에게 이야기하는 방식. 나는 그게 단순히 그의 태도라고 생각했다. 그가 낭만적인 말은 단 한 마디도 한 적이 없다는 것, 그것도 연애를 시작할 때부터 그랬다는 것에도 나는 개의치 않았다. 그리고 그 태도 덕에 그가 하는 말이 진심인지 아닌지 헷갈려 할 일이 결코 없을 거란 사실에도 안심했다. 그러나 그런 단순함이 경멸은 아닌지, 그가 자신이 관리할 수 있는 대상으로 날 택한 건가 싶어서 슬슬 걱정이 되기 시작한다. 그렇지만 이런 생각에 과하게 부채질하는 건 달갑지 않은 일

---

* 숙녀가 지켜야 할 예의범절에 관한 칼럼과 책을 쓰는 것으로 유명한 작가.

이다. 그게 사실이라고 진심으로 생각해버리면 더는 살아갈 수가 없다.

어떤 지반이 있어서 그곳에서 그를 만날 수 있으면 좋을 텐데. 가령 그가 야구를 좋아한다면, 나는 우리 아버지와 오빠들이 야구에 대해 열정적으로 떠들어대는 동안 그 주변을 얼쩡대는 것만으로도 쉽게 독학할 수 있을 것이다. 그게 책보다 더 편하다. 책은, 같은 분야의 다른 책들을 전부 다 알아야 하고, 그러기 시작하면 읽을 책들이 끝도 없을 테고, 가히 고문일 것이다. 그러나 이것도 오십 퍼센트는 내 잘못이다. 훨씬 더 어렸을 적에, 열네 살이었나 열다섯 살이었나, 그때 내겐 원하는 남성상이 정해져 있었다. 그 시절 음악 선생이 레슨의 일환으로 연주했던 피아노곡을 기억한다. 그때까지 그토록 아름다운 음악을 나는 들은 적이 없었다. 음악이 연주되는 동안 애들은 떠들어대고 쪽지를 주고받았고, 나는 어떤 대가를 치러도 좋으니 걔네들 입을 다물게 하고 싶었다. 손에 드라이버를 한가득 쥐고 돌아다니면서 그것들 관자놀이마다 콱콱 박아버리고 싶었다. 나는 다들 갈 때까지 기다렸다. 그런 후 음악 선생이 떠나기 전에 뚜껑을 닫은 피아노 위에 내 공책을 올려놓고 그의 이름을 적었다. 그의 이름을 적었고, 또 적었으며 적을 때마다 밑줄을 그었다. 나는 맹세했다. 내가 진실로 함께할 남자, 더 나은 내가 되게 해줄 능력을 갖춘 사람, 나보다 우월하면서도 친근

한 사람, 내가 일절 노력을 기울이지 않아도 안주할 수 있는 생각과 인상과 느낌을 가지고 있으며, 어떤 상처도 받지 않고 다시 나 자신으로 돌아갈 수 있게 해주는 남자가 아니면 어떤 남자도 만나지 않겠다고. 음악. 때로 음악은 사람을 다짜고짜 천둥벌거숭이로 만들어버릴 때가 있다. 나는 그 음악 선생을 사랑하진 않았다. 그의 이름을 쓴 건, 그게 남자 이름이었기 때문이었다.

내가 세인트 존을 만난 건 클라라 리의 집에서 열린 야회 파티에서였다. 클라라는 어머니와 절친한 친구였다. 나는 당시 사람들을 만나고 또 만나야만 했는데, 그들 중에 내가 결혼할 사람이 하나라도 있을까 싶어서였다. 클라라 리가 그 파티를 연 것도 근본적으로는 그런 나를, 더 정확히는 우리 어머니를 돕기 위해서라고 해도 과언이 아니었다. 파티에는 열 명 혹은 열한 명의 시끄럽고 따분한 남자들이 와 있었고, 그 중 두세 명은 매우 친절했지만 정작 그들은 내가 친절하다고 생각하지 않았고, 두 명은 명백하게 문제가 있어 보였는데 그 문제는 그들이 여전히 미혼남이라는 데 이유가 있었다. 그리고 미스터 인기 작가, 세인트 존 폭스가 있었다. 그는 그날 밤 할 일이 전혀 없었던 게 분명하다. 그에겐 무참한 비애가 서려 있었다. 누군가를 처음 주목하게 되는 이유 중 하나가 그런 것이라면, 그것처럼 비정상적인 경우도 없을 듯하다. 나는 그의 눈을 들여다보았고, 말로는 차마 다할 수 없을 만큼 엄청난 안타까움과 함께, 그가 거부할 수 없는 매력의 소유자임을 깨달았다. 그는 일요일 오후가 되면 날 밖으로 불러냈고, 그것은 다른 말 할 것 없이 재앙을 부르는 일이었다. 그렇게 세 번 정도 만난 후 내 인생은 끝장이 나고 말았다.

하여 순진한 아가씨는

그날 밤이 새도록 '내가 죽어야 하나?'라고 묻고 또 물었다.

이제 그녀는 오른쪽으로 돌아섰고, 그리고 이제는 왼쪽으로 돌아섰고,

그리하여 돌아서는 것도 안식을 취하는 것도 결코 편치 않음을 깨달았으니,

'그 아니면 죽음'이라고 그녀는 한탄했다. '죽음 아니면 그'라고…….

나는 노력 없이 이해할 수 있는 사람은 원하지 않았다. 그런 건 더는 원하지 않았다. 나는 세인트 존 폭스를 원했다. 그 역시 나에 대해 같은 감정임을 알게 되었다. 그래서 그들은 영원토록 행복하게 사는 것이다…….

설마, 내가 그 정도로 순진했던 것 같진 않다. 천만 다행이지. 이것이 노력을 기울여야 하는 사안임을 나는 안다.

그는 오늘 오후 어딘가에 갔다. 연구하러, 라고 그는 말했다. 그는 어딜 갈 건지는 말하지 않았지만 저녁 식사를 거르게 될 거라고 했다. 나는 문간에서 그에게 키스했다. 나는 머리에 보석 꽃장식이 달린 클립을 꽂고 있었다. 일주일 전에 내게 직접 줬건만, 그는

오늘 '예쁘네'라고 말했다. 마치 그런 것은 처음 본다는 투였다. 아, 모르겠다, 모르겠어. 그래도 받으면 끊는 전화는 뜸해졌다. 남편에게 그 문제를 얘기한 후로 더는 오지 않았다. 마지막 전화는 정말 대단했다. 내가 전화를 받았을 때 그 여자는 그냥 끊지 않았다. 소리를 냈다. **파.하.하.하.** 그래서 나는 즉시 알아들었다. 그 소리는 울지 않으려고 애를 써도 울음이 터져 나올 때 나는 소리이다. 그러면 물론 눈물은 훨씬 더 격하게 터져 나온다. 그런데 내가 뭐라고 말했던가?

"울지 마요…… 아, 제발, 이러지 말아요."

그러자 그 여자는 전화를 끊었다.

그런 일이 있은 후, 지금까지 나는 남편이 제 발로 집을 비워주기만 기다리고 있다. 그는 내게 '그 여자는 진짜가 아니야'라고 말했고, 나는 다만 미소를 지으며 그 말을 알아들은 척 했다. 그는 서재 문을 걸어 잠근 채 그 안에서 오랜 시간을 보내왔지만, 나는 기회를 엿보고 있었다. 장담하는데, 그 여자는 남편에게 러브레터나 징표가 될 만한 것을 주었을 것이다. 그리고 남편이 그것을 갖고 있을 만큼 멍청하다면 나는 그것을 찾아낼 테고, 그리고 나는 그에게 그 여자를 버리라고 진지하게 종용할 것이다. 그것이 우리 셋 모두에게 더 나은 길이다. 안 그래도 사는 게 힘겨운 마당에 우리 사이에 그런 계집애까지 껴들다니. 그 여자 우는 소리는 또 어떻고. 가끔 나는 그 소리를 다시 한 번 들어보려 할 때가 있다. 귀로 들은 것만큼 실제 소리도 끔찍한지 궁금하다. 그 소리는 날 몸서리치게 했다. 내 남편은 능히 다른 사람들의 기분을 그렇게 만들 능력이 있는 사람이다.

나는 남편이 정말로 떠난 건지 확실히 하기 위해 한 시간을 기다렸다. 그런 후 나는 그의 목욕탕을 뒤졌다. 은신처라고 생각하진 않았지만, 남편은 그렇게 생각했을지도 모르는 일이었다. 그런 후 나는 그의 침대 쪽 서랍을 뒤졌다. 아무것도 없었다. 나는 응접실의 모든 책들을 들춰보았고, 그런 후 다시 그의 서재로 갔다. 남편은 문을 잠그지 않고 집을 비우는 대대적인 쇼를 감행했으니, 두 달 전에 내가 그의 물건들을 발로 걷어찼던 것을 용서했음을 내게 알리기 위함이었다. 그때 그 대단했던 전화를 받자마자 그의 서재를 뒤졌지만, 내가 미처 보지 못하고 넘긴 게 있을는지도 모른다. 나는 그의 책상에 앉아 주변을 둘러보면서 비밀의 방이나 벽에 난 미세한 구멍이나 내가 돌릴 수 있는 절묘한 손잡이 같은 게 있는지 살펴보았다. 그리고 그렇게 살펴보던 나는 어떤 손이 내 허벅지를 스멀스멀 가로질러 무릎 아래로 손가락 걸음을 하는 것을 서서히 알아채게 되었다.

나는 의자를 최대한 뒤로 밀었다. 어찌나 세게 밀었던지 의자 다리가 카펫을 들쑥날쑥하게 긁어놓았다. 비명을 질렀는지는 기억이 안 난다. 누군가 거기 같이 있었다면 그들에게 말을 하고, 그들 역시 그 소리를 들었는지 확인할 수도 있었을 것이다. 그러나 내 귀엔 아무 소리도 들리지 않았다.

그때 나는 무릎에서 손을 뗐다. 내 손이었다.

어리석은 대프니. 그가 무시하는 것도 당연해…….

나는 몇 분 전 일은 일어나지 않은 걸로 치고 넘어갔고, 그러면서 남편의 원고 공책을 열었다. 한 더미로 쌓인 원고 맨 위에 있는 것으로, 그가 최근에 막 쓰기 시작한 것이었다. 원고는 첫 페이지에 그가 만든 목차를 제외하곤 백지상태였다. 나는 D와 M이라는 글자가 사선으로 나뉘어 있는 것을 보았다. 그리고 거기 적힌 얘기가, 내가 따라잡을 수 없을 정도로 빠르게 내 두개골과 목 안의 뼈들 속에서 울려대기 시작했다. 하여 나는 내가 찾고 있었던 것을 찾았음을 알았다. 증거. 그러나 여전히 나는 그게 무슨 말인지 이해하지 못했다. 나는 자리를 잡고 앉아 집중해 읽었다.

D 아래에 그는 이렇게 써놓았다.

> 실체이다. 예측불허이다. 안으면 사랑스럽다.
>
> 나를 사랑한다(M의 말). 날 알지 못한다.

M 밑에는 이렇게 써놓았다.

> 수많은 개체들이다. (너무도 많은 개체들?) 예측불허이다.
>
> 보기에 아름답다.
>
> 날 못마땅해한다. 날 지금보다 더 원하며,
>
> 더 온전히 갖고 싶어 한다. 그녀는 나에 대해 모든 걸 알고 있다.

나는 두 손에 머리를 묻고 앉아서 부들부들 떨었다. 내가 생각했던 것보다 훨씬 더 나쁜 상황이었기 때문이다. 내 남편이 나, 즉 그의 아내와, 그가 만들어낸 존재 가운데 선택을 하려는 중이었다. 그리고 나, 살아 있는 여자이자 아내는 가상의 계집애에 비하면 아무것도 아니다. 그의 배려 덕에 그녀와 나는 각각 5점씩 받았다. 개새끼.

그가 밉다. 그가 밉다. 아, 빌어먹을, 그가 밉단 말이다.

나는 배를 움켜잡고 있었다. 그간 바보로 살아온 것 때문에, 바보처럼 살았기 때문에 배가 아팠다. 우리가 사랑을 나눈 후 지금까지 나는 리졸을 쓰지 않았다. 위층에 올라가서 지금 당장 쓰고 싶었지만 이내 생각이 달라졌다. **너무 늦은 건지도 몰라.** 벌써 임신을 했을 수도 있다. 내일 병원 진료가 예약돼 있다. 나는 생각했다. 만약 그에게 아이를 낳아준다면…….

그러나 그는 그동안 저런 리스트나 만들고 있는 중이었다. 내가 마음만 먹었다면 얼마든지 그가 정신이상자임을 증명할 수 있었을 것이다. 하지만 그러면 그 여자가 이길 것이다. 그렇지 않을까? 이 메리라는 여자가. 그 둘이 함께 같은 병동에 있게 될 테니까. 믿기지가 않는다. 무섭고 믿기지 않는다. 난 웃어야 했다. 내겐 이런 얘길 할 사람이 한 명도 없다. 그레타한테도 말할 수가 없다. 이 문제에 대해 내가 할 수 있는 건 아무것도 없다. 나는 두 손으로 내 허리둘레를 측정했다. 두 말 할 것 없이 그는 그 여자가 나보다 더 가는 허리를 가졌다고 상상했을 것이다. 얼마나 더 가늘려나……

나는 두 손을 바짝, 더욱 바짝 쥐었다. 이 정도로 가늘어야, 이 정도로. 그 여자 때문에 숨을 쉬기가 힘들었다. 키도 나보다 크겠지, 아니면 작을까? 클 거야. 그래야 그이를 내려다볼 수 있을 테니까. 그는 그녀가 자길 내려다보는 게 좋은 모양이었다. 나는 주먹 쥔 손으로 책상을 짚은 채 몸을 수그렸고, 목에 걸린 체인에서 결혼반지가 흔들렸다.

"하지만 이건 공평하지 않아."

나는 말했다.

"넌 실제로 존재하지 않잖아. 그가 높은 데서 뛰어내릴 수도 있어. 자기 머리를 강타할 수도 있지. 네가 그의 뇌 어느 구석에 있는지는 모르지만, 그러는 것만으로도 하루아침에 널 막아버릴 수 있어. 넌 그냥 생각이야. 너에겐 그가 필요 없어."

내가 전화로 들었던 그 소리, 그 끔찍한 흐느낌, 그 소리가 지금 내 안에서 쏟아져 나오고 있었다. 미친 생각들이 물밀듯 계속 밀려왔다. 내가 그를 뛰어내리게 할 수 있을지도 몰라. 진짜로 뛰어내리는 건 아니고 그렇게 해서 그는 정신을 차리고 그 여자는 사라질지도 모르잖아. 아니면 그에게 부탁을 하는 건 어떨까, 그에게 이렇게 말하는 거야, 그만하라고, 당장 그만하라고, 필요하다면 가리지 않고 하는 거야. 그가 그 여자를 죽인다든지 하는 것도 가능할 거야. 상상 속의 사람을 죽인다는 게 도대체 무슨 의미가 있는지는 모르지만. 뭐 어때, 그런 건 아무것도 아니지. 그는 할 수 있어. 해야만 해, 날 위해서.

나는 서재에서 나와야 했다. 리졸을 찾으러. 뭐든 해야만 또 다시 그의 물건들을 발로 걷어차는 일이 없을 것이다. 그런 결론 절대로 그를 내 편으로 만들 수 없었다. 그가 리스트의 메리 쪽에 장쾌한 필체로 온갖 사탕발림의 말들을 추가하는 게 눈에 선했다. **그녀는 내 서재를 개판으로 만드는 법이 없다.** 나는 자리에서 일어났다. 그런 후 다시 자리에 앉아서 바닥을 바라보았다. 나는 일어났다 앉았다가 일어났다가 앉았다. 바닥에 뭔가 있었다. 내가 앉아 있는 동안 서 있는 그림자였다. 길고 늘씬하고 내가 아는 가장 짙은 검정색보다 더 검은. 그것은 또, 살금살금 움직였다. 나를 향해서.

"말도 안 돼."

나는 두 손을 앞으로 뻗었다.

"안 돼!"

그림자가 멈췄다. 그림자의 머리칼이 되었을 뻔했던 것이 바람에 흩날리자, 역시 그것의 얼굴이 되었을 뻔했던 것에 긴 날개가 달린 것처럼 보였다. 그림자는 왠지…… 주저하는 듯했다. 나는 움직이지 않았다. 그림자도 움직이지 않았다.

"미시즈 폭스?"

그림자가 물었다.

목소리는 희미했지만 여기 존재했다. 내 머리 안에 있는 것이 아니라, 내 귀로 들었다.

"내 말 들려요?"

목소리는 처음보다 훨씬 더 희미했다. 내가 무시하면 사라질 것이다. 그러나 나는 무시할 수가 없었다. 나는 바닥에서 주인 없는 그림자를 보았고, 형상을 취하려고 애쓰고 있는 어떤 것을 보았고, 마음이 좋지 않았다. 안쓰러워진 것이다.

"내 말이 들리면 말 좀 하면 안 돼요? 내가 누군지 알아요?"

마지막 몇 마디는 기를 쓰고 귀 기울이지 않았다면 듣지 못했을 것이다.

"당신은, 메리죠."

나는 말했다. 한껏 큰 소리로.

그러자 그녀가 일어섰다. 그러니까 차가운 공기가 빙빙 도는 카펫 **위로** 일어섰다. 그녀는 피부와 살이 있었고, 찰나적으로 전라였지만 이내 돌아서자 옷을 입고 있었다. 나는 비명을 질렀다. 그때 비명을 지른 건 확실히 기억난다. 그녀가 깜짝 놀란 표정이 되더니 자기도 살짝 비명을 질렀기 때문이다.

"당신 진짜군요."

나는 말했다. 왜 그 말을 비난처럼 들리게 말했는지 모르겠다. 다만 사실을 입증하고 싶었던 것뿐인데.

그녀는 두 팔을 전등을 향해 뻗더니 그것이 자신이 공들여 만든 작품이나 되는 듯 환희에 차서 바라보았다. 팔이 예뻤다. 나보다 더 예쁘다는 건 확실했다.

"물러서요."

그녀가 내 쪽으로 한 걸음 더 내디뎠을 때 나는 말했다.

"물러서요."

나는 세인트 존의 스테이플러를 집어 들었다. 사람 머리만 한 큰 것이었다. 궁지에 몰릴 경우 그녀의 머리에 박을 작정이었다.

"알았어요, 알았어요."

그녀는 두 눈이 휘둥그레져서 말했다. 행여 자신의 복숭앗빛 피부를 망가뜨리는 짓은 절대 하지 않을 여자였다. 남편은 그녀가 영국인이라고 했는데, 정작 그녀는 나와 똑같이—아니 나보다 훨씬 더—강한 뉴잉글랜드 억양으로 말했다.

초인종이 울렸다. 그러자 그녀는 흩어졌다. 그것이 초인종이 울렸을 때 그녀에게 일어난 일에 가장 근접한 표현이다. '박살 나다'라는 말을 쓰고 싶지만 실제로는 그렇게 급작스럽지 않았다.

문간에 존 피자스키가 있었다. 그를 집 안에 들이기 전에 나는 희망을 품고 문구멍을 통해 그레타를 찾았다. 어떻게든 그녀에게 말할 수 있지 않을까. 친구 좋다는 게 뭔가.

그레타에게 세인트 존이 심각한 위기에 처했다고 말하면 된다. 그의 말론 자긴 문제없다고, 그리고 문제없는 것처럼 행동하지만 그는 지금 심각한 위기에 처해 있다. 그런 얘기를 사람들에게 할 수 없다는 이유로 그를 원망하지는 않는다. 그는 정상적인 일로 밥벌이를 하는 사람이 아니다. 그리고 나는 그와 지금껏 한 침대를 써왔고, 그와 밥을 같이 먹어온 사람이다. 지난주 화요일에는 함께 목욕하기도 했다. 그러니 나 역시 심각한 위기에 처해 있는 것이다. 나는 그가 만들어낸 여자를 보았고 또 들었다. 이것을 뭐라고 부르는지 안다. 감응성정신병, 둘 이상의 함께 사는 사람들이 공유

하는 망상이다. 망상이지만 매우 강력하다. 마약에 취해 있을 때와 비슷하다. 나의 뇌가 화창한 아침을 순식간에 건너뛰는 바람에 언제 오후가 시작되었는지도 알 수 없게 만드는 일이 아무렇지 않게 일어날 수 있다는 사실을 누구도 내게 경고해준 적이 없었다. 어느 순간에 나는 혼자였는데, 다음 순간…… 나는 여전히 혼자였고, 그랬던 것 같고, 허공이 내게 말을 걸게 했다.

그 아편 먹는 작가들…… 콜리지*라면 뭔가 말해줄 수도 있었을 텐데. 그라면 사람들에게 그런 일이 이렇게 예고도 없이 일어날 수 있다고 알려줄 수도 있었을 것이다. 드 퀸시**라면 짬을 내서 이 문제를 언급할 수도 있었을 텐데, 제발이지.

그레타는 J. P.와 같이 오지 않았지만 나는 어쨌거나 문을 열어주었다. 함께 있어줄 사람이 필요했다. 지금, 바로 지금 이 순간, 함께 있어줄 사람이 없다면 무슨 일이 일어날지, 아니 내가 무슨 짓을 저지를지 나도 알 수 없었다.

"도대체 뭘 하다 이제야 문을 열어주는 거죠?"

J. P.가 물었다.

"세인트 존은 나갔어요."

나는 말했다.

"그리고 그와 연락이 닿을 전화번호도 없고요. 그러니 꺼져요."

(제발 가지 말아요.)

---

* 영국 낭만파 시인으로, 아편을 피우고 환각 상태에서 시를 쓴 것으로 유명하다.
** 영국의 소설가이자 평론가로 『영국인 아편중독자의 고백』이라는 글을 썼다.

J. P.는 문간에 서서 나를 쳐다보았다. 그렇게 날 보다가 내가 코를 찡그리자, 내 얼굴에 뭐가 묻었다고 생각했다.

"그럼…… 크로켓 해본 적 있어요?"

마침내 그가 물었다.

"한 번도 안 해봤는데요."

나는 말했다.

"들어와서 그 얘기 해줘요."

그가 사유차도 쪽으로 물러서더니 말했다.

"코트 입고 나와요. 밖에 나가서 하자고요."

나는 J. P., 혹은 다른 누군가가 '칼knife' 같은 말을 내뱉기 전에 코트를 입었다.

그날 오후는 나로선 정말 오랜만에 맛보는 즐거운 시간이 되었다. 그레타는 오찬인지 뭔지 다른 행사에 가고 없었고, 나와 J. P., 톰 웨인라이트와 그의 부인, 그리고 비어뿐이었는데, 비어는 좋은 면에서 수다스럽고 성격이 매우 좋아서, 어떤 사람에 대해서도 나쁘게 말하는 법이 없었다. 마음이 그렇게 편할 수가 없었다. 우리는 웨인라이트네 앞뜰에서 경기를 했다. 내 크로켓 실력은 끔찍했고, J. P.가 거들어주려 하면서 귓속말로 알려주기까지 했는데도 계속해서 규칙을 까먹었다. 그중에서도 제일 형편없었던 순간, 톰과 비어는 보고도 못 본 척해주었다. 햇빛이 있었고, 오이샌드위치가, 샴페인이 있었다. 나는 그 분위기에 취해 높이, 하늘보다 더 높이 날아올랐고, 집에서 날 기다리고 있었던 것은 까맣게 잊어버렸다.

인종차별주의자 내 딸

어느 날 아침 딸아이가 잠에서 깨어나 다짜고짜 말했다.

"엄마, 엄마와 하느님께 맹세할게. 오늘부터 난 인종차별주의자야."

딸은 여덟 살이었다. 마을 남자애들이랑 어울리려고 두 달 전에 머리를 다 쳐내버렸다. 긴 머리였다면 남자애들이 받아주지 않았을 것이다. 이제 그 아이는 걔네들과 비슷해졌다. 두 눈은 해를 똑바로 쳐다보느라 멍했고, 이는 햇볕에 그은 얼굴 가운데에서 새하얗게 빛났다. 딸은 웃음이 많은 아이였다. 우리 어머니는 말했다.

"쟤 노는 것 좀 봐라. 옛날에 위대했던 이 나라의 돌무더기에서 노는 것 좀 봐."

어머니는 틈만 나면 침소봉대했다. 나는 그저 어머니가 그리스

비극의 일원이 되고 싶어서 저러는 것뿐이라고 확신한다. 그렇다고 대단한 역할을 맡고 싶은 것도 아니고, 코러스 중 하나로, 세상 모든 것에 대파괴를 불러올 운명이 임박했음을 경고하는 것만으로도 감지덕지해할 것이다. 온몸이 주름으로 뒤덮여 있고 늘 깨끗한 손수건을 몸소 챙기는 어머니는 좋은 분이다. 하지만 여기도 무더기네, 저기도 돌무더기네 라고 떠들어대는 영문을 모르겠다. 우리는 마을에 살고 있고, 여긴 나쁘지 않은 곳이다. 평화롭진 않지만 그럭저럭 살 만하다. 도시는 더 험난하다. 예전에 도심에서 살았을 때 내 남편은 폭격으로 피칠갑이 된 얼굴로 죽었다. 다른 과부는 내가 운이 좋았던 거라고 말했다. 시체라도 남았으니 그가 죽은 것도 알 수 있었다는 것이다. 그러나 나는 배은망덕한 사람이었다. 나는 그 과부에게 침을 뱉었다. 서러움에 잠긴 그 여자에게 침을 뱉다니. 그것은 죄악이다. 죄악임을 나는 안다. 그러나 내 인생의 반쪽이 사라진 마당에 남은 것을 본다는 것은 쉽지 않았다.

어쨌거나, 다시 마을 이야기를 하자. 나는 시어머니와 함께 살며 이제는 어머니라고 부른다. 나를 낳아준 어머니에게 돌아갈 수 없어서다. 그 관계는 아직 끝나지 않았다. 누군가 날 차지하기 전까지 나는 내 시어머니에게 속해 있다. 그런데, 그런 일은 일어나지 않을 것이다. 내가 그럴 마음이 없기 때문이다.

이 마을은 숨죽이고 있다. 사람들은 달의 변화를 관찰한다. 도시에서도 달이 있다는 건 감지했지만 굳이 찾아본 기억은 없는 것 같다. 이 마을에서 우리를 괴롭히는 것이 단 하나 있으니 외국에서 온 군인들이다. 군인들, 군인들, 군인들이 순찰을 한다. 그들은 우리를 지배하며 우리나라 말로 우리를 해방시켜 주겠다고 설득하려 한다. 그럴 수도 있고, 그렇지 않을 수도 있다. 나는 먼지 낀 창문(마을이 사막이라서 절대 깨끗해지지 않는다)으로 매일 군인들을 본다. 그들은 위험인물이 이 마을을 거쳐 비밀통신을 하고 있다고 생각한다. 내가 들은 바로는 그렇다. 그보다 내가 더 걱정하는 건 이 마을 청년들이다. 그들은 서서 군인들을 주시한다. 군인들은 그게 거슬려서 총을 겨누는데 청년들에게 유독 더한다. 여자들이나 소녀들에게는 그들이 특별히 성난 눈으로 쳐다보지 않는 한 개의치 않는다. 군인들이 청년들의 시선을 달가워하지 않는 데엔 두 가지 이유가 있는 것 같다. 첫째는 부츠를 신고 피곤에 찌든 자기들이 흉해 보인다는 점을 군인들이 안다는 것이다. 그들은 자기들의 존재가 주변의 모든 것을 망친다는 걸 명백히 의식하고 있다. 둘째는 본다는 것의 본질에 있다. 이 부근 소년들과 사내들은 엄청난 증오에 사무쳐서 쳐다보는데, 바로 행동을 취할 듯 강렬하게 본다. 때로 그들을 스쳐가는 것만으로도 그런 느낌을 받는다. 내가 가려서 군인들이 보이지 않으면 소년들은 참지 못해 부르르 떤다. 그런데 내 딸마저도 군인들을 노려보기 시작했다. 나는 딸애가 그러는 걸 보고 모질게 때렸다. 그러다 무슨 일이 일어날지 아무도 모르는 법 아닌가. 군인들은 겁을 집어먹었다. 누군가에게 총을 쏠지도 모르는 일이었다. 옆집 노라는 말한다.

"만약 저것들이 애들한테까지 총질할 정도로 사악한 것들이라면 그땐 신의 뜻을 따르는 수밖에 더 있겠어? 하지만 난 저것들이 그런 짓까지 할 거라곤 생각하지 않아."

그러나 나는 그런 일들이 능히 일어날 수 있음을 안다. 나의 남편은 대학 교수였다. 그는 몇 개 국어를 말했고, 내게 읽을 만한 책들을 주었고, 다른 나라의 신문들을 읽었고, 나에게 일어날 법한 일에 대해 말해주었다. 그는 세상이 얼마나 무서운 곳인지를 알았어야 했다. 문을 걸어 잠그고 집 안에만 있었어야 했다. 그러나 그는 그러지 않았고 밖으로 나갔다. 딸은 그런 아버지의 판박이다. 남편의 불멸성의 일부다. 딸아이가 아직 뱃속에 있을 때 나는 남편에게 그것이 내가 원하는 것이며, 그것이 내가 그를 사랑하는 방식이라고 말했다. 깨어 있을 때보다 백일몽에 빠져 있는 시간이 더 많은 소녀들이 임신을 무서워하는 것과 같은 흔한 이유로, 나는 임신이라면 늘 두려움과 공포를 갖고 있었다. 고통과 난맥과 굶주림에 찬 나의 몸, 그 몸을 매수해 멀리 보내버릴 수 있었다면 나는 그렇게 했을 것이다. 그런 내가 나의 남자를 만났고, 나는 그에게 굳세게 매달렸다. 그리고 나의 뇌, 세상 어느 남자도, 설령 그가 더없이 착한 사람이라 해도 그의 아이를 갖게 될 일은 결코 없을 거라고 말했던 뇌, 그 뇌가 내게 다른 말을 하기 시작했다. 세상이 앞으로도 계속 존재한다면, 상황이 순조롭다면, 아니 최소한 버틸 만하다면, 우리의 아이는 아이를 갖게 될 테고, 그 아이도 또 아이를 갖게 될 것이며 그렇게 계속 이어져서 그 모든 아이들의 아이들과 더불어, 그들의 이목구비에서, 그들의 몸짓에서, 그들이 걸어가며 겁

없이 팔을 내휘두르는 모습에서 남편의 모습을 다시 만나는 필연성도 함께 오리라는 것이었다. 지금부터 몇 세기가 지나면 남자의 눈길, 미소, 목소리, 혹은 서 있거나 앉아 있는 근사한 모습이 누군가를, 그들 자신도 완전히 의식하지 못하는 사이에 즐겁게 해줄 것이며, 그 매력의 근원을 묻는 일 없이 한순간이나마 강렬한 사랑을 받게 될 것이다. 나는 내 딸이 여자애가 해선 안 되는 것만 골라 한다는 여자들의 말은 무시한다. 딸을 내 옆에 두고 싶을 때는 딸이 밖에 나가게 한다. 하지만 너무 멀리는 아니다. 딸이 내게서 너무 멀리 벗어나진 못하게 한다.

군인들을 보면 이 마을 남자애들 생각이 날 때가 가끔 있다. 우리의 남자애들도 어렸을 땐 그랬다. 특히 군인들이 헬멧을 벗고 있는 모습, 점심시간에 서너 명이 담벼락에 등을 기대고 앉아 저들 딴엔 샌드위치도 맛있게 먹고 일광욕도 하려고 하지만 한시도 가만히 못 있는 기질 때문에 둘 다 못 하게 되는 모습을 볼 때 특히 그런 생각이 든다. 그러다 그들 배낭 옆에 놓인 라이플총이 눈에 들어오면 그제야 그들이 우리나라 남자애들이 아니라는 사실을 유념하게 된다.

"엄마, 내 말 들었어? 나 이제 인종차별주의자라고 말했어."

나는 딸아이의 등교 준비를 하고 있었다. 딸은 매듭은 못 묶지만 화려하게 리본을 묶는 걸 좋아했다.

"어떤 인종을 차별하려고?"

"군인을 차별할 거야."

"군인은 인종이 아니야."

"군인은 인종이 아니야."

아이가 내 말을 흉내 냈다.

"군인은 인종이 아니야."

"엄마가 뭐라고 말하면 좋겠니?"

딸은 대답할 말이 없었고 그대로 친구들을 떼거지로 몰고 나갔다. 나는 걱정이 되었다. 딸은 늘 군인을 보아왔다. 태어나서 지금껏 딸은 언제나, 어딜 가나 파란 하늘을 등진 삼나무를 가로막는 카키색 캔버스 천이나 치직거리는 무선 신호음과 맞닥뜨렸다.

한 시간쯤 지났을까, 빌랄이 우리집을 찾았다. 내가 이 마을에 이사를 온 날부터 지금까지 오로지 날 성가시게 만든 것 말고는 한 일이 아무것도 없는 골칫거리 빌랄이 친히 방문을 다 하다니, 단언컨대 대단한 영예가 아닐 수 없다. 그는 우리와 자리를 잡고 앉았고, 어머니가 그에게 차를 대접했다.

"할머니 따님을 제 아내로 맞게 해달라고 내가 세 번을 말했는데요."

빌랄이 어머니에게 말했다. 그는 어머니를 향해 손가락을 흔들어 보였다. 내가 그 자리에 있지도 않은 것처럼 굴면서.

"본처."

그가 이어서 말했다.

"두 번째 세 번째 첩실도 아니고…… 본처로 맞겠다고요."

"화내지 말게, 이 사람아."

어머니가 웅얼거리듯 말했다.

"이 아이는 아직 마음의 준비가 안 됐어. 남 부끄러운 줄 모르는 여자도 아니고 그 일을 겪고 어찌 그리 빨리 마음을 고쳐먹을 수 있겠나."

"그래요, 그래요."

빌랄이 동의했다. 방금 전부터 파리 한 마리가 내 윗입술에 앉아 걷고 있는데도, 나는 내버려두고 있었다.

"네 번째로 부탁하느니 아예 따님을 납치를 해버릴까……."

"아, 이보게, 그러면 쓰나. 늙은이 눈에서 빛을 뺏어가야 속이 시원하겠나."

내 어머니는 웅얼거리며 그에게 꿀빵을 내놓았다. 빌랄은 뱃속이 울리도록 웃어댔고, 그 바람에 파리가 날아갔다.

"그냥 농담한 거예요."

빌랄이 세 번째로 어머니를 통해 나에게 청혼을 했을 때 나는 결국에 가선 그와 결혼하게 될 거라는 생각이 들었다. 그러나 딸아이는 허락하지 않겠다고 했다. 이유를 물었더니 그의 얼굴 살이 뚱뚱하고 그의 눈이 작아서라고, 입을 벌린 채로 음식을 씹어서라고 했다.

"그 아저씨는 폭군 수염을 길렀어."

딸이 말했다.

"폭군 수염하곤 같이 살 수 없어."

나는 딸의 어휘력이 대견했다. 하지만 내가 빌랄에겐 과분한 상대라고 스스로 생각하는 것처럼 상황이 비치기 시작했다. 빌랄은 근방 몇천 미터 안에서 가축을 가장 많이 가진 남자였고, 내 어머니와 내 딸과 내가 사는 동안 과하지 않게 바랄 법한 것을 모두 줄 능력이 있었다.

하느님, 부탁드리겠습니다, 하느님께서도 제가 세속적인 것을 탐하지 않는 줄을 아십니다(신발만 빼면). 제가 재혼하는 것이 당신의 뜻이라면 그대로 따르겠습니다. 그렇지만 바라옵건대 빌랄은 안 됩니다. 그렇게 되면 저는 지금껏 사랑해온 사람을…….

딸아이가 점심을 먹으러 집에 왔다. 기도를 한 후 음료수 잔에 두 개의 빨대를 꽂은 차가운 카케데*를 마시면서 아이는 내게 그리 많지는 않은, 학교에서 배우는 것들에 대해 얘기했다. 어머니도 같은 자리에서 묵주를 굴리면서 아이가 떠드는 대로 귀 기울여 듣고 있었다. 아이가 말을 너무 많이 한다는 생각이 들면 어머니는 얼굴을 찡그렸다. 그즈음 여느 때와 다름없이 군인들이 지나가는 소리가 들렸고, 우리는 가서 창문 밖을 지나는 그들을 보았다. 우리가 그들을 좀 놀렸다고 생각했다. 평소에도 그랬다. 그런데 딸아이가 문을 열고 나가더니 군인 트럭이 지나가는 골목을 향해 소리치는 것이었다.

"너희들! 이 개 같은 군인들아!"

다행히 트럭 바퀴가 길을 따라 기듯이 가고 있었는데, 차체가

---

* 이집트의 열대성 식물인 히비스커스를 말려 만든 차.

한쪽으로 심하게 기울어서 구멍이 수없이 팬 길 위로 쏠려 있었다. 그래도 그것은 큰 트럭이었고, 내 딸은 아주 작은 아이였다.

나는 무슨 짓을 하고 있는지 생각할 겨를도 없이 아이를 쫓아가면서 이름을 소리쳐 불렀다. 좋은 이름이었다. 우리는 그 이름이 딸아이와 함께 성장하길 바라는 마음에서 지어줬지만, 정작 그 애는 어른이 될 때까지 살지 않겠다고 작정이라도 한 것 같았다. 나는 딸의 다리를 걸려고 했지만 그러기엔 아이가 너무도 날렵했다. 창문으로, 마당의 열린 문으로 모두 강 건너 불구경이었다. 트럭이 굴러오다가 멈췄다. 그 안에 있는 누군가가 소리쳤다.

"비켜! 꼬마! 아저씨들 할 일 하게."

나는 딸을 길 밖으로 끌어내려 했지만 그 애는 막무가내였다. 아이를 놓쳐버린 나는 애꿎은 내 손만 비틀었다. 딸은 호주머니에서 돌멩이들을 꺼내 군용트럭에 던지며 공격하기 시작했다. 그날 오후, 딸의 호주머니는 참 깊기도 했다. 아이의 두 팔이 채찍처럼 허공을 휘갈겼다. 돌멩이들이 연달아 철재와 덜그럭대는 유리창에 부딪쳐 튕겨나갔고, 나는 아이를 움켜잡았고, 아이는 큰 소리로 외쳤다.

"여긴 우리나라야! 꺼져버려!"

마을 사람들이 딸에게 박수를 보내기 시작했다.

"옳소!"

그들은 관객석에서 소리치고, 박수를 보냈다. 나는 이번엔 딸의 팔을 잡으려 했지만 역시나 실패했다. 트럭 엔진이 속도를 올렸고 나는 두 팔을 벌릴 수 있는 한 활짝 벌려 모두를 목격자로 끌어들였다. 이제 나도 소리치고 있었다.

"자꾸 이럴 거니? 정말로 이럴 거야?"

보라, 군인들을 상대로 문제를 일으키는 두 모녀를, 우리를.

마침내 피골이 상접한 군인 하나가 차 밖으로 나왔다. 총은 가지고 있지 않았다. 그렇게 말라빠진 전투원을 본 건 생전 처음이었다. 정말이지 간신히 철사 한 가닥의 상태였다. 그는 내 딸에게, 이제 남은 돌멩이가 없는 딸에게 걸어갔다. 그가 긴 팔을 뻗어 딸에게 껌을 주자, 딸은 그에게 욕을 퍼부었고, 나는 딸에게 욕을 한다며 욕을 했다. 그는 우리와 삼십 센티미터 남짓한 거리를 남겨놓고 멈춰 서더니 딸에게 말했다.

"너 용감하구나."

딸은 두 손을 양 엉덩이에 대고 그를 노려보았다.

"우린 내일 떠날 거야."

피골이 상접한 군인이 딸에게 말했다.

속삭임과 고함 소리가 터져 나왔다. 군인들이 내일 떠난다!

트럭에 타고 있던 한 군인이 소리쳤다.

"그래! 하지만 더 많은 군인들이 와서 우리 자리를 채울 거다!"

그러자 모두 잠잠해졌다. 딸아이가 가까이에 떨어진 돌멩이에 손을 뻗었다. 이 아이가 내 딸이 맞나? 122센티미터의 키에, 전혀 알지 못하는 것에 맞서서 싸우는 이 아이가? 설령 내가 설명해준다 한들, 애는 이해하지 못할 것이다. 나 자신도 이해하지 못하는 마당에.

"나랑 악수해줄래?"

딸의 손이 돌멩이에 닿기 전에 피골이 상접한 군인이 물었다. 나는 딸이 거부할 거라 생각했다. 그런데 뜻밖에도 아이는 네, 라고 대답했다.

"아저씨는 괜찮아요."

딸은 그에게 말했다.

"여기까지 나와서 나와 맞섰으니까."

"애가 영어를 잘하네."

트럭 안의 겁쟁이가 한 마디 했다.

"나는 내 딸에게 매일 영어로 이야기해요."

나는 소리쳤다.

"그래서 이 아이는 당신 같은 사람들에게 자기 생각을 말할 수 있어요."

그런 후 우리는, 딸과 나는 그들이 계속 순찰을 돌도록 길을 비켜주었다.

어머니는 그런 일이 일어난 걸 탐탁지 않게 여겼다. 하지만 다들 우리에게 박수를 쳐준 걸 할머니도 봤잖아요, 라고 딸이 물었다. 그래서 어쩌라고, 어머니가 말했다. 저 인간들은 뭐든 박수를 치는데. 어떤 인간들은 비행기에 탔을 때 착륙만 해도 박수를 치는데. 그건 남편이 여행을 다녀와서 우리에게 해준 말이었다. 어머니가 그걸 기억할 줄은 몰랐다.

딸은 아이들 사이에서 유명인사가 되었다. 그리고 내가 본 바로는 딸은 그 명성을 좋은 데 썼고, 따돌림당한 아이들을 소수의 패거리에 끌어들여 농담을 하며 웃었다.

그다음 주에 우리 마을 남자들처럼 옷을 입은 외국인 하나가 어머니의 집 문을 두드렸다. 때는 늦은 오후여서 땅거미가 지고 있었다. 사람들은 거리를 내다보며 앉아서, 차를 마시며 가리는 것 없이 이야기하고 있었다. 우리나라 사람들은 실제로 머리부터 발끝까지 뭐든 주제를 가리지 않고 토론하는 법을 안다. 그것은 우리 민족의 타고난 재능이며, 훈훈한 저녁에 그런 대화를 나누는 것은 설탕보다도 더 달콤할 때가 있다. 그런 그들이 바야흐로 우리 집 문 앞에 서 있는 외국인에 대해 이야기하고 있었다. 내가 나가서 문을 열었고, 딸은 내 옆에 서 있었다. 우리는 그 남자를 보자마자 알아보았다. 피골이 상접한 군인이었다. 그는 입고 있는 젤라바*가 가렵고 불편한 모양이었다. 게다가 카피에**도 전혀 엉뚱하게 쓰고 있었다. 머리칼이 보이면 안 되는데.

"웬, 광대도 아니고."

딸이 이렇게 말했고, 쿠션이 있는 바닥의 자리에 앉은 채 어머니가 광대인지 아닌지 알 수 없는, 집 안에 들일 수 없는 그 남자에게

* 북아프리카 또는 아랍 국가 남자들이 입는 두건이 달리고 길이가 긴 상의.
** 아랍 남성의 두건.

인사를 했다.

"어서 오세요."

나는 그에게 말했다. 내가 생각해낼 수 있는 말은 그것뿐이었다. 손님을 보면 환영의 인사를 한다. 우리 민족은 그렇다. 아니면 나만 그런 건지도 모른다.

"문제를 일으키려고 온 건 아니에요."

피골상접한 군인이 말했다.

그는 신속하게, 반복적으로 동서남북을 바라보았는데, 하도 빨라서 몇 초 동안 그의 머리가 흐릿한 형체로만 보일 정도였다.

"제가 완전히 비번이거든요. 실은, 지난주부터 휴가였어요. 저는 그냥, 그냥 생각한 건데 얼마간 여기 있을까 해요. 아무래도 제가 일생일대의 적수를 만난 것 같다는 생각이 들어서요. 여기 이 꼬마 숙녀분 말이에요."

그는 내 딸을 가리켰고 딸은 입술을 깨물면서도 얼굴에서 즐거운 빛을 감추지 못했다.

"저 사람이 뭐라는 거니?"

어머니가 물었다.

"그런 다음엔…… 그냥 갈 거예요."

군인이 말했다. 그는 한 번에 수천 번은 죽었다 깼다를 반복하는 듯 보였다.

"아저씨한테 차를 주면 좋아할 것 같은데……."

딸이 어머니에게 말했다.

"딱 한두 잔만 할까요."

나는 덧붙여 말한 후, 차를 가지고 베란다로 나갔고 신과 마을 사람들 모두가 지켜보는 가운데 차를 마셨다. 이웃들은 화가 났다. 이만저만 화난 게 아니었고 우리가 하는 모든 말에 주도면밀하게 귀를 기울였다. 군인은 눈치채지 못한 듯했다. 그와 내 딸은 단짝친구가 따로 없었다. 나는 그들이 정확히 무슨 이야기를 하고 있는지 알아듣지 못한 채 마냥 차만 따르면서도 내 손이 떨리지 않도록 조심했다. 지금 난 잘못하고 있는 게 절대 아니야. 나는 속으로 말했다. 지금 난 잘못하고 있는 게 절대 아니야.

피골상접한 군인은 내게 이름을 가르쳐줄 수 있느냐고 물었다.

"아뇨."

나는 말했다.

"당신은 그 이름을 말할 권한이 없어요."

그가 자기 이름을 말했을 때도 나는 그가 말한 적이 없는 걸로 치기로 했다. 딸은 그런 그가 기가 죽을까봐 자기 이름을 말해주었다. 그러자 그가 말했다.

"멋지다. 정말, 정말 좋은 이름이야. 언젠가 그걸 내가 쓸지도 모르겠다."

"안 돼요. 그건 여자 이름인데요."

딸이 깔보는 투로 콧구멍을 벌름거리며 대답했다.

"어."

군인이 말했다.

"내 딸 이름을 말하는 거였는데……."

그는 사람들이 다 지켜보고 있는 마당에 태어나지도 않은 자기 딸을, 눈에는 희망을, 목소리에는 웃음기를 가득 담고 얘기하지 말았어야 했다. 그때 그늘에 숨은 여자들 몇 명은 그가 바라는 딸을 저주하고 있었을 거라고 장담할 수 있다. 심지어 그가 말하는 와중에도 이렇게 말하는 사람들이 있었을 것이다. 부디 그 딸이 배 속부터 말라죽어 나오기를. 너 같은 인간 때문에 비탄에 빠진 우리들을 위해서.

"어."

딸이 말했다.

나는 그들의 대화를 좀 전보다는 잘 알아듣기 시작했다. 피골상접한 군인은 왜 소년들이 분노에 차서 길마다 늘어서 있는지 이해한다고 딸에게 말했다.

"난 속으로 걔들을 하멜른의 아이들이라고 불러."

"그게 뭔데요?"

딸이 물었다.

"누구요?"

내가 물었다.

"내 딴엔 사람들이 자기들이 하지도 않은 일로 대가를 치르고 있다는 뜻으로 한 말인데."

우리가 한 번도 들어본 적이 없는 이야기였기 때문에 그는 우리에게 '하멜른의 피리 부는 사나이' 이야기를 해주었다. 그날 밤, 우리 가족은 악몽을 꾸었다. 나의 어머니, 나의 딸, 그리고 나, 우리 셋 모두가. 어머니는 그 이야기를 듣지도 않았는데 어떻게 우리의 악몽에 동참했는지 모르겠다. 그래도 어머니가 그랬다는 것이 근사하게 생각되었다.

두 번째로 우리 집을 찾았을 때 피골상접한 군인은 딸에게 자기 나라에도 외국 군인들이 있다는 말을 꺼냈다. 하지만 그들은 유니폼을 입지도 않고 개중엔 외국인처럼 보이지 않는 경우도 있어서 알아보기가 훨씬 더 힘들다고 했다. 그들은 평범한 시민들, 가게 주인들, 치과의사들, 식당 사장들, 대기업가들의 아들딸과 다를 바 없었던 모양이다.

"가장 위험한 종류의 군인들이에요. 그들이 우리와 섞여 오래 살수록 그들은 우릴 더 많이 미워하게 되고 우리의 일거수일투족을 혐오하게 되니까요…… 이 사람들은 우리와 함께 학교에 가고, 우리와 함께 지하철을 타고, 같은 영화를 보고, 똑같은 야구팀을 응원하지만 절대로 우리와 하나가 되지 않을 거예요. 우린 이제껏 비난당해왔고 그들은 언제나 우리를 반대할 거예요. 언제나."

그로서는 입만 아픈 꼴이 되고 말았다. 그도 그럴 것이 그가 그 이야기를 꺼냄과 거의 동시에 내가 딸아이의 귀를 두 손으로 막았기 때문이었다. 딸은 난리치며 항의했지만 내 두 손은 요지부동이었다.

"지금 당신이 말하는 건 다른 문제예요."

내가 말했다.

"그런 이야기를 한다고 당신이 여기 와 있는 것을 설명하지도 해명하지도 못해요. 이 아이한테는. 그리고 아이한테 '언제나'란 말은 하지 말아요. 더 열심히 생각하든가 아니면 그냥 손 떼고 미안하다고 말해요."

그는 반박하지 않았지만 사과하지도 않았다. 스스로가 진실을 말했다고 생각했기 때문에 반박할 필요도, 사과할 필요도 없었다.

그날 저녁 늦게 아직도 군인을 차별하는 인종차별주의자냐고 내가 물었을 때 딸아이는 거만하게 말했다.

"미안한데 엄마가 뭘 가지고 그런 말을 하는 건지 모르겠는데."

딸이 좀 더 크면 나는 그때 이 앙증맞은 반항에 관한 이야기를 꺼낼 테고, 맨 먼저 그런 말을 퍼붓게 된 계기를 물어볼 것이다. 그러면 딸은 자기를 실제 깜냥보다 더 똑똑하고 더 예민하게 여길 만한 이야기를 꾸며낼 게 틀림없다.

다음 날 오후에 우리는, 딸과 나는 우리 집을 방문하기로 한 우리의 피골상접한 군인을 기다리고 있었다. 그즈음 나의 딸은 친구들에게 버림받은 터였다. 딸이 다리를 놔준 덕에 다른 애들의 점수를 땄던 애들까지도 자기들의 새로운 위상이 그 애 덕이라는 사실을 잊은 채, 다른 애들을 부추겨 딸을 모든 활동에서 제명하라고 했다. 나는 시장에서 알고 지내던 여자들에게 무시를 당했지만 그들은 내게 필요 없는 사람들이었다. 딸과 나는 우리의 처사가 순수하다는 것을 알게 되면 모두 다 돌아올 거라고 이야기했다. 실제로 우리는 그에게 위반행위를 그만두고 그의 나라로 돌아가게 해서 건축가로서 새 삶을 살도록 설득할 자신이 있었다. 그는 우리나라의 미너렛*에 애정을 가지고 있음을 토로한 터였다. 그는 우리 마을의 이미지를 고향까지 가지고 가서 그걸로 경이로운 결과를 이뤄낼 수도 있을 것이다.

노우라의 집에서 그녀의 어머니와 내 어머니가 정신없이 수다를 떨기 시작했을 때, 노우라가 내게 다가와 남자들이 내 문제를 어떻게 처리하는 것이 가장 좋을지 의논 중이라는 말을 해주었다. 욕조에서 빨래를 하고 있던 나는 그 말에 하마터면 쓰러질 뻔했다.

나의 죄목은 파렴치하게도 군인을 쫓아다니며 빌랄을 모욕했다는 것이었다.

"노우라! 그 군인은, 그냥 어린애예요! 기를 써봐도 수염 한 가닥 나지 않는 애라고요. 당신은 어떻게 그런 말을 믿을……."

"내가 그 말을 믿는다고 말하는 게 아니에요. 난 당신이 지금 당장 그런 친교는 그만 두라고 말하는 것뿐이에요. 그리고 이제부터 모나게 행동하지 말아요. 천사처럼 행동하라고요."

노우라가 우리가 이 마을에 오기 삼 개월 전에 여기 살았던 한

---

* 회교 사원, 모스크의 일부인 뾰족탑.

젊은 과부 이야기를 내게 해준 적이 있다. 그녀는 남자들에게 늘 말대꾸를 하고 오만한 표정을 지었고, 이에 남자들 몇 명이 이골이 난 나머지 그 여자를 사막으로 끌고 가서 가혹하게 때렸다. 남자들의 구타가 끝났을 때 그녀는 죽진 않았지만 자기의 눈으로 볼 수 없었고, 자기의 입으로 말할 수 없게 되었다. 여자들은 그런 문제에 대해서는 말하길 꺼렸지만 노우라는 내가 조심하길 바라는 마음에서 이야기를 하고 있는 것이었다.

"알겠어요."

나는 말했다.

"그러니까 그 사람들이 저한테도 그런 짓을 할 수 있다는 말이죠?"

"웃음이 나와요? 그들은 능히 그럴 수 있어요. 당신도 그들이 그럴 수 있다는 걸 알잖아요!

여기 군인들만 보면 이 남자들이 두 배는 더 불같아진다는 걸 알면서. 그들 중 예닐곱은 길 잃은 개가 음식을 훔쳐 먹어도 사람들을 모아 발길질을 할걸요……."

"그래요. 안 그래도 어제 저도 그런 꼴을 봤어요. 불같다, 그렇게 말할 수 있겠네요. 남자들이 그 여자를 집에서 끌어낸 게 밤이었나요, 아니면 아침이었나요, 노우라? 그들이 그 여자의 머리채를 휘어잡았던가요?" 노우라는 내 눈을 피했다. 그녀에게 왜 그런 일을 왜 방관했느냐고 내가 묻고 있기 때문이었고, 이에 대답하고 싶지 않았던 것이다.

"똑바로 생각을 못 하는군요. 그 사람들은 그런 짓을 당신에게 할 수 있을 뿐 아니라 당신 딸을 빼앗아 두 번 다시 햇빛을 구경할 수 없는 곳에 보낼 수도 있어요. 그러는 게 제 어미처럼 자라는 것보다는 낫다면서. 그렇게 될 거라는 걸 정말 모르겠어요? 난 친구로서, 진정한 친구로서 말을 하는 거예요…… 남편은 내가 당신과 더는 말을 섞지 않길 바라요. 남편 말은 당신 생각이 사악하고 괴상하다는 거예요."

나는 노우라에게 그녀의 남편이 내 생각에 대해 제대로 알고 있는 것이 하나라도 있는지는 묻지 않았다. 대신 이렇게 말했다.

"노우라는 날 어느 정도 알잖아요. 노우라도 내가 사악하고 괴상하다고 생각하나요?"

노우라는 황급히 문으로 갔다.

"네. 그렇게 생각해요. 내 생각엔 당신 남편이 당신을 망쳐놓은 것 같아요. 그가 당신에게 망상을 심어준 거예요…… 당신의 감정은 너무 자유분방해요. 우린 자유롭지 않아요."

나는 손톱으로 내 손바닥을 긁어내렸다. 긁어내리다가 반대편으로 깊고 세게 긁어 올렸다. 노우라가 한 말에 대해 생각했다. 아주 오래 생각하지는 않았다. 내겐 선택의 여지가 없었다. 더 이상 그의 방문을 허할 수 없는 상황이었다. 나는 그에게 편지를 썼다. 그때 그 편지에 썼던 말을 남김없이 철회할 기회가 한 번이라도 있을지 모르겠다. 처음부터 끝까지 무시무시한 말만 썼다. 인간이라면 다른 인간에게 그런 말을 해선 안 된다. 나는 그 편지를 봉하지 않은 편지봉투에 넣었고, 피골상접한 군인이 사는 곳을 아는 마을 소년을 찾았다. 그 군인이 읽기 전에 빌랄이 그 편지를 읽었다는 사실은 의심할 여지가 없다. 저녁이 되었을 때 딸아이를 제외한 마을 사람들 모두가 내가 한 짓을 알게 되었기 때문이다. 딸은 칠흑처럼 어두워질 때까지 그를 기다렸고, 나도 그애와 함께 기다리며 아직도 우리의 친구가 오리라고 기대하는 척했다. 딸에겐 그가 오면 함께 부르고 싶은 노래가 있었다. 나한테 대신 불러달라고 말했지만 딸은 내가 그 진가를 알아보지 못할 거라고 말했다. 결국 집 안으로 들어갔을 때 딸은 내게 그가 우리에게 말도 하지 않고 고향으로 돌아갔을 수도 있지 않겠냐고 물었다. 작별 인사하는 게 싫어서 그럴 수도 있지 않겠냐는 것이었다.

"아저씨가 온다고 말했잖아…… 무사했으면 좋겠는데……."

딸은 조바심이 났다.

"미너렛을 만들러 고향에 간 거야."

"성냥개비로 말이지."

그리고 우리 둘은 매우 슬퍼졌다.

딸은 엿새 동안 웃지 않았다. 이레째 되는 날 딸은 학교에 갈 수 없다고 말했다.

"학교에 가야 돼."

나는 딸에게 말했다.

"안 그러면 네 친구들을 어떻게 되찾을 건데?"

"되찾을 수 없다면?"

딸은 울음을 터뜨렸다.

"친구들을 되찾을 수 없으면 어떻게 할 건데?"

"정말 되찾을 수 없을 거라고 생각하니?"

"아, 엄마는 우리 친구가 사라져버렸는데 눈 하나 깜짝 안 하잖아. 엄마란 사람들은 감정이 없어서 진보의 적인 거야." (요새 들어 딸이 도대체 누구랑 이야기를 하고 다니는지 정말 궁금하다. 제 아빠의 유머 감각을 빼다 박은 사람이 아닐는지…….)

"진보의 적이 너한테 한마디만 하자."

나는 말했다.

"엄만 친구가 멀리 떠나도 조금도 슬프지 않아. 왜냐하면 그 친구가 어느 도시, 어느 나라를 가건, 그곳 분위기를 다정하게 만들어주니까. 지도에 나와 있는 수상쩍어 보이는 이름들을 환영하는 곳으로 바꾸니까. 어쩌면 그 친구는 가끔 너에 대해 이야기를 할 거야. 근방에 사는 다른 친구들한테 말이야. 그렇게 된다면 그건 네가 거기 있는 것 못지않게 멋진 일이 될 거야. 넌 동시에 여러 곳에 있게 되는 거니까! 사실은 말이지, 아가야, 엄마는 이런 말까지 하려고 했었어. 네 친구들이 멀리 있으면 있을수록, 친구들이 더 널리 퍼져 있으면 있을수록, 너에겐 더 안전하게 세계를 돌아다닐 수 있는 기회가 있는 거라고……."

"어."

나의 딸이 말했다.

살면서 수염을 한 번인가 두 번 길러보았다. 광야의 모세처럼 길고 수북한 수염이었다. 주로 마음의 안정을 위해서, 얼굴을 가리는 수염 뒤에서 마음을 가라앉히려고 길렀다. 얼마 전 나는 내가 제일 좋아하는 소설 중 하나를 각색한 연극을 보러 런던에 갔다. 그 작품이 8개월 후에 대서양을 건너올 때까지 기다릴 수가 없었다. 그리고 런던 행을 앞둔 몇 주 동안 나는 아침 일과에서 쥐도 새도 모르게 면도를 빼버리고 말았다. 정말 쥐도 새도 모를 정도여서, 내가 그랬음을 자각조차 하지 못했다. 그래서 런던에 갔을 즈음엔 수염이 얼굴을 다 뒤덮을 정도로 자라나 명소들을 볼 수 없을 정도였다. 빅벤과 내 수염. 버킹엄 궁전과 내 수염. 런던타워와 내 수염. 까악까악, 갈가마귀들은 그렇게 말했다. (그것들이 내 수염 때문에 그리 울었던 걸까?) 나는 정말로 즐거운 시간을 보냈다. 여행 내내 아무도 날 귀찮게 하지 않았다. 저지르고 나중에 가서야 그 이유를 깨닫게 되는 건 즐거운 일이다. 난 누구에게도 방해받고 싶지 않아서 수염을 길렀던 것이다. 마지막으로 수염을 길렀을 때 얼마나 오래 걸렸는지만 기억할 수 있다면 좋을 텐데.

나는 잠시라도 혼자 있고 싶었다. 그러나 그럴 수 있는 곳은 어디에도 없다. 이렇게 좋은 토요일, 날씨도 화창하니 도서관엔 아무도 없겠지 싶어서 시내의 도서관에 갔다. 웬걸, 안경잡이 여자애들이 수두룩하니 '공부'를 하고 있었다. 오늘날의 블루 스타킹들*. 다만 도서관에 가기 위해 옷을 차려입고, 방 건너편의 녀석에게 유례를 찾아볼 수 없을 정도로 대담한 추파를 보내는 그들. 나도 쳐다보는 건 좋지만, 그들이 날 맞받아 보는 건 싫다. 그냥 끽해야 2, 3초 정도 감상의 순간을 갖고 쳐다본 게 전부인데, 너무 진지한 여자한테 걸렸을 경우, 그들은 맞받아 보면서 이렇게 생각한다. **내가 그의 시선을 사로잡았네. 좋았어. 이제 내가 진짜로 원하는 건 죽을 때까지 그를 내 노예로 만드는 거야.** 이쯤 되면 무슨 점쟁이라도 된 게 아닌가 싶을 정도다. 내가 말로만 이러는 게 아니다. 나는 이런 유형의 여자들, 맞받아 보는 여자들을 안다. 알아도 너무 많이 안다. 이런 여자는 계기를 만들어보려고 애쓰는 유형이다. 처음엔 이런 열띤 요구 사항들이 꽤 도발적으로 느껴지겠지만, 결국 이런 여자는 만족이란 걸 모른다는 사실을 알게 된다. 그녀는 당신의 모든 것, 당신의 발톱 끝까지 남김없이 가지길 원하는 것이다. 그 뒤는 흉한 장면들의 연속이다. 정면 대치 상황이 일어난다는 말이 아니다. 몇 차례 주고받은 야유, 로비나 다른 곳에서 뭐 하나 득 될

* blue stocking, 여성적인 일보다는 학문이나 문학에 더 깊이 관심을 가진 여성들을 약간의 경멸조를 담아 이르던 말. 18세기의 한 여성 문학 클럽에서 유래되었다.

것 없는데도 반시간 동안 그녀를 기다리는 일과들, 그녀가 당신에겐 딱 한 번 얼어붙을 듯한 차가운 눈길을 줄 뿐, 나머지 시간은 내내 다른 사람과 아늑한 구석에 숨어 있는 파티들. 그런 장면들이 보석세공사의 루페*와 같은 것을 당신의 눈에 달아주는 거나 다름없다. 당신은 당신의 다이아몬드를 검사하다가 그녀의 모서리마다 지저분한 금이 가서 흐릿해져 있는 것을 발견한다. 몇 달 더 덜미를 잡혀 있다 보면 그녀가 시간이 갈수록 상태가 더 나빠진다는 사실을 발견하게 될 것이다. 그것도 신속하게. 당신의 마음을 통제하려는 이 모든 전술적 시도들. 농담이 아니다. 당신에게 함부로 구는 사람을 만나기 전까지는 이런 이야기들이 과장으로 들릴 것이다. 전술 없는 여자를 찾기란 어렵다. 내가 그런 여자를 하나 만들어낸 이유도 그 때문이다. 그랬더니 그녀는 게임을 시작했고, 나로 하여금 자길 좇아서 아프리카까지 가게 만들었다. 그녀는 내게 고대의 검을 지닌 절박한 노처녀 역할을 맡겼다. 그녀는 내게 자신이 통제할 수 없게 된 여자를 타국에서 차버린 놈팡이 역할을 맡겼다. 메리 폭스는 지금껏 몇 가지 정도를 넘어서는 자유를 누려왔다. 그런 이유로 나는 내 진술을 정정하고자 한다. 전술 없는 여자는 상상조차 하기 힘들다.

세 번째의 인문학도 여성분께서 내게 추파를 보내셨을 때 나는 그곳을 떠났다. 하여튼 도서관만 오면 잉크를 뒤집어쓰는 기분

---

* 소형 확대경.

이 된다. 내 옷에 묻은 잉크. 내 눈에 들어간 잉크. 끔찍하다. 그곳에서 발산하는 체열들 때문에 책은 페이지마다 곤죽 상태가 된다.
우리 부모는 도서관에서 만났다. 내 어머니는 준사서였는데, 아버지는 늘 반납 기한을 어겼다. 아버지는 어머니의 제일 친한 친구들에게서 그녀가 가장 좋아하는 책들을 알아낸 다음, 『춘희』 『테레즈 라캥』 『보바리 부인』 『더버빌의 테스』 『안나 카레니나』를 한 권씩 빌려갔다. 그는 책의 내용은 도무지 이해하지 못했다.

"여자들의 이 급한 성질머리라니."

그는 고개를 설레설레 저으며 말했다.

"성질 급한 여자들이라고."

정작 그는 내 어머니한테는 그 책들이 얼마나 재미있었는지 모른다고 말했다. 그리고 잠시 그가 어물쩍대면서 언제고 일요일 오후에 어머니가 가족들 집에 있을 때 방문해서 오늘 얘기를 마저 해도 괜찮겠느냐고 묻자, 어머니는 안 된다고 말하지 않았다.

나는 어머니를 뵈러 차로 두 시간 거리인 당신 집으로 갈까 잠시 생각했지만, 그게 어머니가 바라는 일이 아니라는 것을 안다. 그리고 그건 내가 지금껏 했거나 하지 못한 것 때문에 문제가 된 게 아님을 안다. 어머니는 어떤 만남도 원하지 않는다. 그 상태가 어머니에겐 행복한 거라고 나는 생각한다. 어머니를 뵙고 나설 때마다 늘 안심이 된다. 어머니는 너무 연로해서 더는 이야기할 의욕이 없는 거라는 생각이 든다. 어머니는 듣는 건 상관하지 않았고, 그럴 용도로 라디오도 하나 갖고 있다. 어머니는 아직도 정정하다.

여전히 매사에 빈틈이 없다. 어머니는 아버지가 돌아가시기 전에 하고 싶은 말이 아주 많았다. 그러나 아버지는 멋진 남자였고, 훌륭한 반려자—빈 말이 아니라 정말로 훌륭한 반려자—였으며, 다른 사람의 의견에 토를 달지 않으면서 당신 생각을 밝혔고, 와중에 상대가 마음 상하는 일이 결코 없도록 배려하는 사람이었다. 그래서 아버지와 사별한 지금, 어머니는 차라리 다른 누구하고도 이야기를 하지 않는 편이 좋은 것이다. 애서가였던 이분들은 고독을 즐기는 유형이다. 오랫동안 못 보더라도 걱정할 필요가 없는 사람들이 있다는 것, 그들이 무슨 일을 하는지, 그들이 어떻게 건사하며 지내는지 궁금해할 필요가 없는 사람들이 있다는 건 멋진 일이다. 그들이 잘 지내고 있다는 것, 그리고 자신들이 좋아하는 일을 하며 지내고 있으리라는 걸 말을 하지 않고도 알 수 있다. 지난번에 본 어머니는 내내 고개를 끄덕이면서 '얘, 전혀 문제없어, 다 좋아'라고 했다. 내가 미처 서두를 놓기도 전에 하신 말씀이었다. 그럴 만큼 어머니는 대화에서 자기가 감당해야 할 몫을 진즉에 빼놓으려고 급급했던 것이다. 그건 그렇고, 가서 어머니를 보면 무슨 말을 할까?

그러는 대신, 나는 차로 이리저리 돌아다녔다. 무작정 돌아다니면서 어디서 세울지 결정하려고 했다. 운전하면서 나는 단어, 대프니가 최근 보인 행태를 요약할 하나의 단어를 떠올려보려고 애썼다. 불가해. 그 여자는 불가해한 존재가 되었다.

이를테면 어제 아침에 그랬다. 대프니는 내 서재 바로 밖 창가

화단에 물을 주면서 불안정한 고음으로 노래를 부르고 있었다. 꽤나 앙증맞은 음치의 노래에 왠지 즐거워졌고 그와 동시에 하던 작업을 어느 정도 마무리하던 참이었다. 그때 갑자기 대프니가 노래를 멈추더니 말했다.

"있잖아, 세인트 존…… 당신이라면 랠프 월도 에머슨이 한 말 알 거야."

그녀의 말에 주목하고 있다는 걸 티내기 위해 나는 가만히 펜을 든 채, 그녀가 고등학교 연감에서 보고 막 기억해낸 케케묵은 나부랭이에 맞설 각오로 말없이 기다렸다. 그러나 그녀는 말을 끝맺지 않았다. 그렇다고 노래를 계속 부르는 것도 아니었다. 결국 나는 말했다.

"얘기해줘, 디. 나 기다리고 있잖아."

그녀는 입매를 살짝 부루퉁하게 하더니 시선을 가리는 몇 가닥의 흘러내린 곱슬머리를 입으로 불어 날렸고, 덕분에 나는 뚫어질 듯 나를 응시하는 그녀의 눈길을 고스란히 느꼈다.

"무슨 말이야? '얘기해줘'라니? 난 에머슨이 무슨 말을 했는지 몰라."

"아, 몰라?"

나는 그렇게 묻고 웃음을 터뜨렸다. 내가 웃는데도 그녀는 웃지 않았다.

"에머슨이 한 말은 당신이 알잖아, 세인트 존. 그래서 내가 '당신이라면 랠프 월도 에머슨이 한 말 알 거야'라고 말한 건데."

그녀는 싸움에 대비하고 있었고, 풀기 없던 목소리도 점점 날카로워지고 있었다. 에머슨의 인용구문을 대주지 못한 내게 머리끝까지 화가 난 거라는 느낌이 강렬히 다가왔다.

"뭐 하나 물어도 돼? 좀 말해줄래? 무슨 근거로 내가 에머슨이 한 말을 안다고 생각한 거야? 내가 지나가는 말로라도 에머슨이 한 말을 안다고 말한 적이 있어?"

그녀는 날 보며 하품을 했다.

"왜 이래, 세인트 존. 수줍어 말고 에머슨이 한 말 좀 말해달라고."

나는 미소를 거두었다.

"에머슨이 내 절친한 친구라고 누가 당신한테 말하기라도 했나? 내가 집에 없는 날에 랠프 월도 에머슨의 귀신이 전화를 걸어서 메시지라도 남겼나? '자, 여보게, 폭스, 젊은 친구, 내가 늘 하는 말 알고 있지?'라고?"

"난 당신이 에머슨이 한 말을 알고 있어야 한다고 진심으로 생각해, 그게 다야." 그녀는 눈도 깜박이지 않고 돌아섰다.

나는 자리에서 일어나 창가로 갔다. 그녀에게 가까이 다가가자 그녀는 물뿌리개를 내려다보았다.

"미시즈 폭스."

나는 말했다.

"당신 오늘 무서워."

그 말에 그녀가 대답했다.

"이걸로 책이라도 한 권 쓰지그래?"

이걸로 책이라도 한 권 쓰지그래?

책이라도?

나는 할 말을 잃고 손짓으로 그녀에게 창문에서 비켜서라고 한 후, 창문을 닫았다. 우리는 창문을 가운데 두고 서로 마주보았다. 그녀의 얼굴엔 초연하고 의기양양한 미소가 어려 있었다. 자신이 독창적으로 내게 비수를 찔렀다고 진심으로 믿고 있었다. 그 순간 내 표정이 어땠을지 아무도 모를 거다. 내가 뭔 영화를 보겠다고 그런 대화를 알아들어야 한단 말인가.

그리고 지난 주말에 D와 내가 간 소풍 때도 그랬다. 우리 둘 다 가고 싶지 않았지만 내 편집자가 주선하는 자리라 얼굴이라도 비춰야 할 것 같았다. 자기 아이들을 데려온 여자들도 몇 명 있었고, 아이들은 목초지를 뛰어다니면서 가당찮은 노래를 부르고 데이지 꽃으로 목걸이를 만들었다. 그중에 천사 날개를 달고 있는 여자애가 하나 있었는데, 보아하니 재주가 이만저만 많은 게 아니었다. 아이는 두 손가락으로 휘파람을 불 줄 알았고, 어린 남자애들 몇 명에게 개울에서 물수제비를 뜨는 법을 가르쳐주기도 했고, 제 몸에 물이 튀어도 비명을 지르지 않았다. 저런 아이로 큰다면 아이가 하나쯤 있어도 나쁘지 않을 것 같았다. 대프니도 그 아이를 보고 있었는데, 못마땅한 표정이었다. 한번은 천사 날개 소녀가 대프니에게 부딪혔고, 아이는 깨물어주고 싶을 정도로 귀엽게 죄송하다고 말했다. 대프니는 그런 아이를 무턱대고 무시했고, 입술을 꾹 다문 채 앞만 똑바로 쳐다보고 있었다. 나는 그 아이에게 괜찮다고 말해 주었지만, 만약 내게 그 자리에서 단숨에 수백만 킬로미터를 이동할 능력이 있었다면 당장 그렇게 꺼져버렸을 것이다. 그때 최근에 애 엄마가 된 내 편집자의 아내가 대프니에게 자기의 어린 아들 좀 안고 있어달라고 부탁했고, 대프니는 말은 못 하지만 괴로움이 역력한 눈으로 나를 쳐다보았다. 마치 내가 해야 돼? 내가 정말, 정말 해야 하는 거야? 하고 묻는 듯했다.

그녀가 대체 어떻게 된 건지 모르겠다. 물론, 짚이는 데는 있지만 그걸로 정당화가 되지는 않는다.

하지만 한편으로, 세상의 모든 여자들이 세 살배기 아기를 보자마자 예외 없이 안고 싶어 하는 게 틀림없다는 엘렌 벨포어의 생각은 과했다. 대프니의 말대로 그건 주제넘은 짓이다. 대프니는 그 아이를 안고 있었는데, 두 팔이 어찌나 뻣뻣한지 아이가 그녀의 품에서 굴러떨어져 잔디밭에서 부딪쳐도 눈 하나 깜짝하지 않을 것 같았다. 내가 그 남자애의 턱 밑을 두어 번 다정하게 쓰다듬어주면서 어린 왕자라고 부르자, 아이는 머리가 떨어져 나가라 울어댔다. 그러자 대프니는 그 아이를 다시 제 엄마에게 주었다. 미시즈 밸포어는 대프니가 기쁨에 겨워 어쩔 줄 몰라 한다고 믿었는지, 계속해서 말했다.

"아, 다 잘될 거예요, 잘될 거야. 곧 애가 생길 거예요, 대프니, 대프니라고 불러도 되나요?"

영국식 매너란.

대프니가 나에게 속닥거렸다.

"저렇게 못생긴 애는 생전 처음 봐."

"혈통이 거지 같으니까."

나도 속닥거렸다. 실제로 그렇게 생각하기도 했지만 그보다는 평소 대프니와 내가 동맹이 되어야 한다고 생각한 게 더 컸다. 설령 그녀가 못된 짓을 저지르고 있더라도 나는 우리가 동맹이기를 바란다. 어쨌거나 내 말에 그녀가 웃었다. 우리 사이엔 아직 뭔가가 일어나지 않았다. 우리는 서로의 마력에서 아직 벗어나지 않았고, 서로 친구를 잃거나, 주름이 늘거나, 병과 싸워 이기는 모습을 본 적도 없다. 그러나 대프니는 아이라도 생기면 모를까 이런 단계들까지 갈 생각도 없고, 그걸 나한테 허심탄회하게 털어놓을 생각도 없는 듯 보인다. 어찌 할 바를 몰랐던 수많은 지난 일들을 생각해보면, 내가 '아빠'라고 불린다는 생각에 소스라치게 놀랄 것까진 없다는 생각이 든다. 아, 예전만큼은 아니라는 말이다. 예전에는 이런 문제에 대해 생각이란 걸 한 적이 없었다. 내가 나이를 먹어가나보다. 대프니가 뭔가 엄청난 전환점이 될 만한 것을 발견할 수도 있겠지만, 나는 거기 휩쓸리지 않을 작정이다. 일전에 디가 세탁을 하려고 우리 옷들을 세탁소로 보내기 전에 내 재킷 호주머니에서 지갑을 빼내는 급한 업무를 수행하다 있었던 일이다. 디는 세탁물 바구니 맨 위에 책 한 권을 놔두었다. 『행복한 남편』. 그것이 책 제목이었다. 제목 아래에는 좀 더 작은 글자로 '남편을 행복하게 하라, 언제나 행복하게 하라!'라고 쓰여 있었다. 처세서였다. 나는 그

책을 가져와 몇 페이지를 읽었고 절망에 찬 술 두 잔을 곁들이며 그 내용을 이해하려고 애썼다. 이 집 곳곳엔, 어딜 가도 진짜 책들을 볼 수 있다. 그녀가 한 권만 집어 들면 몇 초도 안 돼 웃고 긴장하고 몸이 뜨거워지고 차가워지고 또 세상의 부조리를 용서하게 될 것이다. 가령 푸슈킨이나 셀린의 책이 그렇다. 그런 책들 대신 그녀는 나에 대한 대처 방법을 이것저것 찾아 읽는 데 시간을 보내고 있는 것이다. 그 사실에 나는 우울해졌다. 그 책은 자체로도 무용지물이었다. 그 책에서 조언이랍시고 제시하는 것들은 식사를 내놓는 타이밍, 쾌활한 성격인 양 가식 떨기, 남편이 하는 일이 두렵도록 지루한 일일지라도 관심을 가지는 것, '내가 뭐랬어'라는 말은 죽어도 하지 않는 것 말고는 없다. 이런 건 한 인간이 사랑에 안착하게 되는 이유가 아니다. 내가 그 책을 봤다는 걸 그녀가 눈치채기 전에 책을 다시 갖다 놓았다. 내가 그 책에 대해 입만 뻥긋해도 그녀는 내가 지나치게 심각하게 받아들인 거라고, 자긴 그냥 재미로 읽고 있는 것뿐이라고 할 것이다.

메리에 대해서라면, 불러내려고 애써봤지만 그녀는 좀처럼 모습을 드러내지 않았다. 이게 의미하는 바가 뭔지 모르겠다. 나의 영감이 고갈돼가고 있다는 뜻일까? 살인마 회계사를 다룬 지금 책은 나 자신도 내가 뭘 쓰고 있는지 모른다는 점을 생각하면 더 바랄 수 없을 만큼 수월하게 잘 진척되고 있는데? 지금 나는 메리만 나타나면 바로 그만둘 생각으로, 짐마차의 말처럼 플롯을 따라 대충 가고 있는 중이며, 이제 여기서 벗어날 때가 되었다. 그런데 메리가 나타날 조짐이 전혀 보이지 않는 것이다. 그녀는 용의주도하게 거리를 두는 중이거나(만약 그런 거라면, 나는 그녀가 그렇게 할 수 있다는 사실도 몰랐다), 내 지적 능력이 쇠약해지고 있는 것이다. 만약에 내가 수염에 파묻혀 혼자 있을 수 있게 되면, 예전에 그랬듯 그녀와 좋게 지낼 수도 있을 것 같은데. 나는 일종의 소환술을 행하듯, 수증기가 낀 목욕탕 거울에 그녀의 이름을 썼다. 시간이 느릿느릿 2분 지났을 때 나는 그 이름에 미들네임을 더했다. 일종의 장려책이자 실재로 한 걸음 다가서기, 미끼인 셈이었다. 나는 제인이라고 썼다. 근사하고, 무난하고, 합리적이었다. 메리 제인 폭스, 라고 나는 썼다. 내 눈 앞에서 글자가 바뀌었다. 이름 하나가 점차 커져갔다. '오렐리아'. 메리 오렐리아 폭스. 결국 이렇게 되고 말았다.

나는 두어 번 가본 적이 있는 술집 밖에 멈춰 섰다. 시계가 활동을 시작하기에 남부끄럽지 않은 시각을 가리키기만을 사교적인 술꾼들이 기다릴 때쯤에 여기 오면 그럭저럭 혼자 있을 수 있다. 안에는 몇몇 사람들이 서로 거리를 두고 앉아 있었고, 한 명은 구석 쪽 테이블에 앉아 있었다. 그는 자기 모자에 대고 신음하고 있었는데, 누구도 그에게 눈길 한 번 주지 않았다. 나는 다른쪽 구석 테이블에 앉아 스카치를 앞에 두고 파이프에 불을 붙인 후 가지고 온 『변신』을 펼쳐 읽는 척했다. 그제야 다른 사내들이 나를 쳐다보기 시작했는데, 그중엔 자기 모자에 대고 흐느끼던 남자도 있었다.

"여러분."

나는 책 표지 너머로 말했다.

"여긴 자유국가입니다."

그래도 아무 소용이 없어서 나는 바텐더에게 그 사내들에게 한 잔씩 돌리라고, 돈은 내가 내겠다고 말했다. 그래봤자 다섯 명이 전부였으니까. 일단 술을 얻어먹게 되니 그들은 날 평화롭게 내버려두었다.

조용한 분위기는 한 무리의 젊은 애들이 밀려들어와서 사방이 쩌렁쩌렁 울리도록 큰 소리로 주문을 하면서 사라지고 말았다. 나는 15분 남짓 응시하고 있던 글줄에서 눈을 들어 그들을 보았다. 그들은 긴 단어들을 늘어놓았고, 고대 그리스를 암시하는 별명으로 서로를 불렀다. 카스토르가 있었고 폴룩스도 있었고, 파트로클로스와 아킬레스도 있었다. 주말을 맞이해 시내에 나온 대학생들이군. 그들 셋은 저들끼리 투덜대듯 설전을 벌이다가 내가 앉아 있는 쪽으로 방향을 돌렸다. 그들은 의자를 잡아 빼서 뒤로 돌린 다음, 등받이를 앞으로 한 채 앉았다. 나는 누가 그러는 걸 보면 대개 짜증이 났지만, 그들이 그렇게까지 해서 하려는 말이 뭔지 알고 싶었다. 그들은 내가 S. J. 폭스냐고 물었고, 나는 '넵'이라고 말했다. 그들은 내 책 몇 권을 언급하면서 좋아한다고 말했다. 나는 고마워요, 라고 대답했다. 그들은 친구들을 불러 모으더니 내 이름을 공표했다. 그 얼굴들을 두루두루 보면서 나는 그중 몇 명은 내가 누구인지도 모른다는 것을 눈치챘지만, 그래도 그들은 안 그런 척하는 인상적인 노고를 기울였다. 가정교육이 중요한 데는 다 이유가 있다. 그중엔 위선을 떠는 사람들도 있지만 남다른 훌륭한 젊은 이들도 있다. 그들은 나를 선생님, 대장boss이라고 불렀고 내 술값을 저들이 내겠다고 고집부렸다. 나는 읽던 책을 옆으로 치우고 그들의 질문에 성심껏 대답했다. 이 청년들의 이름은 모두 토드, 제드 같은 식이었다. 그들의 진짜 이름 말이다. 그들은 나까지 굳이 그리스 이름으로 부르게 하진 않았다. 그들을 보니 대프니 같은 사람들이 떠올랐다. 가난한 적이 한 번도 없고 앞으로도 그럴 일이 없으며, 한쪽으로 치우친 논리를 쾌활한 태도로 지껄여대는 아이들. 세상 속에—본격적으로—발을 딛고 살지 않는 속물들. 나로 말하면, 나는 농부의 아들이다. 얘들은 유럽인들이 체코슬로바키아와 싸움에 휘말리기 직전이며, 그래서 전쟁이 임박했고 미국도 휘말릴 거라고 생각했다. 그들은 내가 어떻게 생각하는지 알고 싶어 했다. 나는 그들에게 독일이 이미 불알을 떼인 터라—영토를 빼앗겼고, 증명할 군대도 없고, 돈도 없고—더 이상의 전쟁은 일어나지 않을 거라고 알려주었다. 내 세대가 했던 것을 그들도 번복해야 할 일은 일어나지 않을 것이며, 만약 그들이 영예를 구한다면 다른 데서 찾는 게 좋을 거라고 말했다.

"폭스 선생님 말씀이 맞았으면 좋겠네요."

제드—아니, 토비였나?—가 진심을 담아 말했다. 파란색 운동복에 두 귀가 쫑긋 튀어나온 젊은이였다.

"선생님 말씀이 맞으면 좋겠는데 전 그렇게 생각하지 않아요. 일촉즉발의 상황이니까요. 독일은 별의별 이야기를 다 하고 있죠, 프랑스와 영국은 다짐을 얻으려고 이리 뛰고 저리 뛰고 있어요……."

"못 들었어요? 우린 아무것도 약속하지 않을 거예요. 루즈벨트가 미국은 중립을 지킬 거라고 말했잖아요. 체코슬로바키아랑 우리가 무슨 상관인가요?"

토비인지 제드인지가 날 똑바로 쳐다보았다.

"체코슬로바키아가 우리랑 무슨 상관이냐고요? 그렇다면, 독립은 우리랑 무슨 상관이 있나요? 자유는요? 행복의 추구는요?"

내 머릿속엔 오래전 프랑스에서 누군가 내게 낭독해준 두어 줄의 문장 말고는 아무것도 떠오르지 않았다. 선과 지혜에게 우리는 오로지 약속만을 할 뿐이다. 우리가 복종하는 것은 고통이다. 당신도 아시다시피, 프루스트죠. 그때 그가 내게 말했다. (대프니가 '프루스트가 한 말 알죠'라고 했으면 그런 사소한 말다툼은 일어나지 않았을 텐데. 아니면 상황이 다르게 풀렸거나. 내가 그녀의 면전에서 창문을 닫는 일 없이 마무리됐을 것이다.) 애들이 조용해진 걸 보니, 내가 그 문장을 큰소리로 말한 모양이었다. 그들은 모두 눈을 가늘게 뜨고 날 보고 있었다. 마치 내가 빛바랜 사진 속 유명인이고, 누가 먼저 확인할지 경쟁이라도 하는 듯했다. 어린 것들이란. 나는 가겠다는 인사도 하지 않고 무작정 그곳을 걸어 나왔다.

진입로에서 현관 포치로 가는데 사람들 목소리가 들렸다. 대프니와 한 남자의 목소리였다. 대프니는 웃고 있었다. 웃음소리에 취기가 묻어났다. 세 시밖에 안 됐는데. 나는 모퉁이를 돌기 전에 걸음을 멈추었다. 다행히 울타리가 있어서 그들은 내 쪽이 보이지 않았다. 포치의 그네에서 삐걱 소리가 들렸다. 둘은 그네에 앉아 있었다. 대프니와 함께 있는 남자는 존 피자스키였고, 그들은 동화에 대해, 온갖 것들에 대해 이야기를 나누고 있었다. 디는 물이 가득 든 꽃병에 몇 송이의 꽃을 가위로 다듬어 꽂고 있었다. 그녀가 산 꽃인지 그가 준 건지 모르지만 가위로 다듬을 필요가 없다는 건 확신할 수 있었다. 대프니는 늘, 심지어 이미 잘 다듬어놓은 꽃다발까지도 굳이 한 줄기 한 줄기 다듬었다.

"왜 남편이란 남자들은 사방을 다 걸어 잠그고 틀어박혀 있는 거죠. 내가 알고 싶은 건 그거예요."

대프니가 투덜거렸다.

"다 그런 건 아니에요."

피자스키가 그녀에게 말했다. 그는 조금도 취해 있지 않았다. 난 그게 마음에 들지 않았다. 둘이 함께 앉아 있는데, 그의 목소리는 신중하고 취기도 전혀 없는 반면, 그녀는 떠오르는 대로 아무 말이나 하고 있으니 말이다. 그는 그들이 나눈 대화를 모두 기억할 테고, 그녀는 기껏해야 4분의1 정도만 기억할 것이었다. 불행하게도.

"아, 냉혈한들만 그러는군요, 그런가요?"

"난 냉혈하다는 게 뭔지 잘 모르는데요, 대프니……."

"그래요, 당신은 냉혈한 게 뭔지 모르겠죠. 당신은 냉혈한 남자가 아니니까, 그렇죠, J. P.?"

그는 대답하지 않았다. 자기가 열정적인 남자라는 걸 그녀에게 일깨워줄 만한 표현을 떠올리느라 여념이 없는 모양이다. 내가 장담한다.

"당신, 푸른 수염은 아니죠? 아니면 레나르딘*은?"

나는 검은딸기나무 사이로 대프니를 흘끔 보았다. 그녀는 자기가 꽂은 꽃들을 여러 각도에서 보고 있었다. 그녀가 그의 조언을 구하지 않은 게 다행이라는 생각이 들었다. 그녀는 내겐 늘 조언을 구했다. 그렇다고 그녀가 참고할 만한 답변을 한 번이라도 들었다는 말은 아니다.

"피처**도 아닙니다. 절대요."

"피처라고요?"

나도 궁금해하던 참이었다. 그래도 피자스키는 꽤 능수능란해 보였다. 예전에 그는 내게 원래 자기는 고고학 박사 학위를 받기 위해 공부했는데 그의 부친이 가업인 보석사업 운영을 돕게 했다는 말을 한 적이 있었다. 아프리카에 다이아몬드 광산이 하나 있고, 네바다에 황금 광산이 하나 있었다. 호주에는 오팔 밭이 있고 그 밖에도 더 있었다. 나는 피자스키가 얼마나 부자인지는 생각하고 싶지 않다. 그도 거기에 대해선 생각하고 싶지 않은 것 같다. 그가 그렇게 많이 가진 자라니 어색하다. 그런 자가 원하는 것이라는 게 있긴 할까?

---

* Reynardine, 영국 민요에 등장하는 여우인간으로, 미녀를 홀려 자기 집으로 데려가는 것이 특기다. 그 이후 미녀는 알 수 없는 운명에 처하게 된다고 한다.

** Fitcher's bird, 그림형제가 수집한 민담으로, 한 마법사가 여자들을 속여 집으로 데려가서, '푸른수염'처럼 그의 비밀을 궁금해한 여자들을 모두 죽이는데, 세 자매 중 막내가 새로 변장하여 달아나 그에게 복수한다는 내용이다.

그는 내 아내에게 괴상한 이야기를 들려주었다. 시작부터 어찌나 심난한지, 동화가 맞는지조차 의심스러웠다. 내용이라곤 피처라는 마법사가 바구니 하나 들고 돌아다니면서 먹을 것을 구걸한다는 게 전부였다. 그리고 그를 동정해 음식을 준 여자들은 모두 그의 강요로 그의 바구니 속으로 뛰어들어갔고, 그의 집에 함께 가서 그의 아내가 되었다는 것이다.

"그래요."

대프니가 가위를 내려놓더니 말했다.

"처음엔 그이에게 참 미안한 생각이 들었어요…… 난 그를 행복하게 해주고 싶었을 뿐인데……."

"그랬군요, 아무튼 피처는 세 자매와 연이어 결혼했어요. 그러면서 자매들 각자에게 '문이 잠긴 방 안을 들여다보지 않는' 테스트를 했어요. 물론 두 언니들은 실패했어요. 피처의 마지막 아내인 셋째가 위험을 피해 살아남는 유일한 방법은 미치는 것뿐이었어요. 생각해보면 그럴 수밖에 없었을 거예요. 그 여자는 별의별 고생을 다 했어요. 두 언니가 토막 난 채 피바다에 잠겨 있는 걸 발견한 그녀는 토막들을 다 모아서 하나로 이었어요. 정말, 정말 어린애들이나 생각할 법한 해결 방식이죠. 그리고 미친 사람들만이 실제로 행동에 옮기고요. 그런데 그게 통했어요. 언니들이 다시 살아난 거예요. 동생은 언니들을 집으로 보냈어요. 어느 화창한 날 오후에 그녀는 텅 빈 집에서 온몸에 꿀을 뒤집어쓴 다음 커다란 통에 가득 들어갈 만큼의 깃털 위로 이리저리 굴러다녔어요. 그녀가 그러는 내내 한 해골이 의자에 앉아서 구경하고 있었죠. 해골은 그녀의 자리를 차지할 작정이었던 거예요. 그녀는 이미 미쳐 있었기 때문에 주저하거나 동요하지 않았어요. 그녀는 미쳐버릴 정도로 두려웠던 거죠. 어쩔 수 없었어요. 자신을 구해야 했으니까. 그래서 그녀는 상황을 이해하려고 안달하지 않았어요. 우리가 늘 의식하는 건 아니지만, 우리가 깨어 있는 거의 매순간 하고 있는 것들은 힘든 노동이에요. 어느 시점에 이르러 자신의 생각과 기억과 행동을 정립하고, 어제 있었던 일들, 바로 지금 일어나고 있는 일들, 앞으로 일어날 일들을 동시에 켜켜로 쌓으면서 또 균형 있게 유지하는 것 말이에요.

그녀는 그런 걸 다 집어치우고 무작정 전진했어요. 그녀는 누구도 아니었고, 어디에도 없었고, 아무것도 하지 않았지만, 그래도 온몸을 던져 열심히 그리고 빠르게 나아가고 있었어요. 꿀과 깃털로 온몸을 뒤덮자마자 그녀는 백주대낮에 밖으로 걸어 나갔고, 그때까지도 잊고 있지 않았던 유일한 말을 했어요. **나는 새랍니다. 나는 피처의 새랍니다.** 만약 그녀가 단 한 번이라도 피처의 새가 아닌 적이 있다면, 그런 말은 하지도 못했을 거예요. 큰 깃털로 끈적끈적하게 온몸이 뒤덮인 그녀는 어떤 모습이었을까요? 그녀의 눈은 무엇을 말했을까요? 자기가 하는 말을 이해는 한 걸까요? 신경 쓸 것 없어요. 그녀의 입이 말했으니까요. **나는 새랍니다. 나는 피처의 새랍니다.** 그리고 그녀의 말을 들은 누구도 그녀를 의심할 수 없었어요. 그녀는 사악한 마법사를 만났어요. 다름 아닌 피처를 만난 거예요. 집으로 가는 길이었죠. 나는 새랍니다. 그녀는 그에게도 그렇게 말했어요. 그는 그녀를 알아보지 못했어요. 그녀라는 존재가 사라져버렸으니까요. 그는 그녀의 눈을 들여다보았고, 거기엔 어떤 여인도 깃들어 있지 않았거든요. 그래서 그는 다시는 그녀를 붙잡지 않았답니다."

대프니의 얼굴에 떠오른 표정에 그가 말을 멈춘 게 틀림없었다. 꽤 오랫동안 둘 중 누구도 말을 하지 않고 있었다.

"그 여자는 그 남자 때문에 미친 거예요."

대프니가 말했다.

"나한테도 그런 일이 일어나고 있는 것 같아요."

그네가 다시 한 번 삐걱거렸다. 나는 울타리 너머를 보았다. 그들이 뭔 짓을 하고 있는지 봐야만 했다. 날 보려면 보라지. 하지만 내가 봤을 때 그가 두 팔을 그녀에게 두르고 있다든가, 그녀의 팔에 손만 올려놓고 있다 해도 나는 그의 머리통을 뽀개버릴 작정이었다. 대화 자체는 문제될 게 없었다. 아내는 취했다. 그리고 그놈은……. 나는 그가 얼핏 보기엔 안일해 보이는 척하며 실은 무슨 짓을 하고 있는지 알았다.

뚝뚝 끊기는, 신비로운 유럽인의 억양으로 그녀가 좋아할 만한 이야기, 그녀가 감정을 이입해 자신을 희생양, 여주인공으로 여기게 될 이야기를 떠먹여주고 있었다. 나는 그들 중 하나라도 날 보게 될까봐 뒤로 물러났다.

"굳이 미칠 것까진 없잖아요?"

피자스키가 대프니에게 말했다.

"그 지경까지 갈 필요는 없어요."

"그렇다면 난 뭘 해야 하죠? 뭘 해야 하는 거냐고요?"

그녀의 어조는 자기가 한 질문에 어떤 대답이 나올지는 딱히 관심이 없다는 투였다.

그녀의 드러난 두 팔엔 주근깨가 나 있다. 그녀는 두 눈을 감고 그네 등받이에 머리를 기대고 있다. 내 여자. 나는 그녀를 두 팔로 안아 올려, 내 목을 그녀의 목에 대고 그녀의 두 손을 내 두 손으로 잡은 채 이리저리 돌아다니고 싶었다.

그는 그녀에게 손대지 않고 있었을 뿐만 아니라, 가까이 앉아 있지도 않았다. 내겐 그의 뒤통수만 보였다. 그러나 그는 숨은 쉬고 있나 싶을 정도로 미동도 하지 않은 채, 그녀를 바라보고 있었다. 마음에 들지 않았다.

"대프니, 무슨 일이 있는 거예요?"

그가 마침내 물었다.

"뭐 잘못된 거라도?"

"당신에게 말할 수 있으면 좋겠네요."

그녀가 말했다.

"할 수 있어요. 어떤 얘기도 괜찮아요."

그는 기다렸지만 그녀는 아무 말도 하지 않았다.

"나중에라도 할 수 있으면 해주세요. 그런데, 당신이 알아야 할 것이 있어요. 다른 방법이 있어요, 미치는 것 말고. 미스터 폭스 이야기* 아세요?"

"아뇨."

그녀의 목소리는 힘이 없었고, 듣고 싶지 않은 기색이었다.

"그 이야기에선 무슨 일이 일어나는데요?"

"흔한 일들이에요. 구혼과 유혹이 있고 전임자의 토막 난 몸을 발견하게 되죠. 하지만, 이건 영국 동화랍니다. 그래서 여주인공인 레이디 메리는……"

"레이디 메리?"

대프니가 물었다. 그녀가 자세를 바로하고 앉았으리라는 건 굳이 눈으로 보고 확인할 필요가 없었다.

메리 폭스가 내 어깨에 부드러운 손을 올려놓았다.

"가자, 미스터 폭스."

그녀가 속삭였다. 나는 그녀를 어깨로 밀쳤다. 그녀에게선 대프니가 자신만의 향기라고 했던 향이 났다. 나는 그게 탐탁잖았다. 대프니 자신이 얼마나 어리광이 심한지 깨달을 수 있도록 가격표를 떼지 말라고 점원에게 부탁할까 잠시 고민할 정도로, 온스 단위로 돈값을 하는 향수였기 때문만은 아니었다. 메리는 메리였다. 그녀는 오랜 세월을 나와 함께했다. 아마도 내가 프랑스에 가기 전부터였을 것이다. 그녀는 지금껏 건초 만드는 시기가 되면 건초를 낫

* Mr. Fox, '푸른 수염' 유형 민담의 원형인 '도둑 신랑'에서 파생된 영국 자장가로, 부유한 처녀들을 죽이는 미스터 폭스와, 그와 결혼할 뻔했던 레이디 메리의 이야기를 담고 있다. 레이디 메리는 구혼자인 미스터 폭스의 집에 그가 없을 때 몰래 놀러 갔다가 죽은 여자들을 발견하고, 약혼식 자리에서 그 사실을 폭로함으로써 그를 물리친다.

으로 베어 차곡차곡 쌓아 발로 다져주었고, 그 덕에 나는 소와 말을 먹일 수 있었다. 그녀는 차마 서 있기도 힘든 때에도 머리부터 발끝까지 진흙을 뒤집어쓴 채 서서, 헛간 기둥에 맞서 버텼다. 메리 폭스는 병에 담아 파는 향수와는 어떤 식으로도 연결되지 말았어야 했다.

"그 농장 일은 내가 있기 전인데."

메리가 말했다.

"나랑 떠나자, 미스터 폭스."

그녀의 얼굴엔 매정해 보이는 미소가 어려 있었다.

"미시즈 폭스는 우릴 막을 수 없다고 당신이 그랬지, 기억해?"

갑자기 나는 메리 폭스에게 조금씩 지치고 있었다.

"그만해."

나는 그녀에게 말했다.

"좀 조용히 해. 실은, 넌 말할 수가 없어. 넌 방금 목소리를 잃었어, 메리. 오늘 네 목소리가 너무 쉬었어."

그런 후 나는 내 손으로 그녀의 목소리를 막아버렸다.

메리의 입술 모양은 빠르고 맹렬한 흐름을 타고 말들을 쏟아냈지만, 단 한 마디도 소리가 나지 않았다. 그녀는 자기 목을 꽉 움켜잡더니 공포에 사로잡혔다. 그녀는 그간 누가 주인인지를 잊고 있었다.

이것 풀어줘. 그녀는 격노해 몸짓으로 말했다.

조금 있다가. 나도 몸짓으로 대답했다.

그러나 재앙이 시작되었다. 아까 메리에게 너무 큰 소리로 말을 했기 때문에 대프니와 피자스키가 그 소리를 듣고선 말을 멈추었던 것이다. 있던 자리에 더는 머무를 수 없었다. 나는 성큼성큼 걸어서 모퉁이를 돌아 포치까지 걸어갔다. 손에 자동차 키를 달랑거리며.

"안녕, 디. 안녕하신가, 피자스키 씨. 아내를 집까지 바래다줘서 고마워요. 그래, 어디서 즐거운 시간을 보내셨나?"

"웨인라이트츠 집에서요."

그들은 빨리도 대답을 내놓았다. 아, 왜 아니겠어, 웨인라이츠네라고.

대프니는 자리에서 일어나 피자스키에게 잘 가라는 입맞춤도 없이 집 안으로 들어갔다. 그녀가 그에게 잘 가라는 입맞춤을 하지 않은 게 신경에 거슬렸다. 이제 뺨에 하는 가벼운 입맞춤조차 그들 사이에선 의미심장해졌다는 뜻인가. 피자스키의 작별은 바람직했고, 조용했고, 서두르거나 늦추는 법도 없었다. 나로선 그에게 뭔 말을 하거나 배웅할 필요가 없어서 편했다.

대프니는 위층에 갔지만 우리 방으론 오지 않았다. 그녀는 빈 침실 중 하나로 들어갔고 침대 옆 탁자에 아까의 꽃을 올려놓았다. 나는 그녀를 따라 방으로 들어갔다. 좀약 냄새가 진동했다. 오래도록 묵어가는 손님을 맞지 않은 탓이었다.

"안녕."

내가 말했다.

"안녕."

대프니가 말했다. 그녀는 베개를 부풀리고 담요를 전부 바닥으로 끌어내리더니 침대 위로 뛰어올라갔다.

"꽃 어때?"

그녀는 한쪽 팔을 휙 내밀어 꽃을 가리켰다.

"괜찮네."

나는 말했다.

"오늘 오후 크로켓 경기에서 1등상으로 탄 거야. 피자스키 씨가 탄 건데 꽃엔 관심이 없어서 내게 줬어."

"좋은 친구네."

"나 더워."

그녀가 말했다.

"얼음 좀 갖다 줄 수 있겠어?"

"얼음만?"

"얼음만……."

"얼음 가지고 뭘 하게?"

"보게. 기분이 좋거든. 왜 그래, 세인트 존. 내가 얼음 가지고 뭘 할지가 중요해?"

"얼른 갖다 줄게. 왜 이러는 건데? 왜 여기에서 잠을 자려는 거야? 당신 침대가 이젠 마음에 안 드는 거야?"

"아아, 싸우지 말자."

그녀가 말했다. 나는 메리의 입을 다물게 하려고 여전히 오른손을 꽉 그러쥐고 있었고, 대프니는 그걸 몇 초 동안 보고 있다가 내 얼굴을 보았다. 내가 자기한테 주먹을 날릴 거라고 생각한 모양이었다.

나는 또 그녀에게 오늘 밤 여기서 잘 거냐고 묻고 싶었지만 그녀가 응, 이라고 말할까봐 내키지가 않았다. 기분이 싱숭생숭해서 잠깐 눈만 붙이려는 참이었는데, 내 질문을 듣고 태도를 정하라는 말로 알아들을지도 모른다. 그녀가 그런다는 건 일찍부터 익히 알고 있었다. 그녀는 빌미를 줬다는 생각이 들면 도리어 나를 몰아세운다.

"다음 주 수요일에 도심 지역의 가난한 여자애들을 위한 오찬을 열까 하는데 괜찮겠어? 많이 오진 않아. 다섯 명 정도."

"나야 괜찮지. 가난한 여자애가 물 만한 미끼는 있고? 가서 낚아 오게 차로 데려다 줘?"

"농담 마. 비어트리스 웨인라이트의 '컬처 클럽'에 가입하고 싶은데, 그 오찬이 내가 거쳐야 할 일종의 오디션 같은 거라서 그러는 거니까."

"해도 돼. 내 서재에만 들어오지 못하게 해줘. 명심해. 거긴 출입 금지야."

"물론."

내가 얼음을 가지러 가기 전에 그녀가 자리에서 일어섰다.

"내가 가지러 갈게, 됐지?"

그녀는 발끝을 들고 내 이마에 입을 맞췄다. 참 슬프게, 라고 나는 생각했다.

서재 책상에서 나는 새 공책이 한가운데에 가지런히 펼쳐져 있는 걸 발견했다.

첫 번째 페이지에 리스트가 적혀 있었다. 나는 한 1, 2분 동안 그 리스트를 보았다. 'D'와 'M'을 대신한 점수가 적혀 있었다. 내 필체와 흡사했다. 너무도 흡사해서 내가 써놓고 잊어버렸던 건가 싶을 정도였다. 그러나 나는 이런 리스트를 쓴 적이 없다. 내용조차 내가 인정할 수 있는 성격의 것이 아니었다.

그러니 메리가 이젠 글까지 쓰고 있었다는 얘기였다.

나는 고개를 들었고 그녀는 웃고 있었다. 물론, 소리 없이. 소리를 죽인 그녀는 훨씬 더 매력적이었다. 가령 플립북*을 보며 내 눈이 좇고 있었던 이미지처럼. 그녀는 움직이지 않고 있었다. 내가 움직이고 있었다. 나는 그녀를 손짓해 불렀다.

"이거 당신이 썼지."

내 말에 메리는 가까이 다가오더니 하릴없이 자기 입을 가리켜 보였다.

"그냥 고개를 끄덕이거나 흔들기만 해."

나는 말했다.

"당신이 쓴 것 맞지, 그렇지?"

그녀는 팔짱을 꼈다.

---

* 여러 장의 종이에 움직임의 한 장면 한 장면을 연속적으로 그려 종이를 연속적으로 넘겼을 때 그림이 움직이는 것처럼 보이게 하는 애니메이션 기구.

"대프니가 이걸 봤어?"

눈으로는 답을 확인할 길이 없었다. 나는 공책을 덮고 주먹 쥔 손을 그 위에 올려놓았다. 손이 아파오기 시작했다. 미약하게, 그러나 더 강해지겠노라는 약속으로 욱신거리며.

"이건 유치한 짓이야, 메리. 다신 이런 짓 하지 마."

그녀는 사악하게도 예법을 갖춰 절을 하고는 날 떠났다.

나는 공책에서 리스트가 적힌 페이지를 뜯어내 갈기갈기 찢었다. 두 손으로 찢어야 했다. 대프니가 그 리스트를 발견했고 뭔가 눈치챘다 한들, 내가 이런 걸 진지한 마음으로 쓰고 그녀가 발견할 만한 곳에 내버려두는 사람이 아니라는 건 그녀도 알아야 한다. 그러나 대프니는 뭔가 알고 있었거나, 자신이 알고 있다고 생각했다. 아까 내 이마에 가볍게 입을 맞췄을 때, 그때는 어쩌자는 심산이었던 것일까? 그 생각이 견디기 힘들 만큼 내게 달라붙어 있었다. 마치 사순절 초일의 재처럼*. 어렸을 때 재를 털어내버리려고 하면 늘 혼찌검이 났었던 것처럼.

확실히 기억할 수 있는데, 예수가 결코 죽은 자들 가운데서 살아났을 리 없음을 깨달은 때가 내 나이 스물다섯 살이었다. 누구는 그게 무슨 대수냐고, 어디까지나 내가 불쾌한 진실에 눈을 뜬 것뿐이라고 할지도 모르겠다. 하지만 나는 그전까지 한순간도 믿어 의심치 않았던 것에 대해 말하고 있는 것이다. 새롭게 깨달은

* 사순절의 초일인 '재의 수요일'에 가톨릭 신도들이 참회의 상징으로 이마에 재를 바르는 것을 의미.

그 생각이 날 곤죽이 되게 때려눕힐 뻔했단 말이다. 무슨 말인가 하면, 부활은 진실일 수 있다. 그럴 수 있다. 내가 거기 있지 않았는데 확실히 말할 도리가 없지 않나. 그러나 사실이 아닐 수도 있다. 그렇다면 예수는 죽임을 당했고 그걸로 그는 끝장이었다는 뜻도 된다. 그래도 그는 살면서 꽤 치열한 사람들과 알고 지냈고, 그 사람들은 예수가 너무도 중요한 사람이라 그냥 묻어버리고 말 수는 없다고 생각했다. 그래서 그들은 자기들의 친구가 죽임을 당한다는 건 있을 수 없다는 이 개념으로 자신들의 가치를 높였고, 이에 관한 모든 것을 모두에게 이야기했다. 그래서 예수가 죽을 수 없다는 믿음 때문에 수백 명의 사람들이 죽었고, 거기에 더해 수천 명의 사람들이 고통을 당했다. 순교 말이다. 그 모든 순교를 생각하면……. 나는 잘츠부르크의 어느 거리를 사과를 먹으며 걸어 내려가다가 여기까지 생각이 미쳤을 때, 그냥 여념 없이 그저 씹고 삼키고 씹고 삼키기를 계속했다. 그것이 내가 할 일이었기 때문이었다.

사랑. 나는 사랑에 무능력하다. 정면으로 보는 건 고사하고, 옆에서 다가가는 것도 못한다. 그렇다고 이 상태로 혼자 있을 수도 없다. 다른 사람들도 다 마찬가지다, 거짓말쟁이들. 노래를 부르고 그림을 그리고 서로에게 사랑과 사랑의 신비와 사랑의 놀라운 속성 및 그 신화에 얽힌 이야기를 하고. 그러면 어느 날엔가 사랑은 기적처럼 나타날지도 모르지. 하지만 나는 누구에게나, 어떤 것에나, 여자건, 전지가위건 가리지 않고 '너를 사랑해'라는 말을 하루에 열 번, 아니 백 번쯤 말할 수 있다. 지금까지 나는 일체의 의미도 담지 않은 채로 이 말을 했고, 사랑의 이름을 헛되이 들먹였고, 벌 받는 일 없이 쓸쓸하게 떠나버리곤 했다. 사랑은 결코 실제가 될 수 없다. 설령 된다 한들 그것에는 아무 힘도 없다. 전혀 없다. 다만 탐욕스러움이 있을 뿐이며, 다정한 말로 우리가 탐내는 것을 차지할 수 없을 때—그런 일은 종종 일어나는데—는 완력이 들어선다. 시내 술집에 죽치고 앉아 대의명분에 대해 게으르게 떠들어대는 그 젊은 것들. 뭔가 끔찍한 것이 다가오고 있고, 세계의 모두가 그걸 일어나게 하기 위해 노력한다며. 그 일을 직접 일으키기 전까지는 그들은 쉬지도 않을 것이다. 메리, 제발 돌아와. 이런 생각에서 날 벗어나게 해줘. 아냐, 오지 마, 넌 골칫거리야.

사랑하는 사람들을 위한 서른한 가지 법칙

(1186년경)

안드레아스 카펠라누스의 『기사도적 사랑의 기술』에서*

1. **결혼은 사랑하지 않는 것에 대한 진짜 변명이 될 수 없다.**
2. 질투하지 않는 남자는 사랑도 할 수 없다.
3. 한 번에 두 사람과 동시에 사랑에 빠지는 경우는 없다.
4. 사랑이 언제나 증가하고 있거나 줄어들고 있음은 만인이 아는 사실이다.

---

* 작가 주: 고딕체로 강조된 항목은 각각 순서대로 대프니 폭스, 메리 폭스, 세인트 존 폭스가 특별히 관심을 보인 항목이다.

5. 남자가 사랑하는 사람의 의향과 반대되는 행동을 하는 것에는 아무런 흥취도 없다.
6. 소년들은 성년에 도달하기 전까지는 사랑을 하지 않는다.
7. 사랑하는 사람이 죽었을 때, 살아남은 연인은 2년간 수절해야 한다.
8. **정말로 불가피한 명분이 아니라면 누구의 사랑도 박탈해서는 안된다.**
9. 사랑에 설득력에 무릎을 꿇지 않는 남자를 위한 사랑은 없다.
10. 탐욕의 나라에서 사랑은 언제나 이방인이다.
11. 결혼하기에 꺼려지는 여자와는 사랑하기에도 적절치 않다.
12. 진정한 연인은 오로지 그가 사랑하는 사람만을 포옹하고 싶은 욕망을 느낀다.
13. 만인에게 공개된 사랑은 오래가기 힘들다.
14. 쉽게 손에 넣은 사랑은 거의 가치가 없다. 어렵게 손에 넣은 사랑이 그 가치를 높인다.
15. 사랑하는 사람 앞에서 남자는 종종 얼굴이 창백해질 때가 있다.
16. 사랑하는 사람을 갑자기 만나면 남자는 심장이 두근거리게 된다.
17. 새로운 사랑은 낡은 사랑을 몰아낸다.
18. 남자는 훌륭한 성품만으로 사랑받을 수 있다.
19. 식어가는 사랑은 급속도로 악화되며, 다시 살아나는 경우는

거의 없다.

20. **사랑에 빠진 사람은 언제나 불안에 차 있다.**

21. 진정한 질투는 언제나 사랑의 감정을 부풀린다.

22. 질투, 즉 사랑은 사랑하는 사람을 의심할 때 부풀어 오른다.

23. 사랑의 상념에 빠진 남자는 먹는 것을 성가셔하고 잠을 적게 잔다.

24. 사랑하는 사람의 모든 행위가 귀결하는 곳은 사랑하는 사람에 대한 생각이다.

25. 진정한 연인은 사랑하는 사람이 기뻐할 만한 것 외에 어떤 것도 달가워하지 않는다.

26. 사랑은 사랑해야 할 것들을 부인하지 못한다.

27. 사랑하는 사람의 위로는 아무리 받아도 성에 차지 않는다.

28. 단순한 추측은 그가 사랑하는 사람에 대한 의심을 불러일으킨다.

29. 과도한 열정을 귀찮아하는 사람은 사랑을 하지 않는 경우가 많다.

30. 진정한 연인은 끊임없이, 쉼 없이 사랑하는 사람의 생각에 사로잡혀 있다.

31. **한 여자가 두 남자, 혹은 한 남자가 두 여자의 사랑을 받는 걸 막을 수 있는 것은 아무것도 없다.**

백발백중인걸. 카펠라누스란 친구, 마음에 들어! ―메리 폭스

하, 하, 하…… 그러게. ―세인트 존 폭스

으으으으으으으음. ―대프니 폭스

나는 월요일 거의 대부분을 침대에서 보냈다. 세인트 존이 알아차릴까 두고 보려는 생각이었고, 그가 알아차리면 어떻게 할지 지켜볼 생각이었다. 그러나 그는 알아차리지도 못했을 뿐더러, 저녁은 어떻게 할 거냐고 물으러 오지도 않았다. 책을 쓰느라 정신이 없나보다 하고 생각했다. 자기 식대로 사람들을 죽여 없애는 게 쉬울 리 있나. 특히 매번 죽을 때마다 의미를 부여해주어야 하니 더더욱 그럴 것이다. 라디오에서 그가 말하는 걸 들은 적이 한번 있다. 그를 만나기 전이었다. 그의 팬 한 사람이 전화를 걸었는데, 아, 얼마나 진심 어린 목소리였던지, 어떤 인물이 왜 그렇게 허망하게 죽어버린 거냐고 물었다. 세인트 존의 답은 이랬다.

"그녀의 죽음이 허망한 것 그 자체로 의미가 있다는 말씀을 드리려 했습니다만, 사실은 그 경우는 깜박 잊었습니다. 지적해주셔서 감사합니다. 앞으로 더 열심히 쓰겠습니다."

그는 글을 쓰면서, 내가 좋아하는 교향곡을 틀어놓았다. 볼륨을 정말로 크게 해놓았지만, 음악이 마루 널을 통해 솟아올라와 내

주위에서 차오르는 게 좋았다. 나는 팔과 두 다리를 기둥처럼 쌓인 잡동사니 위에 아무렇게나 걸치다시피 했고, 오로지 등만을 꼿꼿이 한 채로 음악 위에 누워 있었다. 옛날의 무용 선생님이 이런 내 모습을 보았다면 졸도했을지도 모른다. 나는 언제나 '자로 잰 듯 정확한' 소녀였다. 그 시절엔 그게 세상에서 제일 쉬웠다. 숨을 너무 깊이 들이쉬었다간 엎어지기라도 할 것처럼 느낀다면, 그건 내가 '자로 잰 듯 정확'했기 때문이었다.

해야 할 집안일들이 있었다. 먼지를 털어내고 북북 문질러 씻고 광을 내고 돌아다니며 부산을 떠는, 누구의 눈에도 띌 일이 없는 그런 일들이. 그런 일들에 손 하나 까딱하지 않는 게 얼마나 좋았는지 모른다. 근처에 굴러 다녀서 무심코 집어 든 수채화 책을 몇 시간 동안 들여봤지만, 그러다보니 금방이라도 눈물이 쏟아질 것 같았다. 풍경의 색조가 너무 바랬고, 내가 시작했다가 반만 그린 채로 온실에 건 몇몇 그림이 생각나서였다. 완성을 못 한 이유는 그림을 그려봤자 하품만 나오는데다가, 여름밤에 칵테일 한 잔 하러 온 사람 중 어느 하나라도 그 그림들을 보며 실제로 풍경이 저랬느냐고 물어볼 만큼 관심을 기울일 것 같지 않아서였다. 2년째 여름마다 걸어놓았지만 지금껏 그런 질문을 한 사람은 없었다.

날이 어두워지자 메리 폭스가 왔고, 양초를 들고 내 옆에 앉았다. 내 감각과 뇌는 죽은 거나 다름없는 상태인지라 나는 그녀가 와주길 바랐고, 분위기가 바뀌니 기분이 정말 좋았다. 그녀는 우리 둘만 있을 수 있게 문을 닫았다. 나는 그러라고 놔두었다.

"그는 오지 않을 거예요."

메리 폭스가 말했다.

"아마 오늘 밤 거기서 잘 거 같아요."

"하루이틀 일인가요. 알아요."

그녀는 벌거벗고 있었으며, 그 사실을 조금도 의식하지 않고 있었다. 그럴 필요가 없기 때문이었다. 촛불에 비친 모습을 보고 나는 이 일이 정말로 일어나게 될 것임을 확신했다. 세인트 존 폭스는 늙지도 않는 귀여운 동반자를 상상으로 빚어냈고, 바야흐로 나를 내치고 그녀와 살 예정이었다. 그녀는 나보다 젊어 보였고, 존보다는 훨씬 젊어 보였다.

"부탁하는데, 옷 좀 걸치지그래요."

난 그녀에게 말했다.

"옷이 어디로 사라졌는지 모르겠어요. 그가 나한테 화가 나서 벌을 주려고 이러나봐요. 나 때문에 마음이 불편해졌다면 미안해요. 헌옷 아무거나 주시면 입을게요."

그녀는 말하는 게 참 단순했다. 간교한 속임수나 기만적인 배려는 전혀 없었고, 오직 정직함만 느껴졌다. 그런 식으로 말하는 그녀에게 나는 진심으로 화를 낼 수가 없었다.

나는 침대에서 빠져나왔다.

"이리 와봐요."

우리는 내 옷방으로 갔고 나는 라일락 색깔의 셔츠드레스를 그녀에게 입으라고 주었다. 그녀에겐 말하지 않았지만 그건 내가 가장 좋아하는 옷이었다. 신혼여행 첫날 부에노스아이레스에서 그 옷을 입었다. 또 시작이군, 첫날, 첫날, 첫날 타령. 그와 손을 잡았던, 그 모든 추억이 올올이 짜여 있는 드레스. 그리고 메리 폭스가 내 드레스에 달린 단추만큼이나 귀엽다는 건 두 말 하면 잔소리였다. 셔츠드레스의 색깔이 그녀의 머리칼에 흥미로운 색조를 부여했다. 아니면 거꾸로거나. 우리의 사이즈가 똑같아서 기분이 좋았다. 가끔 드는 생각과 달리, 나 자신이 뚱뚱한 것과는 전혀 거리가 멀다는 점을 아는 건 얼마간 위로가 되었다.

메리 폭스는 옷방 의자에 앉았고, 나는 그 옆에 섰고, 그녀는 나를 바라보았고, 나는 그녀를 바라보았다. 세인트 존이 여자에게 원하는 바를 눈으로 확인하게 되니 참으로 흥미로웠다. 손놀림이 서툴러 성기게 땋아 내린 그녀의 머리가 어깨 위에 드리워 있었다. 누구든 그녀에게 스스로 머리 땋는 법을 가르쳐줘야 할 것 같았다. 앞으로 내게 어떤 일이 일어날지 궁금했다. 그가 날 쫓아낼 것 같지는 않다, 절대로. 하지만 내 자존심이 여기 계속 사는 걸 허락지 않을 수도 있다. 그는 내게 경제적인 지원을 해줄 것이다. 그렇지만 친정으로 돌아갈 수는 없다. 아빠는 마망이 자기 생각을 여과 없이 쏟아놓지는 못하게 것이다. 마망 역시 그러진 않을 것이다. 아빠가 있는 동안은. 하지만 그녀는 예의 체념한 표정으로 날 바라볼 것이다. 또 만신창이가 됐구나, 대프니. 내가 예상한 그대로야. 내가 대학을 그만뒀을 때 날 보던 그 표정, 그것의 딱 열 배는 더 끔찍한 표정이겠지. 난 지금 여기서 버텨야 한다. 협박을 해서라도 그래야 한다. 그레타라면 악바리 마녀처럼 싸우겠지. 이제까지 두 명의 여자가 피자스키의 마음을 사로잡으려 했는데 그레타는 매번 그들을 몰아냈다. 그녀는 자기의 남자를 지키기 위해서라면 싸움도 불사한다. 하지만 메리 폭스 같은 여자를 어떻게 쫓아낸단 말인가.

"당신을 이렇게 가까이서 보긴 처음이에요."

메리 폭스가 말했다.

"난 당신 얼굴 보는 걸 좋아해요. 좋은 얼굴이에요."

그 예의상 칭찬에 웃지 않을 수가 없었다. 나도 그녀에게 그와 똑같이 생각한다고 말하고 싶었지만, 내 자존심이 허락하지 않았다. 그랬다면 그레타가 구울*처럼 내 마음속에 떠올라 비웃었을 것이다. 자알한다. 저것이 네 자리를 꿰차는 동안 넌 알랑방귀나 뀌렴. 나는 머릿속에선 힘을 못 썼다. 이런 생각도 그래서일 것이다. 앞으로 어떻게 할 것인지에 대해 더는 신경 쓸 수 없는 상태인가보다. 이건 전형적인 시나리오가 아니다.

"뭘 생각하고 있는 거죠, 미시즈 폭스?"

메리 폭스가 물었다.

나는 또 웃었다.

"뭐 재미있는 걸 생각하고 있나요?"

"그이가 당신이 영국인이라고 했었어요."

---

* 사람 시체를 먹는 악귀

"미시즈 폭스."

그녀가 말했다.

"난 당신과 꽤 비슷하다고 생각해요."

"그걸 당신이 어떻게 알아요?"

분노가 치고 들어오기 시작했다.

"당신이 그걸 어떻게 아느냐고요."

메리 폭스는 크고 사려 깊은 눈을 들어 나를 보았다.

"근처에 스테이플러가 없어서 다행이네요."

느닷없이, 나는 그녀에게 내가 임신했는지 아닌지 아느냐고 물었다. 예약한 진료는 취소해 버린 터였다. 만약 내가 임신했다면 상황은 고약해질 것이고, 아니라고 해도 고약해질 것이었다.

"임신한 것처럼 보이진 않는데요."

메리 폭스가 말했다.

"당신은 모른다는 뜻이에요? 모르는 거면 모른다고만 말해요."

"몰라요. 물론 알 리가 없죠. 내가 그런 걸 어떻게 알겠어요? 난 의사가 아니에요."

"난 당신이…… 마법의 존재 같은 게 아닐까 생각했어요. 혼령처럼."

그녀는 두 눈을 매우 크게 뜨더니 놀라서 나를 보았다.

"아뇨, 그런 것 같진 않은데요."

"알았어요. 마법의 존재도 아니고 의사도 아니고. 알아들었어요."

그녀는 정말이지 지나치게 즐거워하고 있었다. 내가 마법의 존재냐고 묻자, 그녀도 자신이 결국엔 마법의 존재가 아닐까 궁금해한다는 걸 알 수 있었다. 이게 다 뭐하자는 건가. 나도 모르게 어느새 이 소녀, 이것, 아니 뭐건 간에 이 존재를 보호하고 싶어지다니.

"원하는 게 뭔가요, 메리 폭스? 내 남편이에요?"

"난 그를 믿어요."

그녀는 천천히 말했다.

그녀가 그 말을 남편에게 한 번이라도 한 적이 있었는지, 했다면 그가 뭐라고 말했을지 궁금했다. 당신이 만들어낸 존재가 돌아서서 당신을 믿는다고 말한다면, 그럴 때 대체 무슨 반응을 보일 수 있을까? 시나리오가 참으로 기괴하다. 그리고 이 각본 속에서 그녀가 맡은 역할은 또 얼마나 무례한가. 만약 내게 그런 일이 일어난다면 나는 평생 말 한 마디 하지 않고 살 것 같았다.

"난 그를 사랑해요."

그녀가 덧붙였다. 아까의 단순한 말투가 다시 살아났다. 그녀는 그 말이 내게 해도 될 말이라고 생각한 것이다.

"잘됐네요. 나도 그런데."

우리는 또 한 번 서로를 재고 있었다.

"미시즈 폭스."

메리가 내 팔에 한 손을 얹었고, 우린 서로에게서 펄쩍 뛰듯 물러섰다. 정전기, 그녀가 건드렸을 때 자지러질 것처럼 정전기가 일었다. 전기철조망에 살을 비벼대면 느끼게 될 거라고 상상했던 바로 그 느낌이었다. 내 두 무릎이 미친 듯 서로 부딪쳤다.

"불쾌한 느낌을 줬군요. 다시는 안 그럴게요."

같은 방에 앉은 앙증맞은 코미디언이 말했다.

"좋아요. 자, 뭔가 하려던 말이 있었죠. 해봐요."

"오늘 밥은 먹었는지 궁금했어요."

"안 먹었어요. 그게 당신하고 무슨 상관이에요?"

"괜찮으면, 괜찮으면 함께 나가서 저녁을 먹으면 어떨까 해서요. 멋진 곳에서요. 멋진 모자 하나를 쓰고."

그녀는 우리가 근사한 식당에 가서 저녁을 먹을 수 있을지, 멋진 모자를 쓸 수 있을지 궁금해했다. 내 모자 중 하나를 생각하고 있는 것이리라. 근처엔 모자를 구할 만한 데가 없으니까. 맵시 있는 이 형상, 그녀는 내가 마음속에서 상대하고 있던 여자가 아니었다. 그 리스트를 훑어보았을 때 내가 마음속에 그려보았던 M이 아니었다. 그녀는 정신연령상 기껏해야 십 대 소녀 같았다. 만약에 내가 공을 좀 들여서 그녀에게 도도한 태도를 가르친 다음 그녀의 주인에게 돌려보낸다면 어떻게 될까?

"내가 아는 데가 하나 있어요."

나는 말했다.

"나도 옷 좀 입을게요."

그녀는 내가 옷을 갈아입을 동안 돌아서 있었다. 그런 후 나는 그녀에게 가지고 있는 모자들을 전부 써보게 했다. 그러면서 나는 새로 만난 사람—거의 처음 보는 사람—에게 새로운 것을 선보이는 흥분된 감정에 휘말렸다. 그녀는 킥킥거렸고 나도 그랬다. 하도 크게 웃어서 아래층에 있는 세인트 존의 귀에까지 들리고, 그가 무슨 일인가 싶어서 올라오지 않을까 싶었다. 그는 올라오지 않았다. 메리는 모자 하나를 골랐다. 그리곤 마음이 바뀌었다. 또 마음이 바뀌었고, 또 바뀌었다. 메리 폭스, 이 여자, 모자에 대해선 매우 우유부단하군. 보아하니 세인트 존한테 싫증이 나서 어디론가 떠나버릴지도 모르겠다. 어쩌면 내가 식당에 들어가 두 사람이 앉을 자리를 부탁한 순간 사라져버릴지도 모른다. 그러면 난 정말 바보천치처럼 보이겠지. 하지만 나는 위험을 무릅쓸 각오가 돼 있었다. 나는 그녀의 미소 짓는 얼굴을 보고 싶었다. 미소 짓는 얼굴이 보고 싶어지는 사람들이 있다. 그리고 나는 프로젝트를 좋아한다. 프로젝트가 생기는 게 정말로 좋다.

모자를 고른 지 20분쯤 지났을 때, 나는 그녀에게 지금 쓴 종 모양의 검은 모자로 정하라고 힘주어 말했다. 그녀는 내 브로치를 달고 이리저리 움직였고, 거울에 비친 브로치가 반짝 빛났다. 그녀는 마치 까치처럼 거기에 푹 빠져 있었다. 우리는 전화로 택시를 불렀고 나는 그녀에게 우리 집 주소를 주었다. 그녀는 주소를 신중하게 입으로 외웠고, 매우 흥분한 듯했다. 그녀는 포치에서 기다렸고, 참아보겠다고 말하면서도 깡충깡충 뛰었다. 나는 세인트 존의 서재 문을 두드렸다.

"대프니?"

그가 내 이름을 외쳤다. 처음에는 아니었다. 그는 '메리'라고 부르려다 제 풀에 멈춘 것이다. 나는 안으로 들어가 문가에서 멈춰 섰다. 그는 펜을 떨어뜨리고 묘하게 깍듯한 태도로 자리에서 일어섰다. 뭣 때문에 그러지? 다른 사람도 아니고 나에게.

"그거 알아? 당신 진짜 물건이야."

나는 그에게 말했다. 그런 말을 할 생각은 없었지만 그냥 튀어나오고 말았다. 그의 행동거지가 뻔뻔하기도 했고, 어떻게 해야 그딴 식으로 행동하는지 나로선 헤아릴 길이 없다는 사실 때문에도 그랬다.

"뭐, 당신도 만만치 않아."

그는 그렇게 말했고, 찬탄하는 표정이 되더니, 대답을 바꿔서 오늘 밤 내 모습에 대해 한마디했다. 우리의 대화는 늘 그가 바라는 대로 흘러가는 것 같다. 그를 이길 여자가 이 세상에 있을까 싶다.

간단히 해, 대프니. 간단히 해. 그래야 네 머리가 어깨에서 떨어져 나가는 일 없이 무사히 나가게 될 거야. 이 남자는 무시무시한 적이야.

"별것 아니고 '촙 하우스'에 저녁 먹으러 간단 이야기를 하려고."

"좋아. 거기 안 간 지도 좀 됐네, 그러고 보니. 문장 하나만 완성할게. 기다려주면……."

"아, 아니. 신경 쓰지 말고 천천히 해. 그레타랑 갈 거니까."

"아, 그러면 내 저녁은 신경 꺼. 나야 쫄쫄 굶어도 되는 인간이니까. 술 한 병에, 주례사 같은 단평 기사로 저녁을 때워도 죽진 않으니까."

그는 차분한 어조로 말했다. 음험한 사내, 나의 세인트 존. 훤칠한 키와 넓은 어깨와 대놓고 행사하지 않는 힘으로 가득한 사내. 나는 이제 와서야 그를 분명히 알아가고 있었다.

"그만해. 그레타가 가자고 한 게 언제인지 모를 정도로 오래전에 약속한 거야."

그는 들었다는 뜻으로 머리를 한쪽으로 기울여 보였다. 그리고 뭐라고 웅얼거렸다. 그 의미가 뭔지 그보다 더 잘 알았지만, 그래도 나는 그에게 방금 뭐라고 말한 거냐고 물었다.

"그레타뿐이야?"

"무슨 뜻이야? 그레타뿐이야, 라니?"

세인트 존은 좀 전까지 쓴 원고를 훑어보며 다시 자리에 앉았다. 읽어나가면서 그의 표정에 당혹감이 어리기 시작했다. 마치 그가 내게 말하는 동안 누군가 슬며시 들어와 그가 쓴 문장들을 엉망진창으로 만들기라도 한 것처럼.

"그 여자가 피자스키도 달고 나타날까 궁금했어, 그게 다야."

그는 펜으로 원고지가 긁힐 정도로 짧게, 짜증을 섞어 죽죽 줄을 그었다. 그의 눈에 거슬리는 단어가 하나 있는 모양이었다.

"아, J. P. 그 웃긴 땅딸보 말하는 거야?"

나는 말했다.

"키도 어쩜 그리 작고 땅딸막한지. 그런데다 난 그 사람이 하는 말의 반도 못 알아듣겠던데."

세인트 존은 여전히 줄만 죽죽 그어대고 있었지만 그의 입술이 씰

룩했다. 내 말에 기분이 좋은 모양이다. 하지만 나는 죽을 만큼 죄책감을 느꼈다. 그 말은 내가 존 피자스키를 생각하는 것과 하등 상관이 없기 때문이었다. 나는 그가 어제 나를 구해주었고, 그간 내가 알지 못했던 자신의 따뜻한 면모를 보여주었다고 진심으로 생각한다. 그가 내게 무슨 말을 하려 했는지는 잘 모르겠지만, 그는 내게 도움을 주었다. 진짜로 도움이 되었고, 그래서 나는 그에게 감사하는 바이다. 나는 J. P.를 실망시켰다. 나는 마음속 깊이 그 사실을 알았지만, 그에 대해 내가 이렇게 말한 걸 그가 알 길은 결코 없을 거라고 혼잣말을 했다. 그에게 보상을 해줘야지. 그가 반년 전에 내게 빌려줬던 책을 읽고, 그와 함께 책 이야기를 하면서 그 책 덕에 내 인생이 바뀐 척하면 되겠지.

그가 내게 들려주었던 레이디 메리의 이야기 속에서, 레이디 메리는 미스터 폭스의 집에서 본 것을 이야기하는 것만으로 그를 물리칠 수 있었다…… 섬뜩한 약혼식 조찬 자리에서 그녀는 모든 손님들이 보는 가운데 그의 면전에 대고 이야기했다. 미스터 폭스는 그 자리에 서서 그 사실을 부인하는 것 말고는 아무것도 하지 못했고, 그녀의 이야기가 더욱 소상해지면서 점점 더 부인할 수 없게 되었다. **당신이 무슨 짓을 하는지 알아. 당신의 정체를 안다고.** 그렇게 그녀는, 인식하고 발설한 후에 힘을 갖게 되었다. 자기 발로 걸어서 떠나거나, 머물거나, 그의 생명을 구하거나, 그를 죽이라고 명령할 힘을 갖게 되었다. 내가 그녀의 입장이었다면 어떻게 했을지 모르겠다. 그런 상황에는 그레타를 대입해 상상하는 게 더 쉽다. 장담하는데, 그레타라면 그에게 협박 편지를 보냈을 것이다. 오로지 재미를 위해, 그리고 용돈벌이로.

저녁 식사 자리에서 메리는 꽤 소란을 피워댔고, 나로선 그걸 구경하는 재미가 좋았다. 그녀는 실내에선 모자를 벗어야 한다는 사실에 약간 슬퍼했지만, 먹고 마시며 칼과 포크와 스푼과 자신의 와인 잔을 기쁨에 넘쳐서 만지작거렸다. 그런 그녀를 지켜보는 것 말고는 아무것도 할 수가 없었다. 그녀는 모든 사람들을 쳐다보았고 자기가 그들을 어떻게 생각하는지를 내게 말했다. 함께 온 네 명의 남자들이 테이블을 옮기면서 우리의 시야 안에 들어왔는데, 그들은 메리가 볼 때마다 그녀에게 건배를 했다. 이에 메리는 짓궂게도 장난을 치기 시작했고, 그들은 칼과 포크를 떨어뜨리며 계속 허둥지둥 잔을 들어 올려야 했다.

"꼭 깜짝 장난감 상자 같아요."

그녀가 말했다. 모두의 주목을 받게 되자 그녀의 얼굴은 홍조를 띠었고, 고혹적인 분홍빛 음영이 드리워진 그녀의 두 뺨을 보며 나는 어디선가 읽은 문장을 인용했다.

"정숙함은 가장 값비싼 볼연지보다 더 효과적이다."

그러다가 문득 내가 어느 책에서도 그 말을 읽은 적이 없으며, 내가 만들어낸 것임을 깨달았다.

"정숙은 가장 값비싼 볼연지보다 더 효과적이다."

나는 되풀이했다.

"와, 그 문장 당신 책에 써먹어요."

메리가 인정한다는 듯이 미소를 지으며 말했다. 세인트 존과 내가 알고 지내는 두 쌍의 부부, 코민 내외와 네스빗 내외가 다가와 인사를 건네고는 우리를 유심히 보았다. 나는 그들에게 메리를 '세인트 존의 둘째 사촌'이라고 소개했다. 그들은 그 사실에 만족한 듯했고, 아무 거리낌 없이 메리와 악수를 했다. 그래도 나는 행여 그들이 불편해할까 정말 걱정이 되었다. 네스빗 부인은 꽥꽥대는 성격이었고, 상황을 불문하고 그녀에게 뭔가 잘못됐다는 인상을 심으면, 그날로 악명에 휩싸이는 것 말고는 다른 건 기대할 수 없었기 때문이었다. 네스빗 내외와 코민 내외는 몇 분 만에 온갖 참견을 했고, 메리는 그들에게 자기가 보스턴의 예비신부학교를 막 졸업했다고 말했다. 메리는 거짓말에 능수능란했고, 더없이 다정했고, 지극히 사적인 태도를 담아 이야기했다. 그녀가 소생하는 걸 두 눈으로 보지 못했다면 나 역시 그 말을 믿었을 것이다.

"다음 주 만찬 때 당신도 꼭 와야 돼요."

식당을 떠나기 전에 네스빗 부인이 말했다. 그러자 메리는 더없이 기쁜 마음으로 가겠다고 했다. 서로 역할을 분담하는 사교적인 미래가 내다보이기 시작했고, 나는 메리, 세인트 존, 나, 이렇게 셋이 함께 저녁 외출을 하는 모습을 그려보았다. 그 광경에 마음이 불편해져서 나는 추측에서 깨어났다.

"메리…… 책에 대한 아까 그 얘기 뭐였어요? 내 책이라니, 무슨 뜻이죠?"

메리는 우리 둘의 잔에 와인을 채우더니, 갑자기 예리해진 눈으로 나를 뚫어져라 보았다.

"책 한 권 쓸 예정 아닌가요?"

학창 시절 나는 에세이 등을 써서 몇 번 상을 받았었고, 단편을 써서 상을 받은 적도 한 번 있었다. 그러나 너무나 오래전의 일이었다. 그런데다 내가 다녔던 학교에선 그런 걸로 두각을 나타내는 게 어렵지 않았다. 어차피 좋은 데로 시집갈 마당에 아무 짝에도 쓸모없는 공부에 열을 올리는 사람은 아무도 없었기 때문이었다. 하지만, 어쩌면 한 번쯤 도전해볼지도 모르겠다. 수채화 그리기, 점토 도예, 식물학을 배웠을 때와 똑같은 전철을 밟게 될지도 모른다. 그러나 고독한 시간이 앞으로도 길게 펼쳐지게 될 테니, 그런 의미에서 거기에 목적을 부여하는 것도 나쁘지 않을 것 같았다.

"내 와인에 뭐 집어넣었어요, 메리? 내 성격으로 아직까지 참고 있는 게 신기하네. 당신은 막무가내로 껴들어 와선, 한 손으론 내 남편의 손을 잡고 다른 손으론 나한테 취미를 기르라고……."

메리의 손이 내 손 위에서 맴돌았다.

"우리 사인 괜찮을 거예요."

그녀는 손가락을 풀었고, 무아지경으로 눈을 감고는 숨을 들이마셨다가 내쉬었다. 그 모습에 민망해진 나는 그녀에게 튀는 짓 좀 그만하라고 말했다.

"미안해요."

그녀는 그렇게 말했다. 하지만 전혀 미안해하는 것처럼 들리지 않았다.

그녀에게 물어볼 말이 많았다. 그녀와 세인트 존이 서로의 생각을 읽을 수 있는지, 그녀의 첫 번째 기억은 무엇이었는지 등등. 그녀가 기억하는 최초의 것은 영국 조지 왕의 머리가 새겨진 1실링 동전이었다. 세인트 존은 그 동전을 애지중지했고, 광택을 내고 늘 깨끗이 간수했기 때문에 참호 속에 쭈그려 앉은 그의 더러운 손 안에서도 동전은 반짝반짝 빛이 났다. 그는 동전을 가지려고 뭔가를 내주었다는데, 메리는 그게 뭐였는지는 기억하지 못했지만 그가 그 실링 동전을 원한 이유는 빛이 나서였다는 건 알고 있었다. 그녀는 내게 세인트 존이 전쟁이 끝난 후에 다닌 첫 직장 이야기도 해주었다. 그는 수금원이었었지만, 그 시절에 대해선 거의 이야기를 하지 않는다. 그녀의 입을 통해 듣게 되니 정말로 재미있었다.

"그는 최고의 반열에 올랐어요."

메리는 식량난이 닥칠 거란 말을 들은 늑대처럼 스테이크를 먹어 치우면서 말했다.

"그는 무작정 채무자들 집을 일일이 찾아가서 그들이 숨을 셈으로 만든 가짜 이름들과 새 주소들을 뜯어내 버렸어요. 그는 한 가지 방법을 고안해냈죠. 첫째, 그는 리스트에 오른 채무자들의 가난이나 궁핍에는 눈길 한번 주지 않았어요. 둘째, 일단 채무자들을 찾아내면 딱 한 문장만 말하면서 빚진 것을 달라고 요구했어요. 그게 다였어요, 그의 방법이라는 게. 그는 그 한 문장을 표현을 바꾸지도 않고, 돈을 받아낼 때까지 말하고 또 말했어요. 그때 그를 당신도 봤어야 했는데, 미시즈 폭스. 그는 뭐랄까 정말 장엄해 보일 정도였거든요. 그가 그 문장을 반복해 말하면, 그에게 주먹질을 하거나 말을 가로막거나 더 큰소리를 치는 채무자들도 간혹 있었어요. 그러면 그는 그들이 더는 방해하지 않을 때까지 마냥 기다렸어요. 그런 다음, 그 말을 다시 처음부터 말하는 게 아니라, 마치 아무 일도 없었던 양, 부득이하게 끊어진 대목을 정확하게 집어내 거기서부터 다시 말했어요. 그러면 사람들은 미치고 팔짝 뛰었죠. 그의 수금율은 타의 추종을 불허했답니다. 이미 겁에 질려 있는 사람들을 겁주는 건 별로 어렵지 않은 일이니까요."

그녀는 얼굴을 찡그렸다.

"그는 뛰어난 수금원이었지만 그 일이 정작 그 자신에겐 해가 됐어요. 증세가 한번 도지면 며칠 동안 나 말고는 누구하고도 말을 섞지 않으려고 했으니까. 때로 근무 시간이 끝나면, 그는 얼이 빠져서 걸어다니다 벽에 부딪혔고, 문들을 닫았어요. 눈앞에 벽이 보이는데도 그는 결코 걸음을 멈추지 않았어요."

나는 그의 첫 소설에 대해 물었고, 그녀는 당시 그가 살았던 형편없는 하숙집에 대해 이야기했다. 침대 하나, 책상 하나, 의자 하나, 이젤 몇 개가 전부였다. 그는 이젤들마다 책을 펼쳐놓고 보았다. 예술에 관한 논문 몇 권, 요리책 몇 권, 시집 몇 권, 예의범절 안내서 한 권, 사전 한 권, 성경 한 권이 놓여 있었다. 그는 퇴근해 돌아오면 이젤들 사이를 거닐면서 순간적으로 지나가는 인상들을 간직했다. 메리는 그를 위해 책장을 넘겨주었다. **품위는 태생에도, 관습이나 유행에도 있지 않으며 '정신'에 깃들어 있다. 다음: 그렇다면 만약 과도한 사랑이/그들을 죽을 때까지 혼란스럽게 한다면 어찌할 것인가? 그다음: 여자는 언제나 다른 여자의 아름다움을 시기하는 마음에 시달리며, 자신이 가진 것에 대한 모든 기쁨을 잃는다…… 그다음: 치즈가 불에 타지 않도록 주의할 것. 골고루 녹게 할 것.** 그런 후 그는 밤의 나머지 시간을 공책 위에 엎드려 지그재그로, 일정치 않은 속도로 글을 썼다.

메리는 나의 또 다른 질문, 전쟁에 대한 질문에 대답하는 걸 극도로 꺼렸다. 나는 그가 끔찍한 짓을 저질렀었거나 비겁했기 때문이라고 생각했다. 그러나 메리는 그런 건 아니라고 말했다.

"내가 그 질문에 대답하면, 당신은 내가 차라리 대답하지 않는 게 나을 거라고 생각하게 될 거예요. 무슨 말을 해야 할지 알 수 없어질 테니까요. 내 생각에 그는 전쟁에서 무사히 돌아온 걸 두고 사람들이 조롱할까봐 걱정하는 것 같아요. 아니면, 포로가 되어서 적군의 채소밭을 돌보는 일에 동원되었던 게 분명해요. 그냥 내 말을 믿어요. 미스터 폭스는 그때 매우 좋은 사람이었어요. 그는 자기가 할 수 있는 걸 했고, 그의 됨됨이 안에선 가장 품위 있고 가장 용감했으니까요."

우리는 화제를 바꾸었다. 메리는 그간 혼자 힘으로 독서를 해오고 있다고 말했다. 지금까지 『헤다 가블레르』와 『삼총사』를 읽었다고 했다.

"이 책들에 나오는 여자들은 살인자들이에요!"

그녀가 말했다. 그녀의 목소리는 한 마디씩 늘어날 때마다 커졌고, 마지막 단어를 말할 즈음엔 우리 주위에 있던 손님들이 살인자들을 찾아 주변을 두리번거릴 지경이었다.

"여자는 살인자가 될 수 없다고 생각했어요?"

나는 그녀에게 내가 제일 좋아하는 여자 악당 이야기를 해주었다. 불꽃 머리칼을 한 그녀의 이름은 리디아 귈트*였고, 태도를 조신하게 바꾸더니 죽고 말았다.

"당연히 죽었겠죠."

메리가 얼굴을 찌푸리며 말했다.

"이건 내가 생각한 것보다 더 나쁜데요. 여자를 사악하게 설정하면 도덕적인 이유로 반드시 그들을 죽여야 하다니."

그 말에 처음으로 떠오른 생각은, '그들은 진짜가 아니야'였다. 두 번째로 떠오른 생각은 '하늘이 무너진다 해도 그렇게 말하면 안 돼. 그러면 넌 이 애의 마음에 상처를 주게 될 거야'였다. 그래서 나는 내가 앞으로 쓸 책의 제목을 지어냈다. 그 제목은 『헤다 가블레르와 괴물들』이었고, 그 책에선 모두가 살아날 거라는 나의 확언에 메리는 기운을 냈다. 그녀는 여러 가지를 경험하고 싶어했고, 그래서 리스트도 만들어놓았다. 그녀는 빅밴드 콘서트에 간다는 계획을 세웠고, 노란 유채꽃밭 속을 걷는다는 계획을 세웠고,

---

* 윌키 콜린스의 소설 『아마데일』에 등장하는 인물.

또 주사를 맞는 계획도 세웠으며, 내가 추천해주면 뭐든 계획에 추가할 기세였다.그녀는 내게 곧 정착하겠다는 약속을 했고, 나는 부지불식간에 그녀에게 서두르지 말라고 말하고 있었다. 성장기 때 나는 하나뿐인 딸이어서 행복했다. 듬직한 오빠들은 내게 장난을 치기도 하고, 언제나 정확한 본능으로 여동생 주변에 여자 맘고생 시키기 딱 좋은 남자들은 얼씬도 못 하게 앞장섰다. 그렇지만 귀여운 여동생이 하나 있었어도 좋았을 것 같다. 그랬으면 여동생을 도와주며 충고도 해주고, 보호자로서 함께 다니기도 했을 것 같다.

메리는 클라우드 아일랜드에 있는 세인트 존의 등대에서 잘 거라고 말했다. 나는 그 계획엔 동의하지 않으며, 그 이상하고 오래된 곳에 그녀가 혼자 있을 생각을 하면 잠이 올 것 같지 않다고 말했다. 그러나 그녀는 이미 그에게서 열쇠를 훔친 뒤였고, 그곳의 바깥 경치가 멋진 것 같다고 말했다. 메리는 바다를 바라보는 게 좋다고, 바다를 보면 노래가 절로 나온다고 말했다.

"샬럿 브론테가 처음으로 바다를 보았을 때—아마 그녀 나이 열일곱이나 열여덟 살 때였을 텐데—완전히 압도되었대요……."

그녀가 내게 말했다. 그녀는 어느새 자신이 영국식 억양으로 슬그머니 넘어가 말하고 있는 걸 눈치채지 못했고, 나는 굳이 그 점을 지적하지 않고 그저 귀 기울여 들었다.

"어쨌거나 그렇게 오랫동안 황야지대에서만 살다가 바다를 본 거잖아요…… 물론 그전에도 바다가 어떻게 생겼을까 상상하고 또

했겠죠, 어찌 안 그럴 수 있겠어요. 하지만 실제로 보게 된 바다는 그녀가 상상했던 것보다 더 컸어요. 누군가 상상보다 더 큰 것은 존재하지 않는다고 쓰지 않았나요? 난 말도 안 된다고 생각해요, 당신은 어때요?"

메리는 이 모든 이야기를 집에 가는 택시 뒷자리에서 내게 했다. 그녀는 숨을 헐떡거리다시피 했고, 이내 갑자기 오열을 해서, 나는 그깟 정전기가 대수냐, 싶은 마음에 그녀를 안아주었고 머리를 쓰다듬어주었고 그녀의 볼우물을 꾹 눌러주었다. 마침내 그녀는 미소를 지으며 말했다.

"정말 친절하네요. 미안해요. 여기까지 오는데 정말 고생을 너무 많이 했거든요."

나는 그녀의 말뜻을 알아들었다. 내가 도울 수 있는 건 그녀를 보통 사람처럼 대하는 것뿐이었다.

그래도, 나는 알아야만 했다. 무슨 말이냐면, 그건 정말이지 중대사였기 때문이다.

"여기까지 어떻게 온 거예요, 메리?"

"우리는 소설들을 가지고 장난을 치고 있었어요. 우리 자신을 소설 속에 대입시켜서."

그녀는 스스로도 믿기지 않는다는 듯, 딱 잘라 말했다. 무서울 정도였다. 마치 건물 전체를 잿더미로 만든 화재에 대해 설명하면서, "우린 성냥이랑 휘발유를 갖고 놀고 있었어요"라고 말하는 사람 같았다.

"무슨 소설이요, 그 소설들이 어디 있는데요? 내가 읽을 수 있나요?"

그녀는 몸을 앞으로 수그리더니 택시 기사에게 클라우드 코브 부두 옆에서 내려달라고 말했다.

나는 그녀에게 마지막 배가 한 시간 전에 떠났을 게 틀림없다고 말했다. 그녀에게 함께 집으로 돌아가자고 말했다. 나는 그녀에게 세인트 존도 가끔은 무슨 일이 일어나고 있는지 알 필요가 있다고 말했다. 이제 그녀는 실재하게 되었고, 스테이크를 먹었고, 이웃 사람들과 이야기도 했고, 한 주가 가기 전에 이 동네의 남자, 여자, 아이들 할 것 없이 모든 사람들이 그녀 옆자리에 앉고 싶어 할 거라고 말했다.

"수영해서 건너갈게요."

메리가 말했다.

"난 그가 모르는 비밀을 갖고 있는 게 좋거든요. 난 괜찮을 거예요, 정말이에요. 내일 날 보러 와요. 그러면 그곳에서 너무도 편하게 지내고 있는 날 보게 될 거예요."

나는 고개를 돌려 택시가 부두에서 멀어지는 것을 보았다. 그녀는 자기 머리칼을 만지작거리고 있었다. 등대 열쇠들을 자기 머리칼에 단단히 묶으려는 모양이었다. 아침에 빗으로 빼내려면 고생할 텐데. 그녀는 내 셔츠드레스, 내가 제일 좋아하는 라일락색 셔츠드레스를 벗어 그대로 버리더니 물속으로 다이빙했다. 택시 기사도 그녀를 보았다. 그의 눈썹이 추켜올라갔지만, 그래도 심하게 높이 올라가진 않았다. 그는 택시 기사니까 지금껏 별의별 것을 다 보았을 것이다.

"뭐, 여름철이니까요. 저 여자, 아마도 시골에서 온 모양이네요."

그가 한 말은 그게 다였다.

내가 현관문을 열자마자 세인트 존이 서재에서 나왔다. 매우 조용히, 그는 내게 그레타가 전화를 했었다고 말했다.

"아, 뭐래?"

나는 물었다. 이내 나는 그녀와 저녁 식사를 함께한다고 말했던 걸 기억해냈다. 그래서 나는 떨었고, 가만히 서 있는데도 추락하는 듯한 냉기가 등골을 타고 흘렀다. 그도 떨었다. 줄에 매여 세게 당겨지기라도 한 듯, 나보다 훨씬 더 눈에 띄게.

"내일 다시 전화하겠대."

"알았어."

나는 램프 스위치를 켰다. 어둠 속에서 그와 함께 있으니, 그가 그렇게 떠는 것을 보고 있으니, 그리고 그가 그렇게 무감정하게 말하는 것을 듣고 있으니 소름이 끼쳤다. 그의 표정을 보았을 때 나는 램프 스위치를 다시 끄고 싶어졌다. 분노. 분노가 그의 온 얼굴에 아로새겨져 있었고, 새겨진 그 선들이 모여 사악하게 으르렁거렸다.

"왜 거짓말을 했지?"

나는 그를 보았고 아무 말도 하지 않았다. 그가 한 걸음 뒤로 물러섰다. 내가 어떻게 비명을 안 지를 수 있었는지는 지금도 모르겠다. 그는 나에게 막 달려들 기세인 듯 보였는데.

"누구랑 같이 있었는지 말 안 해줄 거야?"

설령 그러고 싶었다 해도, 나는 단 한 마디도 꾸며낼 수 없었을 것이다. 그러는 게 좋을 리 없다는 건 알았다. 그리고 실제로 내가 누구와 같이 있었는지를 그에게 말한다면 더 좋지 않은 상황으로 치달을 것이었다. 그랬다간 조롱으로 그의 귀에 조롱하는 걸로 들릴 테고, 그가 내게 했던 말을 다시 그의 면전에 집어던지는 꼴이 될 것이다.

"아무래도 내가 당신을 때려눕힐 것 같거든?"

그가 말했다.

"당신이 계속 그렇게 가만히 서 있기만 한다면 난 정말로 당신을 때려눕힐지도 몰라. 가버려. 위층이든, 지옥이든, 당신의 그 피자스키 새끼랑 어디든 가서 방을 잡으라고. 여기서만 안 보이게 해줘."

그 말에 나는 기절할 뻔했다. 그리고 난 왜 상처를 받으면 웃음이 나오는지 모르겠다.

"아, 피자스키! 아, 내가 그랬으면 좋겠구나, 그렇지? 그래야 메리에 대해 쓴 항목에 한 줄 더 추가할 수 있을 테니까. '존 피자스키와 싸돌아다니지 않는다'라고."

나는 현관문 쪽으로 돌아섰다. 하지만 분별력을 갖춘 성인으로

서 어디로 갈 작정이었을까? 메리처럼 섬까지 헤엄쳐 갈 생각이었던가? 그레타와 J. P.네 쳐들어갈까? 웨인라이츠네는? 나는 슬며시 그를 지나쳐서 빈 방으로 올라갔다. 나는 서랍장을 문 쪽으로 끌어다 놓았다. 서랍장은 한쪽 모서리를 문 손잡이 아래 받쳐놓기에 딱 적당한 높이였지만, 십 분 만에 나는 헛수고를 했음을 알게 되었다. 그가 어깨로 문을 들이받은 게 분명했다. 문이 마구 흔들렸고, 내 귀에선 심장의 두방망이질 소리가 들렸다. 그는 딱 한 번 그러더니, 아무 말 없이 그 자리를 떠났다.

나는 밤늦게까지 안 자고 정원을 내다보며 앉아 있었다. 번개가 쳤고, 비가 땅을 계속해서 두드렸고, 나는 메리 폭스를, 저 멀리서 등대 창으로 폭풍을 바라보고 있을 그녀를 생각했다. 나는 그녀가 세인트 존에 대해 알고 있는 것들을 생각했다. 반짝거리는 실링 동전과, 유리창의 얼룩과도 같은 두 눈을 지닌 검은 머리 청년이 보였다. 대도시에서 혈혈단신으로 좌충우돌하던 그. 도시에선 누구나 상처를 입는다. 그러고 나면 누구에게도 거치적거리는 일이 없도록 스스로 자리를 털고 일어난다. 그런 후 그는 집으로, 자신만을 위해 고안한 친구에게 갔다. 그는 집으로, 그곳에 있지 않은 한 소녀를 만나러 갔다. 나는 메리 본연의 모습이, 그와 그렇게 가까이 있을 수 있는 그녀가 부러웠다. 나는 질투심에 불타올랐고, 그 감정을 가만 내버려두지 않으면 내 안의 무언가가 부서지리라는 걸 알았다.

그날의 밤은 나를 바꿔놓았다. 나는 머릿속으로 하나의 장면을 구상했고, 그것은 정숙과 볼연지에 관해 지어낸 말보다 더 좋았다. 나는 화장대에 혼자 앉아 무대에 오를 준비를 하는 여자를 구상했다. 그녀는 이국적인 용모였다. 피부가 검을 수도 있고, 인도 여자일 수도 있었다. 그녀가 무대에 올라가면 사람들이 야유를 했고, 남자들은 입에 담지도 못할 말들을 퍼부었다. 그래서 이제 그녀는 분장을 이용해 저돌적인 기세로 밀고 나가고 있다. 화장품을 개어 바르다시피 하고 눈 주변을 극적으로 강조해, 마치 다른 세계에서 온 여자처럼 보이게 꾸미면, 관객들은 그녀가 맡은 바대로 노래를 부르고 평화롭게 무대를 떠날 때까지 자리에 가만히 앉아 입만 떡 벌리고 있을 것이다. 그리고 분장을 하는 동안, 여인은 가림막 뒤에 앉아 있는 누군가에게 말을 하고 있다. 그가 누구인지는 아직 정하지 않았다. 어쨌거나 화장대에 앉은 여인, 그 여자의 심장은 찢기고 있다. 그녀를 함부로 대하는 사람들 때문에 그녀의 심장은 일주일에 세 번씩 찢기며, 그녀는 웃어넘기는 것 말고는 달리 할 도리가 없음을 안다. 그녀는 말한다.

"얘들아, 내가 얘기 하나 해줄까. 사랑은 생각할 줄 아는 마법의 양탄자와 같단다. 너희들이 양탄자 위에 올라서면 양탄자는 너희들을 여러 곳, 경이로운 곳, 이상한 곳, 무시무시한 곳, 걸어서는 도저히 갈 수 없었을 곳들로 데려다 준단다. 그래, 사랑은 진정한 모험이야! 하지만 너희들은 양탄자가 가자는 대로만 가야 해. 한번 양탄자 위에 올라서면 너희들에겐 선택할 여지가 조금도 없단다. 흠…… 마법의 양탄자를 취급하는 시장이 꼭 있어야 할 텐데 말이야. 왜냐하면, 오늘 밤부터 내 양탄자를 팔 예정이거든."

나는 이런 과정을 거쳐 『헤다 가블레르와 괴물들』을 쓸 계획을 세우게 되었다. 하지만 마법의 양탄자 파는 대목은 지워버릴 생각이다. 저속하게 비칠지도 모르니까.

새벽 네 시경에 나는 문에서 서랍장을 치웠다. 목욕탕에 가려면 그래야 했다. 그런 다음 나는 우리의, 나와 세인트 존의 침실로 들어갔다. 그는 거기 없었다. 나는 아래층으로 갔고 서재에서 책상에 엎드려 자고 있는 그를 보았다. 새롭게 쓴 원고지에 그가 침을 좀 흘려서 잉크가 번져 있었다. 나는 그의 두 팔 밑으로 원고지들을 잡아 빼서, 보지는 않고 옆에 두었다. 그는 잠에서 깨어났지만 눈은 뜨지 않았다.

"저녁 식사에 대해 설명할게."

나는 말했다.

"아침에. 아무 말 말고 나랑 클라우드 아일랜드로 가. 그럼 직접 보여줄 테니까."

그가 대답을 하지 않기에 나는 그를 꼬집었다. 그는 눈을 뜨고, 부루퉁한 표정으로 나를 보았다.

"글은 잘 써져?"

그는 움찔했다.

"나에게 조금만 읽어줄 수 있어? 부탁이야."

"아직 다 안 썼어."

"아주 조금만."

그는 두어 페이지를 소리 내어 매우 빨리 읽어주었다. 그러다 내가 더 듣고 싶어하는 것을 알아차리고 읽는 속도를 늦추었다. 그는 아름답지만 희망이 없는 이야기를 쓴다. 그런 사람이 춤추는 작은 잉걸불 같은 메리를 책임질 수 있다니, 별나기도 하다. 그가 한 장章에서 유난히 긴장되고 불안해지는 대목에 이르렀을 때, 나는 위기에 처한 나머지 미처 자제할 겨를도 없이 '어떡해'라고 말해버렸다. 그가 원고지에서 눈을 들었다.

"끔찍한 일이 일어날 거야, 디."

"우리 둘한테?"

나는 그에게 손을 뻗었다. 그는 그 손을 잡아 내 손목에 입술을 가져다댔다. 마치 온몸의 피가 일제히 밀려들 듯, 수없이 많은 핀과 바늘이 찌르는 것 같았다.

"그래, 우리 둘한테. 피할 수 없어."

"하지만 좋은 일도 일어나겠지."

그는 입을 열었다. 그러더니 생각을 고쳐먹는 듯하다가 다시 입을 다물었다.

"내가 메리처럼 말한다고 하려던 거였어?"

"아니면 메리가 당신처럼 말하거나……."

나는 그에게 하찮은 존재로 다가갔고, 6년이 지난 지금도 하찮다. 나는 그에게 끔찍한 말을 퍼부을 때가 가끔 있는데, 그가 혹여 내 슬픔을 알게 될까봐 두려워서이다. 나는 그에게 버럭 화를 낼 때가 가끔 있는데, 나도 내가 무슨 말을 하는지 알지 못한다는 걸

들킬까봐서이다. 그리고 어떤 때는—어쩌면 시도 때도 없이—누구의 심기도 건드려선 안 된다는 생각에, 내 생각이라는 것 자체를 엄두도 내지 못한다. 그 사람에게 나는 바보천치이므로.

누군가의 말에서 '이걸로 끝이야?'라는 숨겨진 어조를 들어본 적이 있는지. 나는 그가 한 다음의 말에서 그것을 들었고, 더는 귀를 기울이지 않았다. 엄청난 사실이 드러나버린 걸 계기로 삼아 결말을 극복하려고 애쓴 적이 있는지. 이를테면, "내가 당신에게 하지 않은 말이 있어요. 난 콰프 산꼭대기 왕국의 공주예요" 같은 말로. 이를테면, "나의 가족은 영원한 젊음을 누리며 살아요. 그러니 당신이 나와 함께 머문다면, 당신도 그렇게 될 거예요. 당신이 날 있는 그대로의 모습으로 사랑하는지 알려면 비밀로 할 수밖에 없었어요" 같은 말로. 그러기를 단 한 번이라도 바라고, 바라고, 또 바란 적이 있는지…….

머리가 어찌나 묵직한지, 가슴까지 내려앉고 말았다. 그러니 당신 생각에 꼭 말해야 하는 것이 있으면 다 말해, 세인트 존. 당신은 날 사랑하지 않는다고. 당신은 혼자 있고 싶다고 말하라고. 난 기분이 나빠질 거야. 당연하지, 정말로 기분이 나빠질 거야. 그래도 난 괜찮을 거야.

나는 그에게 사랑한다고 말했다. 이전까지 그 말을 한 적은 한 번도, 단 한 번도 없었다. 그가 어떻게 받아들일지 알 수가 없어서였다. 당신을 사랑해. 나는 그 말을 입모양으로만 말했다. 그 순간 그의 말을 가로막는 건 아무 소용이 없을 것 같아서였다. 그가 봤을지 모르겠다. 봤으면 싶었다. 그런 말은 평생을 동거동락하면서 한 여자가 한 남자에게 그러니까, 세 번 이상 말할 수 있는 게 아니라고 믿기 때문이다. 목숨을 위협하는 사건에 처했을 때에만 실제로 효과가 있는 말이다.

"당신을 사랑해."

우리 부부에게 이 말은 세상 사람들에게 의미하는 바와는 달랐다. 세상 사람들에게 뭘 의미하는지 누가 어떻게 알지? 우리 부부에게 뭘 의미하는지는 또 누가 어떻게 안단 말인가.

"……다시 시작하자, 디. 처음부터 완전히 새로 시작하자."

나의 남편이 말했다. 그는 내 어깨에 잠시 두 손을 얹었다가 다시 거뒀다.

"그럴 수 있을까?"

다시 시작해? 이론적으로야 근사한 말이다. 하지만 그가 진정으로 하려던 말은 무엇이었을까? 우린 얼마나 더 오래전으로 거슬러 올라가야만 할까? 그 모든 걸 되돌린다면…….

너의 게임을 보여줘, 대프니.

"물론이지."

나는 말했다. 나는 손을 뻗었다.

"합의의 의미로 악수하자."

우리는 악수를 했다. 그가 내 손을 꽉 붙잡았다. 그의 손아귀 힘은 셌고, 우리의 손바닥은 땀으로 흥건했다. 나는 고개를 들어 그를 보았고, 그는 고개를 숙여 나를 보았고, 그 순간, 그가 무슨 생각을 하고 있는지 나로선 도저히 알 길이 없었다. 나는 기다리기로 결심했다. 그러나 말없는 몇 초의 시간이 흐른 후, 나는 그에게 더 이상 덧붙이고 싶은 말이 없다는 걸 확신했다. 어쩌면 뭔가 잘못된 말을 할까봐 두려워하는 건지도 모른다.

그래서 나는 선수를 쳤다. 나는 붙잡힌 손을 풀고 내 소개를 했다. 그를 만나서 반갑다고 했고, 그에게 이름이 뭐냐고 물었다. 허무맹랑하고 휘황찬란한 환상에 젖어 떠드는 말이 내 귀에도 들렸다. 이 익살극을 끝까지 해내기 위해 나는 눈을 내리깔지 않을 수 없었다. 그가 날 보고 있는 걸, 여전히 보고 있는 걸 느꼈다. 그가 하품을 억지로 참는 소리가 들렸다. 잠시 후 그가 엄지로 내 턱을 치켜 올렸다. 그의 입술이 내 뺨에 가볍게 와 닿았다. 척추가 녹아내리는 느낌이었다. 그가 웅얼거리듯 말했다.

"알았어, 하지만 난 우리가 진도를 좀 더 빨리 나갈 수 있지 않을까 생각하고 있었어."

나는 그의 셔츠 밑으로 두 손을 집어넣어 열 손가락으로 그의 맨 가슴을 고르게 만졌고, 그의 숨결의 깊이를 느끼며 전율했다. 그 느낌은 의심할 여지없이 좋았지만, 사실 나는 그가 언제나 제 마음대로 할 수 있다고 생각할 여지를 주지 않으면서도 항복할 길을 찾느라 시간을 벌고 있었다.

"어때?"

그가 말했다. 그는 내게 바짝 붙어 있었고, 살짝 미소를 짓는 입술이 내 입술과 닿을락 말락 했다. 나는 하고 싶은 말을 도무지 생각해낼 수가 없었고, 그래서 그의 코를 꽤나, 힘껏 잡아당겼다. 느닷없어서 오히려 더 다정하게. 그러자 그는 흡족한 나머지 꽥꽥거리며 떠들어댔고, 나는 그에게 입을 맞추었다.

그리고 얼마간 웃다가, 그가 내게 입을 맞추었다. 아이스크림처럼, 재즈 왈츠처럼, 한 해의 가장 더운 날 내 살 위의 모래를 씻어내는 바닷물처럼 거칠고도 부드럽게. 그러는 내내 우리는 예의 자그만 웃음소리를 계속해서 주고받았다. 다정하게, 그리고 팔푼이처럼.

아침이 되었을 때 우리는 나룻배를 타고 바다를 건너 등대로 향했다. 너무 늦게까지 자는 바람에 그곳까지 걸어서 갈 수는 없었다. 메리 폭스는 그곳에 없었다. 하지만 그녀는 부엌 식탁에 쪽지를 남겼고, 그 위에 등대 열쇠들을 올려놓았다.

여행을 떠나고 있어요! 미시시피를 경유해 멕시코로 가요. 해변에서 물건을 주워다 파는 사람을 만났는데 그가 날 버지니아까지 데려다 주겠대요. 멋지죠? 얼마나 오랫동안 떠나 있을지는 모르겠네요.

미시즈 폭스. 내가 있게 될 곳의 주소를 알게 되는 대로 보낼게요. 그러니 『헤다 가블레르와 괴물들』 원고를 보내줄 수 있죠? 쓴다고 한 것 잊으면 안 돼요. 그리고 스스로 할 수 없다는 말은 하지 말아요. 당신은 할 수 있어요. 그리고 정말로 멋진 소설이 탄생할 거예요. (이쯤 되고 보니, 내가 마법적인 존재가 맞긴 한가봐요.)

미스터 폭스. 걱정 마요. 다시 당신에게 돌아갈 거니까. 나를 그리워하는 마음이 좀 생기면 내게 좀 더 잘해줄 수도 있겠죠. 그리고, 좋죠? 이제 당신은 당신 하고 싶은 대로 해도 되니까. 한동안은.

집에 돌아왔을 때 어떻게 변해 있을지 궁금해 미치겠어요. 우리 셋 말이에요(!). 벌써부터 거기가 그립고 다시 돌아가고 싶어지려 하네요…….

서로를 잘 보살펴요.
알았죠?
M. F.

부두에서 우리는 내 셔츠드레스를 찾아냈다. 그녀가 벗어던진 바로 그곳에 있었고, 비 때문에 구겨지고 망가져버렸다. 그녀가 다른 옷이라도 걸쳤기를 바랄 뿐이다.

세인트 존은 소리 없이 입술을 움직이며 그 편지를 읽고 또 읽었다. 그는 고통스러운 동시에 안도하는 듯 보였다. 몇 분 후엔 그가 날 호되게 심문하지 않을까 하는 생각이 들었다.

내 쪽에서는, 메리의 필체가 세인트 존의 필체와 빼다 박은 듯 똑같다는 사실을 눈여겨보았고, 그가 잠시 메리 폭스에게서 벗어나 있는 것도 그리 나쁜 생각 같지는 않다고 생각했다.

I

어떤 여우들*.

어린 소녀는 새끼 여우를 두려워했고, 새끼 여우도 똑같이 소녀를 두려워했다.

숲은 수천 미터가 넘도록 계속되었고, 그 한가운데엔 여우가 몇 마리 살았으며 그들은 할 수만 있다면 인간들과 맞닥뜨리지 않았다. 그럼에도 소녀와 새끼 여우는 그전부터 서로를 주목하고 있었다. 소녀의 어머니가 소녀에게 그림책을 보여주고, 새끼 여우의 어미가 소녀의 집에 있는 모두가 잠든 무렵, 자식을 데리고 창가로

* 여기에서 '여우'는 동물과, 폭스라는 이름의 남자 모두를 의미한다.

가서 안을 들여다본 후의 일이었다. 소녀와 새끼 여우는 똑같이 이런 말을 들었다. 저게 너의 적이야.

그 후 소녀와 여우는 좀 더 컸다. 여우는 세상사를 알게 되었고, 소녀도 마찬가지였다. 그들은 서로에게 품은 두려움을 잊지 않고 있었다.

소녀는 예뻤다, 그렇지만…… 고집불통에 괴짜였다.

그리고 어린 여우는 호기심이 많고 용감했고 똑똑했다…….

그들이 서로를 발견하리라는 건 너무도 자연스러운 일이었다.

어린 소녀는 수수께끼와 비밀스러운 지식을 사랑했다. 소녀는 악마들의 이름을 외운 다음, 그들을 소환했다. 그들은 결코 모습을 드러내지 않았다. 소녀는 기분 나빠 하지 않았다. 소녀가 그들이었다 해도 콧방귀조차 뀌지 않았을 것이다. 소녀는 어머니와 언니와 함께 마을에서 몇 걸음—아마 열 걸음도 안 되는—가면 있는 숲의 초입에 살았다. 그런데도 소녀의 집을 찾는 사람은 많지 않았다. 저녁이 되면 소녀의 언니는 공부를 하고 또 했지만, 우리의 소녀는 자기 방에 랜턴을 몇 개 단 후에 직접 만든 꼭두각시들로 인형극을 했다. 소녀의 아버지가 오랜 병치레를 하면서 딸에게 꼭두각시 만드는 법을 가르쳐주었다. 그런 후 그는 세상을 떠났다.

"창문에서 물러나."

소녀가 인형극 하는 걸 보면 소녀의 언니는 언제나 날카롭게 말했다.

"관심 끄는 짓 좀 하지 마. 숲에서 누가 보고 있을지 어떻게 아니?"

그러나 두 딸의 어머니가 끼어들었고, 첫째에게 동생이 하고 싶은 대로 놔두라고 말했다.

우리의 소녀는 인형극에 어울릴 노래들을 불렀고, 꼭두각시들은 창밖 나무들의 잎과 잔디에 그림자를 드리웠다. 우리의 어린 여우는 멀리서 이 모든 걸 지켜보았다. 여우는 옴짝달싹 않고 서 있었고, 가느다란 그의 눈은 관목 사이에서 일렁이는 희미한 빛에 지나지 않았다. 여우는 노래를 들었다. 그 소리는 여우에게 아무런 의미도 없었지만 그래도 여우는 못마땅하게 여기지 않았다. 여우는 여우의 본업을 알고 있었다. 얼마 전 다른 곳으로 떠나버린 어미를 여우는 그다지 많이 그리워하진 않았다. 여우의 네 발은 날랬고, 눈으로 본 것 때문에 정신이 산란해지는 법이 없어서 토끼와 다람쥐를 잡는 데 능했다. 여우는 늦잠을 자고 일찍 일어나 온 숲을 누비며 날씨를 만끽했다. 여우는 꿀벌들이 어디에서 야생꿀을 만드는지 알았다. 여우는 언제 뻐꾸기들이 둥지를 찾는지 알았고, 알이 부화할 시기에 어느 새들이 끔찍한 충격을 당할지 알았고, 거기서 전리품을 기다렸다. 여우는 누구와도 싸우지 않았다. 그는 손쉽게 원하는 것을 손에 넣었다. 도망쳐야 할 때가 되면 도망쳤다. 그러나 이번엔 그러지 않았다.

한 마리의 여우가 한 소녀에게 다가간다는 것에는 어떤 의미가 있을 수 있을까? 여우들은 고독을 즐기는 동물이다. 인간 친구를 찾는 여우가 있다면 사악한 음모를 꾸미고 있는 것이다. 아니면 뭔가 심상치 않은 문제가 생긴 것이다. 공수병이나 그보다 더 나쁜 병에 걸린 것이다. 여우는 놀이를 하는 소녀를 지켜보았고, 소녀가 뭘 하고 있는지 이해할 수가 없었다. 그건 분명히 여우의 본업과는 거리가 먼 것이었다. 그래도 여전히, 여우는 그 놀이가 흥미로웠고, 그래서 단지마다 담긴 저 탐욕스럽고 위험한 불꽃들 가운데 앉아 있는 소녀를 보고 또 보았다. 여우는 아무런 목적도 없이, 아무런 만족감도 없이, 옆구리를 깊이 할퀴는 것 같은 감각만을 느끼며 보고 또 보았다. (그 감각은 시간에 대한 인식이자 그로 인한 실망감, 여우가 원하는 만큼 실컷 보기 전에 소녀가 랜턴 불을 꺼버릴 것이라는 확실성이었다.) 또한 우리의 여우가 숲이 아닌 다른 곳에서 아름다움을 인식하게 된 건 놀이를 하는 소녀를 지켜보면서였다. 여우는 부질없이 바라보다가 들키면 어김없이 알아차렸다. 물에 비친 달빛은 황홀했다. 은빛 물에 네 발을 담근 채 주둥이엔 물이 뚝뚝 떨어지고 있는 여우를 떠올려보라. 여우는 물을 마시고 싶은 게 아니었고, 어디까지나 물이 은빛을 띨 때 만져보고 싶었던 것이다. 지나가던 다른 여우가 이를 보고 비웃었다. 그러나 우리의 여우는 개의치 않았다.

소녀는 어땠을까. 소녀는 숲의 어둠 속을 들여다보았지만 거의 아무것도 볼 수 없었다. 어쩌다 뭔가 한 번 움직이는 것 같았지만 확실한 건 아무것도 없었다. 우리의 소녀는 사실이라는 것이 혐오스럽다고 생각하게 되었다. 소녀는 학교에 가지 않았다. 소녀의 어머니는 마을에서 가게를 운영하면서 음식, 책, 장난감, 리넨을 비롯

해 생각해낼 수 있는 건 닥치는 대로 팔았고, 장사 수완이 매우 좋았다. 소녀는 어머니를 도와 가게 계산대에서 일을 했다. 소녀는 어떤 손님이 필요하지도 않은 물건을 사려고 하면 팔지 않았고, 그들이 자기 뜻을 헤아릴 때까지 언쟁을 벌였다. 소녀의 언니는 날이 갈수록 수척해졌고, 공부에만 몰두했고, 제 몸을 반으로 접어 교과서 안으로 들어가버렸다. 소녀의 언니는 숲의 초입에서 사는 게 싫었다. 그녀의 눈에는 보이지 않는 것들이 하루 한 시간도 빼놓지 않고 기어다녔고, 몸서리를 치다가 그녀가 고개를 돌려 쳐다보면 죽은 듯 고요해졌기 때문이었다. 소녀의 언니는 가출해 도시로 가고 싶었고, 자기를 아는 사람이 하나도 없는 곳에서 두 발 뻗고 느긋이 잠을 자고 놀고 싶었다. 언젠가는 꼭. 그러려면 우선 최고점을 받아야만 장학금을 받아 집을 떠날 수 있었다.

"넌 도대체 뭐가 되려고 그러니?"

소녀의 언니는 동생에게 물었고, 동생은 어깨를 으쓱하고 웃음을 터뜨리고 나선 창밖을 보며 꿈속에 잠겼다.

소녀야, 우리의 여우를 잊은 거니?

바야흐로 아름다움을 보는 눈이 생겼고, 또 그것을 다른 것들과 별개로 보게 된 그를 말이야…….

여우는 소녀에게 고마움을 표하고 싶었다.

(여우는 소녀를 알고 싶어졌다.)

여우가 그런 마음을 먹기까지는 오랜 시간이 걸렸다. 여우는 그 생각이 탐탁지 않았지만, 그렇다고 열이 나는 것도 아니었고, 잠도 잘 잤고, 식욕도 왕성했기 때문에 건강에 무슨 문제가 생긴 것은 절대 아니며, 모든 게 순조롭다고 생각했고, 그래서 이번 한 번만, 선배 여우들이 잘못된 것이라 말했던 것을 해도 괜찮을 거라고 생각했다.

그래서 여우는 소녀에게 딸기를 가져다주었다. 여우는 속이 꽉 차고 녹슨 것 같은 붉은색의 딸기를 그가 찾아낸 가장 널찍하고 가장 짙푸른 나뭇잎에 쌌다. 그리고 우선은 하룻밤 동안 밖에 내놓아서 이슬을 머금어 반짝거리게 했다. 이걸 소녀에게 어떻게 전해준다?

그는 지켜보았고 기다렸다. 얼마 전부터 밤마다 열리던 인형극이 뜸해진 터였다. 그즈음 소녀가 한 젊은 청년에게 호감을 갖게 되었고, 또 언니와 함께 춤을 추러 나가기 위해 옷을 차려입기 시작했기 때문이었다. 두 딸의 어머니는 애초 언니 혼자 나가는 걸 허락하지 않았다.

"젊은 놈들은 짐승들이야."

어머니의 말이었다.

그래서 춤과, 수줍어 붉어진 얼굴과, 주고받는 편지와 그리워 나오는 한숨이 들어서면서, 소녀는 더 이상 숲이 실감이 나게 느껴지지 않는 듯했다. 숲은 소녀의 집 뒤에 있는 몇 그루의 나무에 불과했다. 나무들이 셀 수 없이 많은 건 두말할 여지가 없었지만, 나무들뿐이라는 게 문제였다. 남자들은 재미있었다. 그들은 적어도 새롭게 풀어볼 만한 수수께끼들이었다. 그리고 소녀가 그 수수께끼들 중 하나를 푼다면 새로운 인생을, 새로운 이름을, 악보집과 모자를 너무 많이 산다고 소녀를 타박하지 않는 친구를 상으로 받게 될 것이었다. 요새 소녀는 구혼자와 사이가 틀어진 후에만 인형극을 하는 것 같았다. 그럴 때면 화려한 가운을 걸친 여자 인형이 누더기를 걸친 남자 인형을 한 번에 반시간 동안 타박하였다.

여우는 인형극의 새로워진 분위기가 마음에 들지 않았다. 그것은 어딘가 모르게…… 어쨌거나 여기엔 딸기가, 저기엔 소녀와 랜턴 불빛이 있었다. 때가 왔다. 여우는 창턱으로 껑충 뛰어올랐고, 입에 물고 있던 나뭇잎 쌈을 떨어뜨린 다음, 돌을 던져서 닿을 수 있는 거리보다는 멀지만 서로 보이지 않을 정도로 멀지는 않게 도망쳤다.

젊은 여자는 잿빛 줄기를 보았고, 창유리를 쓸어내리는 꼬리를 보았고, 초록색 꾸러미 하나가 떨어지는 걸 보았다. 그녀의 손에서 꼭두각시들이 떨어졌다. 인형들은 달가닥 소리를 내며 마치 저들의 힘으로 다시 튀어 오를 듯이 무릎을 굽힌 채로 바닥에 쓰러졌다. 랜턴 불빛이 깜박였다. 소녀는 숲 사이 좁은 길 살짝 아래쪽에 여우 한 마리가 있는 걸 보았다. 그 생물은 그녀를 지켜보고 있었다. 그녀가 오른쪽으로 움직이자 여우의 시선도 오른쪽으로 움직였다. 그녀가 왼쪽으로, 창틀을 벗어날 정도로 왼쪽으로 더 움직이자 여우는 그녀가 간 방향으로 머리를 움직였다. 여우는 미소를 짓는 듯 보였지만, 그것은 어디까지나 개과 동물들의 코와 주둥이의 생김새 때문에 생긴 무의미한 표정일 뿐이었다. 동물의 시선엔 가차 없는 명징성이 있었다. 감정이 없는 생각처럼. 그렇다 하더라도, 여우는 떨고 있었다. 여우는 그녀에게 줄 뭔가를 갖고 온 거였고, 그녀가 어떻게 할지 보려고 그때까지도 가지 않았던 거였고, 그래서 떨고 있는 거였다. 그래서 소녀는 커튼을 치지 않았고 돌아서지도 않았다. 그녀는 창문을 열고 천천히, 아주 천천히, 한손으로 그 불룩한 나뭇잎 쌈을 덮어 잡았다. 여우는 다가오지 않았다. 오히려 더 멀리 물러났다. 소녀는 이파리를 펼쳤다. 딸기, 아니 딸기라기보다는 보석에 더 가까워 보였다. 그녀는 한 알을 맛보았다. 맛있었다. 그녀는 한 알을 더 먹었고, 또 한 알을 먹은 다음 여우에게 오라고 손짓했다.

"이리 와, 이리 와."

그녀는 어린 아이들에게 말할 때 나오는 과도하게 감상적인 목소리로 여우에게 말을 걸었다. 여우는 다가오지 않았다. 여우는 절박해진 눈빛으로 소녀의 눈과 소녀의 딸기물이 든 입을 응시했다. 선물이 마음에 안 드는구나. 화가 난 거야. 저 소녀가 뭐라고 말하는 거지, 뭐라고 하는 거지…….

"좀 더 가까이 오지 않을래? 날 찾아낸 게 너잖아, 그렇지?"

소녀는 뿌루퉁한 목소리로 말했다.

이쯤 하니 하룻밤에 감당하기에는 벅찼고, 그래서 여우는 도망쳤다.

이제 소녀가 여우에게 고마움을 표하고 싶어졌다.

(소녀는 여우를 알고 싶어졌다.)

소녀는 몸에 숄을 두르고 랜턴을 들고 집을 빠져나왔다. 여우를 쫓아 굴까지 가서 여우가 어떻게 사는지 볼 생각이었다. 우리의 소녀는 랜턴을 높이 들고 나무 사이의 좁은 길을 따라갔다. 소녀는 큰 나뭇가지들 밑에선 몸을 수그렸지만, 작은 가지들이 그녀의 머리칼을 긁듯이 잡아당겼다. 처음에는 숨이 턱 막혔지만, 가지들이 시도 때도 없이 잡아당기자 두 손바닥으로 어루만져주는 것처럼 느껴졌다. 소녀는 야트막하고 자갈이 깔린 개울을 건넜다. 스커트가 물에 잠겼다. 치맛단이 망가졌을 거야, 소녀는 막연히 생각했다. 여우는 어디에도 보이지 않았다. 소녀는 쓰러진 통나무 옆에 멈춰 섰고 랜턴을 뒤쪽으로 내두르며 자기가 온 길을 더듬어보려고 애썼다. 기억이 나지 않았다. 그녀는 길을 잃었고, 어떻게 할지 알 수가 없었다. 그녀는 통나무 위에 앉아 울음을 터뜨렸다. 불운한 소녀, 소녀의 눈물은 아름다웠다. 숨어 있던 곳에서 여우는 그녀가 우는 것을 지켜보았다. 여우가 생각할 수 있는 건 소녀가 자신의 두 눈으로 무엇인가를, 두 눈을 반짝이게 하고 있다는 것뿐이었다. 여우는 소녀가 잠들 때까지 지켜보았고, 소녀가 잠들어 있는 동안에도 지키고 서 있었다.

이는 겨울에 일어난 일이었다. 땅에 얼음이 보였다. 해가 지고 난 야외에서 피부나 옷은 무용지물이었다. 모피나 깃털이 있거나, 그렇지 않으면 집 안에만 있어야 했다. 소녀는 감기에 걸렸다. 지독한 감기였다. 소녀가 숨을 쉬면 가슴 속에서 금이 가는 소리가 들렸다. 소녀의 몸은 열기를 원했고, 그래서 소녀는 열이 났다. 소녀의 이가 딱딱 맞부딪쳤다. 그런 소녀를 보며 여우는 바람에 날리는 나뭇잎들을 떠올렸다. 깨어났을 때 소녀는 쇠약해져 누워 있었다. 소녀는 통나무에 누운 채로 다시 울었다. 우는 소녀가 여우는 더없이 반가웠다. 그런 사실은 알지 못한 채, 소녀는 숲속 깊이 멀고도 먼 길을 온 것이었다. 해가 뜨자 붉은 삼목이 눈부시게 빛났고, 자작나무는 눈물을 흘렸고, 소녀도 눈물을 흘렸다. 마침내 소녀는 한 방향을 정해서 걷기 시작했다. 소녀가 어딜 가는 걸까 궁금해진 여우는 소녀를 따라갔다. 집, 소녀의 집은 반대편에 있었다. 여우는 신중하게 나뭇가지들을 흔들었다. 소녀는 여우가 있다는 걸 알아챘고, 그 순간 여우는 달아났다. 소녀가 잡을 수 없을 정도로 빠르게, 그렇지만 소녀가 놓치지 않을 정도로 느리게. 또다시 여우를 쫓아가다니, 소녀는 믿을 수가 없었다. 여우가 엉뚱한 길로 이끌지도 모를 일이었다. 깊은 웅덩이에 빠지거나, 자잘한 뼈들이 수북이 쌓인 구덩이에 빠져 죽을지도 모를 일이었다. 어쩌면 여우는 소녀를 따라오게 할 생각이 전혀 없는 건지도 몰랐다. 어쩌면 여우는 아침을 맞아 즐거운 나머지 이리 뛰고 저리 뛰어다니는 것뿐일지도 몰랐다. 여우는 단 한 번도 소녀를 돌아보는 법이 없었다. 어제 본 여우가 아닌가?

소녀는 수색대를 눈으로 보기 전에 그 소리를 귀로 먼저 들었다. 그녀의 이름을 부르는 소리로 공기가 웅웅 울렸다. 여우는 방향을 바꾸더니 그녀를 쏜살처럼 지나쳐 깊은 숲속으로 돌아갔다. 소녀는 그 순간을 놓치지 않고 한 손을 뻗었고, 손바닥에 와 닿는 여우의 따뜻한 털을 느꼈다.

그 후로 더 이상 인형극은 없었다. 눈이 내렸다. 소녀는 쇠약해졌고, 소녀는 몸을 떨었고, 소녀는 횡설수설했고, 그리고 소녀는 죽었다. 죽음엔 두 가지의 원인이 똑같이 작용했다. 그날 밤 혼자 있으면서 극심한 한기에 시달린 것과 딸기, 독이 든 딸기가 원인이었다. 여우는 무슨 일이 일어나는지 알지 못했다. 그는 너무도 알고 싶은 마음에 용기를 내어 다시 그 집으로 갔다. 커튼이란 커튼은 전부 내려져 있었다. 두 장의 커튼 위쪽의 벌어진 틈 사이로 흔들림 없는 불빛이 새어 나왔다. 소녀의 침실 커튼이었다. 며칠 밤이 지나도록 그 광경만 보던 여우는 흥미를 잃었고, 다음과 같은 사실을 떠올리자 숲으로 돌아갔다. 그날 밤엔 불이 켜져 있지 않았다. 집 전체가 깜깜했었다. 그다음 날도, 그다음 날도 마찬가지였다. 여우는 철학적이었다. 사랑스러움을 인식한 순간부터, 그는 그것이 오래가지 않음을 알고 있었다. 그래서 그는 여우의 본업에 복귀했다.

II

이제 또 다른 종류의 여우 이야기를 하겠다. 지난번 여우는 회색여우 종이었는데, 이번 여우는 빨간색이다. 사냥을 당했던 여우, 오로지 운이 좋아서, 몸을 사려서, 처참하게—처참하고 궁상맞고 저열하게—싸워서 그나마 지금껏 살아 있는 사냥용 짐승의 이야기다. 이 여우는 순수하지 않았다. 그는 다만 기분을 전환하려고 토끼장을 피바다로 만든 적이 있었다. 그러나 동굴 속으로 기어들어가 땅속 깊이 쑤셔 넣은 넝마처럼 몸을 누였던 그는 또한 상처와 권태가 무엇인지를 알았다. 그가 암탉들을 죽인 건 그것들이 죽기 위해 거기 있기 때문이었고, 그래서 그는 사냥꾼들이 똑같은 이유로 자기를 죽이려고 동분서주한다는 것을 이해했다. 여우는 새끼 여우들이 들썩거리는 어느 굴에서 삶을 시작했다. 함께 있었던 새끼들은 성장함과 거의 동시에 모두 사냥을 당해 죽었다. 몇 번인가 그는 생포된 후, 사육된 여우들 사이로 껴들어 숨은 적이 있었다. 하지만 그들은 결코 도망치지 않았다. 그들은 분별력이 떨어졌다. 경계선만 보면 혼란스러워져 빙글빙글 원을 그리며 달리는 것들이었다.

이 여우에겐 아무도 없었다. 여우들이란 고독을 즐기는 동물들이라고 말한 바 있지만, 자신이 선택해서 아무도 없는 것과 모두 죽어나가는 바람에 아무도 없는 건 다른 것이다. 지금 내가 그 둘의 차이를 안다고 말하려는 게 아니다. 그러나 우리의 여우는 알고 있었다.

어느 날 오후, 여우는 몇 개의 울타리를 뛰어넘어 한 농장으로 곧장 다가갔다. 그는 더 이상 여우로 살고 싶지 않았다. 그 어떤 것으로도 살고 싶지 않았다. 그는 고개를 숙였고, 그래서 농장의 개들이 노려보고 있는 걸 보지 않았다. 개들은 털을 곤두세우고 으르렁거렸지만 공격은 하지 않았고, 농장주의 아내가 나와서 공격하라고 명령했을 때도 따르지 않았다. 농장 개들은 여우를 보면 그 여우가 미쳤는지 아닌지 바로 알아보았다. 농장주의 부인은 다시 집 안으로 들어갔고, 뭔가 가지고 다시 나올 셈으로 문을 반쯤 열어두었다. 여우는 땅을 바라보았다. 그는 미소를 짓고 있는 것처럼 보였지만, 그것은 어디까지나 개과 동물들의 코와 주둥이의 생김새 때문에 생긴 무의미한 표정일 뿐이었다. 여우에겐 아무런 계획이 없었다. 곧 무슨 일이건 일어날지도 모른다. 아니면 말고. 어느 쪽이든, 그는 여기 있었다. 그의 본성이 바닥난 채.

그의 곁에 인간의 형체가 나타났다. 개들이 하늘을 향해 껑충 뛰어올랐고, 만월이 끌어당길 때 늑대들이 그러듯이 크게 울어댔다. 여우는 쳐다보지 않았다. 이 사람은 나흘 남짓 그의 뒤를 밟아온 터였다. 그는 그 여자가 언제부터 자길 따라다녔는지 기억할 수 없었다. 그는 지독한 부상을 당했고, 그녀는 거기에, 그냥 거기에 있었다. 그 여자는 뭔가 끈적거리는 것을 갖고 있었고, 그의 허락을 받아 그의 상처마다 고루 펴 발랐다. 이제 그 상처들은 흉터로만 남았다. 상처들은 빨리 나았다. 그는 상처가 너무 쓰라려서 움직이지도 못했고, 그녀는 땅을 파헤쳐 들쥐들을 찾아내 목을 부러뜨린 다음 껍질을 벗겨서 그에게 먹였다. 그녀는 다섯 개의 손가락과 웃기고 편평하게 생긴 손바닥으로 먹을 것을 그의 입에 올려놓았다. 밤이 되면, 극심한 고통으로 잠 못 이루는 그를 위해서 그녀는 별을 셌고, 그가 들어가 누워 있는 나무의 빈 구멍에 대고 속삭였고, 자기가 얼마나 많은 별을 볼 수 있는지를 말해주었고, 마침내 그는 잠이 들었다. 그 여자가 그렇게 해야 할 이유는 전혀 없었다. 그는 이 인간이 자기에게 원하는 게 무엇인지 알지 못했고, 그녀 같은 존재와 우연히 마주친 것도 그때가 생전 처음이었다. 그러니 그녀는 존재하지 않았는지도 모른다. 여우는 그녀를 무시할 수 있는 한 무시했다. 이제 그녀는 그의 옆에 쭈그리고 앉아서 그에게 손을 얹었다. 그녀는 손으로 그의 목을 문질렀다. 그녀는 그의 한쪽 귀에 대고 말을 했고, 그는 알아들었다. 그녀가 말할 때마다 그는 알아들었다. 그녀의 목소리엔 세상에 존재하는 모든 소리가 깃들어 있었다. 바위에 부딪치는 물의 흐름, 껍데기 속에서 흔들리는 도토리, 아침을 재촉하는 새들의 울음소리. 그녀의 목소리는 크지 않았지만 그는 그 목소리가 온몸 구석구석에서 울리는 것을 들었다.

들어봐…… 저 여자가 총을 찾고 있어.

총? 잘됐네…… 그 여우가 설령 대답할 능력이 있었다고 해도, 그는 하지 않았을 것이다.

여자가 총을 찾아냈어. 빨리 말해봐. 넌 왜 여기 온 거야?

개들은 점점 더 용감해졌고, 가까이 기어왔다. 그녀가 손을 뻗어 개들을 쫓아 보냈다.

그럼 그게 사실이었니, 여우야? 네가 죽고 싶었다는 게?

그는 진실을 말할 수 없었다. 그에게는 언어가 부족했다.

그녀는 한숨을 내쉬었다.

잘하는 짓이다. 하긴 네 권리니까. 잘 가.

그녀는 그의 등을 쓰다듬었다. 그녀는 어슬렁거리며 자리를 떴다. 엽총 소리가 허공을 뒤흔들었고, 그 소리에 그는 그녀를 쫓아갔다. 젖 먹던 힘까지 다해서 열심히, 그리고 빠르게 달려갔다. 그들 둘 다 달렸고, 그가 그녀를 따라잡았다. 다리가 두 개뿐이라는 것 등등의 모든 걸 고려했을 때, 그녀는 무시할 수 없을 만큼 잘 달린 편이었다.

"버티고 살아."

그녀가 숨이 턱 끝까지 차서 웃음을 터뜨렸다.

"살아. 살아. 살아남으라고."

이젠 멈춰도 안전하겠다 싶었을 때, 그녀는 휴경중인 밭의 층계형 출입구에 쓰러졌고, 두 손에 얼굴을 묻은 채 '힉, 힉, 힉' 하는 소리를 냈다. 그는 그녀를 주의 깊게 살펴보기 시작했다. 그녀의 두 눈은 사이가 꽤 멀었다. 그가 사냥꾼들 중 하나와 이렇게 가까이 있었던 적은, 위험에 이렇게 가까이 있었던 적은 이번이 생전 처음이었다.

그녀는 그에게 말했다. 그녀가 그를 돌봐준 건 그의 이마에 별 모양으로 자란 흰털 때문이었다고. 때로 표식이 있는 누군가를 본 후엔 속수무책이 될 때가 있어. 사랑에 빠지는 거지. 그녀는 그에게 그 말을 하고 싶었지만 하지 않는 게 낫겠다는 결론을 내렸다. 그는 자기 이마에 그런 털이 있다는 것도 알지 못했던 데다가, 그런 것이 중요할 수 있다는 것도 알지 못했다. 그녀는 앉았고, 그는 그녀 옆에 누웠고, 그렇게 얼마간 시간이 고요하고 환하게 흘렀다. 그런 후 그들은 가야 했다. 농장주가 그들이 무단침입 했음을 전해 듣고 그들을 찾아나섰는지도 모를 일이었다.

그들은 그녀의 오두막 바깥에서 헤어졌다. 시냇가에 있는, 금방이라도 쓰러질 것 같은 집이었다. 주석으로 된 지붕은 심하게 찌그러져 있었고, 창문들마다 먼지 더께가 수북이 쌓여 있었다. 전반적으로 집은 화가 난 듯 보였는데, 이를테면 자기를 이토록 오랫동안 홀로 방치해온 거주자에게 할 말이 아주 많아 보였다.

"안으로 들어와."

여자가 여우에게 말했다.

여우는 말을 듣지 않았다. 슬픔에 잠겨서, 여자는 그가 다시 갈 길을 떠나는 모습을 지켜보았다.

며칠이 흘렀다. 여자는 자신의 오두막과 화해했다. 그녀는 집을 구석구석 말끔히 씻어냈고, 직접 새 지붕을 올렸고, 창문도 닦아내고, 깔개를 엮었다. 그녀는 약초와 풀을 뜯어다가 삶아서 만든 다양한 혼합물들을 병에 담았다. 병든 사람과 그들의 친척들이 숲 밖으로 나와 그녀를 찾아왔다. 그녀는 그들이 주는 돈을 받았고, 그들은 그녀가 주는 약병을 가지고 가서 병을 치료했다.

"그동안 어디 가 있었어요?"

사람들은 그녀에게 묻고 또 묻고 또 물었다.

"몇 주 동안 당신을 찾았단 말이에요."

그래서 그녀는 대답했다.

"전 사랑을 하게 됐어요."

"축하해요! 그 남자는 어디 있죠?"

"몰라요. 그를 다시 만날 수 있을는지도 모르겠는걸요."

그런 말을 할 때 그녀의 동공은 어마어마하게 커졌다. 마치 수면의 첫 단계에 잠겨 있는 동안에 눈을 뜬 것처럼. 그녀와 같은 여자들은 한번 마음을 정하고 나면 못 말릴 정도로 진지해진다. 그녀는 자기가 만난 모든 사람들에게 말했다.

"만약 그를 보게 되면 제게 알려주세요. 그는 이마에 흰 별이 새겨져 있어요."

그녀는 그가 여우라는 사실은 누구에게도 말하지 않았다.

동네의 한 여자가 아기를 낳게 되어서, 우리의 여인이 산파로 그녀를 돕게 되었다. 비명으로 가득한 낮과 쉰 목소리로 가득한 밤이 각각 세 번 지나간 후에야 아기가 태어났다. 여름에 일어난 일이었다. 우리의 여인은 집에 돌아오자 시냇물에 뛰어들어 몸을 씻었다. 피와 땀이 빙그르르 돌아 흘러갔고 그런 후 그녀는 밖에 나와 앉아서 햇볕에 몸을 말렸다. 그녀는 도마뱀들을 보다가 무언가 살갗 속에서 앵앵거리는 것을 느꼈다. 아주 작은 생물이 그녀를 물었다. 그것들은 살아 있었고 그녀가 알아주길 바랐다. 그녀의 맥박이 멈출 듯 느려졌다가 다시 빨라졌다가 손목을 번개처럼 지나쳐 곧장 머리로 치솟아 올랐다. 그녀는 행복하고 또 불행했다.

"여우는 널 잊었어."

그녀는 혼잣말을 했다. 그런데도 어딜 봐도 보이는 건 흰 별들뿐이었다.

여우 때문에?

여우 때문이었다.

그녀는 오두막에 들어가 걸칠 옷을 찾다가 강도가 들었음을 알아차렸다. 약병들과 액자들이 깨져 있었고, 테이블과 의자들이 뒤집혀 있었고, 신문들을 뒤진 흔적과 함께 바닥에 성냥개비들이 흩어져 있었다. 그녀는 잃어버린 것이 있나 오두막을 뒤졌다. 가재를 일일이 다 알고 있었던 게 아니라서 빈자리가 생겼는지만 살펴보았다. 그리고 서가에서 빈자리를 찾아냈다. 도둑이 사전을 훔쳐가 버렸다. 나머지는 그대로였다. 그녀는 그 자리에 서서 사전이 꽂혀 있었던 틈새를 바라보며 생각에 잠겼다. 이윽고 생각은 의문으로 바뀌었고, 그런 후 그녀는 한 손으로 입을 가리고 미소를 지었다.

그러니 이제 제 굴속에서 한 권의 책에 감싸인 여우를 생각해보자. 두 앞발을 펼친 책 위에 얹고 두 눈을 글 가까이 대고 있는 모습을. 이 형태들! 형태는 써먹을 데가 없어. 형태는 그를 기죽게 만든다. 형태들을 보면 볼수록 그것들은 그를 조롱한다. 그는 책을 자루 안에 살살 밀어 넣은 다음, 자루에 달린 끈을 잡아끌며 숲속을 지난다. 동네 유아원 옆 덤불 속에서 그는 아이들이 ABC 노래를 부르는 것을 열심히 듣는다. 그에게도 칠판이 보인다. 선생이 자로 톡톡 쳐가면서 한 글자 한 글자 가르쳐준다. 그의 정신이 산만해진다…… 그는 자기 발을 문다. 봐, 그리고 잘 들으라고. 그의 정신이 또 산만해진다. 그는 또 한 번 그의 발을, 이번엔 사납게 문다. 물고 물고 또 물고, 피나게 물면서 지금 그는 배우고 있다.

여명에, 훔쳐온 책을 읽는 여우가 드러난다. 여명을 빼면 그가 뭘 하고 있는지 아는 이도, 보는 이도 없다. 그러나 단어들이 오고 있다. 여우는 더는 사냥을 하지 않는다. 사냥을 하지 않는다고! 그는 쉽게 잘 잡히는 들쥐들을 먹는다. 그는 자기 굴 근처에 있거나 유아원에 간다. 성심을 다해 듣고 그림들과 단어들을 짝 맞추고, 남몰래 엿듣기도 하고, 신문을 훔친다. 읽다가 뜻이 막히면 으르렁대며 신문을 갈기갈기 찢어버린다…… 그러나 그는 이 언어를 알게 될 것이다. 그는 이 언어를 자기 것으로 만들고야 말 것이다.

그녀 때문에?

그녀 때문이다.

여우가 단어들을 갖게 된 날이 왔다. 몇 개 안 되지만 그녀에게 처음으로 말을 건네기엔 부족함이 없었다. 그는 그녀의 오두막으로 갔다. 그녀의 머리는 허옇게 셌고, 얼굴엔 주름살이 생겼지만 그것만 빼면 그대로였다. 전에 그가 그녀를 만났을 때 그녀는 젊지 않았고, 2년의 시간이 변화를 가져왔다. 그도 젊지는 않았다. 그녀는 미소를 지으며 그의 이마를 만졌다. 그것은 여전히 거기 있었다. 그녀가 좋아했던 그 모양. 다행이었다.

안으로 들어와. 그의 머리부터 발끝까지 울리는 목소리로 여자가 말했다. 언젠가 그는 그녀가 어떻게 그런 식으로 말할 수 있는지 물어볼 생각이었다.

여우는 오두막 안으로 들어갔다.

여우는 오면서 사전을 챙겨왔다. 그녀는 이미 오래전에 새 사전을 산 터였다. 오히려 잘된 일이, 여우가 훔쳐간 건 낱장이 뜯겨 나가던 참이었다. 그는 또 단어들도 가져왔다. 신문에서 이빨로 물어뜯어낸 것이었다. 길고도 지난한 작업이었고, 자신이 생각한 의미와 일치하는지 단어 하나하나를 재확인하는 고심에 찬 작업이기도 했다. 만약 그가 잘못 붙였다면, 전부 다 틀렸다면…… 만약 그녀가 그를 비웃는다면…….

여자는 의자에 자리를 잡고 앉아서 여우가 신문에서 뜯어낸 조각들을 자세히 살펴보는 모습을 지켜보았다. 그녀는 숨을 멈추고 있었다. 그녀는 믿었다. 자기가 뭘 믿고 있는지도 모르면서. 이런 일이 가능할 리 없었다. 여우는 수척하고 제정신이 아닌 듯 보였다. 그녀는 마음속으로 이 짐승에게 도움이 될 만한 혼합물의 목록을 훑었다…….

그녀의 발치에 단어들이 펼쳐지기 시작했다.

안녕Hello.

여우는 눈을 들어 그녀를 보고 숨을 헐떡였다. 그는 꼬리로 한 다리를 말아서 애타는 L 자를 만들었다.

여자는 한 손을 들어 올렸다가 그대로 떨어뜨렸다.

"안녕."

그녀는 소리내어 말했다. 글자가 제대로 보이지 않았다. 울긴 왜 울어. 그녀는 눈물을 떨어냈다.

나 도와줘.

그녀가 입으로 옮겨 말할 때 그의 눈엔 열의가 감돌았다. 그녀는 잘못 이해하는 일이 없도록 그는 대답을 세 번 되풀이했다.

"해볼게. 필요한 걸 말해봐."

그날 농장의 오후가 기억이 난 그녀는 서둘러 덧붙였다.

"네가 죽게 도와주는 건 못 해."

여우는 신문 조각들을 이리저리 바꾸더니 두 개를 골랐다.

안 죽어.

그는 세 개를 더 골랐다.

날 바꿔줘.

그는 앞발로 뒤의 두 단어를 쿵쿵 내리친 다음, 그녀를 바라보았다. 날 바꿔줘. 날 바꿔줘.

"널 어떻게 바꿔?"

여우 말고 다른 것.

'여우'라는 단어는 사전에서 찢어낸 것이었다. 그래서 아주 작았다.

"안 돼."

그녀는 천천히 말했다.

"안 돼, 난 그런 건 못 할 거야. 그런 기술이 없는걸."

여우는 그 자리에 누워서 두 눈을 감았다. 온갖 고생 끝에 찾아온 기막힌 소강 상태였다. 고통과도 같았다. 그녀는 여우 옆에 주저앉았다. 연민이 그녀를 주저앉혔다. 그녀와 여우는 서로 얼굴을 마주 보고, 코를 마주했다. 이윽고 그가 일어나 그녀의 옆구리를 쿡 찔렀고, 단어들을 더 골랐다.

너 같이 살아.

나 너 같이

부디.

여우는 온 힘을 다해 여자에게 맞춰 살았다. 그는 그녀와 한 테이블에서 밥을 먹었고, 그녀의 침대에서 그녀와 나란히 누워서 잤고, 비누를 들고 시냇물 속을 휘저으며 다녔다. 그는 닥치는 대로 글을 읽었다. 그녀보다도 더 많이 읽었다. 그리고 더 많은 단어들을 알아가면서 그는 그녀에게 사냥과, 말들과, 뒤를 쫓아오는 사냥개들의 이야기를 해주었고, 때로 매 떼가 날아들면 부리와 발톱이 무수히 달린 빗줄기 같았다는 이야기도 해주었다. 여자는 귀를 기울여 들었고, 귀 기울여 들을수록 그의 목소리가 들린다는 걸 깨달았다. 그는 그녀에게 단어를 보여주는 게 아니라 입으로 말하고 있었다. 그녀는 가타부타 말은 하지 않았고 자연스러운 것으로 받아들였다. 그녀는 그에게 만약 변할 수 있다면 무엇으로 변하고 싶으냐고 물었다. 말? 새? 아니면 사냥개? 다 아니야, 그가 말했다. 밤이 되면 그는 묵묵히 품에 안겼다. 안기다니, 그건 그들이 서로를 알고 지내게 된 처음 며칠 동안, 심지어 그가 심하게 다쳤을 때도 마음에 담아선 안 될 것이었다. 여우는 날이 갈수록 똑바로 누워 자는 것을 덜 고생스러워하게 되었다. 둘은 함께 좀 더 큰 오두막을 지었고, 더 큰 침대도 들여놓았다. 그녀는 그의 발톱이 얇아지고 부쩍 잘 부러지는 것을 보았다. 여우보다는 사람의 손톱과 더 비슷해 보였다. 매우 긴 손톱이라고 해야 맞았다. 더는 발톱이라 할 수 없었다.

하지만 그에겐 이빨이 있었다. 그래서

문다는 것의 쾌락. 혹은 그가 물게 하는 것. 그런 후 길고, 축축한 혀로 달아오른 상처를 핥는 행위가 있었다.

다른 방식의 행위들:

숨은 잇자국

부푼 잇자국

점.

점선.

산호와 보석.

보석의 줄.

흩어진 구름 .

수퇘지가 문 자국.*

약을 만드는 날, 둘이 함께 나무 양동이로 그녀의 오두막까지 민물을 길어 나르다가 그가 물었다.

"우리 몇 살이지?"

그러자 그녀가 답했다.

"잊어버렸어."

그녀는 자신이 나르던 양동이를 내려놓고 손가락으로 나이를 세보았다. 그는 그녀가 포기할 때까지 지켜본 후 두 팔로 그녀를 안았다. 그는 똑바로 서면 그녀보다 머리 하나는 더 컸다.

"뭐가 그렇게 우스워?"

그녀가 그에게 물었다.

---

* 4세기경 인도의 바츠야야나가 쓴 카마수트라 경전 중 '5장: 물기 및 여러 나라 여자들이 실행한 방법들'에서 발췌한 문장으로, 이로 살을 무는 성애의 행위를 종류별로 묘사하고 있다.

그러자 그는 답했다.

"아무것도 아니야."

Ⅲ

하마터면 내가 알고 있는 또 다른, 정말로 사악하기 짝이 없는 여우 이야기를 한다는 걸 잊을 뻔했다. 그러나 여러분은 여우 이야기라면 이제 사양하고 싶으리라. 그런 이유로 이만 총총.

사랑, 결혼, 그리고 거짓말

그 구태의연한 지옥의 거품에서 탄생한 비너스, 또는 희대의 스토리텔러

11938년, 미국 맨해튼. 인기 작가 세인트 존 폭스는 그날도 서재에서 새로운 작품 집필에 매진하던 중이었다. 그런 그에게 예고 없이 누군가 찾아온다. 여자다. 메리 폭스라는 이름의 아름다운 그녀는 사람이 아니다. 세인트 존 폭스가 예술적 영감을 위해 상상으로 빚어낸 존재, 그가 '뮤즈'라 말하는 존재다. 그런 그녀가 작가가 호명하기도 전에 스스로 형태를 취해 나타났다. 7년 만에. 그리고 이어지는 그녀의 폭탄선언. 더 이상 작가에 예속된 '영감 셔틀'의 역할은 거부하겠다는 그녀는 이제 전쟁을 선포한다. 작가 미스터 폭스와 그의 뮤즈 메리 폭스가 벌이는 '스토리 배틀'은 이렇게 시작되었다.

메리의 반란에는 이유가 있다. 미스터 폭스는 슬래셔 소설의 대가다. 그의 소설에는 난도질과 피비린내가 난무한다. 칼부림의 대상은 언제나 여자들이다. 문제는 그 행위의 개연성이 떨어진다는 것이다. 그녀들이 살해당하는 이유는 사실 그들의 정신적 결함 때문이다. 메리는 그런 미스터 폭스를 '연쇄살인마'라고 비난한다. 그리고 그의 작품을 패러디한 이야기로 '디스'를 시작한다. '다소' 성가시단 이유로 아내의 목을 자르는 남자의 이야기로(「닥터 러스투크루」). 미스터 폭스도 반격을 감행한다. 메리를 아마추어 작가로 설정하고, 유명 작가인 그를 흠모해 자신의 습작품 검토를 의뢰하는 이야기로(「담대하게, 담대하게, 하지만 너무 담대하진 않게」). 결말에서 그는 그녀의 작가에 대한 꿈을 애정결핍의 허위적인 전도로 해석하며 그녀의 생명과도 같은 원고를 불에 태우는 것으로 복수한다.

이야기는 이야기를 낳고, 공인된 이야기꾼 남자와 그를 응징하기 위해 이야기를 꾸며내기 시작한 여자의 대결도 계속된다. 은둔형 노처녀와 폴란드 시인 출신의 남자 세입자의 로맨스, 동화의 환상을 끝내 벗어나지 못해 현실에서의 사랑을 살인극으로 맺게 되는 한 여자(「피처의 새」), 죽은 연인을 되살리기 위해 기이한 영매를 만나 조상귀신들을 만나고 그들의 이야기를 쓰게 되는 요루바 여자(「이렇게」), 신랑수업 교습소에서 만난 두 소년의 모호한 관계와 호수 속 여성 전문 살해자의 탈출기(「마담 데 실렌시오의 교습」), 어머니를 죽인 아버지를 둔 한 여자와 역시 아내를 살해했을 거라 그녀가 의심하는 남자의 사랑(「그다음에 일어난 일」), 심장을 버린 여자와 여체 예술품에 심장을 꽂아주기 위해 심장을 찾아 나선 남자의 어긋난 로맨스(「숨바꼭질」), 여성에 대한 남성의 린치가 암묵적으로 합법화된 마을의 소녀와 외국인 주둔군과의 슬픈 우정(「인종차별주의자 내 딸」), 인간 여자와 여우 남자의 기묘하고 아름다운 사랑(「어떤 여우들」).

이 이야기들을 잇는 또 다른 이야기도 있다. 세인트 존 폭스의 또 다른(?) 여자, 그의 아내 대프니의 이야기이다. 그가 자기 식대로 '길들여놓았다'고 자부하는 그녀마저도 그에게 반기를 든다. 남편에게 내연녀가 있다는 의심 때문이다. 대프니의 히스테리는 망상이 아니다. 메리는 미스터 폭스만이 아니라 미시즈 폭스에게도 현현하기 시작했기 때문이다.

장르의 만화경, 사랑의 요지경

『미스터 폭스, 꼬리치고 도망친 남자』의 작가 헬렌 오이예미는

1984년 나이지리아에서 출생, 런던에서 자랐으며 케임브리지 대학에서 사회정치과학을 공부하던 스물한 살의 나이에 작가로 데뷔했다. 『미스터 폭스, 꼬리치고 도망친 남자』는 그가 2011년에 발표한 네 번째 작품으로 일찍부터 마법, 신화, 미스터리, 스릴러에 대한 관심과 식견이 지대했던 그의 개성이 가장 잘 반영된 작품으로 평가받고 있다.

이야기의 구성은 크게 두 개의 틀로 나뉜다. 성차별주의를 예술관으로 삼은 것 같은 남자 작가(미스터 폭스)와 그의 피그말리온(메리 폭스)이 벌이는 이야기의 경합 속에서 그들 자신과 그들의 인연과 그들의 사랑과 그들의 갈등의 양상이 시공을 달리해 다양하게 전개되는 틀, 여기에 경합은 아니지만 미시즈 폭스(대프니)의 이야기가 마찬가지로 스토리텔링에 합류하게 되는 틀이 그것이다. 그런데 「닥터 러스투크루」에서 암시되고 「피처의 새」에서 공표되는바, 이 두 개의 틀은 고대의 동화에서 가져온 것이다. 대개는 그림 형제를 거쳐 알고 있을 「푸른 수염」의 설화이다.

앞서 언급했듯 작가 헬렌 오이예미는 신화와 동화의 세계에 애정을 갖고 있지만, 정작 「푸른 수염」 설화에 대해선 무관심한 편이었다. 그러다 영국 작가 뒤 모리에의 소설 『레베카』를 읽게 되었고, 상처한 남자와 그의 새 아내, 그들을 지배하는 전처의 망령에 관한 미스터리 스릴러와의 인연을 기점으로 '푸른 수염'의 내러티브에 대해 다시 생각하게 되었다. 아내를 살해하는 욕망에 눈이 먼 남자, 그의 연이은 사랑 혹은 희생양인 여자의 관계에서 사랑과 결혼의 의외로 보편적인 양상을 포착한 그는 『제인 에어』 『광막한 사르가소 바다』를 다시 읽었고, '푸른 수염 스타일의 스릴러'를 쓰는 과정에 착수한다.

알려진 바에 따르면 「푸른 수염」은 15세기경 프랑스를 출처로 하는 설화로, 프랑스, 독일, 영국에 퍼져 고유한 민담들로 재탄생되었다. 오이예미는 그 대동소이한 민담들을 찾아 읽으면서 『미스터 폭스, 꼬리치고 도망친 남자』의 얼개를 짰다. 이를테면 「피처의 새」는 독일 버전 「푸른 수염」에서, '미스터 폭스'라는 제목과 작중 인물들의 이름과 설정은 같은 설화의 영국 버전에서 가져온 것이다. 미스터 폭스(푸른 수염), 미시즈 폭스(레이디 메리)와 더불어, 또 한 명의 주인공이라 할 수 있는 레나르딘도 푸른 수염 설화의 자장 안에 있다. 레나르딘은 15세기 프랑스에 실존한 연쇄살인마로 영국과 독일 버전의 설화에서 여우인간werefox으로 등장하고 있기 때문이다. 이에 근거해 오이예미는 여성의 상상살해를 즐기는 현대판 푸른 수염이 여성으로 의인화한 영감의 원천과, 현실의 아내 간에 벌어지는 삼각관계를 그려나갔다. 그러나 완성된 '푸른 수염 스타일의 스릴러'는 읽는 모두의 허를 찌르는 괴상한 시리즈로 둔갑해 있었다. 부연이 필요 없을 만큼 해묵은 원전과 그에 근거한 즉자적인 설정이 작가의 짓궂은 속임수였나 사뭇 의심될 정도로.

그 의외성은 먼저, 여덟 개의 스토리가 각기 달리 취하는 스타일에서 찾아진다. 「닥터 러스투크루」는 푸른 수염 설화를 에드거 앨런 포 스타일로 재전유한 고딕슬래셔다. 「담대하게, 담대하게, 하지만 너무 담대하진 않게」 드 라클로의 『위험한 관계』를 떠올릴 법한 서간 연애 소설을 도입한 여성잔혹사이며, 「피처의 새」는 동화의 세계에 매몰된 여성이 그 때문에 자멸을 자초하게 되는 잔혹판타지이다. 「마담 데 실렌시오의 교습」은 판매용 일등신랑 교습소라는 허무맹랑한 설정과 그곳 남학생들의 동성애적 우정, 초자연적 연쇄살인마가 공존하는 마술적 리얼리즘이고, 「그다음에 일어난 일」은 『레베카』의 메타픽션이다. 그리고 원형과 신화에 입각한 판타지 러브스토리 「숨바꼭질」이 지나면, 여성 살해의 모티프를 쇼비니즘에서 진지하게 재고한 사회정치소설, 「인종차별주의자 내 딸」이 등장한다. 마지막으로 「어떤 여우들」은 동상이몽과 합일이라는 사랑의 속성을 주제로 한 우화다.

여기에 세인트 존 폭스의 아내, 대프니의 이야기를 추가하면서 오이예미는 텍스트와 리얼리티(판타지와 사실)의 경계를 허문다. 서로의 불륜을 의심하는 동상이몽으로 심란해하는 부부의 고백에서 그는 칙릿chick-lit 스타일의 감상적인 모놀로그와 30년대 스크루볼 코미디에서 가져온 듯한 촌극들을 도입해 이미 포화 상태에 이른 서사를 만화경 상태로까지 밀어붙인다. 그와 함께 아마도 실존의 가장 중요한 조건인 사랑과 그 충족될 수 없는 욕망과 천착의 천태만상을 개성 있게 아우른다. 그 개성의 근간은 그가 12세기 프랑스 작가 안드레아스 카펠라누스가 쓴 사랑에 관한 냉소적인 단상(「사랑하는 사람들을 위한 서른한 가지 법칙」)을 인용한 것에서 얼마간 엿볼 수 있을지도 모른다. 즉, 유아적(동화적) 망상과 지배와 예속, 질투와 자기기만, 탐욕, 위선, 다성애적 욕망과 위험, 단명성이라는 사랑의 속성 말이다.

사랑의 속성을 다룬 이야기는 셀 수 없이 많지만, 오이예미의 『미스터 폭스, 꼬리치고 도망친 남자』만큼 독특하고 다층적인 이야기는 흔치않을 것이다. 바로 그 점 때문에 『미스터 폭스, 꼬리치고 도망친 남자』가 다소 난삽하게 다가오는 독자도 있을 것이다. 그렇다면 그것은 스타일의 과용 때문이 아니라 애초 예고된 혹은 예견한 좌표를 벗어나는 이야기들의 자유분방함 때문일 것이다. 『미스터 폭스, 꼬리치고 도망친 남자』는 푸른 수염에 경도된 남자의 성차별적 글쓰기를 중지시키려는 페미니스트적 시도'처럼' 시작하지만, 이후의 이야기들은 둘의 이념 대결의 틀을 훌쩍 벗어나 버린다. 조물주 미스터 폭스의 전지적인 통제에 반기를 들고 좌충우돌하는 피조물 메리 폭스처럼 이야기들 역시 정해준 노선을 이탈하고 결말의 정지선을 뚫고 어디론가 가버리는 듯하다. 그리고 이런 '폭주'가 갈등의 정점에서 급작스러운 화해로 내리닫는 듯할 때, 폭스 부부의 갈등은 새 출발의 약속과 함께 선불리 마무리되고 메리 역시 대프니와 묘한 동지애를 연출하기 무섭게 팜므파탈의 의무를 철회하는 것처럼 끝이 난다. 이 부분에서 작가의 개성 이전에 연출 능력에 대한 의혹을 제기하는 독자도 있을지 모른다.

통합적 귀결을 거부하는
작은 이야기들의 욕망과 에너지

헬렌 오이예미의 『미스터 폭스, 꼬리치고 도망친 남자』는 옴니버스 식의 스토리를 나열하면서 애초 약속한(?) 바를 지키기도 하지만, 그보다 더 자주 '이야기를 위한 이야기', 그 자체의 가능성에 탐닉하며 시리즈의 원칙을 어긴다. 그래서인지 이런 구심점을 벗어난 이야기와 구성을 『미스터 폭스, 꼬리치고 도망친 남자』의 서사적 결함으로 본 비판의 시선도 있다. 이를테면 '이야기 속 이야기'의 구성이나 예외적인 결말이 '다른 세계로 독자를 이끄는 것'은 매혹적이며 도발적이지만, '별개의 이야기들이 모인 시리즈를 하나로 묶기엔 역부족'이라고 지적한 논평자도 있다.

그러나 「푸른 수염」 설화의 동궤를 나란히 주행하는 이야기들이나 멜로드라마적인 통합은 작가의 의도와 무관해 보이며, 결과적으로 『미스터 폭스, 꼬리치고 도망친 남자』를 독보적으로 만드는 요소가 아니다. 오히려 주제나 메시지처럼 포장한 설정을 찢는 일탈성에서 문학으로서 『미스터 폭스, 꼬리치고 도망친 남자』의 재미와 가능성을 찾을 수 있다. 각각의 이야기는 어떤 전체도 거부하며, 개별적인 텍스트로 읽고 즐길 것을 요구하고 또 보장한다. 가령, 2010년 BBC 내셔널 단편 어워드에서 「인종차별주의자 내 딸」을 '독립적인' 단편으로 후보에 올린 사실은 이를 방증해주는 사례라고 보아도 되지 않을까? 주제 혹은 총체적인 목적성에 느슨하게 연결된 채 고유한 에너지와 자기완결적인 서사를 갖추고 '헤쳐 모여 있는' 모습은 '사나우면서도 아름답고' 전사처럼 맹렬하면서도 아이처럼 순수한 메리 폭스의 분산된 자아 같다. 장르문학의 가능성이 고갈되었다는 자성의 목소리가 들린 지 오래인 가운데 헬렌 오이예미처럼 종횡무진하는 상상력을 갖춘 이야기꾼을 만나는 건 신나고도 귀중한 경험이다. 그런 점에서 결함으로 지적되었던 '구조적 불명료함haziness of the structure'은 오히려 『미스터 폭스, 꼬리치고 도망친 남자』가 거둔 하나의 성취가 될 수 있다. 「푸른 수염」 설화에 빗대어 말하면 화석처럼 굳어버린 지배적 서사의 지하실을 탈출함과 동시에 새로운 서사의 가능성을 보여준 것이다.

그렇게 볼 때 『미스터 폭스, 꼬리치고 도망친 남자』를 지탱하는 가장 중요한 축은 사랑이나 결혼보다는 '스토리텔링'일 것이다. 세인트 존 폭스에 예속된 무형의 존재였던 메리 폭스가 실존과 육성을 갖게 된 계기는 그녀가 그에게서 독립된 이야기를 스스로 쓰기 시작하면서다. 그녀가 제시한 이야기들 속의 많은 여자들 역시 이야기를 쓰기 시작하면서 몽매를 벗어나 진짜 욕망과 숨어 있던 정체성을 찾게 된다. 스토리텔링과 정체성의 발화의 절정을 이루는 건 또 하나의 폭스, 대프니의 변모에서다. 남편, 미스터 폭스가 글을 쓰는 동안 철저히 타자화되었던 그녀는 이야기를 구상하면서 상상적으로 주체성을 회복하며, 남편과의 관계를 '주도적으로' 이끌면서, 마침내 방향을 모르던 자신의 열정의 처소를 발견하게 된다.

『미스터 폭스, 꼬리치고 도망친 남자』의 결말은 급작스럽게 단절된다. 오이예미는 급히 자리를 비운다. 문은 열어둔 채. 어쩌면 그는 스토리텔러의 바통을 독자들에게 두고 떠난 건지도 모른다. 쓸 수 있다면 좋겠지만 그렇지 않아도 문제될 건 없다. 이 이야기들이 던져준 생각거리들에 관해 짐작하고 상상하는 것으로도, 각자의 새로운 이야기가 파생하는 것을 볼 수 있을 테니 말이다.

「숨바꼭질」에서 심장이 없어 미완으로 남은 예술체는 어쩌면 우리가 나서서 채워주길 기다리고 있는지도 모른다.

최세희

옮긴이 **최세희**

국민대학교 영문학과를 졸업했다. 번역을 하면서 간간이 매체를 가리지 않고 대중음악 칼럼을 쓰고 있다. 『아름다운 세상을 꿈꾸다』를 펴냈고, 『사랑은 그렇게 끝나지 않는다』 『예감은 틀리지 않는다』 『약해지지만 않는다면 괜찮은 인생이야』 『깡패단의 방문』 『킵』 『블루베리 잼을 만드는 계절』 『예술가를 학대하라』 『발칙한 한국학』 『아버지와 함께한 마지막 날들』 『런더너』 등을 우리말로 옮겼다.

미스터 폭스, 꼬리치고 도망친 남자

초판 1쇄 인쇄 2014년 9월 30일
초판 1쇄 발행 2014년 10월 7일

지은이 헬렌 오이예미
옮긴이 최세희
펴낸이 김선식

경영총괄 김은영
마케팅총괄 최창규
책임편집 서유미 **디자인** 오진경 **크로스교정** 박여영
콘텐츠개발2팀장 김현정 **콘텐츠개발2팀** 박여영, 백상웅, 문성미, 서유미
마케팅본부 이주화, 윤병선, 이상혁, 도건홍, 박현미, 최혜령, 반여진, 이소연
경영관리팀 송현주, 권송이, 윤이경, 김민아, 한선미

펴낸곳 다산북스 **출판등록** 2005년 12월 23일 제313-2005-00277호
주소 경기도 파주시 회동길 37-14 3, 4층
전화 02-702-1724(기획편집) 02-6217-1726(마케팅) 02-704-1724(경영관리)
팩스 02-703-2219 **이메일** dasanbooks@dasanbooks.com
홈페이지 www.dasanbooks.com **블로그** blog.naver.com/dasan_books
종이 월드페이퍼(주) **출력 · 인쇄** 현문 **제본** 광성문화사 **후가공** 이지앤비 특허 제10-1081185호

ISBN 979-11-306-0407-7 (03840)

• 책값은 뒤표지에 있습니다.
• 파본은 구입하신 서점에서 교환해드립니다.

• 이 도서의 국립중앙도서관 출판시도서목록(CIP)은 서지정보유통지원시스템 홈페이지(http://seoji.nl.go.kr)와 국가자료공동목록시스템(http://www.nl.go.kr/kolisnet)에서 이용하실 수 있습니다. (CIP제어번호 : CIP2014027672)